CAMPAGNE DE FRANCE

(23 août — 20 octobre 1792)

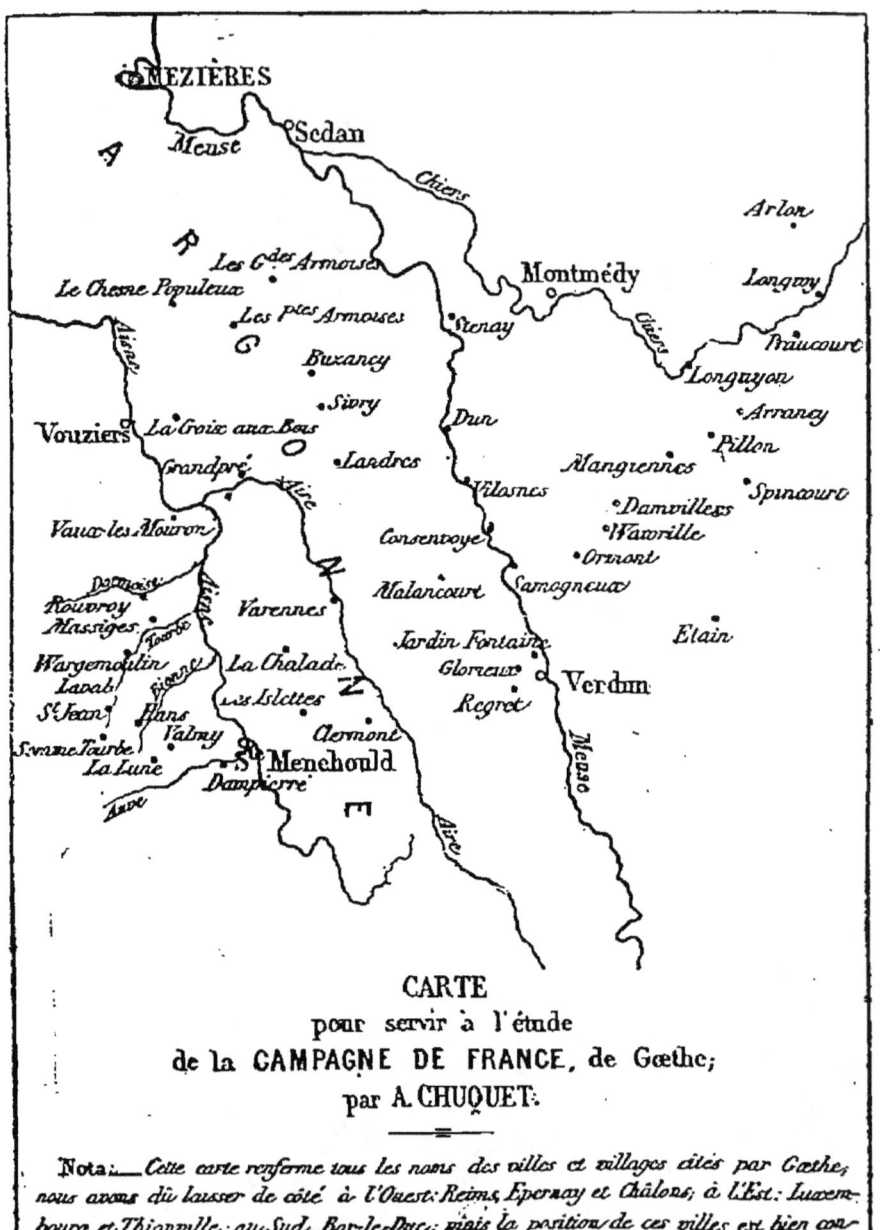

CARTE

pour servir à l'étude

de la CAMPAGNE DE FRANCE, de Goethe;

par A. CHUQUET.

Nota : — Cette carte renferme tous les noms des villes et villages cités par Goethe; nous avons dû laisser de côté à l'Ouest: Reims, Epernay et Châlons; à l'Est: Luxembourg et Thionville; au Sud. Bar-le-Duc; mais la position de ces villes est bien connue des élèves.

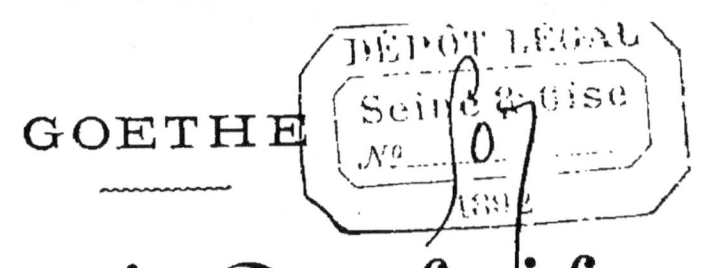

GOETHE

Campagne in Frankreich

(23 août — 20 octobre 1792)

ÉDITION NOUVELLE

AVEC UNE INTRODUCTION, UN COMMENTAIRE ET UNE CARTE

PAR

A. CHUQUET

Ancien élève de l'École normale supérieure, Agrégé des langues vivantes

TROISIÈME ÉDITION

PARIS

LIBRAIRIE CH. DELAGRAVE

15, RUE SOUFFLOT, 15

1892

Toutes nos éditions sont revêtues de notre griffe.

2638-92. — Corbeil. Imprimerie Crété.

GOETHE

Campagne in Frankreich

(23 août — 20 octobre 1792)

ÉDITION NOUVELLE

AVEC UNE INTRODUCTION, UN COMMENTAIRE ET UNE CARTE

PAR

A. CHUQUET

Ancien élève de l'École normale supérieure, Agrégé des langues vivantes

TROISIÈME ÉDITION

PARIS

LIBRAIRIE CH. DELAGRAVE

15, RUE SOUFFLOT, 15

1892

Toutes nos éditions sont revêtues de notre griffe.

2638-92. — CORBEIL. Imprimerie CRÉTÉ.

INTRODUCTION

I[1].

On sait que la guerre proposée le 20 avril 1792 par Louis XVI à l'Assemblée législative fut décrétée dans la nuit par le Parlement contre François II, alors roi de Bohême et de Hongrie, et trois mois plus tard empereur d'Allemagne. Dumouriez était alors ministre des affaires étrangères ; Roland, de l'intérieur ; Clavière, des contributions publiques ; Servan, de la guerre ; Lacoste, de la marine ; Duranthon, de la justice. Dumouriez rêvait l'invasion de la Belgique ; il comptait que les Pays-Bas, déjà révoltés en 1788, accueilleraient une armée française avec enthousiasme et se soulèveraient contre l'Autriche dès le premier succès des envahisseurs.

Trois armées étaient massées sur la frontière de Dunkerque à Bâle : l'armée du nord, de Dunkerque à Philippsbourg, sous Rochambeau ; celle du centre, de Philippsbourg à la Lauter, sous Lafayette ; celle de l'est, de la Lauter à Bâle, sous Luckner. Dumouriez résolut d'agir rapidement : Lafayette devait se porter de Metz sur Stenay, Givet et Namur, pendant que deux colonnes de l'armée de Rochambeau, parties de Valenciennes et de Lille, se dirigeraient sur Mons et Tournai, mais la colonne qui marchait sur Mons et que commandait le duc de Biron s'enfuit à la vue des Impériaux en criant à la trahison. Le même jour, la colonne qui marchait sur Tournai, se débandait à l'aspect des Autrichiens et massacrait son général, Théobald Dillon. Cette double déroute de Mons et de Tournai força Lafayette, qui venait d'arriver à Givet, à s'arrêter. Rochambeau donna sa démission, et Lafayette reçut le commandement de l'armée du nord.

Cependant, à la suite de la fameuse lettre où le ministre de l'intérieur le sommait de s'unir à la nation et d'accepter franchement la Révolution, Louis XVI avait congédié Roland, Clavière et Servan. Il gardait Dumouriez, mais le roi refusait de sanctionner les deux décrets de l'Assemblée contre les prêtres réfractaires, et sur l'établissement d'un camp de 20,000 fédérés à Paris : Du-

---

1. Il nous a paru nécessaire de faire précéder notre étude sur la *Campagne de France* d'un récit succinct des événements, qui nous dispensera d'un grand nombre de notes historiques.

mouriez donna sa démission. Les modérés tentent alors de sauver la monarchie ; les nouveaux ministres, Lajard, Chambonas, Terrier-Moncel, appartiennent au parti feuillant ; Lally et Malouet, Duport et Barnave font cause commune avec Lafayette qui devient l'unique ressource du parti constitutionnel. Lafayette écrit à l'Assemblée ; il accuse hautement les Jacobins ; il déclare que cette secte subjugue les représentants et usurpe tous les pouvoirs ; il demande que le régime des clubs fasse place au règne de la loi.

La lettre de Lafayette ne fit que provoquer l'insurrection du 20 juin 1792. La multitude en armes marche sur l'Assemblée, défile dans la salle des séances, envahit le Château, fait tomber à coups de hache la porte du cabinet du roi. « Monsieur, dit le boucher Legendre à Louis XVI monté sur une table dans l'embrasure d'une fenêtre et coiffé du bonnet rouge, Monsieur, vous êtes un perfide ; prenez garde à vous ; le peuple est las de se voir votre jouet. » Huit jours après, Lafayette arrive à Paris. Il paraît devant l'Assemblée, il exige le châtiment des instigateurs du 20 juin et la destruction de la secte des Jacobins qui « tyrannise les citoyens et envahit la souveraineté ». Mais l'Assemblée lui reproche d'avoir quitté ses troupes ; le roi refuse de le soutenir ; ses amis, ses partisans qui lui promettaient de marcher sous ses ordres contre les Jacobins, ne viennent pas au rendez-vous ; Lafayette retourne à son armée.

Heureusement les Autrichiens ne profitèrent pas des défaites de Mons et de Tournai. Lafayette ne se préoccupait que des Jacobins et Luckner n'était qu'un sabreur ignorant. Mais les Autrichiens, au lieu de prendre l'offensive, se bornèrent durant trois mois à une petite guerre d'escarmouches. Ils attendaient que la Prusse rompît la neutralité.

Bientôt Frédéric Guillaume II se déclara contre la France, et l'on apprit que 80,000 Prussiens se rassemblaient à Coblenz, sous le commandement du duc de Brunswick-Lünebourg, un des plus brillants élèves du grand Frédéric, renommé par les succès qu'il avait obtenus durant la guerre de Sept ans, et regardé par toute l'Europe comme le plus grand général de l'époque. Le 25 juillet paraissait l'impolitique et violent manifeste rédigé, sous l'inspiration du comte de Fersen, par le marquis de Limon. Ce manifeste, signé par Brunswick, sommait l'armée française de se soumettre au roi ; il menaçait de punir suivant la rigueur du droit de a guerre tous les habitants qui oseraient se défendre, et de démolir ou de brûler leurs maisons ; il rendait responsables de tous les événements, sur leurs têtes, pour être jugés militairement, sans espoir de pardon, tous les membres de l'Assemblée, du département, du district, de la municipalité et de la garde nationale de Paris ; il déclarait que, s'il était fait le moindre outrage au roi et à la famille royale, le roi de Prusse et l'empereur en tireraient une vengeance exemplaire et à jamais mémorable en livrant Paris à une exécution militaire et à une subversion totale, et les révoltés, coupables d'attentat, aux supplices qu'ils auraient mérités. « C'était, écrit le feuillant Mathieu Dumas, compromettre le roi, l'accuser de complicité, faire surgir et appeler à la défense de la patrie tout ce qui portait un cœur français. »

Louis XVI s'empressa de désavouer le manifeste par un message. Mais on ne croyait plus à sa sincérité. Déjà Vergniaud l'avait accusé de n'être touché que par le seul amour du despotisme et d'abuser la France par d'hypocrites protestations.

Le 3 août, les sections de la capitale demandèrent la déchéance de Louis XVI, et le maire Pétion transmit leur pétition à l'Assemblée, qui différa la discussion jusqu'au 9 août. Mais ce jour-là elle rejeta la mise en accusation de Lafayette. Le lendemain eut lieu l'insurrection : l'invasion des Tuileries, le massacre des Suisses, le faible Louis XVI réfugié avec sa famille à l'Assemblée dans la loge du logographe, la populace victorieuse entrant dans la salle des séances et demandant à grands cris la déchéance du roi, tous les événements de cette sanglante et décisive journée sont suffisamment connus. Sous la pression de la foule, l'Assemblée suspendit de ses fonctions le chef du pouvoir exécutif, ordonna un plan d'éducation pour le prince royal, et convoqua une Convention chargée « d'assurer la souveraineté du peuple et le règne de la liberté et de l'égalité ». Elle rappela au ministère Roland, Clavière et Servan ; elle nomma ministres des affaires étrangères, de la marine et de la justice, Monge, Lebrun et Danton. Mais elle n'était plus le souverain de la France ; le véritable maître, c'est la nouvelle municipalité, formée à l'Hôtel de ville, composée de députés des sections et dirigée par Danton, Robespierre et Marat, c'est la commune de Paris qui s'est installée dans la journée du 10 août et qui, dès le premier moment, a déclaré à l'Assemblée, par la voix de Danton, qu'elle ne reconnaît d'autre juge que le peuple français réuni dans les assemblées primaires.

L'Assemblée, jalouse de son pouvoir, cassa la Commune ; mais celle-ci ne tint pas compte de cette décision ; elle protesta de son « brûlant civisme », s'opposa à de nouvelles élections et prit de son chef, sans se soucier de l'approbation du Parlement, les mesures les plus révolutionnaires. Elle ordonna des visites domiciliaires qui avaient pour but de s'emparer des armes et d'arrêter les suspects ; elle fit jeter dans les prisons près de quatre mille royalistes ; enfin, le 2 septembre, sur le bruit prématuré de la prise de Verdun, ce fut à l'instigation de la Commune qu'eurent lieu les affreux massacres de l'Abbaye, de la Force, etc.

Mais il est temps de reporter nos regards sur le théâtre de

la guerre où nous ne trouverons que de glorieux souvenirs. Lafayette n'avait pas hésité à se prononcer contre la révolution du 10 août; il fit renouveler à l'armée du nord le serment de fidélité à la loi et au roi; il arrêta les commissaires que l'Assemblée envoyait à ses troupes; il comptait sur Luckner qui lui promettait de le soutenir, et se proposait de marcher sur Paris. Mais l'Assemblée le déclara traître à la patrie et lança contre lui un décret d'accusation. Luckner l'abandonna; Dumouriez, qui commandait au camp de Maulde une des divisions de l'armée du nord, refusa de prêter le serment; de nouveaux commissaires de l'Assemblée entraînèrent l'armée de Lafayette, et le général, proscrit, délaissé de ses troupes, passa la frontière avec Lameth, Latour-Maubourg et Bureau de Puzy (9 août). Les avant-postes autrichiens l'arrêtèrent, et Lafayette, déclaré prisonnier de guerre, fut enfermé dans la forteresse d'Olmutz; il y demeura jusqu'en 1797.

L'habile Dumouriez, devenu jacobin par ambition, avait saisi l'occasion de se rendre agréable au nouveau gouvernement en refusant le serment que lui demandait Lafayette. Il fut récompensé par le commandement en chef de l'armée du nord; l'armée de l'est passa sous les ordres de Kellermann; quant à Luckner, quoiqu'il eût désavoué Lafayette, on connaissait trop son indécision et sa faiblesse; on l'envoya avec le vain titre de généralissime, à Châlons, où il fut chargé d'organiser les nouvelles levées.

Dumouriez avait conçu le plan d'envahir la Belgique où le peuple, qui détestait la domination autrichienne, appelait avec impatience une invasion française. Mais, pendant le mois d'août, les alliés avaient commencé leurs opérations. Le duc de Saxe-Teschen est chargé de s'emparer des places fortes de la Flandre, surtout de Lille. Plus bas, Clerfayt avec 15,000 Autrichiens doit se rendre maître de Stenay et marcher sur Reims, en formant l'aile droite de la principale armée. Au centre de cette vaste ligne d'opérations qui s'étend des Pays-Bas à Strasbourg, s'avance entre Sedan et Metz, par Longwy, Verdun et Châlons, le gros des envahisseurs composé de 42,000 Prussiens et commandé par le duc de Brunswick. A gauche de cette épaisse colonne d'attaque, qu'on nommait alors l'armée du roi, marchent 16,000 Autrichiens dirigés par le prince de Hohenlohe-Kirchberg avec mission de mettre le siège devant Thionville, et, derrière cette armée, en soutien, 6,000 Hessois, chargés surtout de bloquer les places fortes. Les émigrés se sont joints aux étrangers. Les uns se portent, sous les ordres du prince de Condé, vers Philippsbourg, pour surveiller avec le corps d'armée d'Esterhazy, Biron et Custine; les autres, sous le commandement des frères de Louis XVI, accompagnent le duc de Brunswick et le roi de

Prusse ; d'autres enfin, sous le duc de Bourbon, ont renforcé le corps autrichien de Clerfayt.

Le 5 août, l'armée de Brunswick était à Trèves ; le 11, elle s'emparait de la petite place de Sierck ; le 19, après quelques escarmouches livrées par l'avant-garde, elle passait la frontière française, et le même jour, les hussards de Wolfrath mettaient en déroute près de Fontoy un détachement envoyé par Luckner ; le 23, après quinze heures de bombardement, elle faisait capituler la forteresse de Longwy, et le 2 septembre, Verdun lui ouvrait ses portes. A Verdun et à Longwy, la garnison s'était assez énergiquement défendue ; mais la plupart des habitants, dévoués aux idées monarchiques, avaient entravé la résistance ; à Verdun, le commandant de la place, Beaurepaire, se brûla la cervelle.

Fallait-il marcher aussitôt sur Paris ? Tel était l'avis du roi Frédéric Guillaume II, avide de gloire militaire, désireux de sauver Louis XVI et plein de confiance dans la valeur de ses soldats. Mais Brunswick résistait ; il aurait mieux aimé s'assurer des forteresses de la Meuse, Sedan, Mézières et Givet, y passer l'hiver et, au printemps de l'année suivante, entreprendre, avec des troupes fraîches ou reposées, une campagne décisive. Il n'osa faire prévaloir sa volonté ; il adopta le plan du roi, mais il ne sut pas l'exécuter avec énergie et rapidité. Après la prise de Verdun, il aurait dû envoyer Kalkreuth, qui poussait déjà des avant-postes jusqu'à Varennes, s'emparer sans retard des défilés de l'Argonne. Il ne mit son armée en mouvement que le 11 septembre.

L'Argonne est cette suite de hauteurs qui s'étendent sur une longueur de quinze lieues entre Sedan et Passavant. Elle est couverte de bois épais et coupée de ruisseaux et de marais. Une armée ne peut la traverser que par cinq trouées qui sont du nord au sud : le Chesne-Populeux où passe le chemin qui mène de Sedan à Rethel ; la Croix-aux-Bois formant un chemin qui communique de Briquenay à Vouziers ; Grandpré, par où passe la route de Stenay à Reims ; la Chalade qui conduit de Varennes à Sainte-Menehould, et le défilé des Islettes, traversé par la grande route qui conduit de Verdun à Paris. Dumouriez, soit de sa propre inspiration, soit sur l'ordre de Servan, prit le parti d'occuper ces cinq passages avant que les Prussiens eussent le temps de s'en saisir. Il fit occuper la Croix-aux-Bois par un colonel, le Chesne-Populeux par le général Dubouquet, la Chalade et les Islettes par Dillon ; lui-même s'établit à Grandpré. Les cinq défilés étaient donc aux mains des Français. Dumouriez devait cet important résultat à la hardiesse et à la promptitude de ses mouvements. Au lieu de se porter derrière la forêt, il osa passer sur le front des bois et à proximité de Stenay, tout près des Autrichiens de Clerfayt. Il connaissait la « lenteur allemande » ; il comptait qu'à sa vue,

Clerfayt, selon la mode de Daun et des tacticiens autrichiens, se déroberait prudemment à une action décisive. Il ne s'était pas trompé dans ses calculs : Clerfayt, audacieusement attaqué près de Stenay par le Polonais Miaczinski qui commandait l'avant-garde de Dillon, s'empressa de reculer et de se renfermer jusqu'au 7 septembre dans le camp de Baalon. Aussitôt, Dillon, poussant sa pointe entre l'Argonne et la Meuse, courut aux Islettes et à la Chalade, pendant que Dumouriez, qui le suivait, se portait sur Grandpré. Cette belle marche de flanc, par des chemins de bois et de marais, à la vue des avant-postes ennemis, s'exécuta en cinq jours, avec une vivacité, une décision, une célérité que les Français n'eurent pas, hélas ! soixante-dix-huit ans plus tard, sur le même terrain et contre les mêmes ennemis[1].

Dumouriez se hâta de fortifier les passages qu'il venait d'occuper ; il fit rompre les routes et abattre des arbres, élever des retranchements et dresser des batteries ; les défilés semblaient inexpugnables ; c'étaient, disait-il, les Thermopyles de la France et il comptait être « plus heureux que Léonidas » ; pour mieux tenir encore dans ces positions qu'il jugeait inaccessibles, il demandait des renforts de toutes parts, au nord, à l'est, à Paris. Il ordonnait à Beurnonville d'accourir des Flandres à Rethel, et de là à Grandpré avec 16,000 hommes. Il commandait à Kellermann de se mettre en marche avec son armée et de venir, par Bar-le-Duc et Ligny, sur la gauche des Prussiens. Il faisait de Châlons le centre de ses ravitaillements et de ses secours. C'est sur Châlons que l'infatigable Servan dirigeait tous les volontaires.

Brunswick s'était laissé devancer par Dumouriez aux passages de l'Argonne. Il résolut, non pas de l'attaquer de front, mais de le tourner par le nord. Il ordonna au prince de Hohenlohe-Kirchberg d'abandonner le siège de Thionville et de venir, avec les Hessois, s'emparer de Clermont et observer les Islettes. Il envoya Kalkreuth plus au nord faire sa jonction avec Clerfayt à Briquenay. Lui-même, avec l'armée du roi, alla camper au village de Landres, en face de Grandpré.

Il faillit ressaisir l'avantage qu'il avait perdu par ses lenteurs devant Verdun. Le 12 septembre, au matin, après sa jonction avec Kalkreuth, Clerfayt s'emparait de la Croix-aux-Bois. Dumouriez avait eu l'imprudence de dégarnir de troupes ce passage qu'il jugeait secondaire ; il n'était préoccupé que de Grandpré et des Islettes ; il croyait que quelques hommes suffiraient à garder la Croix-aux-Bois, et le colonel qui commandait ce poste, lui semblait un homme d'expérience et de vigueur. Mais l'ennemi sut par ses espions que la position n'était que faiblement défendue ; la

---

1. Le 29 août 1870, trois jours avant le désastre de Sedan, le quartier général de l'empereur Guillaume était à Grandpré.

Croix-aux-Bois fut occupée presque sans résistance par le corps d'Autrichiens et d'émigrés que commandait le jeune prince de Ligne. Dumouriez, alarmé, voyant tomber une de ses positions, résolut de reprendre immédiatement la Croix-aux-Bois. Le général Chazot, qu'il avait chargé de cette opération, dirigea contre les retranchements un vigoureux assaut ; le prince de Ligne fut tué ; l'ennemi, enfoncé et mis en fuite ; le défilé, repris. Mais Chazot ne tint pas longtemps le passage reconquis ; deux heures après, les Autrichiens revenaient en forces et l'assaillaient ; avant midi, ils l'avaient à son tour chassé de la Croix-aux-Bois et rejeté sur Vouziers (15 septembre). Aussitôt Dubouquet, coupé de Grand-pré, abandonna le Chesne-Populeux et se replia sur Châlons. L'armée française courait le plus grave danger ; les Autrichiens, passant rapidement le défilé de la Croix-aux-Bois, venaient se mettre sur ses derrières pendant que les Prussiens l'attaquaient de front.

Dumouriez résolut de quitter immédiatement Grandpré et de se porter sur Sainte-Menehould, sans toutefois abandonner la Chalade et les Islettes : Dillon gardait ces derniers passages de l'Argonne ; mais, en se plaçant à Sainte-Menehould, Dumouriez s'adossait, pour ainsi dire, à Dillon, et tous deux, se soutenant mutuellement l'un à gauche, l'autre à droite, dans une position encore redoutable, tenaient tête aux envahisseurs et donnaient à Dubouquet et à Chazot, à Beurnonville et à Kellermann, le temps de les rejoindre. Ces quatre généraux reçurent l'ordre de se diriger sans retard sur Sainte-Menehould.

Le 15 septembre, Dumouriez abandonne le camp de Grandpré au milieu de la nuit, sans révéler son dessein à ses soldats ; il traverse l'Aisne et en remonte le cours ; il fait par des chemins défoncés et pleins de boue quatre lieues de marche. En se hâtant, Brunswick pouvait dès la veille le tourner et le détruire. Le lendemain même, s'il avait envoyé son armée ou seulement son avant-garde tout entière à la poursuite des Français, il remportait un avantage décisif. Il se contenta de dépêcher 1,200 hussards aux trousses de l'adversaire, et ces 1,200 hussards mirent en fuite 10,000 hommes ! A leur vue l'arrière-garde française fut saisie de panique et se débanda ; si l'ennemi eût poussé sa pointe, écrivait Dumouriez, il eût pu dissoudre toute l'armée. Il fallut toute l'énergie, toute la vigueur des généraux Miranda, Duval et Stengel pour rallier les fuyards et mettre fin au désordre. Le soir, lorsque l'armée prend ses campements à Dammartin-sur-Hans, une seconde panique s'empare de ces jeunes soldats qui ne voient que des traîtres dans leurs généraux. Mais Dumouriez écrit à l'Assemblée qu'il *répond de tout.* Il laisse Dubouquet près de Châlons, au camp de l'Épine, pour défendre la ville contre une attaque imprévue des Prussiens ; il s'établit sur les hauteurs de Sainte-Menehould, entre l'Aisne et des étangs, en s'appuyant à Dillon qui doit conserver à tout prix les Islettes contre les Hessois de Hohenlohe-Kirchberg ; il porte à Maffrecourt Beurnonville qui vient d'arriver de Flandre et qui forme sa droite ; il assigne à Kellermann, qui doit former sa gauche, les hauteurs de Gizaucourt. Le 19 septembre, Kellermann arrive enfin, non sans hésitation, par la route de Vitry-le-François, à deux lieues de Sainte-Menehould ; mais au lieu d'occuper les hauteurs de Gizaucourt que lui réservait Dumouriez, il se porte sur le moulin de Valmy.

Le nouveau plan de Dumouriez faisait honneur à son génie militaire. Il cessait de couvrir Paris, et laissait les ennemis déboucher de l'Argonne et s'emparer de la route de Châlons ; mais en occupant la position de Sainte-Menehould, il se plaçait sur leurs derrières, coupait leurs communications, arrêtait leur marche sur la capitale et les forçait à se retourner contre lui.

Ce ne fut que le 18 septembre que l'armée prussienne passa le défilé de Grandpré et franchit l'Aisne à Vouziers. Le 19, elle arrivait, en remontant le cours de la rivière, au village de Massiges. Brunswick ne voulait pas forcer l'ennemi dans ses positions ; il comptait par ses combinaisons et de savantes manœuvres forcer Dumouriez à battre en retraite sur Châlons, et il espérait porter le grand coup pendant que son adversaire ferait ce périlleux mouvement. Il eût peut-être réussi ; mais cette fois, ce fut le roi de Prusse qui, par sa précipitation, traversa les desseins de son général, de même que le général avait auparavant, par trop de circonspection, fait échouer les plans du roi. Trompé par un faux rapport, Frédéric Guillaume II s'imagine que Dumouriez veut lever son camp et reculer sur Châlons ; furieux de voir l'ennemi s'échapper une seconde fois, redoutant que la prudence excessive de Brunswick ne laisse les Français se dérober de nouveau, comme à Grandpré, il ordonne à son armée d'occuper la route de Châlons et de barrer le passage à l'adversaire. Il renvoie le train et les bagages aux Maisons de Champagne, près de Rouvroy, et se dirige sur Somme-Tourbe. Le matin du 20 septembre, l'armée prussienne est en face des Français. Le roi n'a sous sa main que 40,000 hommes ; mais il se flatte que l'ennemi, quoique supérieur par le nombre, devra céder à la discipline, à l'expérience, à la valeur des soldats du grand Frédéric. Brunswick fait occuper le mamelon de la Lune, en face du moulin de Valmy, et ces hauteurs de Gizaucourt où Kellermann avait négligé de s'établir. Il engage contre les troupes françaises postées autour du moulin une vive canonnade. Mais l'artillerie de Kellermann riposte avec vigueur à celle des Prussiens. Enfin, Brunswick lance contre le moulin le gros de son infanterie. A la vue de cette masse profonde qui s'ébranle résolùment et s'avance sur eux avec cet air d'assurance et de fermeté qu'ont toujours de vieilles troupes, les soldats de Kellermann hésitent un instant. Mais Kellermann voit leur inquiétude et leur trouble ; il parcourt leurs rangs ; il leur ordonne de ne pas attendre l'ennemi, mais de marcher à sa rencontre, la baïonnette en avant ; il met au bout de son épée son chapeau au long plumet tricolore et pousse le cri de « *Vive la nation* », que toute l'armée répète après lui. Brunswick n'avait commandé l'attaque qu'après beaucoup d'hésitation et sans trop espérer le succès. Mais il ne croyait pas que l'armée française ferait si ferme contenance. Il craignit d'échouer, il se représenta le péril auquel l'armée serait exposée en cas d'échec, il aima mieux ne pas risquer le combat. Il fit suspendre le mouvement d'attaque et ramena les troupes dans leurs positions.

Après la canonnade de Valmy qui prit aux yeux de la France les proportions d'une grande victoire, les Prussiens établirent leur quartier général à Hans. Mais bientôt les provisions de bouche leur firent défaut. Les magasins de vivres et de fourrages, dit l'émigré Dampmartin, avaient été négligés comme des précautions inutiles et dispendieuses. D'ailleurs Brunswick avait entrepris l'expédition aux approches de l'automne ; la pluie ne cessait de tomber à flots et faisait de ce sol argileux de la Champagne où campait l'armée prussienne, un véritable cloaque ; la dysenterie commençait à faire de grands ravages parmi les troupes.

Brunswick se résolut à la retraite. Il voyait son armée démoralisée, diminuée par la disette et par les maladies, pataugeant dans la boue et la fange, sous des averses continuelles. Tout le pays d'alentour se couvrait de partisans, sortis de Montmédy, de Sedan, de Mézières, et de cavaliers qui s'enhardissaient de plus en plus, coupaient ses communications, faisaient des courses jusqu'aux abords de son camp, harcelaient ou interceptaient ses convois. La Convention, qui s'était assemblée le lendemain de Valmy, avait proclamé l'abolition de la royauté. Des camps de volontaires se formaient partout ; Thionville, défendu par l'énergique Félix Wimpffen, repoussait les assauts du comte d'Erbach, qui avait succédé à Hohenlohe. On apprenait que Custine envahissait le Palatinat et l'électorat de Mayence : bientôt il devait s'emparer de Mayence et de Francfort ; il allait peut-être marcher sur Coblenz, s'emparer d'Ehrenbreitstein et couper aux Prussiens leur ligne de retraite. Enfin, Frédéric Guillaume II tournait son attention vers la Pologne, où Kosciusko, à qui l'Assemblée législative avait décerné le titre de citoyen français, luttait alors contre les Russes et les confédérés de Targowitz. Il ne voulait pas laisser à la Russie et à l'Autriche sa part du butin ; il reçut en effet, l'année suivante, au second partage de ce malheureux pays, la grande Pologne avec Dantzig et Thorn : cet agrandissement de territoire valait mieux qu'une campagne contre la France au profit des émigrés.

De son côté, Dumouriez ne voulait pas trop pousser ses avantages : il jugeait les Prussiens encore redoutables ; il aimait mieux conclure avec la Prusse une paix séparée et la détacher de l'Autriche. Alors commença cet échange de visites et de conversations, de mémoires et de propositions portés d'un camp à l'autre. Le secrétaire du roi, Lombard, fait prisonnier à Valmy, le colonel Manstein et le général Heymann, le diplomate Lucchesini rappelé tout exprès de Varsovie, jouèrent un rôle important dans ces négociations. Elles furent à l'avantage des Français jusqu'à la fin du mois de septembre ; durant les dix jours qui suivirent la canonnade, l'inaction, la pluie, la diarrhée achevèrent de décimer l'armée prussienne. Mais lorsque la retraite fut résolue, les Français ne surent pas mettre leurs chances à profit ; ils laissèrent l'ennemi franchir le défilé de Grandpré et passer la Meuse sans inquiéter ses mouvements. Brunswick, en sûreté derrière l'Argonne, voulut un instant garder Verdun et Longwy, s'emparer de Thionville, mettre le siège devant Sedan et Mézières. Mais à la nouvelle de l'invasion de Custine, le landgrave de Hesse abandonna l'armée prussienne et courut à la défense de ses États ; les Autrichiens de Clerfayt et de Hohenlohe se retirèrent sur les Pays-Bas menacés par Dumouriez. Le duc de Brunswick négocia avec Kellermann, rendit Verdun et Longwy sans conditions, et quitta le sol français après n'avoir été que mollement poursuivi.

II.

Gœthe prit part à la campagne de 1792 et l'a racontée, sous forme de journal, dans une de ses œuvres les plus attachantes. Il s'était joint, en amateur, au régiment de cuirassiers prussiens que commandait son protecteur et son ami, le grand-duc de Saxe-Weimar. Il n'avait pas quitté sans regret les « rives pacifiques de l'Ilm » ; il se souciait peu de renoncer à ses aises et d'échanger, comme il disait, lit, cuisine et cave contre la tente et la cantine ; que lui importaient au fond, les destinées des « pêcheurs aristocratiques et démocratiques » ? Ce qui le préoccupait à cette époque, c'étaient ses études sur l'optique et surtout ses bâtisses. Il était tout récemment devenu propriétaire de la maison qu'il habitait à Weimar, sur le *Frauenplan*. Le grand-duc l'avait achetée pour la donner à son cher poète, et celui-ci pensait à la reconstruire autrement. Charles-Auguste approuvait ses plans et s'offrait à payer sa dépense : Gœthe voulait transformer à l'italienne l'étage inférieur et en faire un espace entièrement libre avec des niches sur les côtés et un grand escalier d'une montée commode. Mais le 22 juin 1792, Charles-Auguste quitta Weimar pour se rendre à l'armée ; il fit promettre à Gœthe de venir le voir à Coblenz ; puis il le pria de l'accompagner à la guerre. Le poète maudit de tout son cœur les belligérants et répondit au grand-duc que sa maison n'était pas encore reconstruite. Mais Charles-Auguste insistait, et son amitié était trop précieuse pour l'écrivain ; il fallait en accepter les charges avec les bénéfices ; Gœthe partit, le cœur serré, en recommandant à son fidèle ami, le peintre Meyer, et sa femme Christiane Vulpius, et son enfant, et la réparation de sa maison.

Le récit qu'il nous a laissé de la campagne de 1792 est-il utile à l'histoire ? Évidemment, ce n'est pas une source de premier ordre ; elle n'offre presque rien de réellement important à l'historien, et MM. Häusser, de Sybel et de Boguslawski (*Histoire de l'Allemagne depuis la mort de Frédéric II; Histoire de la Révolution de 1789 à 1795; Histoire de Dumouriez*) n'ont guère tiré de l'ouvrage de Gœthe que le fameux mot sur la bataille de Valmy. Gœthe n'était pas attaché au quartier général ; sa présence même semble avoir été ignorée, non pas du duc de Brunswick, mais du roi de Prusse, et ni Lombard, dans ses lettres à sa femme, ni le prince royal, dans ses *Réminiscences,* ne citent le nom du plus grand écrivain de l'Allemagne. Il ne savait donc rien des résolutions qu'avaient prises les chefs supérieurs (ceux qu'il appelle *die Oberen*), et il est vrai que le prince royal lui-même n'était guère mieux informé. Si Gœthe avait seulement conservé ces ordres du jour et toutes ces pièces satiriques en vers qu'il avait composés pendant la campagne ! Il y raillait sans doute la lenteur du duc de Brunswick et les fautes commises par l'état-major ; il y parodiait peut-être les bulletins du général en chef ; il s'y moquait probablement de l'ordre donné par Brunswick à ses soldats de se munir de cette craie qu'ils trouvaient à leurs pieds dans les plaines de la Champagne et d'en faire provision pour fourbir leurs armes. Mais il nous dit qu'en retrouvant à Pempelfort parmi ses papiers ces petits pamphlets et ces poèmes moqueurs qui seraient si curieux pour nous, il les jeta dans un « beau feu de houille ». Il regretta plus tard l'autodafé de ce « précieux cahier » qui l'aurait « éclairé lui-même sur la marche des événements et l'enchaînement de ses pensées ».

Ce ne fut qu'en 1820 — vingt-huit ans après l'expédition ! — que le poète « se détermina, dit-il, à traiter la campagne de 1792 ». Il fit appel à ses souvenirs. Il revit ses notes, concises, sèches, peut-être en partie effacées, et le camérier du grand-duc, Wagner, lui prêta le journal qu'il avait tenu pendant la campagne. Mais les notes de Gœthe et de Wagner ne suffisaient pas. Le poète consulta ses lettres de l'époque et la correspon-

dance de ses amis[1]. Il lut l'*Histoire de l'État prussien*, parue
en 1819. Il parcourut les *Mémoires* de Dumouriez, car il cite la
dépêche où le général annonce à Servan que 10,000 hommes ont
fui devant 1,500 hussards ; il rappelle ce mot, que les défilés
de l'Argonne sont les Thermopyles de la France ; il traduit et
s'approprie les réflexions du général sur la campagne[2], etc. Enfin,
il fit usage des *Mémoires* de Massenbach. On trouvera dans les
notes de cette édition l'indication de ses emprunts à l'ouvrage du
major prussien (le jeu de mots sur Glorieux et Regret ; la visite des
dames et des demoiselles de Verdun au camp du roi de Prusse, et
« la grandeur d'âme » du monarque qui ne craint pas d'être empoi-
sonné par les dragées et les fruits ; la scène où le roi, furieux de
voir Dumouriez lui échapper encore une fois, ordonne au prudent
Brunswick de livrer bataille ; la convention faite entre les avant-
postes durant l'armistice et les placards dans les deux langues
que des soldats français, Alsaciens de naissance, distribuent aux
Prussiens en leur vantant les avantages du nouveau régime de
liberté et d'égalité, etc.).

Composée près de trente années après les événements, l'œuvre
de Gœthe n'a donc pas l'allure franche et vive d'un récit composé
au jour le jour. Il manque à l'ensemble ce que le poëte appelle
quelque part le souffle aimable et immédiat de la vie[3] ; il n'offre
pas le même charme qu'un récit naïf et tout frais éclos ; il a été
revu, abondamment retouché et repoli à loisir[4]. Quel que soit
l'art de la composition, on peut regretter de n'avoir pas un récit
plus chaud et plus *réel*, né en pleine campagne de 1792 ou quelques mois après l'expédition, lorsque l'impression des événements
ne s'était pas encore effacée, lorsque, pour parler comme Gœthe,
la guerre courait après lui, lorsque ce méchant démon le pour-
suivait obstinément, lorsque le sol semblait encore trembler sous
ses pieds. Plût au ciel qu'on eût pu conserver dans tous ses détails cette conversation « extrêmement intéressante » du 6 juin
1794 où il racontait à Böttiger, durant un dîner, ses aventures
de la campagne avec tant d'esprit et d'humour[5] !

---

1. Il est certain que, dès les premières pages, lorsqu'il parle de sa mère et de
la ressemblance qu'on lui trouve avec elle, il se souvient de la lettre de Huber
à Kœrner (publiée dans les *Œuvres de Huber*, I, p. 441) : „in Augenblicken machte
es mir vielen Spaß, seine Mutter ganz in ihm wieder zu finden."

2. Sur les emprunts faits par Gœthe aux *Mémoires* de Dumouriez, voir les
notes de cette édition et un article de la *Revue critique*, 1883, n° 42, 15 octobre.

3. Und so verschwindet der schönste unmittelbarste Lebenshauch unwiederbringlich
für uns und andre. (*Affin. elect.*, II, 9.)

4. *Annales*, 1821 : „die Sonderung und Verknüpfung des Vorliegenden erforderte
alle Aufmerksamkeit." La rédaction définitive eut lieu dans l'hiver de 1821-1822,
du mois de novembre au mois d'avril environ.

5. *Gœthe-Jahrbuch*, IV, p. 823.

Le style est, selon une expression chère à notre poète, *vornehm*, c'est-à-dire de bon ton et de grand air. Ce n'est pas un soldat ou un correspondant de journal qui raconte ce qu'il a vu dans une langue brusque, rapide, familière et colorée du reflet de la réalité ; c'est un écrivain de profession, un homme de lettres qui compose avec soin un récit d'une belle ordonnance en un style élégant et noble, plein de distinction et de charme. Même clarté, même dignité, même ampleur, même harmonie de diction que dans *Poésie et vérité* et parfois aussi même apparence de froideur. Et, en effet, la *Campagne de France* est un appendice aux Mémoires de Gœthe ; elle forme une partie de son autobiographie, la « cinquième partie de la deuxième section » ; la première édition de 1822 portait le titre significatif : *Aus meinem Leben.*

La *Campagne de France* est moins l'histoire de l'expédition que des impressions de Gœthe durant cette guerre. Le poète ne nous parle pas seulement des affaires d'avant-postes, de la prise de Longwy et de Verdun, de la canonnade de Valmy, de la retraite de l'armée ; il décrit le monument d'Igel ; il retrace ses observations scientifiques ; il s'arrête à considérer un débris de poterie qui gît au fond de l'eau et offre à ses regards les plus belles couleurs prismatiques, ou un boulet de quatre dont la surface se termine en pyramides cristallisées ; il rappelle ses souvenirs de Venise, la croisade de saint Louis en Égypte, la bataille des Champs catalauniques ; il nous entretient de ses goûts, de ses prédilections et de ses manies. Le récit de Gœthe est tellement personnel que la campagne de France n'occupe guère que la moitié de l'ouvrage. Après qu'il a retracé l'image lamentable de la retraite, l'auteur décrit les monuments de Trèves et raconte sa visite à Jacobi, son séjour à Pempelfort et à Dusseldorf, un voyage qu'il fit dans le Harz en 1777 et son entrevue avec le misanthrope Plessing, l'accueil qu'il reçut à Munster de la princesse Galitzin, son retour à Weimar. Il fait le tableau de la société de Weimar dans les derniers mois de 1792 et au commencement de 1793 ; il parle des acteurs et des auteurs du temps, d'Iffland et de Kotzebue, de Voss et de Wieland ; il consacre quelques pages à sa collection de camées, il analyse ses œuvres dramatiques. La Révolution forme toujours le fond de cette seconde partie du récit ; on voit dans le lointain les populations épouvantées que la guerre chasse devant elle et à diverses reprises, comme dans *Hermann et Dorothée,* il est question des émigrés, et de princes en fuite, et de rois en exil : *Fürsten fliehen vermummt und Könige leben verbannet.* Mais enfin, les dernières pages du livre n'ont pas trait à la campagne de France.

Aussi, ne publions-nous dans cette édition que la première partie du récit ; nous suivons Gœthe sur le territoire français, à l'aller et au retour; nous l'accompagnons encore, durant la retraite, jusqu'à cette ville de Luxembourg mi-française, mi-allemande, sur laquelle les récents ouvrages de MM. Servais et Rothan ont rappelé l'attention[1]; nous l'abandonnons le 22 octobre lorsqu'il se rend à Trèves et s'enfonce en pleine Allemagne. C'est même le 13 octobre, dès que Gœthe a dépassé Longuyon, vu de loin la forteresse de Longwy, et goûté quelque repos dans la famille de son guide, à Arlon, que se termine, dans le propre sens du mot, la *Campagne de France*. Le reste de l'ouvrage pourrait être intitulé: « le Retour à Weimar », *die Rückkehr nach Weimar*.

Le récit de Gœthe renferme quelques erreurs. Elles sont corrigées dans les notes de notre édition, et n'ont qu'une légère importance. Il est inexact que Beaurepaire se soit tué d'un coup de pistolet en pleine séance du conseil municipal. — Il n'est pas vraisemblable que le roi de Prusse ait donné un bal aux dames et aux jeunes filles de Verdun. — Le soldat qui, selon Gœthe, tira sur les Prussiens à leur entrée dans la ville sans blesser personne, était non pas un grenadier, mais un chasseur à cheval, et il tua réellement un Prussien, un lieutenant des hussards de Köhler, le comte Henkel. — Drouet, le maître de poste de Sainte-Menehould, qui, selon le mot de Napoléon, changea la face du monde en arrêtant Louis XVI à Varennes, ne fut pas fait prisonnier par les Prussiens. Gœthe l'a confondu avec le maire de Varennes, George. — Le roi de Prusse avait établi son quartier général, non pas à Glorieux, mais à Regret. — L'article du *Moniteur* du 3 septembre n'est pas exactement reproduit. — Stenay n'était pas resté *uncrobert*, puisque Clerfayt en chassa l'avant-garde française commandée par Miaczinski. — Ce ne fut pas un seul caisson qui sauta à la bataille de Valmy, mais, comme l'écrit Kellermann à Servan, il y eut une explosion de trois caissons, incendiés par un obus. — Lombard, dont Gœthe ne cite pas le nom, était secrétaire du roi de Prusse et non du duc de Brunswick, et il fut échangé, non pas contre Drouet, mais contre George. — Le duc de Brunswick envoya à Dumouriez, non pas son « manifeste » du 25 juillet, mais un nouveau et troisième manifeste, etc.

Le plus grave reproche qu'on puisse faire à Gœthe, c'est qu'il peint avec de trop noires couleurs la situation de l'armée prussienne après Valmy. Même avant la canonnade, il parle à deux reprises de la « terrible position où l'on se trouve entre ciel et terre » (12 sept. et 13-17 sept.). Ce mot « terrible »

---

1. Servais, *le Grand-Duché de Luxembourg et le traité de Londres*; Rothan, *l'Affaire du Luxembourg*.

(*schrecklich*) est bien fort, puisque l'auteur affirme quelques
lignes plus loin qu'une bataille était inévitable et que l'armée des
alliés avait la certitude de la gagner (18 sept.). Gœthe, trompé
par ses souvenirs, annonce trop tôt que la chance va tourner[1].
Après Valmy, la situation des Prussiens empire de jour en jour.
Mais Gœthe a-t-il raison de la regarder comme désespérée, et de dire
qu'elle ne pouvait être plus critique? A l'entendre, il était facile
aux Français d'anéantir l'armée (25 sept.), et tous voyaient bien qu'on
était perdu, selon les règles de la stratégie, si l'ennemi avait eu
la moindre envie de les inquiéter et de les serrer de près (28
sept.). Il semblait, dit-il encore, qu'un miracle seul pût nous
sauver (27 sept.), et dans la nuit du 29, en proie à l'insomnie, il
s'effraie à l'idée que, si les Français s'avisaient de surprendre le
camp, pas un rayon de roue, pas un ossement humain n'échappe-
raient. Quelle exagération! Gœthe sait pourtant que l'armée de
Dumouriez et de Kellermann n'est composée en grande partie que
de volontaires indisciplinés; il observe précédemment (24 sept.)
que les généraux français avaient plus de troupes qu'ils n'en
pouvaient commander et que les volontaires apportaient le goût du
meurtre et du pillage plutôt que d'une guerre régulière (27 sept.).
Ici encore il commet une singulière erreur; il s'imagine qu'il eût
suffi de lâcher ces bandes indociles et mutines; elles nous auraient,
écrit-il, donné le coup de grâce. Mais ces volontaires, comme
disaient dans le camp français les vrais soldats, étaient pour la
plupart des traînards d'armée et des héros de carrefour, ardents à
l'émeute et lâches au combat. Dumouriez se garda bien de les envoyer à l'ennemi; ils eussent pris honteusement la fuite devant les
bataillons aguerris des Prussiens, jeté le désordre parmi ses troupes, et causé une défaite irréparable. Il faut, écrivait-il à Servan,
purger l'armée avant de s'en servir. Les négociations de Dumouriez,
dont notre poète a justement reconnu l'importance, prouvent que
les Français, malgré leur belle attitude à Valmy, étaient dans
l'embarras aussi bien que leurs adversaires. La position de Dumouriez, observe Jomini, était toujours hasardée; il restait encore
au duc de Brunswick la chance d'une victoire, et les Français
préférèrent un demi-succès certain à un avantage douteux.

On pourrait enfin reprocher à Gœthe quelques inexactitudes
non pas historiques, mais personnelles. Il était trop éloigné de
cette époque de sa vie pour ne pas commettre de graves erreurs.
Dans la seconde partie du récit, il raconte qu'à Pempelfort il se
sentait quelquefois mal à son aise, qu'il n'osa parler de ses
œuvres récentes et en lire des extraits, qu'on le blâma d'étudier
la nature et de renoncer en apparence à la poésie, qu'il eut de

1. Dès le 4 septembre il a prononcé le mot inexact : „die höchft ungünftige
Sage.“

vives discussions et même des querelles avec des hôtes, en un
mot qu'il n'édifia nullement la société. Ses lettres de l'époque
démontrent au contraire qu'il reçut l'accueil le plus aimable,
qu'il n'y eut pas entre Gœthe et Jacobi l'ombre d'un nuage, que
tous deux s'épanchèrent avec autant de confiance et d'abandon
qu'en 1774, et que le poète goûta dans ce beau séjour un bonheur sans mélange. Il n'y a pas, dans la première partie de la
Campagne de France, de si grandes méprises. Mais les souvenirs du poète s'effaçaient déjà. Il racontait en 1794 à Böttiger
que, près de Verdun, un paysan caché dans une vigne, avait tiré
contre les Prussiens et qu'on voulait le pendre ; mais il n'y avait
pas d'arbre dans le voisinage et le major prussien le laissa partir, après l'avoir régalé d'une volée de coups de bâton. Vingt-huit
ans après, Gœthe oublie de nous parler de la pendaison qui me-
naça le paysan, et on pourrait croire d'après son récit, que ce
Français n'a pas tiré sur les Prussiens et voulait seulement épou-
vanter les oiseaux qui venaient becqueter ses raisins. Il disait à
Böttiger que les hussards avaient « ramené heureusement, dans
son village, avec deux voitures et ses effets, une jolie paysanne » ;
dans la *Campagne de France*, ce rôle de sauveur est joué par
un officier sensible, accompagné de deux soldats, et Gœthe ne
parle que d'une seule voiture.

Mais ces erreurs vénielles prouvent qu'au fond tout est vrai
dans le récit de Gœthe, tout, jusqu'aux anecdotes, jusqu'aux
aventures qu'il eût été si facile d'inventer. En 1794, Gœthe par-
lait déjà de ce paysan rencontré dans les vignes, de la belle jeune
fille de Samogneux, de la lettre de recommandation qu'un habitant de Verdun ou des environs lui donnait pour un habitant de
Paris[1], de l'article menaçant du *Moniteur*, des cartes de Jäger
entoilées par un soldat du régiment. Quoique le récit de Gœthe
soit la suite de ces Mémoires auxquels il a donné le titre expressif
de *Poésie et vérité*, il y a dans la *Campagne de France* infi
niment plus de *vérité* que de *poésie*. En racontant ses impressions de guerre de l'année 1792, Gœthe était en pleine histoire ;
il ne pouvait, comme il l'a fait dans son autobiographie, puiser
dans son imagination ; il devait rester fidèle à la réalité historique. J'affirme, a dit un des meilleurs historiens de l'Allemagne,
M. Hermann Hüffer[2], qu'il est difficile d'écrire un livre aussi vé-

1. A lui ou à son domestique.
2. Dans son article du *Gœthe-Jahrbuch*, IV, p. 79-106, qui nous a été très
utile. Nous ne saurions être trop reconnaissant envers l'éminent professeur
de l'Université de Bonn, qui nous a fait don d'un exemplaire des *Lettres de
Lombard*, publiées par lui dans la *Deutsche Revue*, et de son étude : *Zwei neue
Quellen zur Geschichte Friedrich Wilhelms III., aus dem Nachlass Lombards und
Lucchesinis* ; nous le remercions ici, encore une fois, de son obligeance et de sa
parfaite courtoisie.

ridique ; Gœthe avait l'amour de la vérité ; plus on pénètre dans l'histoire de l'époque, plus on apprécie, au point de vue purement historique, la valeur de ses témoignages.

La campagne de 1792 est aujourd'hui connue dans tous ses détails, grâce aux travaux de MM. Häusser, de Sybel, de Boguslawski, et les *Mémoires* de Massenbach (*Memoiren zur Geschichte des preussischen Staates*, 1er vol., Amsterdam 1809), les lettres du témoin oculaire (*Briefe eines preussischen Augenzeugen über den Feldzug im Jahre* 1792), les *Réminiscences* du prince royal (*Reminiscenzen über die Campagne in Frankreich*, supplément du *Militär-Wochenblatt* de nov. et déc. 1846 ; traduit par Mérat sous le titre : *Réminiscences de la campagne de* 1792 ; Paris, Corréard, 1848), enfin les lettres de Lombard publiées tout récemment par M. Hüffer retracent fidèlement les moindres épisodes de cette expédition. Or, il n'y a pas un événement raconté par Gœthe, pas un fait, si mince qu'il soit, pas un menu détail que ne confirment ces divers écrits ; et pourtant, Gœthe n'a certainement connu ni les lettres de Lombard, ni les *Réminiscences* du prince royal, ni même le récit du « témoin oculaire ». Quoi qu'on ait dit, Gœthe a mis dans son œuvre le soin, le sérieux, la conscience, la religion de l'histoire, et ceux mêmes qui ne demandent à l'écrivain que des faits scrupuleusement racontés, ne devront parler désormais de la *Campagne de France* qu'avec l'estime et le respect que commande toute œuvre vraie.

On pourrait croire que le maître de poste de Grevenmachern est un personnage fictif que l'auteur aurait mis en scène pour mieux montrer l'état des esprits et faire pressentir le désastre futur. Mais le témoin oculaire rapporte, lui aussi, qu'il a vu sur la route de Trèves à Leipzig, des patriotes et des républicains qui prédisaient la catastrophe. — Le maître de poste raconte à Gœthe que les Prussiens ont, à leur entrée sur le territoire français, pillé des villages et que la population est profondément irritée ; Lombard a été témoin de ces excès qui eurent lieu le 19 août à Tiercelet et le lendemain à Brehain-la-Cour, et il ajoute qu'on exaspère la France par une pareille conduite. — Gœthe dit que le commandement supérieur fait mine de punir les pillards ; le témoin oculaire assure, de son côté, que le duc de Brunswick a donné des ordres sévères qu'on a négligés par la suite. — A son arrivée à Longwy, Gœthe se fait conter les exploits de ses compagnons : cinq escadrons des hussards de Wolfrath ont rencontré mille chasseurs venus de Sedan et les ont défaits ; le carnage a été terrible, car les Français ne demandaient pas de quartier. C'est le combat du 19 août livré près de Fontoy. Lombard écrit à sa femme que les hussards ont tué 300 hommes et fait 160 prisonniers, mais que les Français se sont battus en déses pérés et n'ont pas voulu accepter de quartier. Le prince royal a vu les prisonniers et l'un d'eux, la mâchoire en sang et presque disloquée, lui a dit gaiement : « *Ils m'ont rasé un peu trop près* » ; le jeune prince a noté dans son journal ce « bon mot vraiment français ». — Gœthe fait un affreux tableau du camp de Praucourt ; le fossé qui détourne l'eau des prairies avait été comblé par les immondices du camp, et la digue s'étant rompue sous de violentes averses, tous ces débris infects, entrailles de bêtes, ossements, etc., avaient été jetés dans les tentes. Le témoin oculaire dit aussi que le camp était plein de peaux de mouton, d'entrailles de porc et de toute sorte d'ordures (I, 115). — Gœthe rapporte que le roi de Prusse enjoignit aux chefs de corps de laisser toutes leurs voitures sans exception derrière l'armée et ne leur permit qu'une simple chaise qui devait précéder le régiment. Dès le 17 août, Lombard écrit de Montfort, que le roi a fait rester en arrière le train qui n'était pas nécessaire et diminué de sept le nombre de ses propres voitures. — Le 29 août, dit Gœthe, le ciel était couvert, mais le soleil brûlant perçait les nues ; ce sont les expressions mêmes du prince royal : « Ciel couvert et soleil brûlant. » Gœthe remarque que çà et là des fusiliers fatigués ne peuvent se traîner : le témoin oculaire ajoute que plusieurs soldats moururent de chaleur et d'épuisement (I, 128). Le même jour, l'armée traverse Arrancy, non loin de l'abbaye de Châtillon, « bien de l'église, dit Gœthe, qu'on avait vendu et qui offre au passage avec ses murs à moitié renversés et détruits, un premier indice de la Révolution ». Le témoin oculaire écrit que l'armée passa devant l'abbaye vendue par la nation ; « le nouveau propriétaire avait abattu quelques bâtiments et cédé les matériaux aux habitants des environs » (I, 129). — Gœthe raconte qu'il acheta chez un confiseur de Verdun des liqueurs exquises, entre autres un *baume humain* très réconfortant et des dragées enveloppées dans de jolis cornets. Les *Réminiscences* du prince royal donnent le nom de ce confiseur ; il s'appelait Leroux et demeurait au coin d'une petite place. (Voir aussi la lettre du 3 septembre de Charles Auguste à Einsiedel : « *eine Boutique von Dragées, Bonbons, Liqueurs und dazu gehörigen Mädchens* »). — En quittant Verdun, Gœthe rencontre un émigré qui s'indigne de la cruauté du roi de Prusse envers les princes français. Malgré une pluie épouvantable, le roi a quitté Regret sans surtout et sans manteau, et les princes ont dû l'imiter. N'est-il pas désolant de voir ces augustes personnes légèrement vêtues, mouillées jusqu'aux os et ruisselantes de pluie ? Le prince royal remarque à la même date (11 sept., p. 155) : « piteux aspect des princes français transpercés par la pluie, pendant qu'ils suivent à cheval le roi de Prusse ». — Enfin, les *Réminiscences* du futur roi Frédéric Guillaume III nous parlent, comme le récit de Gœthe, de l'imprudence de Louis Ferdinand et des lentilles offertes aux généraux et aux soldats par le camérier et le cuisinier du grand-duc de Weimar.

Ces citations suffisent ; elles démontrent que le narrateur de la campagne n'a rien inventé. S'il y a quelque *poésie* dans cette *vérité,* il faudrait la chercher surtout dans les pages qui portent la date du 27 septembre ; Gœthe y rappelle qu'il a voulu, sinon amuser, du moins distraire la société réunie sous la tente du grand-duc de Weimar : il s'est fait conférencier ; il a raconté la bataille de La Mansourah et la captivité de saint Louis. Il cite même les paroles du comte de Soissons à Joinville : « Encore en parlerons-nous de cette journée ès chambre des dames. » Gœthe ne savait pas son Joinville par cœur ; il est évident qu'en 1792, il n'a pu faire à ses compagnons un récit aussi minutieux de la croisade ; si expressives et si connues que soient les paroles du comte de Soissons, il ne les a pas citées au complet et dans le texte original. Mais nous savons, par ses *Annales,* qu'il lut en 1820 « l'histoire de Jeanne d'Arc dans tous ses détails », les « *Poésies* de Marie de France » et un certain nombre d'ouvrages de « l'ancienne littérature française » ; il dut lire alors les *Mémoires* de Joinville, à ce qu'il semble dans le texte de 1785 ; il lui parut qu'une citation du naïf chroniqueur serait à sa place dans le récit de la campagne ; elle ferait en quelque sorte diversion ; elle interromprait un instant la monotone narration des misères de l'armée.

Il ne se contente pas de rappeler à « ses compagnons de guerre et de souffrance » la mort du comte d'Artois et la victoire des Sarrasins. Il leur raconte la bataille livrée par Aëtius et ses alliés aux Huns d'Attila dans les Champs catalauniques et leur montre que, malgré sa défaite, le roi sut échapper aux vainqueurs « avec les restes de son immense armée ». Le rapprochement est heureux. Gœthe, il est vrai, confond les Burgondes et les Wisigoths, mais il fait entendre que Dumouriez, de même que Aëtius, laissera décamper l'adversaire sans trop l'inquiéter. Mais est-il bien certain qu'il ait fait en 1792 cette comparaison historique aux officiers de Weimar? J'en doute ; en 1820, lorsqu'il lisait les Mémoires de Massenbach, le nom de *Teufelsfeld* ou « Champ du diable » que rappelle le major prussien, lui tomba sous les yeux ; il s'empara de ce thème et broda là-dessus quelques lignes.

Mais, si dans la *Campagne de France,* comme dans ses Mémoires, Gœthe mêle à la « vérité » quelques grains de « poésie », il faut reconnaître qu'il a su traduire et rendre avec une entière exactitude et une fidélité saisissante la physionomie de l'expédition. Il avait cependant de grandes difficultés à surmonter, car il voulait « rester absolument vrai et en même temps ne pas négliger l'*euphémisme* convenable ». Il y a réussi. Il ne charge personne ; il n'accuse formellement ni le duc de Brunswick de lenteur, ni le roi de Prusse de précipitation ; il ne dit pas tout, mais, s'il est, dit-il en un endroit, plus porté à observer qu'à juger, ses observations mêmes recèlent des jugements et des bouts de phrases, des incidentes, des expressions qui, au premier abord, passeraient inaperçues, dévoilent souvent sa pensée.

Suivons-le dans toutes ses étapes et attachons-nous à ses pas. Il vient d'arriver à Mayence, et déjà, au début de l'expédition, on prévoit qu'elle est vouée à l'insuccès. Tout le monde ne croit pas à la victoire ; on est ému, surexcité. Gœthe observe à la table de M. de Stein cette impatience fébrile et cette « tension » des esprits. Il y voit de charmantes Françaises, et, entre autres, la sémillante princesse de Monaco ; l'espérance brille sur ces beaux visages, mais, par instants, au milieu des éclats de rire et des saillies plaisantes de la princesse, éclate l'inquiétude. La ville de Longwy ouvrira-t-elle ses portes ? L'armée française se joindra-t-elle aux alliés ? Les populations se déclareront-elles pour la bonne cause ? Oui, disent les uns, mais les autres remarquent que les troupes prussiennes avancent bien lentement et que les chemins sont mauvais.

Gœthe poursuit sa route ; partout, de Mayence à Trèves et de Trèves à la frontière, des corps en mouvement, des convois, des dames de la noblesse française courant rejoindre leurs maris, et enfin, à la limite de la France et de l'Allemagne, dans le camp de Grevenmachern, une petite armée de gentilshommes émigrés et de chevaliers de Saint-Louis. Voilà les brillants officiers qui paradaient naguère à la tête d'un régiment ou dans les galeries de Versailles ! Ils n'ont ni domestique ni palefrenier, et conduisent eux-mêmes leurs chevaux à l'abreuvoir ou chez le maréchal. Gœthe s'entretient avec le maître de poste, et ce confrère de Drouet ne cache pas ses convictions républicaines : il prédit à l'armée des alliés un temps désastreux et des chemins exécrables. Gœthe atteint le camp de Praucourt ; le sol est détrempé, défoncé ; ni grand'gardes, ni sentinelles ; le camp est une solitude, un « désert de tentes » ; tous les soldats se sont tapis sous la toile pour n'y « trouver contre un temps effroyable qu'un misérable abri ». Gœthe passe la nuit dans une dormeuse ; mais le lendemain, lorsqu'il s'éveille, le terrain est tellement fangeux qu'il n'ose s'aventurer au dehors, et, durant son séjour à Praucourt, soir et matin, des soldats le transportent de la dormeuse aux tentes et des tentes à la dormeuse qui reste, pour ainsi dire, inaccessible, semblable à une île dans une mer de boue.

Pourtant la confiance anime tous les cœurs. Verdun capitule, et « personne ne doute plus, après cette conquête rapide, que l'armée ne se porte plus loin, sur Châlons et Épernay, et de là, sur Paris ». Mais ce que le poète voit autour de lui l'inquiète et le trouble. Il raconte que son hôte de Jardin-Fontaine a remis à son domestique une lettre pour Paris, mais en ajoutant avec une ironie malicieuse: « Tu n'iras pas jusque-là. » Il lit dans le *Moniteur* ces mots menaçants, « que les Prussiens pourront entrer à Paris, mais qu'ils n'en sortiront pas ». Après tout, il était aisé de prendre Verdun, puisque la place est « exposée de toutes parts au bombardement ». Le suicide de Beaurepaire, ce « grand exemple de dévouement patriotique » et « ce trait héroïque du caractère républicain », la vigoureuse résistance de ces garnisons qui devaient se rendre à la première sommation, la fuite de ces paysans qui se cachent dans les bois avec leurs bestiaux, tous ces actes inattendus d'énergie et de désespoir ou de latente hostilité ne révèlent-ils pas la vanité des promesses qu'ont faites les émigrés, et des espérances que nourrissent encore les alliés? Enfin, la ligne de l'Argonne, ce « verrou de montagnes », arrête encore l'armée des coalisés. Cependant, l'Argonne est « tout près ». Pourquoi l'armée ne l'a-t-elle pas occupée aussitôt? Pourquoi n'a-t-elle pas poussé en avant, avec la certitude de ne pas rencontrer de résistance? Pourquoi a-t-on laissé Dumouriez se porter sans obstacle sur les Islettes et Grandpré, et opposer ainsi aux alliés de nouvelles Thermopyles? Déjà, Gœthe a laissé entendre que le double commandement exercé par le roi de Prusse et par le duc de Brunswick sera funeste à l'expédition. Il s'est demandé « laquelle de ces deux puissances est supérieure à l'autre? Laquelle décidera dans les cas douteux? » Ce conflit entre les deux chefs éclate après la prise de Verdun. Gœthe le fait entrevoir lorsqu'il parle de leur quartier général; l'un logeait à Glorieux, et l'autre à Regret, « deux noms qui donnaient lieu à de singulières considérations ». Il rappelle un jeu de mots du temps : il oppose à la circonspection de Brunswick qui n'engage l'expédition qu'à *regret* l'ardeur bouillante du monarque, *glorieux*, avide de renommée, possédé du désir de pénétrer en Champagne et jusque dans Paris.

La partie du récit comprise entre le campement de Landres et la marche sur Massiges est, comme M. Hüffer l'a très bien remarqué, la plus faible de l'ouvrage. Elle ne fait pas suffisamment comprendre les événements qui se sont passés; elle ne montre pas assez nettement les incidents qui précèdent et amènent la retraite de Dumouriez sur Sainte-Menehould et la canonnade de Valmy. Gœthe — qui prend le Chesne-Populeux pour la Croix-aux-Bois — n'a pas su fondre en un ensemble clair et distinct les notes qu'il avait recueillies, et durant quatre ou cinq pages, la narration flotte au hasard.

Mais la description de la canonnade de Valmy est aussi véridique que saisissante, « la terre tremblait, dans le sens le plus propre du mot ». Un ennemi de Gœthe, Stramberg, l' « antiquaire rhénan », a prétendu que cette canonnade ne fut qu'un jeu d'enfants, et que le récit du poète est hyperbolique (*pompös*). Il y eut sans doute de 1792 à 1815, des canonnades supérieures à celle de Valmy par la puissance et l'intensité. Mais c'était la première fois que l'artillerie tonnait sur un champ de bataille de l'Europe depuis la guerre de Sept ans [1] ; de là l'étonnement, la stupeur, et, si l'on peut dire, l'étourdissement des contemporains. Massenbach dit, comme Gœthe, que la terre *tremblait* et qu'à ce bruit formidable, l'émotion le saisit ; il embrassa Boguslawski, et les deux officiers se jurèrent, selon la mode du temps, une éternelle amitié.

Le soir de la bataille, Gœthe prononça ces paroles prophétiques : « De ce lieu et de ce jour date une nouvelle époque dans l'histoire du monde, et vous pourrez dire : j'y étais. » S'il les a réellement prononcées et si ce mot, qu'il s'attribue au bout de vingt-huit ans, n'est pas un mot forgé après coup, il faut admirer l'étendue et la pénétration de son esprit.

Les pages suivantes exposent l'état moral et physique de l'armée prussienne durant les négociations qui s'engagèrent après la canonnade. Gœthe n'a rien su de ces négociations ; mais il a deviné ce qui s'était passé et vu, comme on dit, le dessous des cartes. Il raconte que Manstein et Heymann se sont rendus à Dampierre sous prétexte de traiter de l'échange des prisonniers, mais en réalité pour amener un retour de fortune. Il pressent qu'on voulait exploiter le dévouement de Dumouriez à la Constitution et son irritation contre les hommes de septembre. Il juge avec raison l'armistice du 24 septembre funeste à l'armée prussienne.

La retraite commence ; c'est dans la *Campagne de France* qu'il faut en chercher un récit à la fois émouvant et fidèle. Le journal de Gœthe fait mieux voir qu'un livre d'histoire, la fin misérable de l'expédition ; il montre comment se dissout et se fond peu à peu cette armée que le poète admirait naguère à Grandpré ou à Massiges et à laquelle il souhaitait un Van der Meulen. Dès le 29 septembre, l'artillerie et le train n'avancent qu'avec peine, cahotant, « labourant le sol détrempé ». On laisse en gémissant des malades sans secours, on abandonne à l'humanité des Français les malheureux qui gisent dans le château de Grandpré, transformé en hôpital et devenu « le séjour de la peste et de la mort ». A mesure que la retraite se précipite et s'approche de la frontière, elle offre un aspect de plus en plus navrant,

---

1. En exceptant les guerres de l'Autriche et de la Russie contre les Turcs.

Partout, des voitures embourbées, versées, abîmées, des fourgons mis en pièces, des caisses, des valises, les jolis porte-
manteaux des émigrés abandonnés dans la campagne ; des chevaux que les soldats affamés ont écorchés et dépecés, ou bien qui
tombent épuisés dans les fossés et les champs, parfois sur le
chemin où les roues des voitures les écrasent et broient leurs
membres palpitants ; les cadavres de ceux qui n'ont pu résister à
la fatigue, à la maladie, à la faim, et que les pillards ont cachés
sous les buissons, après les avoir dépouillés de leurs vêtements ;
même à Luxembourg, des fugitifs en haillons, des armes brisées, des essieux et des affûts épars, « épilogue fatal de la
guerre [1] » !

La *Campagne de France* a paru trois fois du vivant de Gœthe,
en 1822, sous le titre : *Aus meinem Leben, zweiter Abtheilung,
fünfter Theil,* et dans le 25e volume de l'édition de Vienne ;
plus tard, dans le 30e volume de l'« édition complète de dernière
main » (*vollständige Ausgabe letzter Hand*). Depuis, elle a été
éditée en Allemagne par M. Gœdeke dans le 10e volume de l'édition Cotta, de 1873 (p. 482-623), par M. Strehlke dans les volumes de la collection Hempel qui portent les numéros 466, 468 et
472 ; en France, par M. L. Dietz, qui n'a publié comme nous
qu'une partie de la *Campagne,* par M. B. Lévy, qui donne le texte
complet, etc.

Espérons que nos jeunes Français ne liront pas sans plaisir et
sans profit le récit de cette *Campagne de France* qui leur rappelle plus d'un glorieux souvenir : ils auront un Allemand pour
compagnon et pour guide, mais cet Allemand reste toujours im-
partial et il est le plus grand génie littéraire de sa patrie.

A. C.

---

1. Il y aurait encore beaucoup à dire sur la *Campagne de France* ; il faudrait
montrer la mâle énergie de Gœthe durant la retraite, sa bonté pour nos paysans
dont il a fidèlement retracé les coutumes (voir surtout la scène d'intérieur de
Sivry), l'art avec lequel il a distribué dans la suite du récit les faits généraux
et ses propres aventures ; il faudrait citer de jolis épisodes et de dramatiques
tableaux (le paysan surpris dans les vignes, la fugitive de Samogneux, la vivandière, etc.) ; nous avons dû nous borner, pour ne pas trop grossir le volume ;
mais nous reviendrons ailleurs sur ce sujet, pour le traiter plus complètement
et à fond.

Abréviations usitées dans le commentaire.

D. u. W.   *Dichtung und Wahrheit*, édition Lœper.
H. u. D.   *Hermann et Dorothée.*
Lehrjahre.   *Wilhelm Meisters Lehrjahre.*
Wande jahre. *Wilhelm Meisters Wanderjahre.*
Affin. élect. *Affinités électives* (Wahlverwandtschaften).

Campagne¹ in Frankreich 1792.

Gœthe à Mayence; M. de Stein; Françaises émigrées; Sœmmerring, Huber et Forster; une Française à la recherche de son mari; Trèves; le lieutenant de Fritsch; la colonne d'Igel; le camp de Greven- machern; la boîte aux lettres; Gœthe et le maître de poste; le camp de Praucourt.

Den 23. bis 27. August 1792.

Gleich nach meiner Ankunft in Mainz ² besuchte ich Herrn von Stein ³ den älteren, königlich preußischen Kammerherrn und Oberforstmeister, der eine Art Residentenstelle ⁴ daselbst versah und sich im Haß gegen alles Revolutionäre gewaltsam auszeichnete. Er schilderte mir mit flüchtigen Zügen die bisherigen Fortschritte der verbündeten ⁵ Heere und versah mich mit einem Auszug des topographischen Atlas von Deutschland, welchen Jäger ⁶ zu Frank- furt unter dem Titel „Kriegstheater" ⁷ veranstaltet.

1. Le premier mot du livre est un mot français, un de ces termes étrangers, unnütze Fremdwörter, que les puristes voudraient aujourd'hui proscrire. Le vrai mot est Feldzug, et c'est celui qu'emploie l'officier prussien que nous citerons désormais dans ce volume sous le nom de « témoin oculaire » : „Briefe eines preußischen Augenzeugen über den Feldzug des Herzogs von Braunschweig."

2. Mainz, Mayence, au confluent du Rhin et du Mein. La ville fut prise cette année même par Custine, reprise en 1793, rendue en 1797 aux Français, qui en restèrent maîtres jusqu'en 1814, et en firent le chef-lieu du département du Mont-Tonnerre.

3. M. de Stein aîné (Jean-Henri), c'est le frère du grand ministre prussien. „Er trat in enge Verbindung mit Friedrich Wilhelm II. und übte als dessen Gesandter zu Mainz einen großen Einfluß auf das Cabinett des ersten deutschen Kurfürsten." (Pertz, „Stein's Leben.") Il tenta vainement, quelques mois plus tard, de défendre Mayence contre Custine. Gœthe cite encore son nom dans le Siège de Mayence.

4. Resident, envoyé qui réside auprès d'un souverain étranger et qui est moins qu'un ambassadeur et plus qu'un agent. C'est notre mot français résident (pour résidant). Gœthe avait autrefois rêvé un instant de pareilles fonctions qui étaient „vortheilhaft und ehrenvoll". (D. u. W., XV et XVI, pp. 200 et 400.)

5. Les alliés : ce mot qui reviendra souvent, se traduit en allemand par deux mots : die Verbündeten ou die Alliirten.

6. Atlas, non pas édité par la librairie Jæger (qui existe à Francfort depuis 1762), mais, selon Strehlke, composé par le capitaine et garde d'artillerie J. G. A. Jæger.

7. On dit plutôt aujourd'hui Kriegsschauplatz.

Mittags bei ihm zur Tafel, fand ich mehrere französische Frauenzimmer [1], die ich mit Aufmerksamkeit zu betrachten Ursache hatte;
die eine (man sagte, es sei die Geliebte des Herzogs von Orleans [2])
eine stattliche [3] Frau, stolzen Betragens und schon von gewissen
Jahren, mit rabenschwarzen Augen, Augenbraunen [4] und Haar,
übrigens im Gespräch mit Schicklichkeit freundlich. Eine Tochter,
die Mutter jugendlich darstellend [5], sprach kein Wort. Desto munterer und reizender zeigte sich die Fürstin Monaco, entschiedene
Freundin des Prinzen von Condé [6], die Zierde von Chantilly in

---

1. **Das Frauenzimmer**. Ce mot que nos élèves traduisent parfois étourdi-
ment par « femme de chambre » (Kammerfrau, femme de chambre; Stubenmäd-
chen ou Dienstmädchen, fille de chambre; Zofe, soubrette), doit être traduit par
« femme » ou « dame ». Il signifia d'abord « chambre de femmes » ; puis naturellement « les femmes qui habitent une même chambre, le gynécée, la suite
d'une dame » (comp. la cour = les gens de la cour); enfin, dès le commencement
du XVIIe siècle, tout simplement « femme ». C'est ainsi que Bursche, étudiant,
signifia d'abord « maison ou société d'étudiants », — que Windspiel, chien, signifia
d'abord « jeu de chiens » et « troupe de chiens » (Wind est un synonyme de
Hund); — que l'italien *camerata* (fr. *camarade* et allem. Kamerad) signifie à la
fois « chambre de camarades » et « camarade ». L'idée collective a disparu pour
faire place à l'idée de l'individu.

2. Louis-Philippe-Joseph, duc d'Orléans, arrière-petit-fils du Régent, né à
Saint-Cloud le 13 avril 1747. Sous le titre de duc de Chartres qu'il porta jusqu'à
la mort de son père, en 1785, il servit comme volontaire sur la flotte de l'amiral
d'Orvilliers et assista au combat d'Ouessant (1778). Épris des institutions et des
mœurs de l'Angleterre, grand-maître de la franc-maçonnerie, membre de l'Assemblée des notables, puis des États-Généraux, il était devenu si populaire que
le peuple de Paris promena son buste en triomphe avec celui de Necker dans la
journée du 12 juillet 1789. Élu par les Parisiens à la Convention, il accepta de
la Commune le nom de Philippe-Égalité, siégea parmi les montagnards et vota
la mort de Louis XVI. Mais ses protestations de civisme ne faisaient pas oublier
son origine; il fut accusé d'aspirer au trône et d'être le complice de Dumouriez;
il monta sur l'échafaud le 6 novembre 1793.

3. **Stattlich** se rapporte à der Staat (état, état de maison, luxe), et signifie
« imposant, superbe ».

4. **Die Braune**, sourcil, ne vient pas de braun, brun. Le vrai mot est Braue
(autrefois brâ; comp. l'anglais *brow*). Gœthe emploie à la fois Augbraue, Augenbraue, Augbraune, Augenbraune et Augbraun; on dit aujourd'hui Augenbraue
plutôt que Augbraune.

5. *Matre pulchrâ filia pulchrior.* (Horace.)

6. Louis-Joseph de Bourbon, prince de Condé, né le 9 août 1736 au château de
Chantilly (Oise, arrondissement de Senlis), mort le 13 mai 1818. Il prit part à la
guerre de Sept ans et fit preuve de bravoure à Hastembeck et à Johannisberg.
Il fut le chef militaire de l'émigration, et la principale armée des émigrés (on
disait aussi les « Condéens ») porta son nom : *l'armée de Condé.* — La princesse
de Monaco était Catherine de Brignole, nièce du doge de Gênes; Honoré III,
prince de Monaco, l'avait épousée en 1757; présentée à la cour de France en

guten Tagen. Anmuthiger war nichts zu sehen als diese schlanke Blondine [1], jung, heiter, possenhaft; kein Mann, auf den sie's anlegte [2], hätte sich verwahren können. Ich beobachtete sie mit freiem Gemüth und wunderte mich, Philinen [3], die ich hier nicht zu finden glaubte, so frisch und munter ihr Wesen treibend, mir abermals begegnen zu sehen. Sie schien weder so gespannt noch aufgeregt als die übrige Gesellschaft, die denn freilich in Hoffnung, Sorgen und Beängstigung lebte. In diesen Tagen waren die Alliirten in Frankreich eingebrochen [4]. Ob sich Longwy sogleich ergebe, ob es widerstehen werde, ob auch republikanisch=französische Truppen sich zu den Alliirten gesellen und Jedermann, wie es versprochen worden, sich für die gute Sache erklären und die Fortschritte erleichtern werde — das Alles schwebte gerade in diesem Augenblicke in

---

1761, elle inspira une très vive passion au prince de Condé qui l'épousa après la mort de sa première femme, survenue en 1795. Catherine de Brignole mourut en 1813. — Die Zierde von Chantilly; Gœthe emploie la même expression en parlant de « Gleminde », la nièce du bon Gleim : „Die Zierde eines dichterischen Kreises" (Annales, 1805), et de Mᵐᵉ de Coudenhoven, „sonst die Zierde des Mainzer Hofes" (2ᵉ partie de la Campagne de France); comp. encore : „ein Frauenzimmer, eine der schönsten Zierden dieses Klubs". („Die guten Weiber.")

1. Schlanke Blondine; schlank, élancé; le mot se trouve dans le célèbre lied de Becker : « Ils ne l'auront pas, le libre Rhin allemand »,

So lang' dort kühne Knaben
Um schlanke Dirnen frei'n.

Blondine, (une) blonde; comp. Brünette, (une) brune; les deux mots viennent du français. Gœthe a dit d'une blonde : „Eine schöne, schlanke Gestalt, aber blond, mit allen Vortheilen, die Blondinen eigen sind." („Wanderjahre", I, 11.)

2. A qui elle s'en prenait; anlegen, mettre en joue; es, comme dans es aufnehmen, es davontragen, es wagen, es büßen; comp. l'emporter, le disputer, le céder, le payer.

3. Philine, un des personnages de „Wilhelm Meister"; c'est une coquette charmante qui plaît par son naturel, une créature espiègle et folle, capricieuse et sensuelle, qui séduit malgré tous ses défauts, zierliche Sünderin, dit Gœthe. Le IIᵉ livre de Wilhelm Meister où Philine paraît pour la première fois, ne fut écrit par Gœthe qu'au mois de juin 1794. Philine et la princesse de Monaco, telle que Gœthe la décrit, ressemblent à la Flaminia de la Double Inconstance de Marivaux. « On voit, dit Lisette à Flaminia, dans ta petite contenance un dessein de plaire; tu mets je ne sais quoi de vif et d'étourdi dans ton geste; tes yeux veulent être fripons, tu cours après un air jeune, galant, dissipé. Tu prends de certains tours, tu te sers d'un certain langage, et le tout finement relevé de saillies folles. » (Comp. possenhaft.)

4. Les alliés franchirent la frontière le 19 août; le lendemain ils mettaient le siège devant Longwy (chef-lieu de canton, arrondissement de Briey, Meurthe-et-Moselle. 3,213 habitants).

Zweifel. Kuriere [1] wurden erwartet; die letzten hatten nur das langsame Vorschreiten der Armee und die Hindernisse grundloser Wege gemeldet. Der gepreßte Wunsch dieser Personen ward nur noch bänglicher, als sie nicht verbergen konnten, daß sie die schnellste Rückkehr ins Vaterland wünschen mußten, um von den Assignaten [2], der Erfindung ihrer Feinde, Vortheil ziehen, wohlfeiler und bequemer leben zu können.

Sobann verbracht' ich mit Sömmerrings [3], Huber [4], Forsters [5] und andern Freunden zwei muntere Abende; hier fühlt' ich mich schon wieder in vaterländischer Luft. Meist schon frühere Bekannte,

1. Kurier ou Curier ou Currier, du français *courrier*; existait déjà au moyen âge. Le mot allemand est Gilbote.

2. Das Assignat ou Geldpapier ou encore Papiergeld.

3. Sömmerrings, les époux Sœmmerring. Samuel-Thomas de Sœmmerring est né à Thorn le 28 janvier 1755, et mort le 12 mars 1830 à Francfort-sur-le-Mein. Il enseigna la chirurgie et l'anatomie au Carolinum de Cassel (1779 à 1784), et la médecine à l'Université de Mayence (1784-1795). La guerre le contraignit à s'établir médecin à Francfort (1797). En 1805, il fut nommé professeur à l'Université de Heidelberg; deux ans plus tard, il devenait médecin du roi de Bavière (1805). Il revint à Francfort en 1820. Son principal ouvrage, en six volumes, a pour titre : „Vom Baue des menschlichen Körpers" (1791-1796), qui fut traduit en latin sous le titre : *De corporis humani fabrica* (1794-1801), et en français sous celui d'*Encyclopédie anatomique* (1842). — L'appartement où Sœmmerring reçut Gœthe, devait être dévasté l'année suivante pendant le siège de Mayence : „Es waren dieselbigen Zimmer, wo wir vorm Jahre so heiter und traulich zu wechselseitigem Scherz und Belehrung freundschaftlich beisammen gesessen."

4. Louis-Ferdinand Huber, né à Paris en 1764, mort le 24 décembre 1804, était le fils de Michel Huber, lecteur en langue française à l'Université de Leipzig, qui traduisit à notre usage Gessner, Winkelmann et Campe. Il fut l'ami de Christian-Gottfried Kœrner (le père du poète) et de Schiller. Il épousa la veuve de George Forster, fille du célèbre philologue Heyne (1791). Il dirigea long-temps à Stuttgart l'Allgemeine Zeitung, et s'est fait connaître par des contes („Erzählungen", 1800-1802), et des adaptations de pièces françaises, entre autres du *Mariage de Figaro* (1785).

5. Forsters, les époux Forster. George Forster, né le 26 novembre 1754 à Nassenhuben près de Dantzig, fils du voyageur Reinhold Forster. A l'âge de 17 ans, il accompagna son père dans le deuxième voyage de Cook autour du monde (1772-1775), et en publia le récit en anglais (1777) et en allemand (1779). Il fut ensuite professeur d'histoire naturelle à Cassel, puis à Vilna (1784-1787), et bibliothécaire à Mayence. Il accueillit la Révolution avec enthousiasme, et vint à la Convention, avec deux autres commissaires (Adam Lux et Potocki), demander l'annexion de Mayence à la France. Les Prussiens, ayant repris Mayence, mirent à prix la tête de Forster. Il demeura à Paris et y mourut le 12 janvier 1794. Son principal ouvrage a pour titre : „Ansichten vom Niederrhein" (1790-1791); c'est un précieux recueil d'observations sur l'art et la politique. „Georg Forster war ein Mann von hochfliegendem Geiste und weltbürgerlichen Gesinnungen." (Weber, „Weltgeschichte," p. 337.)

Studiengenossen, in dem benachbarten Frankfurt wie zu Hause
(Sömmerrings Gattin war eine Frankfurterin), sämmtlich mit
meiner Mutter [1] vertraut, ihre genialen Eigenheiten schätzend,
manches ihrer glücklichen Worte wiederholend, meine große Aehn-
lichkeit mit ihr in heiterem Betragen und lebhaften Reden mehr
als einmal betheuernd [2]: was gab es da nicht für Anlässe, An-
klänge [3] in einem natürlichen, angeborenen und angewöhnten Vertrauen! Die Freiheit eines wohlwollenden Scherzes auf dem Boden
der Wissenschaft und Einsicht verlieh die heiterste Stimmung. Von
politischen Dingen war die Rede nicht; man fühlte, daß man sich
wechselseitig zu schonen habe [4]; denn wenn sie republikanische Gesinnungen nicht ganz verleugneten, so eilte ich offenbar, mit einer
Armee zu ziehen, die eben diesen Gesinnungen und ihrer Wirkung
ein entschiedenes Ende machen sollte.

Zwischen Mainz und Bingen [5] erlebt' ich eine Scene, die mir
den Sinn des Tages alsobald weiter aufschloß. Unser leichtes
Fuhrwerk erreichte schnell einen vierspännigen schwerbepackten Wagen; der ausgefahrene [6] Hohlweg aufwärts am Berge her nöthigte

---

1. La mère de Gœthe (Catherine-Élisabeth Textor, 19 février 1731 - 13 septembre 1808) était fille du bourgmestre de Francfort; elle avait de l'esprit et
contait avec grâce; elle m'a légué, disait Gœthe, die Lust zu fabuliren.

2. « Gœthe a dit lui-même que son tempérament tenait le milieu entre celui
de son père, homme laborieux, pratique, chercheur persévérant, méthodique et
régulier, mais exigeant, minutieux, sans souplesse et sans gaieté, et celui de sa
mère, caractère bienveillant, accommodant, expansif, agréable, excellant à inventer des récits fantastiques, d'une imagination vive et abondante, mais fuyant
les émotions pénibles et ne voulant même pas qu'on lui apprît de fâcheuses nouvelles. » (Joly, *Psychologie des grands hommes*, p. 61.)

3. Que de sujets et de souvenirs! Que de choses qui trouvaient de l'écho, ren-
contraient les mêmes sympathies! Kein Herz klang an, dit Gœthe, à la fin de son
récit, en parlant de l'insuccès du *Grand Cophte*; ici, die Herzen klangen an.

4. On pourrait comparer le passage des *Entretiens des Émigrés allemands*, où
la baronne engage les membres de sa société à ne plus parler politique et à se
ménager mutuellement, „gesellige Schonung zu üben". Gœthe a toujours cherché
à éviter cette « crise violente », heftige Krisis, cette « maladie méchante et con-
tagieuse », böse ansteckende Krankheit, qu'il appelle dans les fragments du *Voyage
des Fils de Mégaprazon* das Zeitfieber ou das Fieber der Zeit ou encore das Zei-
tungsfieber.

5. Bingen, chef-lieu de cercle dans la province de la Hesse rhénane (grand-
duché de Hesse), sur la rive gauche du Rhin et à l'embouchure de la Nahe.
7,059 habitants.

6. Ausgefahren, rompu, abîmé, défoncé, où les voitures, à force de passer,
avaient creusé des ornières.

uns auszusteigen, und da fragten wir denn die ebenfalls abge=
stiegenen Schwäger [1], wer vor uns dahinfahre. Der Postillon jenes
Wagens erwiederte darauf mit Schimpfen und Fluchen, daß es
Französinnen seien, die mit ihrem Papiergeld durchzukommen
glaubten, die er aber gewiß noch umwerfen wolle, wenn sich einiger=
maßen Gelegenheit fände. Wir verwiesen ihm seine gehässige Leiden=
schaft, ohne ihn im mindesten zu bessern. Bei sehr langsamer Fahrt
trat ich hervor an den Schlag der Dame und redete sie freundlich
an, worauf sich ein junges, schönes, aber von ängstlichen Zügen
beschattetes [2] Gesicht einigermaßen erheiterte.

Sie vertraute sogleich, daß sie dem Gemahl nach Trier [3] folge
und von da baldmöglichst nach Frankreich zu gelangen wünsche.
Da ich ihr nun diesen Schritt als sehr voreilig schilderte, gestand
sie, daß außer der Hoffnung, ihren Gemahl wiederzufinden, die
Nothwendigkeit, wieder von Papier zu leben, sie hiezu bewege.
Ferner zeigte sie ein solches Zutrauen zu den verbündeten Streit=
kräften der Preußen, Oestreicher und Emigrirten [4], daß man, wär'
auch Zeit und Ort nicht hinderlich gewesen, sie schwerlich zurück=
gehalten hätte.

Unter diesen Gesprächen fand sich ein sonderbarer Anstoß; über

1. Schwager, beau-frère, et plaisamment, postillon. On a dit assez ridicu-
lement que, dans ce dernier sens, Schwager, qu'on trouve dans le sud de l'Allemagne sous la forme Schwaiger, venait du français cheval-léger. La raison est
plus simple ; les voyageurs sont toujours familiers avec le postillon ; c'est ainsi
qu'on appelle « cousin », dans les Ardennes, le conducteur de la diligence, et
qu'on dit encore, en hélant un cocher : « Eh ! l'ami. » Comp. le mot de Gœthe :
„Er trank mit allen Lohnkutschern Schwägerschaft,“ et la belle ode au postillon
Kronos („An den Schwager Kronos“), où Gœthe confond poétiquement le Temps
avec le postillon qui le mène.

2. Comp. dans la Nouvelle Mélusine („Wanderjahre“, III, 6), un passage à peu
près semblable : „Ich eilte ihr den Schlag zu eröffnen... Beim Aussteigen zeigte sich
eine schöne Gestalt, und ihr liebenswürdiges Gesicht war mit einem kleinen Zug von
Traurigkeit geschmückt.“

3. Trier. Trèves (Augusta Trevirorum), sur la rive droite de la Moselle.
21,215 habitants.

4. Die Emigrirten, on disait aussi die Emigranten et die Ausgewanderten ;
Pertz, dans la Vie de Stein, emploie indifféremment ces trois expressions. Gœthe
a composé des Récits d'émigrés allemands („Unterhaltungen deutscher Ausgewanderten“), et il y parle du grand nombre d'émigrés français et allemands qu'on
rencontrait (die große Anzahl französischer und deutscher Ausgewanderten). Le mot
émigré est de date récente ; il ne se trouve ni dans Furetière ni dans Richelet,
et les premiers émigrés, les protestants que la révocation de l'édit de Nantes fit
sortir de France, portaient le nom de réfugiés.

den Hohlweg, worin wir befangen waren, hatte man eine hölzerne Rinne geführt, die das nöthige Wasser einer jenseits stehenden oberschlächtigen Mühle [1] zubrachte. Man hätte denken sollen, die Höhe des Gestells wäre doch wenigstens auf einen Heuwagen berechnet gewesen. Wie dem aber auch sei, das Fuhrwerk war so unmäßig oben aufgepackt, Kistchen und Schachteln [2] pyramidalisch über einander gethürmt, daß die Rinne dem weiteren Fortkommen ein unüberwindliches Hinderniß entgegensetzte.

Hier ging nun erst das Fluchen und Schelten der Postillone los, die sich um so viele Zeit aufgehalten sahen; wir aber erboten uns freundlich, halfen abpacken und an der andern Seite des träufelnden Schlagbaums [3] wieder aufpacken. Die junge, gute, nach und nach entschüchterte [4] Frau wußte nicht, wie sie sich dankbar genug benehmen sollte; zugleich aber wuchs ihre Hoffnung auf uns immer mehr und mehr. Sie schrieb den Namen ihres Mannes und bat inständig, da wir doch früher als sie nach Trier kommen müßten, ob wir nicht am Thore den Aufenthalt des Gatten schriftlich niederzulegen geneigt wären. Bei dem besten Willen verzweifelten wir an dem Erfolg wegen Größe der Stadt; sie aber ließ nicht von ihrer Hoffnung.

In Trier angelangt, fanden wir die Stadt von Truppen überlegt, von allerlei Fuhrwerk überfahren [5], nirgends ein Unterkommen;

---

1. Sur le chemin creux, où nous étions engagés, on avait fait passer une rigole en bois, qui amenait l'eau nécessaire à un moulin à auges (oberschlächtig, c'est-à-dire qui a une roue portant à sa circonférence de petites auges que l'eau remplit tour à tour) situé de l'autre côté. On aurait pu croire que la hauteur de la charpente avait été calculée au moins pour une voiture à foin. Quoi qu'il en soit..., etc.

2. Die Schachtel, boîte, ital. *scatola*, et bas-latin *scatula*; comp. die Schatulle (autrefois Chatoulle et même Chatouille), coffret qui renferme de l'or ou des objets précieux, bijoux ou lettres.

3. Schlagbaum, barrière à bascule (comme il y en a sur certaines grandes routes et sur les passages à niveau). Schlag signifiait au moyen âge « barrière à bascule » tout comme aujourd'hui Schlagbaum, et l'on appelait l'homme qui ouvrait et fermait la barrière, le péager, Schlagmann. Aujourd'hui Schlag a encore le sens de portière (de voiture) et de trappe ou de trébuchet, ex. : Meisenschlag, mésangette ; Taubenschlag, pigeonnier.

4. Entschüchtern (syn. beruhigen), rassurer ; de schüchtern, timide, craintif; comp. scheu. Grimm ne cite pas d'autre exemple du mot, le contraire d'entschüchtern est einschüchtern ou encore verschüchtern, effrayer, effaroucher.

5. Ueberlegt, überfahren, surchargée de troupes et traversée par toute sorte de voitures qui l'encombraient.

die Wagen hielten auf den Plätzen, die Menschen irrten auf den
Straßen, das Quartieramt [1], von allen Seiten bestürmt, wußte
kaum Rath zu schaffen. Ein solches Gewirre jedoch ist wie eine Art
Lotterie, der Glückliche zieht irgend einen Gewinn [2]; und so be=
gegnete mir Lieutenant von Fritsch [3] von des Herzogs Regiment [4]
und brachte mich nach freundlichstem Begrüßen zu einem Kano=
nikus [5], dessen großes Haus und weitläufiges Gehöfte [6] mich und
meine kompendiöse [7] Equipage [8] freundlich und bequemlich aufnahm,
wo ich denn sogleich einer genugsamen [9] Erholung pflegte. Gedach=
ter [10] junge militärische Freund, von Kindheit auf mir bekannt und

1. Das Quartieramt, l'intendance, les bureaux chargés de délivrer les
billets de logement (Quartierzettel). L'habitant qui loge un soldat, gibt ihm
Quartier, à moins qu'il ne soit quartierfrei. — Das Amt, emploi, signifie encore
« administration », « ministère » (Auswärtiges Amt), et l'endroit où siège cette
administration ou ce ministère (Postamt, Rentamt, Steueramt). On retrouve ce
mot dans les deux premières syllabes du mot ambassade (espagnol ambaxada,
bas-latin ambactia, de ambactus, serviteur, qui vient lui-même de l'ancien allemand umbaht, plus tard ambt, aujourd'hui Amt).

2. Gœthe fait ailleurs la même comparaison : „Die Reise gleicht einem Spiel;
es ist immer Gewinn und Verlust dabei, und meist von der unerwarteten Seite;" man
empfängt mehr oder weniger als man hofft," etc. (lettre à Schiller, 14 octobre 1797).
Schiller, dans les Brigands (III, 2), parle de „dieses bunte Lotto des Lebens," où
chacun espère „einen Treffer zu haschen."

3. Comp. sur le lieutenant Louis de Fritsch (né le 3 avril 1772, mort le 28 octobre 1808 à Gumbinnen) et sur sa famille, W. de Biedermann : „Gœthe und die
von Fritsch" („Gœthe-Forschungen", pp. 215-275). C'était le plus jeune fils du ministre de Saxe-Weimar, le baron de Fritsch. Lieutenant dans le régiment que
commandait le grand-duc, il reçut quelque temps plus tard l'ordre pour le mérite, et devint chef d'escadron (1795), puis major.

4. Le régiment que commandait le grand-duc de Saxe-Weimar était un régiment de cuirassiers prussiens, nommé le régiment de Rohr; il tenait garnison à
Aschersleben.

5. Kanonikus; on dit aussi Kanonikor et Domherr.

6. Das Gehöft ou Gehöfte (de Hof), ferme : la ferme dont les bâtiments at-
tenaient à la maison.

7. Kompendiös, petit, mince, de même que compendieusement signifie en
français « brièvement », « en abrégé », et non pas, comme on le croit d'ordinaire, « longuement ».

8. Les noms étrangers terminés en age sont féminins en allemand; die Equipage, die Bagage, die Courage, die Plantage (plantation), die Blamage (de sich bla-
miren, se rendre ridicule), die Passage, die Bocage (le Bocage, en Vendée), etc.

9. Bien distinguer genugsam, suffisant ou suffisamment (l'adverbe est fréquemment employé par Gœthe), et genügsam, qui sait se suffire, sobre, modeste.

10. Gedachter; non pas de denken, mais de gedenken; forme de chancellerie :
on disait der gedachte ou plus brièvement gedachter, le susdit; comp. der besagte et
besagter, et tous les composés : vorgedachter, letztgedachter, mehrgedachter.

empfohlen, war mit einem kleinen Kommando[1] in Trier zu ver=
weilen beordert, um für die zurückgelassenen Kranken zu sorgen,
die nachziehenden Maroden[2], verspätete Bagagewagen u. dergl.
aufzunehmen und sie weiter zu befördern[3]; wobei denn auch mir
seine Gegenwart zu Gute kam, ob er gleich nicht gern im Rücken
der Armee verweilte, wo für ihn, als einen jungen strebenden Mann,
wenig Glück zu hoffen war.

Mein Diener hatte kaum das Nothwendigste ausgepackt, als er
sich in der Stadt umzusehen Urlaub[4] erbat; spät kam er wieder,
und des andern Morgens trieb eine gleiche Unruhe ihn aus dem
Hause. Mir war dies seltsame Benehmen unerklärlich, bis das
Räthsel sich löste: die schönen Französinnen hatten ihn nicht ohne
Antheil gelassen; er spürte sorgfältig und hatte das Glück, sie, auf
dem großen Platze mitten unter hundert Wagen haltend, an der
Schachtelpyramide zu erkennen, ohne jedoch ihren Gemahl auf=
gefunden zu haben[5].

Auf dem Wege von Trier nach Luxemburg erfreute mich bald
das Monument in der Nähe von Igel[6]. Da mir bekannt war, wie

---

1. Das Kommando, ici « détachement » et non « commandement ».

2. Marode, affaibli, harassé, éclopé, patraque, de notre mot *maraude*, la
maraude étant exercée par des soldats qui, sous prétexte de fatigue, restent à
l'arrière-garde pour piller à leur aise. Il y eut beaucoup de traînards dans cette
marche de Coblentz à Trèves : „Viele unserer Leute, dit le témoin oculaire, wurden marode, wie man sagt" (I, p. 95); Massenbach parle aussi de marode Pferde (I,
p. 109). *Maraudeur* se dit Marodeur ou encore Nachzügler, Landstreicher; on appelait autrefois les maraudeurs Gartbrüder, d'une expression mise à la mode
par les lansquenets, auf der Garde laufen, qui finit par signifier « dérober, piller ».

3. Befördern (de förder, au delà, en avant), avancer: 1º expédier, accélérer;
2º faire avancer en grade. L'avancement se dit das Avancement ou die Beförderung, et il y a deux sortes de Beförderung : à l'ancienneté, nach der Anciennetät
ou dem Dienstalter, c'est-à-dire in der Tour; au choix, nach der Wahl, c'est-à-dire
außer der Tour.

4. Der Urlaub, congé; (être ou aller) en congé, auf Urlaub. Ur n'est pas
ici le préfixe ur qui marque l'origine et l'état primordial; il a le sens de er et se
rapporte à erlauben, permettre; comp. Urtheil, jugement, et ertheilen, distribuer,
répartir. — Des andern Morgens; il vaudrait mieux employer l'accusatif.

5. Dans le cours de ce récit, Gœthe nous apprend que la jeune dame ne re-
trouva pas son mari; son domestique Paul Gœtze la rencontra, après la campagne, à Dusseldorf. „Die Dame hatte ihren Gemahl nicht wiedergefunden und war,
in dem Strudel des Unheils mit fortgerissen und geängstigt, endlich über den Rhein
geworfen worden." (Weimar, décembre.)

6. Igel, village, cercle et régence de Trèves, 444 habitants (remarquer, en
passant, que der Igel signifie en allemand « hérisson »). La colonne d'Igel ou

glücklich die Alten ihre Gebäude und Denkmäler zu setzen wußten,
warf ich in Gedanken sogleich die sämmtlichen Dorfhütten weg,
und nun stand es an dem würdigsten Platze. Die Mosel¹ fließt
unmittelbar vorbei, mit welcher sich gegenüber ein ansehnliches
Wasser, die Saar², verbindet; die Krümmung der Gewässer, das
Auf= und Absteigen des Erdreichs, eine üppige³ Vegetation geben
der Stelle Lieblichkeit und Würde.

Das Monument selbst könnte man einen architektonisch=plastisch
verzierten Obelisk nennen. Er steigt in verschiedenen, künstlerisch
über einander gestellten Stockwerken in die Höhe, bis er sich zuletzt
in einer Spitze endigt, die mit Schuppen ziegelartig verziert ist und
mit Kugel, Schlange und Adler in der Luft sich abschloß.

Möge irgend ein Ingenieur, welchen die gegenwärtigen Kriegs=
läufte⁴ in diese Gegend führen und vielleicht eine Zeit lang fest=
halten, sich die Mühe nicht verdrießen lassen, das Denkmal auszu=
messen und, insofern er Zeichner ist, auch die Figuren der vier
Seiten, wie sie noch kenntlich sind, uns überliefern und erhalten!

Igelſäule est encore décrite par Gœthe dans la suite de son récit (22 octobre) ;
ce monument romain, construit presque en face du confluent de la Sarre et de
la Moselle, sur la route qui menait de Trèves à Reims, a été l'objet de nombreuses dissertations ; c'est un obélisque à quatre pans, en grès rouge, haut de
26 mètres, large de 4 et de 5, et orné de bas-reliefs, mais tellement mutilés ou
effacés que l'on doit regarder comme de pures conjectures presque toutes les
explications proposées jusqu'ici, même par Gœthe.

1. La Moselle prend sa source près de Bussang (Vosges), et traverse Remire-
mont, Épinal, Charmes, Toul, Liverdun, Frouard, Pont-à-Mousson, Thionville,
Sierck et Coblentz où elle se jette dans le Rhin, après un cours de 505 kilomètres. C'est d'elle que tirait son nom l'ancien département de la Moselle, cédé
en 1871 à l'Allemagne, à l'exception de l'arrondissement de Briey qui forme aujourd'hui, avec les trois arrondissements de Nancy, Lunéville et Toul, le département de Meurthe-et-Moselle.

2. La Sarre prend sa source dans les Vosges, et baigne les villes suivantes :
Sarrebourg, Sarre-Union, Sarreguemines, Sarrebruck, Sarrelouis (patrie de Ney),
toutes villes auxquelles elle donne son nom et qui ne sont plus françaises. Elle se
jette dans la Moselle, près d'Igel, après un cours de 225 kilomètres. Il y eut, sous
le Consulat et l'Empire, un département de la Sarre dont le chef-lieu était Trèves.

3. Ueppig, luxuriant ; comme eitel, ce mot a passé par les idées suivantes :
vide, vain, orgueilleux.

4. Kriegsläufte, plur. de Kriegslauf, qui est le même mot que Kriegslauf
(comp. Brautlauf, Zeitlauf, weitläufig). Le mot, qu'on trouve ordinairement
au pluriel et que Gœthe emploie souvent, signifie « les événements, le cours de
la guerre » ; on lit dans le Simplicissimus, l'expression in Friedensläuften. Gœthe
s'est servi encore de Jahresläufte, Schreckensläufte (Faust, II, v. 319), Tagesläufte
(Annales, 1795).

Wie viel traurige bildlose Obelisken sah ich nicht zu meiner Zeit errichten, ohne daß irgend Jemand an jenes Monument gedacht hätte! Es ist freilich schon aus einer spätern Zeit, aber man sieht immer noch die Lust und Liebe [1], seine persönliche Gegenwart mit aller Umgebung und den Zeugnissen von Thätigkeit sinnlich auf die Nachwelt zu bringen. Hier stehen Eltern und Kinder gegen einander, man schmaust im Familienkreise; aber damit der Beschauer auch wisse, woher die Wohlhäbigkeit komme, ziehen beladene Saumrosse [2] einher; Gewerb' und Handel wird auf mancherlei Weise vorgestellt. Denn eigentlich sind es Kriegskommissarien [3], die sich und den Ihrigen dies Monument errichteten, zum Zeugniß, daß damals wie jetzt an solcher Stelle genugsamer Wohlstand zu erringen sei.

Man hatte diesen ganzen Spitzbau aus tüchtigen Sandquadern [4] roh über einander gethürmt und alsdann wie aus einem Felsen die architektonisch-plastischen Gebilde herausgehauen. Die so manchem Jahrhunderte widerstehende Dauer dieses Monuments mag sich wohl aus einer so gründlichen Anlage herschreiben [5].

---

1. Lust und Liebe; allitération; plus loin nous rencontrerons encore Wetter und Weg, Keller und Küchen, Werth und Würde, Baum und Busch, Wind und Wetter, bellen und blöcken, rühren und regen, Rath und Regel, Nacht und Nebel, Kämmerer und Koch, Geist und Gemüth, beschwerlich und bedenklich, bedeutend und bewegt, etc. Il est inutile d'insister sur l'allitération et de citer les exemples connus : Land und Leute, Mann und Maus, etc. Comp. en français : bel et bien, fort et ferme, gros et gras, sain et sauf, feu et flamme, à cor et à cri, etc.

2. Das Saumroß, bête de somme. Saum n'est ici nullement der Saum, bord, ourlet, mais l'ancien mot der Saum, fardeau (grec et latin *sagma*, bas-latin *salma* et *sauma*, d'où en français *somme, sommier* [cheval de somme, matelas qui supporte], *assommer*, écraser sous une somme ou charge). Comp. Saumpferd et Packpferd, Saumthier et Lastthier, Säumer, sommier; Saumsattel et Packsattel, bât.

3. Kommissarien, plur. de Kommissär; Gœthe dit aussi Kommissarii *Gœtz*, IV, 20), pluriel de Kommissarius.

4. Der Quader, pierre équarrie, latin *quadrum*, italien *quadro*; le radical *quadr* est une forme de *quatuor*.

5. Gœthe fut de tout temps passionné pour les antiquités romaines. Comp. son voyage en Alsace, pendant qu'il étudiait à Strasbourg, son séjour à Niederbronn („Hier in diesen von den Römern schon angelegten Bädern umspülte mich der Geist des Alterthums, dessen ehrwürdige Trümmer in Resten von Basreliefs und Inschriften mir gar wundersam entgegenleuchteten") et ses visites au musée de Schœpflin. („Meine Liebhaberei zu alterthümlichen Resten war leidenschaftlich", etc. *D. u. W.*, X, p. 194; XI, p. 30.) Je ne cite que pour mémoire le voyage d'Italie.

Diesen angenehmen und fruchtbaren Gedanken konnte ich mich nicht lange hingeben; denn ganz nahe dabei, in Grevenmachern[1], war mir das modernste Schauspiel bereitet. Hier fand ich das Korps Emigrirter, das aus lauter[2] Edelleuten, meist Ludwigsrittern[3], bestand. Sie hatten weder Diener noch Reitknechte, sondern besorgten sich selbst und ihr Pferd. Gar Manchen hab' ich zur Tränke führen, vor der Schmiede halten sehen. Was aber den sonderbarsten Kontrast mit diesem demüthigen Beginnen hervorrief, war ein großer, mit Kutschen und Reisewagen aller Art überladener Wiesenraum. Sie waren mit Frau und Liebchen, Kindern und Verwandten zu gleicher Zeit eingerückt, als wenn sie den innern Widerspruch ihres gegenwärtigen Zustandes recht wollten zur Schau tragen.

Da ich einige Stunden hier unter freiem Himmel auf Postpferde warten mußte, konnt' ich noch eine andere Bemerkung machen. Ich saß vor dem Fenster des Posthauses, unfern von der Stelle, wo das Kästchen stand, in dessen Einschnitt man die unfrankirten[4] Briefe zu werfen pflegt. Einen ähnlichen Zudrang hab' ich nie gesehn; zu Hunderten wurden sie in die Ritze gesenkt. Das grenzenlose Bestreben, wie man mit Leib, Seel' und Geist in sein Vaterland durch die Lücke des durchbrochenen Dammes wieder einzu-

---

1. **Grevenmachern**, ville du grand-duché et à 17 kilomètres de Luxembourg, chef-lieu du district administratif et du canton de son nom, sur la rive gauche de la Moselle. 2,360 habitants.

2. **Lauter**; adjectif et adverbe; adjectif, il signifie « pur, clair »; adverbe, comme ici, « purement, simplement, ne...que ». C'est le nom de plusieurs rivières, entre autres de celle qui formait encore en 1870 la frontière de la France et de l'Allemagne, et qui arrose Wissembourg et Lauterbourg.

3. L'*Ordre royal et militaire de Saint-Louis* fut institué par Louis XIV en avril 1693 et confirmé par Louis XV en 1719; il avait un grand-maître, le roi, des grand-croix, des commandeurs et des chevaliers. On n'était admis dans l'ordre qu'à condition d'être catholique et d'avoir servi pendant 28 ans sur terre et sur mer. La croix de Saint-Louis était à huit pointes pommetées d'or, bordée de même, émaillée de blanc, chargée de l'effigie de saint Louis; au revers, une épée, la pointe dans une couronne de lauriers liée de l'écharpe blanche, avec la devise: *Bellicæ virtutis præmium*. (Chéruel, *Dict. hist.*, II, p. 1125.) — Le témoin oculaire dit également des émigrés : „Faſt alle trugen das croix de Saint-Louis." (I, p. 55.) — Gœthe avait connu assez intimement à Strasbourg (1770) un chevalier de Saint-Louis, dont il trace un curieux portrait (*D. u. W.*, II, pp. 134, 151-155).

4. **Frankirt**, affranchi (on dit aussi franko, poſtfrei, verſendungsfrei); unfrankirt, non affranchi; das Frankiren ou die Frankatur, affranchissement.

ftrömen begehre, war nicht lebhafter und aufdringlicher¹ vorzu=
bilden.

Vor langer Weile und aus Luft, Geheimnisse zu entwickeln oder
zu suppliren², dacht' ich mir, was in dieser Briefmenge wohl ent=
halten sein möchte. Da glaubt' ich denn eine Liebende zu spüren,
die mit Leidenschaft und Schmerz die Qual des Entbehrens³ in
folcher Trennung heftigst ausdrückte; einen Freund, der von dem
Freunde in der äußersten Noth einiges Geld verlangte; ausge=
triebene Frauen mit Kindern und Dienstanhang, deren Kaffe bis
auf wenige Geldftücke zusammengeschmolzen war; feurige Anhänger
der Prinzen, die, das Beste hoffend, sich einander Luft und Muth
zusprachen; Andere, die schon das Unheil in der Ferne witterten⁴
und sich über den bevorstehenden Verluft ihrer Güter jammervoll
beschwerten — und ich denke nicht ungeschickt gerathen zu haben.

Ueber Manches klärte der Poftmeifter mich auf, der, um meine
Ungeduld nach Pferden zu beschwichtigen⁵, mich vorfätzlich zu
unterhalten suchte. Er zeigte mir verschiedene Briefe, mit Stempeln
aus entfernten Gegenden, die nun den Vorgerückten und Vor=
rückenden nachirren sollten. Frankreich sei an allen seinen Grenzen
mit solchen Unglücklichen umlagert, von Antwerpen bis Nizza;
dagegen ftünden ebenso die französischen Heere zur Vertheidigung
und zum Ausfall bereit. Er sagte manches Bedenkliche⁶; ihm schien
der Zuftand der Dinge wenigftens sehr zweifelhaft⁷.

Da ich mich nicht so wüthend erwies wie Andere, die nach

---

1. Aufdringlich, ordinairement « importun », ici « qui s'impose, saisissant ».

2. Suppliren, c'est notre mot « suppléer »; autres exemples de ce mot:
Lehrjahre, V, 10, et D. u. W., VII, p. 88 : „indem ich Ihren Freund kommentire
und supplire."

3. Die Qual des Entbehrens; entbehren, être privé de, manquer de;
comp. cette phrase des Wanderjahre (II, 7): „Entfernen und Entbehren schwebte
immer vor der bewegten Seele."

4. Wittern (comp. das Wetter et das Gewitter), humer l'air, prendre le vent,
flairer, sentir; l'expression peut s'appliquer à Goethe; lui aussi, malgré tout, ne
croit guère au succès et wittert das Unheil in der Ferne.

5. Beschwichtigen, du haut-allemand beschwiftigen, qui vient lui-même de
beswiften, swiften.

6. Bedenklich, qui donne à penser, qui mérite réflexion, délicat, dangereux.

7. Le témoin oculaire rencontre également, de Coblentz à Trèves, des gens
qui lui prédisent le triomphe de la Révolution. „Alle diese prophezeiten wie ich und
nahmen die neufränkische Demokratie in Schutz." (I, 27.)

Frankreich hineinstürmten, hielt er mich bald für einen Republi-
kaner und zeigte mehr Vertrauen; er ließ mich die Unbilden [1] bedenken, welche die Preußen von Wetter und Weg über Koblenz [2]
und Trier erlitten, und machte eine schauderhafte Beschreibung,
wie ich das Lager in der Gegend von Longwy finden würde; von
Allem war er gut unterrichtet und schien nicht abgeneigt, Andere
zu unterrichten; zuletzt suchte er mich aufmerksam zu machen, wie
die Preußen beim Einmarsch ruhige und schuldlose Dörfer geplündert [3], es sei nun durch die Truppen geschehen oder durch Packknechte und Nachzügler; zum Scheine habe man's bestraft, aber die
Menschen im Innersten gegen sich aufgebracht [4].

Da mußte mir denn jener General des dreißigjährigen Kriegs
einfallen, welcher, als man sich über das feindselige Betragen seiner
Truppen in Freundes Land höchlich beschwerte, die Antwort gab:
„Ich kann meine Armee nicht im Sack transportiren." Ueberhaupt
aber konnte ich bemerken, daß unser Rücken nicht sehr gesichert sei.

Longwy, dessen Eroberung mir schon unterwegs triumphirend
verkündigt war, ließ ich auf meiner Fahrt rechts in einiger Ferne
und gelangte den siebenundzwanzigsten August Nachmittags gegen

---

1. Unbilden, plur. de die Unbilde, autrefois neutre (do Bild, „was nicht zum
Bilde, zum Verbilde taugt"), iniquité, malheur.

2. Koblenz, Coblence, capitale de la Prusse rhénane, dans la pointe formée
par le confluent du Rhin et de la Moselle. 29,282 habitants.

3. Plündern, piller, prendre le Plunder. Ce mot Plunder, aujourd'hui
« hardes, guenilles, bric-à-brac » (comp. Gœthe, „Morgenklagen" : Der ganze
Plunder des bewegten Marktes), signifiait autrefois « ustensiles, meubles, vêtements », et il semble avoir ce sens dans un passage de Faust (II, 6186), où Habebald dit à Eilebeute — deux noms expressifs de pillards —: „Den Plunder (il
s'agit d'un manteau de pourpre) laß an seinem Ort." — Plus loin, Plünderer, pil-
lard, maraudeur.

4. Les contemporains mentionnent ces désordres et ces pillages : « L'entrée
des troupes en France, écrit le vicomte de Caraman au baron de Breteuil (le
Comte de Fersen, II, p. 355), a été marquée par des excès bien condamnables,
mais qui ont été réprimés aussitôt par des punitions très sévères. Le pillage a
été affreux, mais le roi a cassé le colonel du régiment qui s'y était le plus livré,
et deux pilleurs ont été pendus. » Lombard et le témoin oculaire citent parmi
ces villages Tiercelet et Bréhain-la-Ville; en une heure, dit l'officier prussien,
„Bréhain glich einer Einöde" (I, p. 111); à Tiercelet, écrit Lombard, on a pillé
avec une fureur qu'on ne peut décrire, enfoncé les portes, brisé les meubles,
enlevé les draps des lits; le nom prussien est couvert de honte; voilà le bon
moyen de faire de la France entière un seul parti (lettre du 20 août). Comp. les
Réminiscences du prince royal.

das Lager von Praucourt¹. Auf einer Fläche geschlagen, war es
zu übersehen, aber dort anzulangen, nicht ohne Schwierigkeit. Ein
feuchter, aufgewühlter Boden war Pferden und Wagen hinderlich;
daneben fiel es auf, daß man weder Wachen noch Posten noch
irgend Jemand antraf, der sich nach den Pässen erkundigt und bei
dem man dagegen wieder einige Erkundigung hätte einziehen können.
Wir fuhren durch eine Zeltwüste; denn Alles hatte sich verkrochen,
um vor dem schrecklichen Wetter kümmerlichen Schutz zu finden.
Nur mit Mühe erforschten wir von Einigen die Gegend, wo wir das
herzoglich Weimarische Regiment finden könnten, erreichten endlich
die Stelle, sahen bekannte Gesichter und wurden von Leidensgenossen
gar freundlich aufgenommen. Kämmerier Wagner² und sein schwar-
zer Pudel waren die ersten Begrüßenden; beide erkannten einen
vieljährigen Lebensgesellen, der abermals eine bedenkliche Epoche
mit durchkämpfen sollte. Zugleich erfuhr ich einen unangenehmen
Vorfall. Des Fürsten Leibpferd³, der Amarant, war gestern nach
einem gräßlichen Schrei niedergestürzt und todt geblieben.

Nun mußte ich von der Situation des Lagers noch viel Schlimmeres gewahren und vernehmen, als der Postmeister mir voraus-
gesagt. Man denke sich's auf einer Ebene am Fuße eines sanft
aufsteigenden Hügels, an welchem ein von Alters her⁴ gezogener
Graben Wasser von Feldern und Wiesen abhalten sollte; dieser
aber wurde so schnell als möglich Behälter alles Unraths⁵, aller

1. Praucourt, autrefois Procourt, hameau du canton d'Ugny, arrondissement
de Briey, Meurthe-et-Moselle. 45 habitants.

2. Kämmerier. On a d'abord dit Kämmerer (de Kammer, chambre); puis,
d'après l'italien *cameriere* (camérier), on a formé Kämmerier; c'est le valet de
chambre qui a sous sa garde la cassette particulière (Schatulle) du prince. —
Jean-Conrad Wagner prêta plus tard à Gœthe les notes qu'il avait prises pendant la campagne.

3. Das Leibpferd (ailleurs Gœthe dit Lieblingspferd, *Novelle*). „In Leibpferd,
dit Weigand, in Leibarzt, Leibbursche, Leibspeise, Leibwache u. s. w. hat Leib- den
Sinn von Lieblings-, weil den Begriff des Zunächststehenden."

4. Von Alters her, depuis longtemps. Alter a dans cette locution le sens
de « siècle », et non d' « âge ». Il ne faut pas croire que von ait gouverné autrefois le génitif; le génitif Alters était devenu adverbe, et l'on a dit von Alters, von
Alters her, vor Alters, comme on dit aujourd'hui von Morgens bis Abends.

5. Der Unrath ou Unrat; le mot, après avoir signifié mauvais conseil, et
situation où l'on est sans conseil et sans secours, situation désespérée, malheur
(comp. encore l'expression Unrath merken, soupçonner quelque piège, se douter
du danger), a fini par signifier « choses inutiles et qu'il faut jeter, déchet, saletés,
ordures ».

Abwürflinge[1]; der Abzug stockte, gewaltige Regengüsse durch=
brachen Nachts den Damm und führten das widerwärtigste Unheil
unter die Zelte. Da ward nun, was die Fleischer an Eingeweiden,
Knochen und sonst bei Seite geschafft, in die ohnehin feuchten und
ängstlichen Schlafstellen getragen[2].

Mir sollte gleichfalls ein Zelt eingeräumt werden; ich zog aber
vor, mich des Tags über bei Freunden und Bekannten aufzuhalten
und Nachts in dem großen Schlafwagen[3] der Ruhe zu pflegen,
dessen Bequemlichkeit von früheren Zeiten her mir schon bekannt
war. Seltsam mußte man es jedoch finden, wie er, obgleich nur
etwa dreißig Schritte von den Zelten entfernt, doch dergestalt un=
zugänglich blieb, daß ich mich Abends mußte hinein= und Morgens
wieder heraustragen lassen.

Longwy; emplettes chez un jacobin; conversations; les préludes de la
guerre; marche sur Verdun; le roi Frédéric-Guillaume II et le duc
de Brunswick; le camp de Pillon; désespoir des paysans.

Am 28. und 29. August.

So wunderlich tagte mir diesmal mein Geburtsfest[4]. Wir setzten
uns zu Pferde und ritten in die eroberte Festung; das wohlgebaute
und befestigte Städtchen liegt auf einer Anhöhe. Meine Absicht
war, große wollene Decken zu kaufen, und wir verfügten uns so=
gleich in einen Kramladen[5], wo wir Mutter und Töchter hübsch und

1. Der Abwürfling, *ejectamentum*. Grimm ne cite que trois exemples de
ce mot, tous les trois tirés des œuvres de Gœthe. Rapprocher de ce mot le mot
Auswürfling, par lequel on désigne ce que rejette un volcan, lave, cendres, etc.
— Der Abzug, rigole, décharge, ouverture qui donne issue aux eaux (...stockte,
l'écoulement fut arrêté).

2. Comp. le récit du témoin oculaire : „Das ganze Lager lag voll Schafhäute
und voll Eingeweide von Schafen und Schweinen, wie auch voll Federn von geraubten
Hühnern und Gänsen." (I, 115.)

3. Der Schlafwagen. C'est ainsi qu'on nomme aujourd'hui le wagon-lit
(anglais *sleeping-car*). Traduire ici par « dormeuse » (synonyme Schlafkutsche).

4. Gœthe est né à Francfort-sur-le-Mein, le 28 août 1749, à midi.

5. Der Kram, petit commerce, mercerie; der Kramladen (Gœthe dit une fois
Kram und Laden), boutique de mercier, de petit drapier; der Krämer, boutiquier.
Le témoin oculaire, faisant allusion à la répression récente du soulèvement des
Pays-Bas, emploie ce mot d'une façon qui mérite d'être citée : « Beaucoup parmi
nous, dit-il, croyaient que la guerre de France serait une guerre de petits mar-

anmuthig fanden. Wir feilſchten [1] nicht viel und zahlten gut und waren ſo artig, als es Deutſchen ohne Tournüre [2] nur möglich iſt.

Die Schickſale des Hauſes während des Bombardements [3] waren höchſt wunderbar. Mehrere Granaten hintereinander fielen in das Familienzimmer; man flüchtete, die Mutter riß ein Kind aus der Wiege und floh, und in dem Augenblick ſchlug noch eine Granate durch die Kiſſen, wo der Knabe gelegen hatte. Zum Glück war keine der Granaten geſprungen; ſie hatten die Möbeln [4] zerſchlagen, am Getäfel geſengt [5], und ſo war Alles ohne weitern Schaden vorübergegangen; in den Laden war keine Kugel gekommen.

Daß der Patriotismus derer von Longwy nicht allzu kräftig ſein mochte, ſah man daraus, daß die Bürgerſchaft den Komman-danten [6] ſehr bald genöthigt hatte, die Feſtung zu übergeben; auch hatten wir kaum einen Schritt aus dem Laden gethan, als der innere Zwieſpalt [7] der Bürger ſich uns genugſam verdeutlichte.

---

chands de fromage hollandais », meinten wieder ſo etwas von einem holländiſchen Käſekrämerkriege vorzufinden (I, p. 26-27). Comp. encore le mot Krämergeiſt, esprit mercantile; on a pu dire que l'Angleterre n'agit jamais que par Krämergeiſt.

1. Feilſchen, marchander (de feil, vénal, comme herrſchen de Herr); synonyme markten, handeln; dans une même page des *Wanderjahre* où il est question d'un marché (II, 9), Gœthe emploie les deux expressions suivantes : handeln und feil-ſchen et beim Feilſchen und Markten. Ces exemples prouvent que les trois verbes ont le même sens.

2. Die Tournüre, le chic; c'est sans doute une allusion à quelque mot d'émigré qui raillait la gaucherie allemande; de tout temps d'ailleurs, les Fran-çais se sont vantés d'être le peuple le plus poli de la terre, et d'avoir seuls ce que le maréchal des logis nomme, dans le *Camp de Wallenstein*, der feine Griff und der rechte Ton.

3. Das Bombardement ou die Beſchießung.

4. Le singulier est das Möbel; mais on a dit aussi die Möbel; de là le pluriel Möbeln, aujourd'hui communément employé. C'est notre mot « meuble », et l'on a parfois écrit au pluriel Meublen. Comp. Pöbel et peuple.

5. Sengen est à ſingen ce qu'est ſetzen à ſitzen, ſprengen à ſpringen, ſchwemmen à ſchwimmen, legen à liegen, etc. : faire chanter, par suite « flamber, roussir, brûler ».

6. Le commandant de Longwy, Louis-François Lavergne, dit Champlorier, fut condamné à mort par le Tribunal révolutionnaire. La bourgeoisie l'avait, en effet, forcé de se rendre, et Lavergne reçut de l'administration municipale une déclaration ainsi conçue : « Nous, administrateurs et officiers municipaux de Longwy, certifions et attestons que M. Lavergne n'a accepté la capitulation que sur la demande qui a été faite par nous. »

7. Der Zwieſpalt, discorde, de zwei ou zwie, et de ſpalten, fendre: *dividere et imperare*, ſpalten und walten. Gœthe emploie l'adjectif zwieſpältig : „Der Major empfand ſich zwieſpältig" (*Wanderjahre*, II, 5), et, plus loin, dans la *Campagne de France* (Münster, décembre) : „daß die reinſte chriſtliche Religion mit der wahren bildenden Kunſt immer ſich zwieſpältig befinde "

Königisch [1] Gesinnte [2], und also unsere Freunde, welche die schnelle Uebergabe bewirkt, bedauerten, daß wir in dieses Waarengewölbe zufällig gekommen und dem schlimmsten aller Jakobiner, der mit seiner ganzen Familie nichts tauge [3], so viel schönes Geld zu lösen gegeben. Gleichermaßen warnte man uns vor einem splendiden Gasthofe, und zwar so bedenklich, als wenn den Speisen daselbst nicht ganz zu trauen sein möchte; zugleich deutete man auf einen geringern als zuverlässig, wo wir uns denn auch freundlich aufgenommen und leidlich bewirthet sahen.

Nun saßen wir alte Kriegs= und Garnisonskameraden traulich und froh wieder neben und gegen einander; es waren die Offiziere des Regiments, vereint mit des Herzogs Hof=, Haus= und Kanzleigenossen; man unterhielt sich von dem Nächstvergangenen, wie bedeutend [4] und bewegt es Anfang Mais in Aschersleben [5] gewesen, als die Regimenter sich marschfertig zu halten Ordre bekommen, der Herzog von Braunschweig und mehrere hohe Personen daselbst Besuch abgestattet, wobei des Marquis von Bouillé [6] als

---

1. Königisch; rare, on dit plutôt königlich (comp. monarchien et monarchiste).

2. Gesinnt, précédé ainsi d'un adjectif, signifie qui a tel ou tel sentiment : ein königlich Gesinnter, un royaliste; die Gutgesinnten, les gens bien pensants; die Gleichgesinnten ou Aehnlichgesinnten (mots employés par Gœthe). Le témoin oculaire, parlant du parti contraire, de ceux qu'il nomme les « patriotes » ou les « démocrates », dit : patriotisch gesinnt. Les mennonites, ces anabaptistes qui ne donnent le baptême qu'aux adultes, et qui prétendent s'interdire le métier des armes et toute fonction publique, portent le nom de Taufgesinnte. Citons enfin ce vers de Gœthe qui est vrai de tout temps et surtout du nôtre (H. u. D., IX) :
    Der Mensch, der zur schwankenden Zeit auch schwankend gesinnt ist.

3. Intervertissez les deux mots, et vous avez le substantif Taugenichts, qui répond absolument à notre mot vaurien (comp. fainéant pour fait néant). C'est une épithète dont les partis usent sans ménagement; les monarchistes de Longwy l'appliquent aux jacobins de l'endroit, et Lombard aux émigrés. (Lettre du 30 juillet.)

4. Bedeutend; mot dont Gœthe use et abuse et qui, depuis lui, est devenu très fréquent : « important »; comp. le latin significans.

5. Aschersleben, ville de la régence de Magdebourg, dans la Saxe prussienne. 17,391 habitants.

6. Le marquis François-Claude-Amour de Bouillé, né à Cluzel en Auvergne, le 19 novembre 1739, servit dans la guerre de Sept ans, gouverna la Guadeloupe (1768-1771), puis la Martinique et Sainte-Lucie (1777), et, durant la guerre de l'Indépendance, défendit brillamment les Antilles contre les Anglais. A l'époque de la Révolution, il était gouverneur des Trois-Évêchés; il ajouta à ce commandement celui de l'Alsace, de la Lorraine et de la Franche-Comté, et réprima l'insurrection de Nancy (1790). Il tenta de faire évader Louis XVI; il

eines bedeutenden und in die Operationen kräftig eingreifenden Fremden zu erwähnen nicht vergessen wurde. Sobald dem horchenden Gastwirth dieser Name zu Ohren kam, erkundigte er sich eifrigst, ob wir den Herrn kennten. Die Meisten durften es bejahen [1], wobei er denn viel Respekt bewies und große Hoffnung auf die Mitwirkung dieses würdigen, thätigen Mannes aussprach; ja, es wollte scheinen, als wenn wir von diesem Augenblicke an besser bedient würden.

Wie wir nun alle hier Versammelten uns mit Leib und Seele einem Fürsten angehörig bekannten [2], der seit mehreren Regierungsjahren so große Vorzüge entwickelt und sich nunmehr auch im Kriegshandwerk, dem er von Jugend auf zugethan gewesen, daß er seit geraumer Zeit getrieben [3], bewähren sollte, so ward auf sein Wohl und seiner Angehörigen nach guter deutscher Weise angestoßen und getrunken, besonders aber auf des Prinzen Bernhards [1] Wohl, bei welchem kurz vor dem Ausmarsch Obristwachtmeister [2]

---

avait échelonné des détachements sur la route de Châlons à Montmédy, mais il ne put arriver à temps pour délivrer le roi arrêté à Varennes. Il dut s'enfuir à l'étranger et mourut à Londres le 14 novembre 1800.

1. Bejahen, de ja; Lessing écrivait plus justement bejaen, sans h; le contraire est verneinen. On a aussi formé de ja le verbe jasagen, qui a un sens défavorable : « dire oui à tout ce qu'on dit » ; Gœthe parlant des flatteries de Güldenstern et de Rosenkranz dans Hamlet, écrit : „Dies Jasagen, Streicheln und Schmeicheln...“; comp. les mots Jasager et Jaherr, employé par Gœthe pour traduire « complaisant » : tous ces fades complaisants, alle diese süßlichen Jaherren (Neveu de Rameau).

2. C'est Charles-Auguste (1757-1828), le même prince dont Gœthe dit plus loin (Trèves, 28 octobre) : „Dieser von der Natur höchst begünstigte, glücklich ausgebildete Fürst.“

3. Geraum, adjectif tiré de Raum, espace; usité dans les expressions eine geraume Zeit, seit ou vor ou nach geraumer Zeit, auf ou für geraume Zeit, seit geraumen Jahren.

1. Le prince Bernard de Saxe-Weimar (qu'il ne faut pas confondre avec notre allié de la guerre de Trente ans, dont Gœthe voulut un instant écrire la biographie) reçut ce prénom en l'honneur du conquérant de Brisach et de l'Alsace. Il était le deuxième fils de Charles-Auguste. Il naquit le 30 mai 1792. Il assista à la bataille d'Iéna, puis combattit dans nos rangs à Wagram. Entré au service de la Hollande, il prit part, à la tête d'un régiment, à la bataille de Waterloo, gouverna la Flandre orientale (1819) et battit en 1831 les insurgés belges à Louvain. De 1848 à 1853, il commanda l'armée hollandaise de Java. Il est mort le 31 juillet 1862 à Liebenstein.

2. Obristwachtmeister ou Oberstwachtmeister, chef d'escadron; ce terme a vieilli, on dit aujourd'hui Rittmeister ou Major; comp. l'expression Herr Major, mon commandant. Plus loin, en effet, Gœthe nomme le même personnage Major von Weyrach. — Oberst est le superlatif de ober, comme Fürst de für : ces deux

von Weyrach als Abgeordneter des Regiments Gevatter [1] gestanden hatte.

Nun wußte Jeder von dem Marsche selbst gar Manches zu erzählen, wie man, den Harz links lassend, an Goslar vorbei nach Nordheim durch Göttingen [2] gekommen; da hörte man denn von trefflichen und schlechten Quartieren, bäurisch=unfreundlichen, gebildet=mißmuthigen, hypochondrisch=gefälligen Wirthen, von Nonnenklöstern und mancherlei Abwechselung des Weges und Wetters. Alsdann war man am östlichen Rand Westfalens [3] her bis Koblenz gezogen [4], hatte mancher hübschen Frau zu gedenken, von seltsamen Geistlichen, unvermuthet begegnenden Freunden, zerbrochenen Rädern, umgeworfenen Wagen buntscheckigen [5] Bericht zu erstatten.

Von Koblenz aus [6] beklagte man sich über bergige Gegenden, beschwerliche Wege und mancherlei Mängel, und rückte sodann, nachdem man sich im Vergangenen kaum zerstreut, dem Wirklichen immer näher; der Einmarsch nach Frankreich in dem schrecklichsten

adjectifs, devenus substantifs, expriment la même idée : celui qui est le plus haut, celui qui marche en avant. — Le Wachtmeister est le maréchal des logis chef, et Obristwachtmeister signifie donc littéralement « quartier-maître général ».

1. Gevatter; formé d'après le mot *compater*, compère, parrain.

2. Der Harz (*Hercynia silva*), de l'ancien hart, forêt; ne pas confondre avec das Harz, la résine. Le Harz appartient à la fois à la Prusse (Hanovre et Saxe), au Brunswick et à Anhalt-Bernbourg. — Goslar, Nordheim et Göttingen (Gœttingue), dans la province de Hanovre : Goslar, sur la rivière de la Gose et au pied du Rammelsberg, célèbre par sa bière blanche (die Gose), patrie du maréchal de Saxe qui y naquit le 28 octobre 1696; Nordheim, où descendent la plupart des touristes qui vont visiter le Harz; Gœttingue, sur la Leine, doit sa renommée à son université, la *Georgia Augusta*, fondée en 1734 par Georges II, roi d'Angleterre.

3. Westfalen ou Westphalen, Westphalie, province de la Prusse, divisée en trois régences : Münster, Minden et Arnsberg (chef-lieu Münster). Elle a formé de 1807 à 1814 un royaume français gouverné par Jérôme Napoléon. La paix de Westphalie (traités de Münster et d'Osnabrück, 1648) se dit „der westphälische Friede".

4. „Munter und froh war Jeder bis nach Koblenz; Lachen und frohe Lieder hörte man überall; da wünschten Viele, daß das Leben tausend Jahre so währen möchte." (Le témoin oculaire, I, pp. 25-26.)

5. Buntscheckig; de bunt, bariolé, et scheckig, tacheté (comp. der Schecke, le cheval pie). La vie humaine, dit Platen, est buntscheckig. Les Marseillais qui défilaient devant Gœthe et les Prussiens, après la reddition de Mayence, étaient klein, schwarz, buntscheckig, lumpig gekleidet.

6. „Von Koblenz nach Trier, dit le témoin oculaire (I, p. 92), sind vierundzwanzig Stunden, welche wir in sechs Märschen zurücklegten. Der Weg ist zwar Chaussee, allein die vielen Berge und Defileen, die man passiren muß, machen ihn sehr beschwerlich." L'armée prussienne traversait le Hundsrück.

Wetter ward als höchst unerfreulich und als würdiges Vorspiel beschrieben des Zustandes, den wir, nach dem Lager zurückkehrend, voraussehen konnten. Jedoch in solcher Gesellschaft ermuthigt sich Einer am Andern, und ich besonders beruhigte mich am Anblick der köstlichen wollenen Decken, welche der Reitknecht [1] aufgebunden hatte.

Im Lager fand ich Abends in dem großen Zelte die beste Gesell= schaft; sie war dort beisammen geblieben, weil man keinen Fuß heraussetzen konnte; Alles war gutes Muths und voller Zuversicht. Die schnelle Uebergabe von Longwy bestätigte die Zusage der Emi= grirten, man werde überall mit offenen Armen aufgenommen sein, und es schien sich dem großen Vorhaben nichts als die Witterung entgegenzusetzen. Haß und Verachtung des revolutionären Frank= reichs, durch die Manifeste [2] des Herzogs von Braunschweig [3] aus= gesprochen, zeigte sich ohne Ausnahme bei Preußen, Oestreichern und Emigrirten [4].

.. Der **Reitknecht**, l'ordonnance, le brosseur d'un officier monté; plus haut, **Packknecht**, soldat qui conduit un cheval de bât; soldat du train; **Knecht**, valet, garçon, et aussi, serf, esclave (autrefois jeune homme, page, guerrier; comp. angl. *knight*, chevalier, et **Landsknecht**, fantassin au service d'un prince, d'où notre mot *lansquenet*).

2. Gœthe a raison de dire « les manifestes », car il y eut deux manifestes de Brunswick : le premier, le plus connu, est daté du 25 juillet; le second, du 27 du même mois, est une *déclaration additionnelle* qu'on trouvera dans Jomini, II, p. 360. (*Hist. crit. et milit. des guerres de la Révolution.*)

3. Le duc de Brunswick (Charles-Guillaume-Ferdinand), né le 9 octobre 1735 à Brunswick, s'était distingué dans la guerre de Sept ans, à Hastembeck, à Cre- feld, à Minden, à Warbourg; il avait eu un commandement dans la guerre de a succession de Bavière, et réprimé rapidement les troubles de la Hollande (1787). Il passait alors pour le premier général de l'Europe. Valmy ne porta pas atteinte à sa réputation, car en 1793 il battit les Français à Pirmasens et s'em- para des lignes de Wissembourg. Aussi fut-il mis en 1806 à la tête de l'armée prussienne; atteint à Auerstädt d'une balle dans les yeux, il alla mourir à Ot- tensen le 10 novembre 1806. Voir sur lui le poème de Rückert, „Die Gräber bei Ottensen" :

> Von Braunschweig ist's der Alte,
> Karl Wilhelm Ferdinand,
> Der vor des Hirnes Spalte
> Hier Ruh' im Grabe fand.

4. Il serait trop long de citer des preuves de cette haine et de ce mépris des alliés; quant aux émigrés, il suffira de citer ce passage d'une lettre de Lombard (28 juillet) : „Ihre Reden sind gräulich; wollte man ihre Mitbürger ihrer Rache preisgeben, Frankreich würde bald ein ungeheures Grab sein."(Traduction allemande de M. Hüffer.)

Freilich durfte man nur das wahrhaft Bekanntgewordene er=
zählen, so ging daraus hervor, daß ein Volk, auf solchen Grad
veruneinigt, nicht einmal in Parteien gespalten, sondern im In=
nersten zerrüttet[1], in lauter Einzelheiten getrennt[2], dem hohen Ein=
heitssinne der edeln Verbündeten nicht widerstehen könne.

Auch hatte man schon von Kriegsthaten zu erzählen. Gleich nach
dem Eintritt in Frankreich stießen, beim Rekognoszieren[3], fünf
Eskadronen Husaren von Wolfrat[4] auf tausend Chasseurs[5], die
von Sedan[6] her unser Vorrücken beobachten sollten. Die Unsrigen,
wohl geführt, griffen an, und da die Gegenseitigen sich tapfer
wehrten, auch keinen Pardon[7] annehmen wollten, gab es ein
gräulich Gemetzel[8], worin wir siegten, Gefangene machten, Pferde,

---

1. Zerrütten, de rütten, qui n'est plus employé que sous la forme rütteln
(comp. schütteln), secouer, ébranler.

2. Comp. le témoin oculaire : „zu schwach und zu uneinig, sich zu widersetzen."
(I, p. 90.)

3. Rekognoszieren, synonyme auskundschaften ou auf Kundschaft ausgehen. —
Die Eskadron ou Schwadron. — Der Husar, du hongrois huszar, le vingtième
(husz, vingt), chaque village de Hongrie devant, dans les guerres contre les
Turcs, fournir, sur vingt hommes, un homme équipé. Il y avait aussi des hussards dans l'armée française, et l'on verra plus loin que Gœthe parle des beiderseitigen Husaren. « Ce fut vers 1691 qu'on forma en France les premières com-
pagnies de hussards, composées de réfugiés hongrois. Les régiments de hussards
portèrent jusqu'à l'époque de la Révolution les noms des colonels qui les avaient
organisés. Il y avait des hussards de Bercheny, des hussards Chamborant, etc.»
(Chéruel, Dict. hist., II, p. 905.)

4. Wolfrat ou Wolfradt; ce régiment de hussards, créé en 1741, tenait garnison en Silésie.

5. « Le comte de Saint-Germain fit, en 1776, plusieurs modifications importantes
dans la cavalerie. Il réduisit le nombre des régiments de cavalerie à vingt-
quatre, avec un même nombre de régiments de dragons. Il attacha un escadron
de chasseurs à cheval à chacun des régiments de dragons. Telle est l'origine de
ce corps de cavalerie légère qui s'est conservé jusqu'à nos jours. » (Chéruel,
Dict. hist., II, p. 905.)

6. Sedan (Ardennes), chef-lieu de canton et d'arrondissement, 14,315 habitants. On peut dire de Sedan ce qu'a dit Gœthe de la ville d'Egra qu'il nomme
ein tragisches Lokal : „Man kann nicht Eger betreten, ohne daß die Geister Wallensteins und seiner Gefährten uns umschweben." (Lettre du 6 septembre 1811.) On ne
peut nommer Sedan, sans évoquer aussitôt le souvenir de Napoléon III et de la
catastrophe de 1870.

7. Pardon, grâce, quartier; der Pardon, die Gnade, das Quartier; remarquer
les trois genres différents.

8. Das Gemetzel ou die Metzelei, massacre, tuerie; de la racine metz; comp.
Steinmetz, tailleur de pierres (nom d'un général prussien, mort en 1877, qui prit
une grande part à la campagne de 1866 contre l'Autriche, et à la bataille de
Borny, du 14 août 1870).

Karabiner[1] und Säbel erbeuteten, durch welches Vorspiel der
kriegerische Geist erhöht, Hoffnung und Zutrauen fester gegründet
wurden[2].

Am neunundzwanzigsten August geschah der Aufbruch[3] aus
diesen halberstarrten Erd= und Wasserwogen, langsam und nicht
ohne Beschwerde; denn wie sollte man Zelte und Gepäck, Montu=
ren[4] und Sonstiges nur einigermaßen reinlich halten, da sich keine
trockene Stelle fand, wo man irgend etwas hätte zurechtlegen und
ausbreiten können!

Die Aufmerksamkeit jedoch, welche die höchsten Heerführer diesem
Abmarsch zuwendeten, gab uns frisches Vertrauen. Auf das
Strengste war alles Fuhrwerk ohne Ausnahme hinter die Kolonne
beordert[5], nur jeder Regimentschef berechtigt, eine Chaise vor
seinem Zug hergehen zu lassen, da ich denn das Glück hatte, im
leichten, offenen Wägelchen die Hauptarmee für diesmal anzuführen.
Beide Häupter, der König[6] sowohl als der Herzog von Braun=
schweig, mit ihrem Gefolge, hatten sich da postirt, wo Alles an

---

1. Der Karabiner ou die Karabine, carabine, mousqueton.

2. Ce combat eut lieu le 19 août, près de Fontoy; « les hussards de Wolfrat,
écrit Lombard, sont de vrais diables, mais les Français se sont battus en déses-
pérés et n'ont pas voulu accepter de quartier; les nôtres, en nombre moindre,
leur ont tué 300 hommes et fait 160 prisonniers. » (Lettre du 20 août.)

3. Der Aufbruch, le départ des troupes, et, plus loin, aufbrechen, se mettre
en route, décamper, partir après avoir fait ses préparatifs.

4. Die Montur (ou Montirung), non pas « monture », mais « équipement,
fourniment, uniforme du soldat ». Montiren signifie équiper (comp. notre verbe
monter). On distingue les große Montirungsstücke (habit, manteau, coiffure), et
les kleine Montirungsstücke (cravate, chemise, chaussure). Le soldat reçoit un
Montirungsbuch où sont inscrites les pièces d'habillement qu'il a reçues. — La
mère de Hermann dit à son fils qu'il n'est pas né soldat et n'aime pas l'uniforme
(H. u. D., IV) :

Nicht begehrst du zu scheinen in der Montur vor den Mädchen.

5. Lombard parle aussi de cette mesure rigoureuse : « Le roi, écrit-il (17 août),
a ordonné que tout ce qui n'était pas entièrement nécessaire resterait en arrière,
et diminué de sept le nombre de ses propres voitures. »

6. Frédéric-Guillaume II, né le 25 septembre 1744, mort le 16 novembre 1797.
Il ne faut pas croire qu'il fut le fils de Frédéric II (son père était le frère cadet
de Frédéric II, Auguste-Guillaume, mort en disgrâce à Oranienburg, le 18 juin
1758, à l'âge de 36 ans). Les Français du temps commettaient déjà cette erreur;
ce n'est pas son père, disaient-ils de celui qu'ils appelaient « le grand roi des
uhlans ». „Die Franzosen, ajoute le témoin oculaire, sind beinahe durchgängig
schlechte Genealogisten, wie sie schlechte Geographen sind." (I, p. 198.) Est-ce là que
Gœthe aurait pris ce mot si répandu et aujourd'hui assez injuste, que les Français ne savent pas la géographie?

ihnen vorbei mußte. Ich sah sie von weitem, und als wir heran=
kamen, ritten Ihro Majestät an mein Wäglein heran und fragten
in Ihro lakonischen Art[1], wem das Fuhrwerk gehöre. Ich antwor=
tete laut: „Herzog von Weimar", und wir zogen vorwärts. Nicht
leicht ist Jemand von einem vornehmern Visitator[2] angehalten
worden.

Weiterhin jedoch fanden wir den Weg hie und da etwas besser.
In einer wunderlichen Gegend, wo Hügel und Thal mit einander
abwechselten[3], gab es besonders für die zu Pferde noch trockene
Räume genug, um sich behaglich vorwärts bewegen zu können.
Ich warf mich auf das meine, und so ging es freier und lustiger
fort; das Regiment hatte den Vortritt[4] bei der Armee, wir konnten
also immer voraus sein und der lästigen Bewegung des Ganzen
völlig entgehen.

Der Marsch verließ die Hauptstraße, wir kamen über Arrancy[5],
worauf uns denn Chatillon l'Abbaye[6], als erstes Kennzeichen der
Revolution, ein verkauftes Kirchengut, in halb abgebrochenen und
zerstörten Mauern, zur Seite liegen blieb.

Nun aber sahen wir über Hügel und Thal des Königs Majestät
sich eilig zu Pferde bewegend, wie den Kern eines Kometen, von
einem langen schweifartigen Gefolge begleitet[7]. Kaum war jedoch

---

1. Frédéric-Guillaume II s'exprimait réellement avec un certain effort et par
petites phrases hachées. (Vivenot, *Quellen*, I, p. 208.)

2. Visitator ou visiteur, employé de l'administration des douanes. Le plus
célèbre Visitator est Robert Burns, le poète écossais, dont Carlyle a dit: „Und
ein solcher Mann war es, für den die Welt kein schädlicher Geschäft zu finden wußte,
als sich mit Schmugglern und Schenken herumzuzanken, Accise auf den Talg zu be=
rechnen und Bierfässer zu visiren." (Essai paru dans l'*Edinburgh Review* de décembre 1828, et dont Goethe a traduit quelques passages.)

3. Comp. dans le *Siège de Mayence* une expression semblable : wegen Wechsels
von Höhen und Tiefen.

4. Hatte den Vortritt ou war der Vortrupp, avait ou était l'avancée de
l'avant-garde.

5. Arrancy (Meuse), village sur le ruisseau des Eurantes, à 9 kilomètres au
nord de Spincourt; arrondissement de Montmédy, canton de Spincourt, 785 habitants.

6. Chatillon l'Abbaye (Meuse), hameau de 63 habitants, commune de
Pillon; ancienne abbaye de l'ordre de Cîteaux, fondée en 1142, d'abord établie
à Mangiennes.

7. Le point lumineux qui s'aperçoit au centre d'une des extrémités de la
comète, s'appelle le *noyau* (der Kern), et l'auréole qui entoure ce noyau, *cheve-*

dieſes Phänomen mit Blitzesſchnelle vor uns vorbei geſchwunden, als ein zweites von einer andern Seite den Hügel krönte oder das Thal erfüllte. Es war der Herzog von Braunſchweig, der Elemente gleicher Art an und nach ſich zog. Wir nun, obgleich mehr zum Beobachten als zum Beurtheilen geneigt, konnten doch der Betrach= tung nicht ausweichen, welche von beiden Gewalten denn eigentlich die obere ſei [1], welche wohl im zweifelhaften Falle zu entſcheiden habe — unbeantwortete Fragen, die uns nur Zweifel und Bedenk= lichkeiten zurückließen.

Was nun aber hiebei noch ernſteren Stoff zum Nachdenken gab, war, daß man beide Heerführer ſo ganz frank und frei in ein Land hineinreiten ſah, wo nicht unwahrſcheinlich in jedem Gebüſch ein aufgeregter Todfeind lauern [2] konnte. Doch mußten wir geſtehen, daß gerade das kühne, perſönliche Hingeben von jeher den Sieg errang und die Herrſchaft behauptete.

Bei wolkigem Himmel ſchien die Sonne ſehr heiß; das Fuhr= werk in grundloſem Boden fand ein ſchweres Fortkommen. Zer= brochene Räder an Wagen und Kanonen machten gar manchen Aufhalt; hie und da ermattete Füſeliere [3], die ſich ſchon nicht mehr fortſchleppen konnten.

---

lure (das Haar). Le noyau et la chevelure forment la *tête* (der Kopf) de la co-mète; la traînée lumineuse qui accompagne la comète, se nomme *queue* (der Schweif). — Gœthe s'est servi de la même comparaison dans un passage des *Affin. Elect.* (II, 4); il parle d'une jeune coquette qui traîne après elle une troupe d'adorateurs : „Luciane zeigte ſich immer wie ein brennender Kometenkern, der einen langen Schweif nach ſich zieht.“

1. Welche von beiden Gewalten die obere ſei? Déjà le 24 juillet, l'envoyé de Suède à Berlin, Carisien, écrivait à Fersen : « Beaucoup de per-sonnes ici pensent qu'on tout cas le roi de Prusse pourrait bien ne pas rester longtemps à l'armée, où sa présence ne laisserait pas de gêner le duc de Bruns-wick. » (*Le Comte de Fersen*, II, p. 335.) Massenbach dit nettement que la pré-sence du roi a été funeste (I, p. 104) : „Der Herzog konnte ſich nicht zur unum= ſchränkten Freiheit emporheben, und ein Feldherr, der dieſes nicht kann, muß unfehlbar in dem Mangel der Freiheit untergehen.“

2. Lauern (ou encore auf der Lauer ſein), épier, être aux aguets; autrefois lûren. On a fait remarquer qu'il y a, dans le dialecte suisse, un verbe *loren*, re-garder, épier, et dans le patois normand un verbe *loriner*, qui a le même sens; notre mot *lorgner* serait donc d'origine germanique et se rattacherait à la même racine que lauern.

3. Ermattete Füſeliere: ils sont marobe; ermattet (comme ermübet), ha-rassé, de l'adjectif *matt*, qui doit venir de notre mot *mat*, « terne, sans éclat »,

Man hörte die Kanonade bei Thionville[1] und wünschte jener Seite guten Erfolg.

Abends erquickten wir uns im Lager bei Pillon[2]. Eine liebliche Waldwiese nahm uns auf, der Schatten erfrischte schon, zum Küchfeuer war Gesträpp[3] genug bereit, ein Bach floß vorbei und bildete zwei klare Bassins[4], die beide sogleich von Menschen und Thieren sollten getrübt werden[5]. Das eine gab ich frei, vertheidigte das andere mit Heftigkeit und ließ es sogleich mit Pfählen und Stricken umziehen. Ohne Lärm gegen die Zudringlichen[6] ging es nicht ab. Da fragte einer von unsern Reitern den andern, die eben ganz gelassen an ihrem Zeuge putzten: „Wer ist denn der, der sich so mausig macht[7]?" „Ich weiß nicht," versetzte der andere; „aber er hat Recht."

et autrefois « las, fatigué »; matt a d'ailleurs les deux sens : « terne » et « las ». — Der Füselier ou Füsilier, fusilier, soldat d'infanterie légère. (Voir l'introduction, page XXII.)

1. Thionville, en allemand Diedenhofen (au moyen âge *Theodonis villa*), forteresse et chef-lieu de canton et de cercle de la Lorraine allemande, sur la rive gauche de la Moselle. Prise en 1558 par le duc de Guise, enlevée par Condé après Rocroy en 1643, cédée à la France par la paix des Pyrénées (1659), assiégée en 1705, en 1792, en 1814, en 1815 et enfin en 1870 (10-24 novembre), cette ville appartient depuis 1871 à l'empire allemand. C'est à Thionville que sont nés le célèbre conventionnel Merlin de Thionville et le littérateur Paul Albert. — Thionville fut assiégé en 1792, du 23 août au 16 octobre, par le prince de Hohenlohe-Kirchberg et défendu par Félix Wimpffen; en 1814, la place était commandée par Léopold Hugo, le père du poète.

2. Pillon (Meuse), village sur le ruisseau de Pilles, arrondissement de Montmédy, canton de Spincourt. 551 habitants.

3. Das Gesträpp, broussailles, buissons peu élevés, rabougris et très touffus, de Struppe, qui n'est plus usité. On dit parfois Gestripp ou Gestrippe :

Hoch auf Suniums Felsenklippe,
Zwischen Schutt und Dorngestrippe. (Geibel.)

L'adjectif struppig signifie hérissé, ébouriffé, embroussaillé.

4. Das Bassin ou das Becken, tous deux également usités comme termes géographiques.

5. Comp. *Hermann et Dorothée*, VII, v. 30-35 :

. . . . . Es haben die unvorsichtigen Menschen
Alles Wasser getrübt im Dorfe, mit Pferden und Ochsen
Gleich durchwatend den Quell. . . .
Denn ein Jeglicher denkt nur, sich selbst und das nächste Bedürfniß
Schnell zu befried'gen und rasch, und nicht des Folgenden denkt er.

6. Der Zudringliche, l'importun; comp. der Eindringling, l'intrus, et der Lästige, le fâcheux (die Lästigen, *les Fâcheux* de Molière).

7. Sich mausig machen, faire l'insolent; de die Mause ou Mauser, la mue (der Federwechsel ou die Häutung); muer (sich mausen), c'est faire le beau, et par suite, l'insolent.

Also kamen nun Preußen und Oestreicher und ein Theil von Frankreich, auf französischem Boden ihr Kriegshandwerk zu treiben. In wessen Macht und Gewalt thaten sie das? Sie konnten es in eignem Namen thun; der Krieg war ihnen zum Theil erklärt, ihr Bund war kein Geheimniß; aber nun ward noch ein Vorwand erfunden. Sie traten auf im Namen Ludwig's XVI.; sie requirirten nicht, aber sie borgten[1] gewaltsam. Man hatte Bons[2] drucken lassen, die der Kommandirende unterzeichnete, derjenige aber, der sie in Händen hatte, nach Befund beliebig[3] ausfüllte; Ludwig XVI. sollte bezahlen. Vielleicht hat nach dem Manifest nichts so sehr das Volk gegen das Königthum aufgehetzt[4] als diese Behandlungsart. Ich war selbst bei einer solchen Scene gegenwärtig, deren ich mich als höchst tragisch erinnere. Mehrere Schäfer mochten ihre Heerden vereinigt haben, um sie in Wäldern oder sonst abgelegenen Orten sicher zu verbergen; von thätigen Patrouillen[5] aber aufgegriffen und zur Armee geführt, sahen sie sich zuerst wohl und freundlich empfangen. Man fragte nach den verschiedenen Besitzern, man sonderte und zählte die einzelnen Heerden. Sorge und Furcht, doch mit einiger Hoffnung, schwebte auf den Gesichtern der tüchtigen Männer. Als sich aber dieses Verfahren dahin auflöste, daß man die Heerden unter Regimenter und Kompagnien vertheilte, den Besitzern hingegen ganz höflich auf Ludwig XVI. gestellte Papiere überreichte, indessen ihre wolligen Zöglinge von den ungeduldigen, fleischlustigen Soldaten vor ihren Füßen ermordet wurden, so gesteh' ich wohl, es ist mir nicht leicht eine grausamere Scene und ein tieferer männ-

---

1. Mais, dit un proverbe rimé, Borgen...macht Sorgen.

2. Das Bon. Le mot allemand est der Schein (comp. aussi die Anweisung, lo mandat de poste); bon du trésor, Schatzschein.

3. A sa guise, et selon les circonstances, comme cela se trouvait.

4. Aufhetzen, terme de chasse: lancer (un cerf), faire lever (un lièvre), poursuivre (Metzler, dans Goetz, V, 3: „Hetz' ihn auf!"), exciter, ameuter; de hetzen, donner la chasse, ou, comme on disait autrefois, le pourchas; comp. die Hetze ou Hatz, chasse à courre, et par suite, persécution (on a beaucoup parlé, dans ces derniers temps, de la Judenhetze en Allemagne et de la Deutschenhetze en Hongrie), et les mots die Hast, notre français « hâte » et hassen, haïr, autrefois poursuivre.

5. Die Patrouille (on dit aussi die Streifwache); faire une patrouille, aller en patrouille, patrouilliren.

licher Schmerz in allen seinen Abstufungen jemals vor Augen
und zur Seele gekommen[1]. Die griechischen Tragödien allein haben
so einfach tief Ergreifendes.

En avant-garde ; coup de feu dans les vignes ; une belle fugitive ; le
    camp de Verdun ; Grothaus en parlementaire ; observations sur les
    couleurs ; bombardement ; entretien avec le prince de Reuss ; un
    mur décoré de pain moisi ; une bombe ; un officier qui se noie ;
    explosion dans le camp autrichien ; capitulation de la ville ; suicide
    de Beaurepaire.

Den 30. August bis 2. September.

Vom heutigen Tage, der uns gegen Verdun[2] bringen sollte,
versprachen wir uns Abenteuer, und sie blieben nicht aus. Der
auf= und abwärts gehende Weg war schon besser getrocknet, das
Fuhrwerk zog ungehinderter dahin, die Reiter bewegten sich leichter
und vergnüglich.

Es hatte sich eine muntere Gesellschaft zusammengefunden, die,
wohl beritten, so weit vorging, bis sie einen Zug Husaren antraf,
der den eigentlichen Vortrab[3] der Hauptarmee machte. Der Ritt=
meister, ein gesetzter Mann, schon über die mittlern Jahre, schien
unsere Ankunft nicht gerne zu sehen. Die strengste Aufmerksamkeit
war ihm empfohlen, Alles sollte mit Vorsicht geschehen, jede un=
angenehme Zufälligkeit beseitigt werden. Er hatte seine Leute künst=

---

1. Comp. dans le *Guillaume Tell* de Schiller, 1ᵉʳ acte, 1ᵉ scène : Erster Reiter : Fallt in ihre Heerde! — Seppi (stürzt nach) : O meine Lämmer! — Kuoni
(folgt) : Weh mir, meine Heerde!

2. Verdun (Meuse), ville sur la Meuse, à 45 kilomètres au nord de Bar-le-
Duc ; pris en 1552 par Henri II ; fit dès lors partie de la province des Trois-
Évêchés, mais ne fut définitivement réuni à la France que par l'article 67 du
traité de Münster (1648) ; appartint jusqu'en 1790 à la généralité de Metz ; devint
en 1790 chef-lieu de district ; aujourd'hui chef-lieu de canton et d'arrondissement.

3. Der Vortrab, l'avant-garde ; on dit aussi die Vorhut (comp. Nachhut,
arrière-garde ; hüten, garder ; Feldhüter, garde champêtre, etc.) et die Avantgarde
(également die Arrièregarde), dans un combat das Vortreffen. — Der Trab signifie
« le trot », et traben, « trotter » ; comp. Trabant, au moyen âge, garde du corps
à pied ou à cheval ; ce mot, formé sans doute de l'italien *trabante*, est employé
par Voltaire dans son *Histoire de Charles XII*, et par Gœthe (*Faust*, II, „Tra-
banten unseres Kaisers"). Trabant signifie encore satellite (astronomie).

mäßig vertheilt; sie rückten einzeln vor in gewissen Entfernungen, und Alles begab sich in der größten Ordnung und Ruhe. Menschen-leer war die Gegend, die äußerste Einsamkeit ahnungsvoll [1]. So waren wir, Hügel auf, Hügel ab, über Mangiennes [2], Damvillers, Wawrille und Ormont gekommen, als auf einer Höhe, die eine schöne Aussicht gewährte, rechts in den Weinbergen ein Schuß fiel, worauf die Husaren sogleich zufuhren, die nächste Umgebung zu untersuchen. Sie brachten auch wirklich einen schwarzhaarigen, bärtigen Mann herbei, der ziemlich wild aussah und bei dem man ein schlechtes Terzerol [3] gefunden hatte. Er sagte trotzig, daß er die Vögel aus seinem Weinberg verscheuche und Niemand etwas zu Leide thue. Der Rittmeister schien bei stiller Ueberlegung diesen

---

1. Ahnungsvoll, plein de pressentiment, qui inspire une vague inquiétude, une crainte indéfinissable, qui a je ne sais quoi de sinistre, ou tout simplement de mystérieux et d'inattendu, qui excite l'attente. Gœthe aime cette expression; la retraite de l'armée, à l'instant où elle va commencer, lui semble ahnungs-voll; sur le Rhin, à un coude du fleuve qui entre et se perd dans une gorge de montagne, il parle de l'ahnungsvolle Bergschlucht, worin sich der Rhein verliert; la destinée de l'homme avec tout l'inconnu qu'elle tient en réserve, est ahnungs-voll; le silence qui se fait avant un acte décisif et impatiemment attendu, le château de la Pleiss avec ses longs et obscurs corridors, le suicide de Beaure-paire qui prouve l'exaltation des âmes, une tache de sang qui ne peut s'effacer et reparaît obstinément, un événement inexplicable, tout cela Gœthe le nomme ahnungsvoll. De même, il emploie volontiers Ahnung et aussi Vorahnung, Vor-gefühl; il s'est servi de ahnungsreich, Ahnungsdrang, Ahnungsvermögen. Grimm cite cette définition de Kant : „Ahnung ist dunkle Vorerwartung." On disait autrefois ahnden (qui n'a plus que le sens de « punir, venger ») et ahndungsvoll; Gœthe même n'écrit ahnungsvoll que depuis 1817.

2. Mangiennes (Meuse), village sur la rive gauche du Loison, arrondisse-ment de Montmédy, canton de Spincourt. 868 habitants. — Damvillers (Meuse), ville sur la Tinte, arrondissement de Montmédy, chef-lieu de canton. 834 habi-tants. — Wawrille (Meuse), village sur la rive gauche de la Tinte, arrondisse-ment de Montmédy, canton de Damvillers. 161 habitants. — Ormont (Meuse), écart de la commune de Haumont-près-Samogneux, arrondissement de Mont-médy, canton de Montfaucon. 10 habitants.

3. Das Terzerol, pistolet de poche, de l'italien terzeruolo, diminutif de terzuolo, qui dérive du latin tertiolus, et signifie, comme tertiolus, « faucon mâle dressé à la chasse ». Tertiolus (ancien français tiercelet, ancien allemand terzel ou terze) vient lui-même de tertius, troisième, parce qu'on croyait que le troi-sième du nid était toujours un mâle. — Terzerol a passé du sens de « faucon » à celui de « pistolet », de même qu'on appelait Falkaune ou Falkonet un canon de quatre ou de six (fauconneau), et Schlange un gros canon. Comp. mousquet qui est le même mot qu'émouchet (épervier); couleuvrine (pièce plus longue que les pièces ordinaires et qui a la forme d'une couleuvre); basilic (gros canon, portant 160 livres de balles). Sur cet épisode voir l'introd., p. XX.

2.

Fall mit seinen gemessenen Ordres zusammenzuhalten und entließ den bedrohten Gefangenen mit einigen Hieben, die der Kerl so eilig mit auf den Weg nahm, daß man ihm seinen Hut mit großem Lustgeschrei nachwarf, den er aber aufzunehmen keinen Beruf empfand.

Der Zug ging weiter; wir unterhielten uns über die Vorkommenheiten und über Manches, was zu erwarten sein möchte. Nun ist zu bemerken, daß unsere kleine Gesellschaft, wie sie sich den Husaren aufgedrungen hatte, zufällig zusammengekommen, aus den verschiedensten Elementen bestand; meistens waren es geradsinnige, jeder nach seiner Weise dem Augenblick gewidmete Menschen. Einen jedoch muß ich besonders auszeichnen, einen ernsten, sehr achtbaren Mann, von der Art, wie sie zu jener Zeit unter den preußischen Kriegsleuten öfter vorkamen, mehr ästhetisch als philosophisch gebildet, ernst mit einem gewissen hypochondrischen Zuge, still in sich gekehrt, und zum Wohlthun mit zarter Leidenschaft aufgelegt [1].

Als wir so weiter vor uns hinrückten, trafen wir auf eine so seltsame als angenehme Erscheinung, die eine allgemeine Theilnahme erregte. Zwei Husaren brachten ein einspänniges zweirädriges Wägelchen den Berg herauf, und als wir uns erkundigten, was unter der übergespannten Leinwand [2] wohl befindlich sein möchte, so fand sich ein Knabe von etwa zwölf Jahren, der das Pferd lenkte, und ein wunderschönes Mädchen oder Weibchen, das sich aus der Ecke hervorbeugte, um die vielen Reiter anzusehen, die ihren zweirädrigen Schirm umzingelten [3]. Niemand blieb ohne Theilnahme, aber die eigentlich thätige Wirkung für die Schöne mußten wir unserm empfindenden Freunde überlassen, der von dem Augenblick an, als er das bedürftige Fuhrwerk näher betrachtet, sich zur Rettung unaufhaltsam hingedrängt fühlte. Wir traten in den Hintergrund, er aber fragte genau nach allen Umständen, und es fand sich, daß die

---

1. Tous ces traits pourraient s'appliquer à celui que Lessing nommait « notre major », à l'intrépide et généreux Christian-Ewald de Kleist (1715-1759), l'auteur du *Printemps*, de *Cissidès et Pachès*, et de la *Grue blessée* (der gelähmte Kranich). Il tomba, frappé mortellement, à Kunersdorf.

2. Die Leinwand, toile, de l'ancien linwât ; le mot wât, vêtement, n'existe plus ; on a formé Leinwand, par analogie avec das Gewand (qui se rapporte à winden, tourner, comme *toga* à *tegere*).

3. Umzingeln, entourer ; zingeln n'est plus usité et signifiait élever un rempart ou Zingel (*cingulum*, ceinture).

junge Person in Samogneux[1] wohnhaft, dem bevorstehenden Be-
drängniß seitwärts zu entfernteren Freunden auszuweichen Willens[2],
sich eben der Gefahr in den Rachen geflüchtet habe[3], wie in solchen
ängstlichen Fällen der Mensch wähnt, es sei überall besser als da, wo
er ist. Einstimmig ward ihr nun auf das freundlichste begreiflich
gemacht, daß sie zurückkehren müsse. Auch unser Anführer, der Rittmeister, der zuerst eine Spionerei hier wittern wollte, ließ sich endlich
durch die herzliche Rhetorik des sittlichen Mannes überreden, der
sie denn auch, zwei Husaren an der Seite, bis an ihren Wohnort
einigermaßen getröstet zurückbrachte, woselbst sie uns, die wir in
bester Ordnung und Mannszucht[4] bald nachher durchzogen, auf
einem Mäuerchen unter den Ihrigen stehend, freundlich und, weil
das erste Abenteuer so gut gelungen war, hoffnungsvoll begrüßte.

Es giebt dergleichen Pausen mitten in den Kriegszügen, wo
man durch augenblickliche Mannszucht sich Kredit zu verschaffen
sucht und eine Art von gesetzlichem Frieden mitten in der Verwirrung beordert. Diese Momente sind köstlich für Bürger und Bauern
und für Jeden, dem das dauernde Kriegsunheil noch nicht allen
Glauben an Menschlichkeit geraubt hat[5].

1. Samogneux (Meuse), village sur la rive droite de la Meuse, arrondissement de Verdun, canton de Charny, 259 habitants.
2. Gœthe a dit: „Ein wanderndes Mädchen ist immer von schwankendem Rufe." Mais
la jolie et touchante fugitive de Samogneux ressemble à Dorothée (V, v. 93-98):
        . . . Sie ist nicht hergelaufen, das Mädchen,
        Keine, die durch das Land auf Abenteuer umherschweift.
        Nein, das wilde Geschick des allverderblichen Krieges,
        Das die Welt zerstört und manches feste Gebäude
        Schon aus dem Grunde gehoben, hat auch die Arme vertrieben.
3. Elle s'était jetée dans la gueule du loup.
4. Die Mannszucht ou die Disciplin; die Zucht, de ziehen: 1o éducation
(Viehzucht, élève des bestiaux; Bienenzucht, culture des abeilles; Baumzucht,
qu'on trouvera plus loin [19 octobre], arboriculture); 2o discipline (zuchtlos, in-
discipliné; Zuchthaus, maison de correction; Zuchtgericht ou Zuchtpolizei, police
correctionnelle); comp. züchtig, bien élevé, chaste, honnête.
5. On se rappelle ces vers d'Hermann et Dorothée, VI, v. 84-88:
        Wolltet ihr aber zurück die traurigen Tage durchschauen,
        Würdet ihr selber gestehen, wie oft ihr auch Gutes erblicket,
        Manches Treffliche, das verborgen bleibt in dem Herzen,
        Regt die Gefahr es nicht auf, und drängt die Noth nicht den Menschen,
        Daß er als Engel sich zeig', erscheine den Andern ein Schutzgott.
Même à la guerre, pour citer une autre phrase de Gœthe, „das Gute und Liebe-
volle, was in dem Gemüthe liegt, mag sich aufschließen und hervorbrechen." (D. u.
W., XIV, p. 167.) Sur l'épisode de la fugitive de Samogneux voir l'introd., p. XX.

Ein Lager diesſeits Verdun wird aufgeſchlagen, und man zählt auf einige Tage Raſt.

Den einunddreißigſten Morgens war ich im Schlafwagen, gewiß der trockenſten, wärmſten und erfreulichſten Lagerſtätte, halb erwacht, als ich etwas an den Ledervorhängen rauſchen hörte und bei Eröffnung derſelben den Herzog von Weimar erblickte, der mir einen unerwarteten Fremden vorſtellte. Ich erkannte ſogleich den abenteuerlichen Grothaus¹, der, ſeine Parteigängerrolle auch hier zu ſpielen nicht abgeneigt, angelangt war, um den bedenklichen Auftrag der Aufforderung Verduns zu übernehmen. In Gefolg deſſen war er gekommen, unſern fürſtlichen Anführer um einen Stabstrompeter² zu erſuchen, welcher, einer ſolchen beſondern Auszeichnung ſich erfreuend, alſobald zu dem Geſchäft beordert wurde. Wir begrüßten uns, alter Wunderlichkeiten eingedenk, auf das heiterſte, und Grothaus eilte zu ſeinem Geſchäft, worüber denn, als es vollbracht war, gar mancher Scherz getrieben wurde. Man erzählte ſich, wie er, den Trompeter voraus, den Huſaren hinterdrein, die Fahrſtraße hinabgeritten, die Verduner aber, als Sanskülotten³ das Völkerrecht nicht kennend oder verachtend, auf ihn kanonirt; wie er ein weißes Schnupftuch an die Trompete be=

---

1. Et non Grothhus, comme le portent toutes les éditions précédentes. M. Hüffer (Gœthe-Jahrbuch, IV, p. 85) est le premier qui nous ait donné quelques détails sur ce mystérieux aventurier. Son vrai nom était Antoine-Henri-Jules de Grothaus. Né en 1747 au Delm près de Buxtehude (Hanovre), il étudia le droit à Gœttingue et devint en 1766 «Auditor» de justice à Stade; mais menacé de folie, il résigna son emploi et partit pour de longs voyages. Il servit en Corse sous Paoli, et comme volontaire dans la guerre de la succession de Bavière; il fut « Oberadjutant » à Hanovre et colonel prussien « à la suite ». Tout cela ne le préserva pas de la folie; il fallut l'enfermer à Custrin, puis, après une rechute, et par les soins de son ami de jeunesse, Hardenberg, à Culmbach, où il demeura jusqu'à sa mort, le 4 novembre 1801; il se croyait commandant de la forteresse. Gœthe avait déjà vu ce Grothaus en 1779 à Weimar, et il écrivait le 25 août dans son journal et à Mme de Stein : „Es iſt ein ſchöner, braver, edler Menſch, ſein landſtreicheriſch Weſen hat einen guten Schnitt." Il a paru en 1794, à Leipzig, un livre „über die politiſche Wichtigkeit des Herrn von Grothaus, beſonders in Rückſicht auf die franzöſiſche Revolution"; mais ce livre est plein d'erreurs.

2. Stabstrompeter, maître-trompette ou trompette-major.

3. Sanskülotten; on disait aussi très littéralement, die Ohnehoſen, et ce terme est employé par Gœthe dans le Siège de Mayence. Le mot n'est pas un anachronisme, car Lombard l'emploie dans les lettres qu'il écrit à sa femme durant cette campagne (voir surtout la lettre du 14 septembre), et le ministère du 24 mars, dont Dumouriez fut l'homme important, avait déjà été surnommé par la cour le ministère des sansculottes.

festigt, und immer heftiger zu blasen befohlen; wie er, von einem
Kommando eingeholt und mit verbundenen Augen allein in die
Festung geführt, alldort schöne Reden gehalten, aber nichts be=
wirkt, und was dergleichen mehr war, wodurch man denn nach
Weltart den geleisteten Dienst zu verkleinern und dem Unterneh=
menden die Ehre zu verkümmern wußte.

Als nun die Festung, wie natürlich, auf die erste Forderung,
sich zu ergeben, abgeschlagen[1], mußte man mit Anstalten zum
Bombardement vorschreiten. Der Tag ging hin; indessen besorgt'
ich noch ein kleines Geschäft, dessen gute Folgen sich mir bis auf
den heutigen Tag erstrecken. In Mainz hatte mich Herr v. Stein
mit dem Jägerischen Atlas versorgt, welcher den gegenwärtigen,
hoffentlich auch den nächstkünftigen Kriegsschauplatz in mehreren
Blättern darstellte. Ich nahm das eine hervor, das achtundvierzigste,
in dessen Bezirk[2] ich bei Longwy hereingetreten war, und da unter
des Herzogs Leuten sich gerade ein Boßler[3] befand, so ward es
zerschnitten und aufgezogen und dient mir noch zur Wiedererinne=
rung jener für die Welt und mich so bedeutenden Tage.

Nach solchen Vorbereitungen zum künftigen Nutzen und augen=
blicklicher Bequemlichkeit sah ich mich um auf der Wiese, wo wir
lagerten und von wo sich die Zelte bis auf die Hügel erstreckten. Auf
dem großen, grünen, ausgebreiteten Teppich zog ein wunderliches
Schauspiel meine Aufmerksamkeit an sich: eine Anzahl Soldaten
hatten sich in einen Kreis gesetzt und hantierten[4] etwas innerhalb

---

1. Le commandant Beaurepaire répondit à la sommation : « Le commandant
et les troupes de la garnison de Verdun ont l'honneur d'observer à M. de Brunswick que la défense de la place leur a été confiée par le roi des Français, de la
loyauté duquel ils ne peuvent douter ; en conséquence, qu'ils ne peuvent, sans
manquer au roi, à la nation et aux lois, livrer la ville, tant qu'il leur restera
des moyens de défense. Ils espèrent être assez heureux pour mériter par là
l'estime de *l'illustre guerrier qu'ils ont l'honneur de combattre.* » (Mérat, *Verdun
en 1792*, pp. 24-25.)

2. Bezirk (der), mot à mot, ce qui est enfermé dans un cercle (Zirkel), un
territoire borné et limité, canton, district, arrondissement; Regierungsbezirk,
régence; Bezirksgericht, tribunal d'arrondissement; Amtsbezirk, etc. L'armée
allemande comprend 17 corps, et le territoire de l'empire est divisé en 17 Ar-
meekorpsbezirke.

3. Ein Boßler (de bosseln), un ouvrier qui travaille en bosse, qui sculpte
ou moule des figures sur la vaisselle, l'argenterie, les pièces d'orfèvrerie;
propre, par conséquent, à faire avec soin les coupures et l'entoilage des cartes.

4. Hantiren, de notre verbe « hanter » : commercer, agir (comp. hanteln);

desselben. Bei näherer Untersuchung fand ich sie um einen trichter=
förmigen' Erdfall gelagert, der, von dem reinsten Quellwasser
gefüllt, oben etwa dreißig Fuß im Durchmesser haben konnte. Nun
waren es unzählige kleine Fischchen, nach denen die Kriegsleute
angelten², wozu sie das Geräth neben ihrem übrigen Gepäck mit=
gebracht hatten. Das Wasser war das klarste von der Welt, und
die Jagd lustig genug anzusehen. Ich hatte jedoch nicht lange
diesem Spiele zugeschaut, als ich bemerkte, daß die Fischlein, indem
sie sich bewegten, verschiedene Farben spielten. Im ersten Augen=
blick hielt ich diese Erscheinung für Wechselfarben der beweglichen
Körperchen, doch bald eröffnete sich mir eine willkommene Auf=
klärung. Eine Scherbe³ Steingut⁴ war in den Trichter gefallen,
welche mir aus der Tiefe herauf die schönsten prismatischen Farben
gewährte. Heller als der Grund, dem Auge entgegengehoben, zeigte
sie an dem von mir abstehenden Rande die Blau= und Violettfarbe,
an dem mir zugekehrten Rande dagegen die rothe und gelbe. Als
ich mich darauf um die Quelle ringsum bewegte, folgte mir, wie
natürlich bei einem solchen subjektiven Versuche, das Phänomen,
und die Farben erschienen, bezüglich auf mich, immer dieselbigen⁵.

Leidenschaftlich ohnehin mit diesen Gegenständen beschäftigt,
machte mir's die größte Freude, dasjenige hier unter freiem Himmel
so frisch und natürlich zu sehen, weshalb sich die Lehrer der Physik
schon fast hundert Jahre mit ihren Schülern in eine dunkle Kam=

ici, tout simplement, faire, « et faisaient je ne sais quoi ». De même Hantirung
a le sens d'« occupation » dans ce passage de *Gœtz* (IV, 2) : „Weibern, Pfaffen
und Schreibern muß man zu ihren Hantirungen eine sichere Stätte verschaffen."

1. Der Trichter, l'entonnoir; comp. trichtern, entonner, et eintrichtern, avec
le sens expressif de « seriner » : on peut dire de certains élèves qu'on *chauffe*
pour l'examen, qu'il faut ihnen Alles eintrichtern.

2. Angeln, prendre à l'hameçon (die Angel), pêcher à la ligne; Gœthe ra-
conte des Français un trait semblable : „Als bei Custine's Einfall der General
Neuwinger die Thore von Sachsenhausen besetzen ließ, hatten die Truppen kaum ihre
Tornister abgelegt, als sie sogleich ihre Angeln hervorrafften und die Fische aus dem
Stadtgraben herausfischten." (Lettre du 23 août 1797, *Voyage en Suisse*.)

3. Die Scherbe, tesson; de là das Scherbengericht ou der Ostracismus, ainsi
nommé, comme on sait, parce qu'on inscrivait sur un tesson le nom du citoyen
qu'on jugeait dangereux à la république. Scherbe signifie aussi « pot de fleurs »;
Marguerite, dans sa prison (*Faust*, I, v. 3255), dit qu'elle a mouillé de ses larmes
„die Scherben vor ihrem Fenster."

4. Das Steingut, poterie, et, plus particulièrement, vaisselle de grès.

5. Gœthe a décrit de nouveau ce phénomène dans sa „Farbenlehre" ou *Théorie
des couleurs* (chapitre intitulé Physische Farben, n° 11).

mer [1] einzusperren [2] pflegten. Ich verschaffte mir noch einige Scher-
benstücke, die ich hineinwarf, und konnte gar wohl bemerken, daß
die Erscheinung unter der Oberfläche des Wassers sehr bald anfing, beim Hinabsinken immer zunahm, und zuletzt ein kleiner,
weißer Körper, ganz überfärbt, in Gestalt eines Flämmchens am
Boden anlangte. Dabei erinnerte ich mich, daß Agricola [3] schon
dieser Erscheinung gedacht und sie unter die feurigen Phänomene
zu rechnen sich bewogen gesehn.

Nach Tische ritten wir auf den Hügel, der unseren Zelten die
Ansicht von Verdun verbarg; wir fanden die Lage der Stadt als
einer solchen sehr angenehm von Wiesen, Gärten umgeben, in
einer heitern Fläche, von der Maas [4] in mehreren Aesten durch-
strömt, zwischen näheren und ferneren Hügeln, als Festung freilich
einem Bombardement von allen Seiten ausgesetzt [5]. Der Nach-

1. Gœthe dit dans ses *Annales* (année 1792) : „Manche Langeweile stockender
Tage betrog ich durch fortgesetzte chromatische Arbeiten, wozu mich die schönsten Er-
fahrungen in freier Welt aufregten, wie sie keine dunkle Kammer, kein Löchlein im
Laden geben kann. Papiere, Akten und Zeichnungen darüber häuften sich."

2. Einsperren, enfermer, de sperren, fermer, barrer. Ce mot est important; comp. l'expression : gesperrte Straße, rue barrée, et les mots : Kontinental-
sperre, blocus continental; Sperrfestung ou Sperrfort, ouvrage isolé qui ferme
un défilé, fort d'arrêt ou de barrage (toute la nouvelle frontière de la France,
dit l'un des officiers les plus distingués de l'Allemagne, von der Goltz, „ist auf
ihrer ganzen Ausdehnung an allen beherrschenden Punkten mit Sperrforts gekrönt");
Sperrsitz, stalle de théâtre, etc.

3. Agricola (George), de son vrai nom Bauer, né à Glauchau le 24 mars 1490,
mort à Chemnitz le 21 novembre 1555. Il est le premier Allemand qui se soit
occupé scientifiquement de la minéralogie. Parmi ses œuvres, on cite : *De ortu
et causis subterraneorum* (1546); *De re metallica* (1530), etc. L'ouvrage dans lequel il mentionne le phénomène dont parle Gœthe, est, selon Strehlke, le *De
natura eorum quæ effluunt ex terra;* le passage est cité dans la *Théorie des
couleurs.*

4. Die Maas, la Meuse, prend sa source au village de Meuse (Haute-Marne),
à 17 kilomètres N.-E. de Langres, entre dans le département des Vosges, et,
après avoir disparu un moment sous terre, dans les départements de la Meuse
et des Ardennes, puis en Belgique, et se jette dans le Wahal et le Leck, bras
du Rhin, après un cours de 804 kilomètres, dont 492 en France; elle passe à
Neufchâteau, Vaucouleurs, Commercy, Saint-Mihiel, *Verdun,* Dun, Sedan, Mé-
zières-Charleville, Monthermé, Fumay, Givet. Elle est navigable de Verdun à
la mer.

5. Comp. ces mots de M. Mézières : « La position de Verdun, situé dans une
plaine, dominé de tous côtés par des hauteurs d'où l'artillerie moderne peut
foudroyer la ville, n'était pas plus facile à défendre que celle de Toul. En y arrivant le 16 août 1870, l'empereur parut surpris qu'on n'eût pas couronné de
forts les hauteurs environnantes. » (*Récits de l'Invasion*, p. 322.) Ces hauteurs
sont aujourd'hui couronnées de forts.

mittag ging hin mit Errichtung der Batterien, da die Stadt sich zu ergeben geweigert hatte. Mit guten Ferngläsern beschauten wir indessen die Stadt und konnten ganz genau erkennen, was auf dem gegen uns gekehrten Wall vorging, mancherlei Volk, das sich hin und her bewegte und besonders an einem Fleck sehr thätig zu sein schien.

Um Mitternacht fing das Bombardement an, sowohl von der Batterie auf unserm rechten Ufer als von einer andern auf dem linken, welche, näher gelegen und mit Brandraketen[1] spielend, die stärkste Wirkung hervorbrachte. Diese geschwänzten Feuermeteore mußte man denn ganz gelassen durch die Luft fahren und bald darauf ein Stadtquartier in Flammen sehen. Unsere Ferngläser, dorthin gerichtet, gestatteten uns, auch dieses Unheil im Einzelnen zu betrachten; wir konnten die Menschen erkennen, die sich oben auf den Mauern dem Brande Einhalt zu thun eifrig bemühten; wir konnten die freistehenden, zusammenstürzenden Gesparre[2] bemerken und unterscheiden. Dieses Alles geschah in Gesellschaft von Bekannten und Unbekannten, wobei es unsägliche, oft widersprechende Bemerkungen gab und gar verschiedene Gesinnungen geäußert wurden. Ich war in eine Batterie getreten, die eben gewaltsam arbeitete; allein der fürchterlich dröhnende Klang abgefeuerter Haubitzen[3] fiel meinem friedlichen Ohr unerträglich; ich mußte mich bald entfernen. Da traf ich auf den Fürsten Reuß XIV., der mir immer ein freundlicher, gnädiger Herr gewesen[4]. Wir gingen hinter Wein-

---

1. Die Brandrakete, fusée incendiaire. Rakete vient de l'italien *rocchetta*, diminutif de *rocca*, qui signifie « quenouille » et dérive de l'allemand Rocken (comp. l'anglais *rocket*, fusée). Il y a dans la fusée une baguette, écrit Diez, et son extrémité supérieure ressemble à une quenouille. Comp. notre mot *fusée*; cette pièce d'artifice, formée d'un cylindre de carton ou de papier rempli de poudre à canon, a été ainsi nommée par assimilation de forme avec un *fuseau*.

2. Das Gesparr ou der Sparren, chevron (comp. das Sparrenwerk, les chevrons, le faîtage).

3. « Le bruit effroyable des obusiers qu'on déchargeait, auxquels on mettait le feu » (abfeuern). — Die Haubitze, l'obusier, autrefois Haubnitze, mot introduit pendant la guerre des Hussites, et qui vient du tchéque *haufnice*, engin à lancer des pierres (Steinschleuder); de là notre mot « obus », en allemand Haubitzgranate.

4. Henri XIV, prince de Reuss, comte et seigneur de Plauen, était depuis le 18 septembre 1785 ambassadeur d'Autriche à Berlin, où il devait mourir le 12 février 1799. Il accompagna le roi de Prusse dans la campagne de 1792. C'est M. Hüffer (*Gœthe-Jahrbuch*, IV, p. 86) qui a prouvé que le prince de Reuss, dont

bergsmauern hin und her, durch fie gefchützt vor den Kugeln, welche herauszufenden die Belagerten nicht faul waren. Nach man= cherlei politifchen Gefprächen, die uns denn freilich nur in ein La= byrinth von Hoffnungen und Sorgen verwickelten, fragte mich der Fürft, womit ich mich gegenwärtig befchäftige, und war fehr ver= wundert, als ich, anftatt von Tragödien und Romanen zu ver= melden, aufgeregt durch die heutige Refraktionserfcheinung, von der Farbenlehre mit großer Lebhaftigkeit zu fprechen begann[1]. Denn es ging mir mit diefen Entwickelungen natürlicher Phänomene wie mit Gedichten: ich machte fie nicht, fondern fie machten mich[2]. Das einmal erregte Intereffe behauptete fein Recht, die Produktion ging ihren Gang, ohne fich durch Kanonenkugeln und Feuerballen im mindeften ftören zu laffen. Der Fürft verlangte, daß ich ihm faßlich machen follte, wie ich in diefes Feld gerathen. Hier gereichte mir nun der heutige Fall zu befonderem Nutzen und Frommen[3].

il est question, était Henri XIV (et non Henri XI ou XLIII, comme disent les éditions Cotta, ou encore Henri XIII). Tous les princes de la maison de Reuss portent le nom de Henri. Il y a deux principautés de Reuss : Reuss-Greiz (branche aînée ou ältere Linie) et Reuss-Schleiz (branche cadette ou jüngere Linie); la branche aînée règne sur Greiz; la branche cadette, sur Schleiz, Lo- benstein et Ebersdorf, Gera et Saalburg.

1. Le prince de Reuss, comme tout le monde, n'imagine pas qu'on puisse être propre à tout ; „man möchte gern, disait Goethe, jeden trefflichen Mann in sein Verdienft ganz eigentlich einfperren und ihm eine vielfeitige Bildung, die allein Ge= nuß gewährt, verkümmern," et il répétait amèrement un mot de Diderot : „D'Alembert verweifen wir in feine Mathematik." Mais beaucoup de gens s'éton- naient alors de voir Goethe négliger la poésie pour les sciences naturelles; un jeune professeur du gymnase de Trèves, Wyttenbach, qui paraît à la fin de ce récit, fut tout surpris, dit Goethe, „verwunderte fich, wie fo viele Andere, daß ich von Poefie nichts wiffen wollte, dagegen auf Naturbetrachtungen mich mit ganzer Kraft zu werfen fchien." (25 octobre.) A Pempelfort, dans la demeure des Jacobi, même étonnement : „Mit meinen Naturbetrachtungen wollte es mir kaum beffer glücken; die ernftliche Leidenfchaft, womit ich diefem Gefchäft nachhing, konnte Nie- mand begreifen; Niemand fah, wie fie aus meinem Innerften entfprang; fie hielten diefes löbliche Beftreben für einen grillenhaften Irrthum." (Novembre 1792.)

2. Goethe a plusieurs fois caractérisé sa poésie dans les mêmes termes. Tout ce qu'il a écrit repose, selon son expression, „auf der Bafis des Erlebten"; tous ses poèmes sont en réalité des Gelegenheitsgedichte; ils sont „durch die Wirklichkeit angeregt und haben darin Grund und Boden"; rien chez lui qui soit, comme il dit encore, „aus der Luft gegriffen". Il écrivait à Jacobi : „Was doch alles Schreibens Anfang und Ende ift, das ift die Reproduktion der Welt um mich durch die innere Welt, die Alles packt, verbindet, umfchafft, knetet und in eigener Form und Manier wiederherftellt."

3. Zu Nutzen und Frommen, expression familière à Goethe; frommen, synonyme de nutzen, être utile; fromm, aujourd'hui « pieux », avait autrefois le

Bei einem solchen Manne bedurft' es nicht vieler Worte, um ihn zu überzeugen, daß ein Naturfreund, der sein Leben gewöhnlich im Freien, es sei nun im Garten, auf der Jagd, reisend oder durch Feldzüge durchführt, Gelegenheit und Muße genug finde, die Natur im Großen zu betrachten und sich mit den Phänomenen aller Art bekannt zu machen. Nun bieten aber atmosphärische Luft, Dünste, Regen, Wasser und Erde uns immerfort abwechselnde Farbener= scheinungen, und zwar unter so verschiedenen Bedingungen und Umständen, daß man wünschen müsse, solche bestimmter kennen zu lernen, sie zu sondern, unter gewisse Rubriken zu bringen, ihre nähere und fernere Verwandtschaft auszuforschen. Hiedurch ge= winne man nun in jedem Fach neue Ansichten, unterschieden von der Lehre der Schule und von gedruckten Ueberlieferungen. Unsere Altväter hätten, begabt mit großer Sinnlichkeit [1], vortrefflich ge= sehen, jedoch ihre Beobachtungen nicht fort= noch durchgesetzt, am wenigsten sei ihnen gelungen, die Phänomene wohl zu ordnen und unter die rechten Rubriken zu bringen.

Dergleichen ward abgehandelt, als wir den feuchten Rasen hin= und hergingen; ich setzte, aufgeregt durch Fragen und Einreden, meine Lehre fort, als die Kälte des einbrechenden Morgens uns an ein Bivouak [2] der Oestreicher trieb, welches, die ganze Nacht unterhalten, einen ungeheuern [3] wohlthätigen Kohlenkreis darbot.

---

sens de tüchtig ou de trefflich; ce sens a disparu de l'adjectif, mais il a persisté dans le verbe. „Der Narr ist klug, verspricht was Jedem frommt." (*Faust*, II, v. 333.) „Damit das Gute wirke, wachse, fromme." (*Epilog zu Schiller's Glocke*.") „Kaum will mir die Nacht noch frommen." (*A Mignon*.)

1. Begabt mit großer Sinnlichkeit, il veut dire qu'autrefois les sens de l'homme n'étaient pas encore aussi émoussés qu'aujourd'hui, qu'ils avaient un plus énergique et plus complet développement. Comp. „mit scharfen Sinnen begabt" (*Voyage des fils de Megaprazon*, II).

2. Das Bivouak ou Biwak, die Beiwache ou Beiwacht ou Biwacht. Notre mot français vient du mot allemand. Le bivouac est un Freilager, par opposition à tout autre campement, Zeltlager, Hüttenlager, Baracenlager.

3. Ungeheuer, de geheuer, qui n'est usité que dans l'expression: „Es ist hier nicht geheuer," il ne fait pas bon ici. On n'est pas bien hors de chez soi, dit Serlo dans les *Lehrjahre* (V, 5), „besonders in Wirthshäusern und fremden Orten, wo es nicht ganz geheuer ist," et le trompette, dans le *Camp de Wallenstein* (2) : „Es ist gar nicht geheuer, wie ich merke." Geheuer signifiait « doux, agréable ». Ungeheuer, à la fois adjectif et substantif neutre, signifie « énorme, monstrueux » ou bien « monstre » (comp. *La Belle et la Bête*, die Schöne bei dem Ungeheuer). L'adjectif est familier à Gœthe; il l'emploie plus loin en parlant de la canon= nade de Valmy (ungeheure Erschütterung), et de l'armée d'Attila (ungeheurer Hee=

Eingenommen von meiner Sache, mit der ich mich erst seit zwei
Jahren beschäftigte, und die also noch in einer frischen, unreifen
Gährung begriffen war, hätte ich kaum wissen können, ob der Fürst
mir auch zugehört, wenn er nicht einsichtige Worte dazwischen gesprochen und zum Schluß meinen Vort:ag wieder aufgenommen
und beifällige Aufmunterung gegönnt hätte.

Wie ich denn immer bemerkt habe, daß mit Geschäfts- und
Weltleuten, die sich gar vielerlei aus dem Stegreife¹ müssen vor-
tragen lassen und deshalb immer auf ihrer Hut sind, um nicht hin-
tergangen zu werden, viel besser auch in wissenschaftlichen Dingen
zu handeln ist, weil sie den Geist frei halten und dem Referenten²
aufpassen, ohne weiteres Interesse als eigene Aufklärungen; da
Gelehrte hingegen gewöhnlich nichts hören, als was sie gelernt und
gelehrt haben, und worüber sie mit Ihresgleichen³ übereingekommen
sind. An die Stelle des Gegenstandes setzt sich ein Wort-Credo⁴, bei
welchem denn so gut zu verharren ist als bei irgend einem andern.

Der Morgen war frisch, aber trocken; wir gingen, theils ge-
braten, theils erstarrt, wieder auf und ab und sahen an den Wein-
bergsmauern sich auf einmal etwas regen. Es war ein Piket⁵ Jäger,

---

reshaufen). Dans *D. u. W.* il nomme les événements de la guerre de Sept ans
ungeheure Ereignisse, les dépenses d'Auguste II, ungeheuren Aufwand, la pensée
qui a présidé à la construction de la cathédrale de Cologne, ungeheurer Gedanke, etc.

1. Aus bem Stegreife (ber Stegreif, l'étrier; ber Reif, cercle), le pied dans
l'étrier, sans préparation. L'élève doit s'exercer à traduire aus bem Stegreife,
ou, comme disent les Allemands, à „extemporiren" (bas Extemporale, l'exercice
oral, improvisé). Comp. bas Stegreifgebicht, l'impromptu; ber Stegreifbichter,
l'improvisateur. „Weil ich Alles aus dem Stegreife liebte," dit Gœthe dans ses
Mémoires (*D. u. W.*, XVI, p. 14).

2. Der Referent, celui qui rend compte, l'auteur de l'article ou du compte
rendu. Il n'est pas rare de lire dans un article d'outre-Rhin au lieu de « je pense,
ich meine », l'expression suivante : Referent meint... — Rendre compte de, refe-
riren (über, acc.).

3. Ihresgleichen, beinesgleichen, unseresgleichen; il faut, dans ces expressions, prendre gleich comme un substantif neutre au génitif et qui a le sens de
gleiche Art. Ein Mann meines Gleichen ou meinesgleichen, un homme de ma parité.

4. Voir la célèbre tirade de Méphisto à l'étudiant (*Faust*, I) : „An Worte läßt
sich trefflich glauben," etc.

5. Das Piket (et aussi Piquet), plur. Pikette; de notre mot *piquet* qui du
sens de Pflock ou de Pfahl a passé à celui de Feldwache. Voici, du reste, la définition du piquet : „Eine Abtheilung, bie bei einbrechender Dunkelheit zur Unter-
stützung ber Vorposten in einer burch bie Beschaffenheit des Terrains bestimmten kurzen Entfernung hinter ben Feldwachen aufgestellt ober nur zum Ausrücken bereit
gehalten wirb. — Le jeu de piquet se dit aussi bas Piquet.

daß die Nacht da zugebracht hatte, nun aber Büchse und Tornister[1] wieder aufnahm, hinab in die niedergebrannten Vorstädte zog, um von da aus die Wälle zu beunruhigen. Einem wahrscheinlichen Tod entgegengehend, sangen sie sehr libertine[2] Lieder, in dieser Lage vielleicht verzeihbar.

Kaum verließen sie die Stätte, als ich auf der Mauer, an der sie geruht, ein sehr auffallendes geologisches Phänomen zu bemerken glaubte; ich sah auf dem von Kalkstein errichteten weißen Mäuerchen, ein Gesims[3] von hellgrünen Steinen, völlig von der Farbe des Jaspis[4], und war höchlich betroffen, wie mitten in diesen Kalkflötzen[5] eine so merkwürdige Steinart in solcher Menge sich sollte gefunden haben. Auf die eigenste Weise ward ich jedoch entzaubert, als ich, auf das Gespenst losgehend[6], sogleich bemerkte, daß es das Innere von verschimmeltem Brod[7] sei, das, den Jägern ungenießbar, mit gutem Humor ausgeschnitten und zu Verzierung der Mauer ausgebreitet worden.

Hier gab es nun sogleich Gelegenheit, von der, seitdem wir in Feindesland eingetreten, immer wieder zur Sprache kommenden Vergiftung zu reden, welche freilich ein kriegendes Heer mit panischem

1. Der Tornister, sac de soldat ou d'écolier (synonyme : der Ranzen), mot entré dans la langue au XVIIIᵉ siècle ; peut-être vient-il du hongrois *tarisznya*, sac de far ou provision.

2. Libertin, synonyme leichtfertig, ausgelassen ; on dit aussi der Libertin (synonyme Lüstling, Lockerling) ; libertiniren (synonyme ausschweifen), et die Libertinage. Plus loin, Gœthe nomme ces chansons Schelmlieder.

3. Das Gesims, de der ou das Sims, entablement, chambranle, corniche, moulure. Comp. le latin *sima*, employé par Vitruve dans le sens de « doucine, gueule droite ».

4. Der Jaspis, mot indéclinable, le jaspe, variété de quartz dur et opaque, employé en bijouterie et en architecture. Le jaspe a d'ailleurs une couleur variable ; selon les matières terreuses qu'il contient, il est rouge, jaune ou vert. La pierre de touche est une sorte de jaspe de couleur noire.

5. Kalkflötz (der Kalk, chaux ; der Flötz ou Flöz, terme de minéralogie et de géologie qui signifie « couche horizontale, lit »), couche calcaire. Le mot Kalkflötze revient souvent dans les lettres de Gœthe durant son voyage en Suisse (1797) : de Brunnen au Rütli „sieht man nackte Kalkflötze" (lettre du 30 septembre).

6. Il marche sur cet enchantement, et il est... désenchanté. Der Zauber, le charme. — Das Gespenst, spectre, illusion, de l'ancien spenen ou spanen, charmer, attirer ; comp. les deux adjectifs abspenstig, infidèle, qui se laisse détourner, débaucher (on écrit aussi abspänstig), et widerspenstig, récalcitrant.

7. Verschimmeltes (ou schimmeliges) Brod, pain moisi. Der Schimmel, la moisissure (ainsi que der Schimmel, le cheval blanc), aurait la même racine que der Schimmer, l'éclat, et signifierait primitivement « végétation brillante », schimmerndes Gewächs.

Schrecken erfüllt, indem nicht allein jede vom Wirth angebotene Speise, sondern auch das selbstgebackene Brod verdächtig wird, dessen innerer, schnell sich entwickelnder Schimmel ganz natürlichen Ursachen zuzuschreiben ist.

Es war den ersten September früh um acht Uhr, als das Bombardement aufhörte, ob man gleich noch immerfort Kugeln hinüber und herüber wechselte. Besonders hatten die Belagerten einen Vierundzwanzigpfünder[1] gegen uns gekehrt, dessen sparsame Schüsse sie mehr zum Scherz als Ernst verwendeten.

Auf der freien Höhe zur Seite der Weinberge, grad im Angesichte dieses gröbsten Geschützes[2], waren zwei Husaren zu Pferd aufgestellt, um Stadt und Zwischenraum aufmerksam zu beobachten. Diese blieben die Zeit ihrer Postirung über unangefochten. Weil aber bei der Ablösung[3] sich nicht allein die Zahl der Mannschaft[4] vermehrte, sondern auch manche Zuschauer grad in diesem Augenblick herbeiliefen und ein tüchtiger Klump[5] Menschen zusammenkam, so hielten jene ihre Ladung bereit. Ich stand in diesem Augenblick mit dem Rücken dem ungefähr hundert Schritt entfernten Husaren- und Volkstrupp zugekehrt, mich mit einem Freund besprechend, als auf einmal der grimmige pfeifend-schmetternde Ton hinter mir hersauste, so daß ich mich auf dem Absatz herumdrehte, ohne sagen zu können, ob der Ton, die bewegte Luft, eine innere psychische, sittliche Anregung dieses Umkehren hervorgebracht. Ich sah die Kugel weit hinter der auseinandergestobenen Menge noch durch einige Zäune ricochetiren[6]. Mit großem Geschrei lief man

1. Une pièce de 24; das Pfund, livre; Pfünder, qui pèse une livre; Zwölfpfünder, pièce de douze livres.

2. Das grobe ou das schwere Geschütz, la grosse artillerie.

3. De ablösen, relever (une sentinelle); die Ablösung, „die Entsetzung einer Truppenabtheilung durch eine andere," la relevée.

4. Die Mannschaft; le mot signifiait autrefois l'hommage et l'obligation féodale, ou encore la réunion, la totalité des vassaux (Mannen). Il signifie aujourd'hui « troupe, garnison, équipage ». Gœthe emploie plusieurs fois ce mot dans son récit; les chefs qui mènent de si nombreuses troupes dans le pays, die so große Mannschaft in ein Land brachten (29 septembre); les troupes de francs-tireurs embusqués dans les bois, die Mannschaft im Waldgebirge (1er octobre); mit weniger Mannschaft, avec une petite troupe (23 octobre).

5. Der Klump ou Klumpe ou Klumpen, masse, tas.

6. Ricochetiren ou rikoschettiren, terme militaire; autrement, « ricocher » se dirait aufprallen. Tirer à ricochets, Rikoschett schießen ou Prallschüsse thun.

ihr nach, als sie aufgehört hatte, furchtbar zu sein; Niemand war
getroffen, und die Glücklichen, die sich dieser runden Eisenmasse bemächtigt, trugen sie im Triumph umher.

Gegen Mittag wurde die Stadt zum zweiten Mal aufgefordert
und erbat sich vierundzwanzig Stunden Bedenkzeit[1]. Diese nutzten
auch wir, uns etwas bequemer einzurichten, um zu proviantiren[2],
die Gegend umher zu bereiten, wobei ich denn nicht unterließ, mehrmals zu der unterrichtenden Quelle zurückzukehren, wo ich meine
Beobachtungen ruhiger und besonnener anstellen konnte; denn das
Wasser war rein ausgesischt und hatte sich vollkommen klar und
ruhig gesetzt, um das Spiel der niedersinkenden Flämmchen nach Lust
zu wiederholen, und ich befand mich in der angenehmsten Gemüths-
stimmung. Einige Unglücksfälle versetzten jedoch uns wieder bald in
Kriegszustand. Ein Offizier von der Artillerie suchte sein Pferd zu
tränken; der Wassermangel in der Gegend war allgemein; meine
Quelle, an der er vorbeiritt, lag nicht flach genug: er begab sich
nach der nahe fließenden Maas, wo er an einem abhängigen Ufer
versank; das Pferd hatte sich gerettet, ihn trug man todt vorbei.

Kurz darauf sah und hörte man eine starke Explosion[3] im öster-
reichischen Lager, an dem Hügel, zu dem wir hinaufsehen konnten;
Knall und Dampf wiederholte sich einigemal. Bei einer Bomben-
füllung war durch Unvorsichtigkeit Feuer entstanden, das höchste
Gefahr drohte; es theilte sich schon gefüllten Bomben mit, und
man hatte zu fürchten, der ganze Vorrath möchte in die Luft gehen.
Bald aber war die Sorge gestillt durch rühmliche That kaiserlicher
Soldaten, welche, die bedrohende Gefahr verachtend, Pulver und
gefüllte Bomben aus dem Zeltraum eilig hinaustrugen.

---

1. Dans sa seconde sommation, le duc de Brunswick offrait à la garnison de
sortir dans les 24 heures avec armes et bagages, à l'exception de l'artillerie;
sinon, il menaçait soldats et habitants de les soumettre à une exécution militaire. Le conseil de défense demanda une trêve de 24 heures, qu'il n'obtint (erbat, comme dit Gœthe) qu'avec la plus grande difficulté. Le parlementaire voulait une réponse décisive. Ce ne fut qu'après trois heures de discussion qu'on
finit par obtenir ce répit de quelques heures, qui commençait le samedi 1er septembre à 3 heures de l'après-midi, et devait finir le dimanche à la même heure.
(Comp. Mérat, Verdun en 1792, pp. 45-47.)

2. Proviantiren, sich mit Proviant versehen. Der Proviant, approvisionne-
ment, de l'italien provianda (français provende, latin providenda, comme «pré-
bende» de præbenda).

3. Die Explosion; comp. explodiren, faire explosion.

So ging auch dieſer Tag hin; am andern Morgen ergab ſich die Stadt und ward in Beſitz genommen; ſogleich aber ſollte uns ein republikaniſcher Charakterzug begegnen. Der Kommandant Beaurepaire, bedrängt von der bedrängten Bürgerſchaft, die bei fortdauerndem Bombardement ihre ganze Stadt verbrannt und zerſtört ſah, konnte die Uebergabe nicht länger verweigern; als er aber auf dem Rathhaus in voller Sitzung ſeine Zuſtimmung ge= geben hatte, zog er ein Piſtol hervor und erſchoß ſich, um abermals ein Beiſpiel höchſter patriotiſcher Aufopferung darzuſtellen [1].

1. Beaurepaire (Nicolas-Joseph de), né à Coulommiers, département de Seine-et-Marne, le 7 janvier 1740, soldat au corps des carabiniers de Monsieur (1759), porte-étendard (1768), sous-lieutenant (1773), lieutenant en second (1779) et en premier (1784), chevalier de Saint-Louis (1789), donna sa démission le 24 juillet 1791 et se retira à Joué, près de Brissac, dans le pays de sa femme. Mais, deux mois après, il répondit à l'appel de la patrie et fut acclamé lieutenant-colonel du 1er bataillon de Maine-et-Loire (15 septembre 1791). Il conduisit son bataillon à Verdun (2 mai 1792), et fut nommé, comme le plus ancien des officiers, commandant de la place. « Assurez le Corps législatif, écrivait-il au représentant Choudieu, que, lorsque l'ennemi sera maître de Verdun, Beaurepaire sera mort » (28 août). Ses volontaires réunirent leurs épargnes et les adressèrent en héritage à l'Assemblée. Mais la plupart des habitants demandaient à grands cris la capitulation. Le 1er septembre, Beaurepaire se retira vers deux heures et demie du matin dans sa chambre, qui communiquait par les terrasses avec la grande salle du conseil municipal. A trois heures, un coup de feu éclate; le planton monte et enfonce la porte; Beaurepaire gisait sur le parquet, la tête fracassée. Son corps fut transporté à la citadelle; mais les volontaires de Maine-et-Loire ne voulurent pas l'ensevelir à Verdun : ils l'emmenèrent avec eux à Sainte-Menehould. « Ils ont cru, disait Delaunay d'Angers à l'Assemblée (12 septembre), que les cendres d'un ami de la liberté s'indigneraient d'être ensevelies dans une terre foulée par les despotes étrangers. Nous vous proposons de traiter Beaurepaire, comme Rome, si elle eût conservé sa liberté, eût traité Caton et Brutus. Plaçons sa cendre dans le Panthéon français. » La proposition de Delaunay fut adoptée à l'unanimité. La veuve de Beaurepaire reçut une pension, et son fils, alors âgé de quinze ans, un brevet de sous-lieutenant de carabiniers. Le théâtre de la Nation représenta l'*Apothéose de Beaurepaire* par Lesûr (21 novembre 1792), et le théâtre de l'Opéra national, *la Patrie reconnaissante ou l'apothéose de Beaurepaire*, par Lebœuf et Candeille (8 février 1793); plus tard (1806) le conventionnel Gamon devait faire sur le sujet une mauvaise tragédie en trois actes et en vers (*Beaurepaire ou la prise de Verdun par le roi de Prusse à la fin de 1792*). La plus grande partie des villes de France donnèrent à une de leurs rues le nom de Beaurepaire. — Le suicide de l'héroïque commandant de Verdun est pour nous hors de doute. Mais Gœthe et le témoin oculaire se trompent en affirmant qu'il se tua en pleine salle du conseil; il reprocha, écrit ce dernier, leur lâcheté aux habitants, en disant „ich ſterbe frei", und damit erſchoß er ſich durch ein Piſtol." Gœthe voit dans ce suicide « un trait de caractère républicain »; le témoin oculaire le regarde également comme un acte de vrai républicain : „dieſe große, echt republikaniſche Handlung" (I, p. 138). — On dit die Piſtole et das Piſtol.

Nach dieser so schnellen Eroberung von Verdun zweifelte Niemand mehr, daß wir bald darüber hinaus gelangen und in Chalons und Epernay [1] uns von den bisherigen Leiden an gutem Weine bestens erholen sollten [2]. Ich ließ daher ungesäumt die Jägerischen Karten, welche den Weg nach Paris bezeichneten, zerschneiden und sorgfältig aufziehen, auch auf die Rückseite weißes Papier kleben, wie ich es schon bei der ersten gethan, um kurze Tagesbemerkungen flüchtig aufzuzeichnen.

Verdun; liqueurs et dragées; une bombe dans une maison; vin de Bar et servantes accortes ; un nouveau suicide; les vierges de Verdun; pillage d'un arsenal ; hypocrisie de la guerre : un prisonnier que les émigrés veulent mettre en pièces.

Den 3. September.

Früh hatte sich eine Gesellschaft zusammengefunden, nach der Stadt zu reiten, an die ich mich anschloß. Wir fanden gleich beim Eintritt große frühere Anstalten, die auf einen längeren Widerstand hindeuteten; das Straßenpflaster war in der Mitte durchaus aufgehoben und gegen die Häuser angehäuft; das feuchte Wetter machte deshalb das Umherwandeln nicht erfreulich. Wir besuchten aber sogleich die namentlich gerühmten Läden, wo der beste Liför [3]

---

1. Les alliés ne devaient aller ni à Épernay ni à Châlons; „das furchtbare alliirte Heer, dit Gœthe plus loin (novembre), nicht weiter als sechs Stunden von Chalons und zehen von Reims, sieht sich abgehalten, diese beiden Orte zu gewinnen."

2. Plus d'un officier dut dire alors, comme l'étudiant Brander (*Faust*, I, cave d'Auerbach) :

Ich will Champagnerwein,
Und recht moussirend soll er sein!

Mais les Prussiens ne burent pas cette année-là du vin de Champagne; ce ne fut que l'année suivante, en terre allemande, et devant Mayence occupé par les Français, que Gœthe et ses camarades du régiment « se délassèrent de leurs fatigues en buvant ce bon vin de la Champagne » : „Gegen Abend fanden sich die Offiziere des Regiments beim Marketender, wo es etwas muthiger herging als vorm Jahr in der Champagne; denn wir tranken den dortigen schäumenden Wein, und zwar im Trocknen, beim schönsten Wetter." (25 mai 1793, relation du *Siège de Mayence*.) Ce qui est curieux, c'est que, pendant que les officiers sablaient le champagne, la musique du régiment leur jouait la *Marseillaise* et le *Ça ira*.

3. Les distilleries comme la confiserie de Verdun sont encore très renommées. Der Liför; on écrit aussi, comme en français, der Liqueur, pluriel Liqueure (employé par Gœthe dans sa traduction du *Neveu de Rameau*) ou Liqueurs.

aller Art zu haben war. Wir probirten ihn durch und versorgten uns mit mancherlei Sorten. Unter andern war einer Namens Baume humain, welcher, weniger süß, aber stärker, ganz besonders erquickte[1]. Auch die Dragéen, überzuckerte kleine Gewürzkörner in saubern cylindrischen Deuten[2], wurden nicht abgewiesen. Bei so vielem Guten gedachte man nun der lieben Zurückgelassenen, denen dergleichen am friedlichen Ufer der Ilm[3] gar wohl behagen möchte. Kistchen wurden gepackt; gefällige wohlwollende Kuriere, das bis=herige Kriegsglück in Deutschland zu melden beauftragt, waren geneigt, sich mit einigem Gepäck dieser Art zu belasten, wodurch sich denn die Freundinnen zu Hause in höchster Beruhigung über=zeugen mochten, daß wir in einem Lande wallfahrteten, wo Geist[4] und Süßigkeit niemals ausgehen dürfen[5].

Als wir nun darauf die theilweis verletzte und verwüstete Stadt beschauten, waren wir veranlaßt, die Bemerkung zu wiederholen,

---

1. Erquicken, de l'ancien adjectif quick, vivant, vif (comp. l'anglais quick, vite); erquicken signifie donner la vie, ranimer, réconforter; citons encore die Quecke, le chiendent (la plante vivace); das Quecksilber, le mercure ou vif-argent, et l'adjectif keck, effronté (autrefois brave, audacieux, plein de vie); l'ancien quick et le keck actuel sont les deux formes d'un même mot.

2. « Les dragées, petits grains d'épices recouverts d'une couche de sucre et renfermés dans de jolis cornets cylindriques. » Die Dragée (das Zuckerkorn, die Zuckererbse), plur. Dragéen ou Dragées. Les Allemands disent encore Bonbons, Pralinées, Canditen; deux autres sortes de bonbons (à fruits) portent des noms anglais, Rocks et Drops. — Die Deute, plus souvent Dute ou Düte, cornet („Mit den schön vergoldeten Deuten," Hermann und Dorothée, VII), viendrait du hollandais Tüte, cor; comp. tuten, sonner du cor, et Luthorn, cor, cornet. — D'après le récit du prince royal, le confiseur de Verdun, chez qui le grand-duc et Gœthe firent leurs emplettes (ihre Empletten ou Einkäufe machten, comme on dirait en allemand), se nommait Leroux. „Man führt uns, dit le prince royal, zu einem Kaufmann Namens Leroux, an der Ecke eines kleinen Platzes wohnhaft, der uns sehr höflich empfängt und nicht verfehlt, uns auf das Beste zu bedienen."

3. L'Ilm, dans la Thuringe, prend sa source près de Stützbach, traverse le grand-duché de Saxe-Weimar, arrose Ilmenau (séjour favori de Gœthe, qui y célébra en 1831 le dernier anniversaire de sa naissance), Tannroda, Berka, Weimar et Sulza, et vient se jeter dans la Saale à Grossheringen, non loin de la frontière prussienne.

4. Geist a aussi le sens de Spiritus ou Sprit ou geistiges Getränk; il y a ici un jeu de mots dans les deux langues.

5. Plus tard, après la campagne, lorsque Gœthe est rentré à Weimar, il est de nouveau question de ces « douceurs de Verdun » „...und als es an ein Erzählen ging, kontrastirte freilich der heitere ruhige Zustand, in welchem sie die aus Verdun gesendeten Süßigkeiten genossen, mit demjenigen, worin wir, die sie in paradiesischen Zuständen glaubten, mit aller denkbaren Noth zu kämpfen hatten."

3.

daß bei solchem Unglück, welches der Mensch dem Menschen bereitet, wie bei dem, was die Natur uns zuschickt, einzelne Fälle vorkommen, die auf eine Schickung, eine günstige Vorsehung hinzudeuten scheinen. Der untere Stock eines Eckhauses auf dem Markte ließ einen von vielen Fenstern wohlerleuchteten Fayenceladen sehen; man machte uns aufmerksam, daß eine Bombe, von dem Platz aufschlagend, an den schwachen steinernen Thürpfosten[1] des Ladens gefahren, vom demselben aber wieder abgewiesen, andere Richtung genommen habe. Der Thürpfosten war wirklich beschädigt, aber er hatte die Pflicht eines guten Vorfechters[2] gethan; die Glanzfülle des oberflächlichen Porzellans stand in wiederspiegelnder Herrlichkeit hinter den wasserhellen, wohlgeputzten Fenstern.

Mittags am Wirthstische wurden wir mit guten Schöpfenkeulen und Wein von Bar[3] traktirt[4], den man, weil er nicht verfahren werden kann, im Lande selbst aufsuchen und genießen muß. Nun ist aber an solchen Tischen Sitte, daß man wohl Löffel, jedoch weder Messer noch Gabel erhält, die man daher mitbringen muß. Von dieser Landesart unterrichtet, hatten wir schon solche Bestecke[5] angeschafft, die man dort, flach und zierlich gearbeitet, zu kaufen findet. Muntere, resolute Mädchen warteten auf, nach derselben Art und Weise, wie sie vor einigen Tagen ihrer Garnison noch aufgewartet hatten[6].

---

1. Der Pfosten (et autrefois Pfoste) on die Pfoste, grosse pièce de bois posée verticalement, madrier, planche épaisse et non travaillée de trois à quatre pouces; Thürpfosten, poteau, jambage (de porte); du latin *postis*, qui signifie jambage de porte, et par extension, porte.

2. Vorfechter; c'est celui qui escrime devant quelqu'un, qui lui montre un coup ou une botte (vor, fechten), le prévôt de salle d'armes. Mais le mot a aussi un autre sens : celui qui sort des rangs pour combattre, ou qui combat au premier rang, premier champion, ou tout simplement, champion, défenseur; dans ce dernier sens, il est synonyme de Verfechter.

3. Les vins rouges de Bar-le-Duc sont encore très estimés.

4. Traktiren, traiter, régaler (bewirthen, regaliren). Comp. la scène du tir de l'arquebuse dans *Egmont* : „ich traktire die Herren."

5. Das Besteck, le couvert (der Löffel, die Gabel, das Messer), signifie aussi l'étui, la trousse du chirurgien, et le point (indicateur du lieu où se trouve un vaisseau).

6. Aufwarten; sichtbar, dit Grimm, liegt in diesem Aufwarten etwas Feineres, Milderes, als im Dienen überhaupt, das Aufwartemädchen hilft bei Putz, beim Betten, bei Tische, dient nicht, gleich der Magd, überall. Aussi, dans le *Camp de Wallenstein*, la nièce de la vivandière est nommée Aufwärterin (comp. encore : das Mädchen hat aufgewartet). Mais aufwarten a encore un autre sens : „es bezeichnet

Bei der Besitznehmung von Verdun ereignete sich jedoch ein Fall, der, obgleich nur einzeln, großes Aufsehen erregte und allgemeine Theilnahme heranrief. Die Preußen zogen ein, und es fiel aus der französischen Volksmasse ein Flintenschuß, der Niemand verletzte, dessen Wagestück aber ein französischer Grenadier nicht verleugnen konnte noch wollte. Auf der Hauptwache, wohin er gebracht wurde, hab' ich ihn selbst gesehn; es war ein sehr schöner, wohlgebildeter junger Mann, festen Blicks und ruhigen Betragens. Bis sein Schicksal entschieden wäre, hielt man ihn läßlich. Zunächst an der Wache war eine Brücke, unter der ein Arm der Maas durchzog; er setzte sich aufs Mäuerchen, blieb eine Zeit lang ruhig, dann überschlug er sich rückwärts in die Tiefe und ward nur todt aus dem Wasser herausgebracht[1].

---

zumal die höfliche Aufmerksamkeit, welche Vornehmen und Frauenzimmern erwiesen wird." C'est ainsi que, dans ce récit, Gœthe est chargé par le grand-duc dem Marquis Lucchesini aufzuwarten. Ces deux sens de aufwarten, servir à table et faire sa cour, sont réunis dans ce passage de Was wir bringen (X) : Nymphe dit au voyageur en lui tendant la coupe : Kann ich aufwarten? et le voyageur répond : An mir ist zu fragen, womit ich aufwarten, womit ich dienen kann ?

1. Ce fait est ainsi exposé par M. V. Duruy (Histoire de France, II, p. 565) : « Un soldat refusa aussi de capituler. A l'approche des Prussiens, il déchargea sur eux son fusil. Saisi aussitôt, il fut laissé libre, quoique gardé à vue, en attendant qu'on décidât de son sort. C'était un beau jeune homme au regard assuré, à la contenance calme et fière. Près du poste où on le gardait, était un pont de la Meuse; il gravit le parapet, reste un instant immobile, puis se précipite dans le gouffre et y meurt. » A. Dufour, dans un Mémoire historique et militaire sur la ville de Verdun, que cite Mérat (Verdun en 1792, p. 133), raconte l'incident avec plus de précision : « A l'entrée des Prussiens dans la ville, un chasseur du 9e s'était caché dans une maison de la rue Saint-Victor; trompé par l'uniforme d'un général prussien, le prince de Waldeck, aide de camp du roi, il le prit pour le roi et le tua d'un coup de pistolet. Arrêté sur-le-champ, et prévoyant la punition de son crime, il sollicita de ses gardiens, au corps de garde du pont Sainte-Croix, où il était déposé, la permission de satisfaire un léger besoin; écartant alors les deux hommes qui l'accompagnaient, il se précipita dans la Meuse et y trouva la mort. » Le témoin oculaire rapporte qu'un soir, un patriote tira dans la rue sur un officier prussien et le tua; mais, ajoute-t-il, le véritable meurtrier ne fut pas découvert; on mit la main sur un homme suspect « de l'armée des patriotes ou des gardes nationales », et quoiqu'il n'eût pas été convaincu, il fut condamné à passer par les verges (zum Gassenlaufen); mais, conclut l'officier, autant que je sache, ce jugement n'a pas été exécuté (I, pp. 183-184). Massenbach raconte qu'un de ses camarades reçut dans le dos un coup de poignard (I, p. 41). Mais les récits de Dufour, du témoin oculaire et de Massenbach ne sont que des ouï-dire. C'est dans les lettres de Lombard, les souvenirs du prince royal et le mémoire justificatif du successeur de Beaurepaire, Neyon, qu'on trouve la vérité. Lombard et le prince royal, placés très près des événements, s'accordent à dire que le comte de Henkel, lieutenant du

Diese zweite heroische, ahnungsvolle That erregte leidenschaftlichen Haß bei den frisch Eingewanderten, und ich hörte sonst verständige Personen behaupten, man möchte weder diesem noch dem Kommandanten ein ehrlich Begräbniß gestatten. Freilich hatte man sich andere Gesinnungen versprochen, und noch sah man nicht die geringste Bewegung unter den fränkischen[1] Truppen, zu uns überzugehen.

Größere Heiterkeit verbreitete jedoch die Erzählung, wie der König in Verdun aufgenommen worden; vierzehn der schönsten, wohlerzogensten Frauenzimmer hatten Ihro Majestät mit angenehmen Reden, Blumen und Früchten bewillkommt[2]. Seine Ver-

---

régiment de hussards de Köhler, fut tué la nuit, dans un faubourg, d'un coup de fusil, et que le meurtrier, arrêté, échappa au châtiment par le suicide. (Lombard, lettre du 14 septembre, et *Réminiscences*; comp. Hüffer, *Gœthe-Jahrbuch*, IV, pp. 88-89.) Neyon, dans ses *Motifs de défense* (Archives nationales, W 352, dossier 718, 1re partie), dit qu' « un chasseur à cheval tua le dimanche 2, soir, jour de la reddition, un officier prussien ». Il résulterait donc de tous ces témoignages que le meurtrier était un chasseur, et non un grenadier, et qu'il tua un lieutenant de hussards, le comte de Henkel, le soir du 2 septembre. Gœthe se trompe en affirmant que personne ne fut atteint. (Comp. notre article de la *Revue critique*, 22 oct. 1883.)

1. Fränkisch. Le mot était à la mode au temps de la Révolution, et on l'employait presque autant que französisch. On disait die Franken, jusque-là usité seulement en poésie, aussi bien que die Franzosen. Non seulement Gœthe emploie Franken dans *Hermann et Dorothée* et dans son récit de la *Campagne de France* (Trèves, 28 octobre); non seulement Klopstock dédie une de ses odes à Cramer le gallophile ou le Français, an Cramer den Franken; mais Custine, entrant à Francfort, s'intitule Franken-Bürger, et offre aux Francfortois, au nom des frei gewordenen Franken, l'alliance de la fränkische Republik. (Kriegk, *Deutsche Kulturbilder*, p. 203.) Le témoin oculaire emploie rarement le mot Franzosen (I, pp. 21, 30, 32), une fois celui de Frankreicher, dont se sont servis Herder et Jean-Paul (II, p. 61); il nomme les émigrés, qu'il déteste, des Erzfranzosen, des Franzmänner, car Franzmann, de même que Franze, a un sens défavorable que n'a pas Franzose; comp. Gœthe, *Faust*, I, v. 1919: „Ein echter deutscher Mann mag keinen Franzen leiden — doch ihre Weine trinkt er gern." Le témoin oculaire dit presque toujours Franken et aussi Neufranken; les Français de la Révolution sont les « nouveaux Francs », et les émigrés, les partisans de l'ancien régime, les Altfranken ou anciens Francs; la Révolution est, selon lui, „die neufränkische Abschaffung altfränkischer Usurpationen" (I, p. 55); Gœthe même emploie le mot Neufranken dans les *Entretiens des émigrés allemands*. Ajoutons, à propos du mot Franken, que Frédéric Stolberg, un des plus fougueux adversaires de la Révolution, propose, dans une ode furieuse (II, p. 119), de nommer les « Francs » les Huns de l'Ouest:

„Ihr sollt nicht Franken nennen der Völker und
Der Zeiten Abschaum! Nennt Westhunnen,
Dann noch beschönigend, ihre Horden!"

2. Bewillkommt, participe passé de bewillkommen. On devrait dire bewillkommnet et bewillkommnen (de willkommen, bienvenu), de même qu'on dit vervollkommnen, perfectionner, part. passé vervollkommnet. On remarquera que be-

trauteſten jedoch riethen ihm ab, vom Genuß Vergiftung befürchtend[1]; aber der großmüthige Monarch verfehlte nicht, dieſe wünſchens= werthen Gaben mit galanter Wendung anzunehmen und ſie zu= traulich zu koſten. Dieſe reizenden Kinder ſchienen auch unſeren jungen Offizieren einiges Vertrauen eingeflößt zu haben; gewiß, diejenigen, die das Glück gehabt, dem Ball beizuwohnen, konnten nicht genug von Liebenswürdigkeit[2], Anmuth und gutem Betragen ſprechen und rühmen[3].

---

willkommen est régulier; il ne vient pas, en effet, de l'irrégulier kommen. C'est ainsi que beantragen, proposer (de Antrag, proposition); beauftragen, charger (de Auftrag, charge); bemitleiden, avoir pitié (de Mitleid); berathſchlagen, délibé-rer (de Rathſchlag, conseil); handhaben, manier (de Handhabe, poignée, anse); veranlaſſen, causer, déterminer (de Anlaß, occasion); wallfahren (mis pour wall-fahrten, de Wallfahrt; comp. plus haut : „...daß wir in einem Lande wallfahrte-ten"); willfahren (également mis pour willfahrten), sont réguliers, quoique tra-gen, leiden, ſchlagen, haben, laſſen, fahren soient irréguliers. Ces verbes sont en même temps inséparables.

1. Comp. Massenbach, *Mémoires*, I, p. 42 : „Die den Monarchen umgebenden Emigrirten warnten ihn und gaben zu verſtehen : unter dieſen Roſen und Jasminen könnten wohl Schlangen, und in dieſen Pfirſichen Gift verborgen ſein. Der König, der Schönheit und Tugend vertrauend, lächelte über die furchtſame Warnung, und nahm aus den Händen der Unſchuld dieſe Früchte, wie einſt Alexander aus den Händen des verleumdeten Arztes den Kelch genommen hatte." L'expression „ein großmüthi-ger Monarch" est aussi dans Massenbach, I, p. 40.

2. Le témoin oculaire vante, lui aussi, la beauté des Verdunoises : „Sehr ſchöne Frauenzimmer, meiſt ſchwarz an Haar und Augen, aber an Haut weiß wie Schnee und ſanftweich wie Atlaß." (I, p. 144.)

3. La visite de ces dames et demoiselles de Verdun au camp prussien a donné lieu à bien des discussions. Selon de récents documents, les faits se seraient ainsi passés. Nous avons vu qu'un lieutenant des hussards de Kœhler, le comte Henkel, avait été assassiné. Les habitants prirent peur; ils crurent que le roi, irrité, mettrait leur ville au pillage. « Les premières autorités — écrit une des jeunes filles de Verdun, Barbe Henry (depuis Mme Meslier), que son âge préserva de la guillotine, — vont en réparation près du général prussien, qui répond que les droits de la guerre sont sévères dans ces occasions, que le roi son maître vient d'arriver au camp et qu'il va envoyer prendre ses ordres. A ce sujet, dans cet instant où la crainte l'emporte sur l'espoir, chacun s'agite pour savoir le sort qui attend la ville. Ce fut alors qu'on imagina d'aller en députation offrir des dragées et des fleurs au roi de Prusse; des dames offrirent leur bourse, et de jeunes demoiselles furent choisies pour présenter à Sa Majesté la jolie corbeille qui les renfermait. Nous étions toutes en blanc et mises simplement. La baronne de La Lance fit atteler ses chevaux à son chariot (un de ces chariots dont on se sert dans le Verdunois pour rentrer les foins et voiturer le public aux fêtes de vil-lage), et nous conduisit au camp si précipitamment que nous ne savions ce que l'on voulait de nous; nos parents parlaient entre eux, sans nous rien dire; en-fin, arrivées au camp, devant la tente du roi, on me dit seulement que ce serait moi et ma jeune voisine, Sophie Tabouillot, qui présenteraient les dragées à Sa Majesté. Nous nous trouvâmes en face du roi, dont l'attention se porta sur m⋂

Aber auch für solidere Genüsse war gesorgt; denn wie man gehofft und vermuthet hatte, fanden sich die besten und reichlichsten Vorräthe in der Festung, und man eilte vielleicht nur zu sehr, sich daran zu erholen. Ich konnte gar wohl bemerken, daß man mit geräuchertem Speck und Fleisch, mit Reis und Linsen und andern guten und nothwendigen Dingen nicht haushältisch[1] genug verfahre, welches in unserer Lage bedenklich schien. Lustig dagegen war die Art, wie ein Zeughaus[2] oder Waffensammlung aller Art ganz gelassen geplün-

sœur Suzanne, d'une grande beauté, et que Sa Majesté désigna d'un geste à un seigneur qui était avec lui dans sa tente; ma sœur changea de place et nos parents saisirent l'instant où elle n'était plus retenue par les regards du roi, pour parler au seigneur qui l'accompagnait, afin qu'il sollicitât de sa bonté royale qu'il daignât accepter les dragées comme un faible hommage de nos respects, de nos sentiments. Le roi était accompagné de ses deux fils, et son accueil fut poli... » — « Ainsi, dit M. Cuvillier-Fleury, dans un moment de panique, on croyait au pillage, on voulait sauver la ville. D'honorables dames se dévouaient à une démarche, sinon périlleuse, au moins pénible et humiliante, et elles emmenaient leurs filles, ou leurs nièces, ou leurs amies, non moins dévouées qu'elles. C'est ainsi que se trouve expliqué, réduit à ses proportions réelles et rapporté à son motif véritable, le crime des « Vierges de Verdun ». (Portraits politiques et révolutionnaires, p. 411.) Quant au bal, dont Gœthe parle en termes si vagues, il n'a jamais eu lieu. Le prince royal de Prusse n'en dit pas un mot dans ses Réminiscences. « Cependant, dit M. Cuvillier-Fleury, son livre est rempli de détails qui attestent non seulement la fidélité, mais la frivolité de sa mémoire. Et vous croyez maintenant que ce chroniqueur si exact, qui n'oublie ni une promenade, ni un sourire, ni un bouquet, ni un baiser, vous croyez que le prince Frédéric, lui, le galant cavalier, le danseur accompli, aurait oublié le bal donné par son père au camp de Regret? Ce bal est donc une invention, si ce n'est une calomnie. Et au surplus, on m'écrit de Verdun aujourd'hui même : « Vous aurez bien raison de nier absolument le bal du roi de Prusse. J'ai pris des informations auprès des danseurs de l'époque. L'un d'eux, M. ***, âgé de 80 ans, mais qui a conservé toute la fraîcheur de sa mémoire et de son esprit, m'a affirmé qu'il n'y avait pas eu de bal à cette triste époque, et qu'on n'avait dansé ni à Verdun, ni au camp, ni ailleurs. » Et, en effet, le roi de Prusse n'était pas d'humeur à faire danser les femmes et les filles de Verdun; il avait de bien autres soucis en tête. » (Cuvillier-Fleury, Portraits politiques et révolutionnaires, pp. 408-409.) Le souvenir de ce bal ne repose donc absolument sur rien. Le rapporteur de la Convention, Cavaignac, n'en parle que comme d'un bruit dont la preuve lui manque; Fouquier-Tinville ne l'a pas cité parmi les griefs auxquels les accusés avaient à répondre; Mme Meslier (Barbe Henry) qui avait quinze ans à l'époque où ce bal est supposé, n'en fait pas mention.

1. Haushältisch ou encore haushältig, ou plus souvent haushälterisch, ici, adverbe : avec économie, en vrai ménager (Haushälter; Haushälterin, femme de ménage ou bonne ménagère).

2. Das Zeughaus, l'arsenal (synonymes : das Rüsthaus, das Arsenal). Das Zeug, qui signifiait autrefois l'appareil du combat, et, selon un mot familier à Gœthe, toutes les Geräthschaften zum Kampfe, signifie aujourd'hui le train, le matériel d'artillerie, et, par suite, l'artillerie; le capitaine d'artillerie s'appelait

dert ward. In ein Kloster hatte man allerlei Gewehre, mehr alte als neue, und mancherlei seltsame Dinge gebracht, womit der Mensch, der sich zu wehren Lust hat, den Gegner abhält oder wohl gar erlegt.

Mit jener sanften Plünderung aber verhielt es sich folgendermaßen. Als nach eingenommener Stadt die hohen Militärpersonen sich von den Vorräthen aller Art zu überzeugen gedachten, begaben sie sich ebenfalls in diese Waffensammlung, und indem sie solche für das allgemeine Kriegsbedürfniß in Anspruch nahmen, fanden sie manches Besondere, welches dem Einzelnen zu besitzen nicht unangenehm wäre, und Niemand war leicht mit Musterung[1] dieser Waffen beschäftigt, der nicht auch für sich etwas herausgemustert hätte. Dies ging nun durch alle Grade durch, bis dieser Schatz zuletzt beinahe ganz ins Freie fiel[2]. Nun gab Jedermann der angestellten Wache ein kleines Trinkgeld[3], um sich diese Sammlung zu besehen, und nahm dabei etwas mit heraus, was ihm anstehen mochte. Mein Diener erbeutete auf diese Weise einen flachen, hohen Stock, der, mit Bindfaden stark und geschickt umwunden, dem ersten Anblick nach nichts weiter erwarten ließ; seine Schwere aber deutete auf einen gefährlichen Inhalt; auch enthielt er eine sehr breite, wohl vier Fuß lange Degenklinge[4], womit eine kräftige Faust Wunder gethan hätte.

---

autrefois Zeughauptmann; on dit : le garde d'artillerie, Zeugwärter; le garde principal d'artillerie, Zeugoffizier; comp. encore Zeugwagen, caisson des outils, et Zeugmeister, directeur d'un arsenal ou du matériel d'artillerie; d'où Feldzeugmeister, mot qui a pénétré en français sous la forme « feldzeugmestre », général d'artillerie, et, en Autriche, général commandant un corps d'armée (c'était alors le titre de Clerfayt); le comité d'artillerie, das Feldzeugamt.

1. Die Musterung, examen, inspection, signifie aussi « la revue d'inspection »; passer une revue d'inspection, Musterung abhalten ou simplement mustern (Gœthe emploie ce dernier verbe dans notre récit; il pense à ses amis et les passe en revue, man musterte sie mit Achtung und Liebe); le bataillon d'instruction, die Mustertruppen; le fourrier, der Fourier ou Musterschreiber, etc.

2. Ins Freie fallen, tomber, comme nous disons, dans le domaine public, appartenir à tout le monde; „wie es nun dem ersten besten erlaubt ist, eine völlig ins Freie gefallene Sache wieder zu ergreifen." (Entretiens d'émigrés allemands.)

3. Das Trinkgeld, le pourboire; le mot a pénétré en français sous la forme tringuelte, de même que Geld sous la forme guelte (bénéfice ou prime de vente attribuée aux employés des maisons de nouveautés).

4. Degenklinge, lame d'épée; die Klinge, la lame, ce qui sonne (klingen) en frappant sur le casque (au moyen âge, le torrent, Gießbach, Gebirgsbach, s'appelait aussi Klinge). Se rappeler Klingenthal, en Alsace, où existe une célèbre manufacture d'armes blanches et de fleurets.

So zwischen Ordnung und Unordnung, zwischen Erhalten und Verderben, zwischen Rauben und Bezahlen lebte man immer hin, und dies mag es wohl sein, was den Krieg für das Gemüth eigentlich verderblich macht. Man spielt den Kühnen, Zerstörenden, dann wieder den Sanften, Belebenden; man gewöhnt sich an Phrasen, mitten in dem verzweifeltsten Zustand Hoffnung zu erregen und zu beleben; hierdurch entsteht nun eine Art von Heuchelei, die einen besondern Charakter hat und sich von der pfäffischen, höfischen, oder wie sie sonst heißen mögen, ganz eigen unterscheidet.

Einer merkwürdigen Person aber muß ich noch gedenken, die ich zwar nur in der Entfernung hinter Gefängnißgittern gesehen: es war der Postmeister von Sainte Menehould, der sich ungeschickterweise von den Preußen hatte fangen lassen. Er scheute keineswegs die Blicke der Neugierigen und schien bei seinem ungewissen Schicksal ganz ruhig. Die Emigrirten behaupteten, er habe tausend Tode verdient, und hetzten deßhalb an den obersten Behörden, denen aber zum Ruhme zu rechnen ist, daß sie in diesem wie in andern Fällen sich mit geziemender hoher Ruhe und anständigem Gleichmuth betragen [1].

---

1. Le maître de poste Drouet n'avait pas été pris par les Prussiens. Son emploi le fixait à Sainte-Menehould, qui ne fut jamais occupé par l'ennemi, et d'ailleurs il s'agitait en ce moment pour se faire nommer député à la Convention nationale. Il fut élu, siégea à la Montagne et vota la mort de Louis XVI. Il tomba aux mains, non pas des Prussiens, mais des Autrichiens, un an plus tard; envoyé en mission à l'armée du Nord, il fut fait prisonnier (2 octobre 1793) en essayant de sortir de Maubeuge assiégé. Mené à Bruxelles, et de là au Spielberg en Moravie, il tenta de s'évader et sauta de sa fenêtre en tenant ouvert une sorte de parachute; il eut le pied fracassé et fut repris; il ne sortit de prison qu'en 1795 pour être échangé, avec les représentants livrés aux Autrichiens par Dumouriez, contre Madame Royale.— Pourtant Gœthe, le témoin oculaire, Massenbach racontent que Drouet fut arrêté en septembre 1792; le 3 septembre, dit Massenbach (I, p. 131), „der Postmeister Drouet wird in Varennes aufgehoben," et le témoin oculaire: „Der Postmeister, welcher den König Ludwig auf seiner Flucht arretirt hatte, wurde von den Unsrigen eingezogen und zu Verdun gefangen hingesetzt." Mais il ajoute que Drouet trouva l'occasion de s'échapper, „er fand aber Gelegenheit, zu entwischen." La vérité se trouve dans les Réminiscences du prince royal; Gœthe, le témoin oculaire et Massenbach ont confondu Drouet et le maire de Varennes, George. Les alliés étaient très irrités contre Varennes; Lombard raconte qu'à Trèves, un émigré proposait de livrer au pillage cette ville, la plus coupable de France; « j'espère, écrit Fersen à Breteuil, que l'exemple de Varennes sera déjà fait », et Breteuil lui répond que Varennes sera châtié. Dès le 2 septembre, dit le prince royal, un fort détachement de fusiliers et de hussards est envoyé secrètement à Varennes, et le lendemain, ∞

Lafayette et Dumouriez; massacres de septembre; l'Argonne,
les Islettes, Grandpré; les Hessois à Clermont.

Am 4. September.

Die viele Gesellschaft, die ab= und zuging, belebte unsere Zelte
den ganzen Tag; man hörte Vieles erzählen, Vieles bereden und
beurtheilen; die Lage der Dinge that sich deutlicher auf als bisher.
Alle waren einig, daß man so schnell als möglich nach Paris vor=
dringen müsse. Die Festungen Montmedy und Sedan hatte man
uneroberт sich zur Seite gelassen[1] und schien von der in dortiger
Gegend stehenden Armee wenig zu befürchten.

Lafayette, auf welchem das Vertrauen des Kriegsvolfs beruhte,
war genöthigt gewesen, aus der Sache zu scheiden; er sah sich ge=
drängt, zum Feinde überzugehen, und ward als Feind behandelt[2].

---

détachement amène à la citadelle de Verdun, devant le roi, le maire de Varennes, George; quant au maître de poste de l'endroit (ben bortigen Postmeister, le
prince croyait que Drouet était maître de poste à Varennes), il a pu s'échapper,
„war indessen entsprungen." Néanmoins, George était une bonne prise; avec son
fils, commandant de la garde nationale, et le procureur de la commune Sauce,
il avait énergiquement secondé Drouet, et arrêté la voiture du roi; il présenta
à l'Assemblée les gardes nationales de Varennes (26 juin 1791, comp. le *Moniteur du 27 juin*). C'est donc George que Gœthe a vu derrière les barreaux de sa
prison. Il fut, dit le témoin oculaire (I, p. 184-187), accablé d'injures et de
mauvais traitements par les émigrés; mais il montra „viel Größe des Herzens und
Gegenwart des Geistes." George fut échangé, quelques jours plus tard, contre le
secrétaire du roi de Prusse, Lombard, fait prisonnier à Valmy. « Quelques jours
auparavant, écrit Lombard à sa femme (Hüffer, *Aus dem Nachlass Lombards und
Lucchesinis*, p. 26), les Prussiens avaient enlevé à Varennes un certain George,
qui avait joué un rôle dans l'affaire de l'arrestation du roi de France. Il était
en prison à Verdun, et l'on s'était aperçu que nous attachions du prix à sa personne. Les Français y en attachaient plus encore, parce que c'était un de leurs
plus enragés et plus punissables jacobins. Ils pensèrent qu'il fallait profiter de
l'occasion de ma prise pour obtenir sa délivrance. » Le 2 octobre, en effet, les
commissaires de la Convention écrivent qu'ils ont vu à Sainte-Menehould « le
respectable » George, et que « le récit naïf de la manière cruelle dont il a été
arrêté, de la misère qu'il a éprouvée, de la fermeté qu'il a mise dans ses ré-
ponses, ont arraché des larmes à tous les spectateurs. » (*Moniteur du 4 octobre 1792.*)

1. Comme l'armée ennemie les aurait négligées peut-être en 1870, si Mac-Ma-
hon s'était replié sous les murs de Paris, au lieu de diriger sa marche sur Sedan
pour venir, par Montmédy et Thionville, donner la main à Bazaine.

2. Marie-Jean-Paul-Roch-Yves-Gilbert de Motier, marquis de La Fayette, né
à Chavaniac-d'Auvergne (Haute-Loire), le 6 septembre 1757, mort à Paris le
20 mai 1834. On sait qu'il fut un des libérateurs des États-Unis, et l'on connaît

Dumouriez, wenn er auch sonst als Minister Einsicht in Militär-
angelegenheiten bewiesen hatte, war durch keinen Feldzug berühmt,
und aus der Kanzlei zum Oberbefehl der Armee befördert, schien
er auch nur jene Inkonsequenz und Verlegenheit des Augenblicks
zu beweisen[1]. Von der andern Seite verlauteten die traurigen
Vorfälle von der Hälfte des Augusts aus Paris, wo dem braun-
schweigischen Manifest zum Trutze[2] der König gefangen genommen,
abgesetzt und als Missethäter behandelt wurde. Was aber für die

le rôle qu'il joua sous la Révolution, sous la Restauration et en juillet 1830.
Dans la suite de son récit (novembre), Gœthe revient sur les événements dont
il fait mention à la date du 4 septembre, et dit, en copiant littéralement un passage des *Mémoires* de Dumouriez (I, p. 322): „La Fayette, Haupt einer großen Partei,
vor Kurzem der Abgott seiner Nation, des vollkommensten Vertrauens der Soldaten
genießend, lehnt sich gegen die Obergewalt auf, die allein nach Gefangennehmung des
Königs das Reich repräsentirt; er entflieht; seine Armee, nicht stärker als 23,000
Mann, bleibt ohne General und Oberoffiziere, desorganisirt, bestürzt." (V. l'introd.)

. 1. Dumouriez dit lui-même qu'il était considéré comme un homme de plume,
et non comme un homme de guerre. „Nun erscheint, dit Gœthe plus loin (novembre), dans un passage traduit des *Mémoires* du général (I, p. 322), ein wenig ge-
kannter General, Dumouriez; ohne jemals einen Oberbefehl geführt zu haben..." Dumouriez (Charles-François), né le 25 janvier 1739 à Cambrai, était fils d'un com-
missaire des guerres. Il prit part à la guerre de Sept ans et à celle de Corse, puis
fut envoyé en Pologne par le duc de Choiseul, et employé dans la diplomatie
secrète de Louis XV; enfermé à la Bastille par ordre du duc d'Aiguillon, il ne
sortit de prison qu'à l'avènement de Louis XVI, et devint commandant de Cher-
bourg et maréchal de camp. Intrigant, ambitieux, avide d'aventures, il accueillit avec joie la Révolution. Après Valmy, il envahit la Belgique et la conquit
aisément (victoire de Jemmapes, 6 novembre 1793). Mais son invasion en
Hollande échoua et il perdit la bataille de Nerwinde (18 mars 1794). Il craignit
pour sa tête; il négocia avec les Autrichiens pour renverser la Convention;
mais l'armée l'abandonna. Il passa la frontière et se retira d'abord à Altona,
puis en Angleterre, où il composa des mémoires remarquables sur l'état de
l'Europe et contre Napoléon. Il mourut à Turville-Park, le 14 mars 1829, et fut
enterré dans la vieille église de Henley-on-Thames, où l'on voit encore son
tombeau. (Boguslawski, *Das Leben des Generals Dumouriez*, 2 vol. 1879.) Quels
que soient ses torts, Dumouriez n'a jamais porté les armes contre la France,
comme les émigrés et Moreau; il ne faut pas oublier, a dit Thiers, que, s'il nous
abandonna, il nous avait sauvés. — On devra se rappeler que Dumouriez avait
été ministre des affaires étrangères dans le cabinet dont faisaient partie Roland,
Clavière et Servan (15 mars - 13 juin), puis, après le renvoi de ces derniers,
ministre de la guerre pendant quatre jours (13-17 juin).

2. Zum Trutze (précédé du datif), en dépit de, pour braver. On dit plus
souvent Trotz que Trutz, et cette dernière forme n'est plus guère usitée que dans
l'expression « alliance défensive et offensive », Schutz- und Trutzbündniß. Gœthe
emploie parfois trutzen et Trutz; il nomme un château fort „der mächtige Trutz- und
Schutzbau" (*Novelle*); Messer Gaster, dit le neveu de Rameau, est un personnage
contre lequel je n'ai jamais boudé, eine Person, mit der ich niemals getrutzt habe;
et Gœthe traduit « une pensée qui me donna de la morgue » par : ein Gedanke,

nächsten Kriegsoperationen höchst bedenklich sei, ward am umständ=
lichsten besprochen.

Der waldbewachsene[1] Gebirgsriegel[2], welcher die Aire[3] von
Süden nach Norden an ihm herzufließen nöthigt, Forêt d'Argonne
genannt, lag unmittelbar vor uns und hielt unsere Bewegung auf.
Man sprach viel von den Isletten[4], dem bedeutenden Paß zwischen
Verdun und Sainte Menehould[5]. Warum er nicht besetzt werde,
besetzt worden sei, darüber konnte man sich nicht vereinigen. Die
Emigrirten sollten ihn einen Augenblick überrumpelt[6] haben, ohne
ihn halten zu können. Die abziehende Besatzung von Longwy hatte
sich, so viel wußte man, dorthin gezogen; auch Dumouriez schickte,
während wir uns auf dem Marsch nach Verdun und mit dem

---

ter mir Trutz einflößte; dans *Faust* (I), lorsque le héros apprend la captivité de
Marguerite, il crie avec colère à Méphisto : „such' und trutze mir durch deine uner=
trägliche Gegenwart." Comp. encore dans les *Wanderjahre* (II, 7, et III, 8) : „in
sich gelehrt ohne Trutz" et „Mein Trutz wollte mir beharrlich werden", et dans *Was
wir bringen* : „Und trutzt sogar des Schicksals ew'ge Mächte." On retrouve l'expression zum Trutz dans une de ses petites pièces de vers, d'un ton fier et noble (*Ein
Gleiches*). Il faut, dit Gœthe,

Allen Gewalten
Zum Trutz sich erhalten,
Nimmer sich beugen,
Kräftig sich zeigen.

C'est ce qu'il fit pendant cette malheureuse campagne de 1792.

1. Bewachsen; usité surtout au participe passé, et en composition : couvert
de choses qui croissent; baumbewachsen, fichtenbewachsen, holzbewachsen, etc.

2. Gebirgsriegel; jolie expression. Der Riegel, le verrou, autrefois rigel,
rigil, est primitivement une traverse de bois (Querholz) qui sert à fermer, et le
même mot que l'anglais *rail* (pron. rél), « barre, barrière », passé en français
pour désigner une bande de fer posée sur le sol et destinée à être parcourue
par les roues des voitures (allemand die Schiene). — Schiller, parlant de la ré-
surrection des morts, dit „nach aufgeriss'nen Todesriegeln" (*Élégie sur la mort de
Wekherlin*). Dans *Faust* (II, 2, v. 4359), Méphisto exprime ainsi son impuissance
d'agir en plein paganisme grec : „Doch Heidenriegel sind' ich vorgeschoben."

3. L'Aire prend sa source dans le département de la Meuse, passe à Pierre-
fitte, Autrecourt, Varennes, Grandpré, et se jette dans l'Aisne, près de Soissons; 80 kilomètres de cours.

4. Les Islettes (Meuse), canton de Clermont-en-Argonne, arrondissement de
Verdun. 1,280 habitants.

5. Sainte-Menehould (Marne), sur l'Aisne et sur la route nationale de Paris
à Metz, chef-lieu de canton et d'arrondissement, à 43 kilomètres N.-E. de Châlons. 4,139 habitants.

6. Ueberrumpeln, surprendre, enlever par un coup de main, brusquer; le
mot est plus expressif et plus fort que überraschen et überfallen; de rumpeln, se
mouvoir avec impétuosité, avec bruit, faire du vacarme.

Bombardement der Stadt beschäftigten, Truppen querüber durchs
Land, um diesen Posten zu verstärken und den rechten Flügel seiner
Position hinter Grandpré zu decken und so den Preußen, Oestreichern
und Emigrirten ein zweites Thermopylä[1] entgegenzustellen.

Man gestand sich einander die höchst ungünstige Lage und mußte
sich in die Anstalten fügen, wonach die Armee, welche unaufhalt=
sam gerade vorwärts hätte dringen sollen, die Aire hinabziehen
sollte, um sich an den verschanzten[2] Bergschluchten[3] auf gut Glück
zu versuchen; wobei noch für höchst vortheilhaft galt, daß Cler=
mont[4] den Franzosen entrissen und von Hessen besetzt sei, welche,
gegen die Isletten operirend, sie, wo nicht wegnehmen, doch beun=
ruhigen konnten.

———————

Glorieux, Regret, Jardin-Fontaine; M. d'Alvensleben; tout à l'ail;
une lettre pour Paris, mais qui n'ira pas à son adresse.

Den 6. bis 10. September.

In diesem Sinne ward nunmehr das Lager verändert und kam
hinter Verdun zu stehen; das Hauptquartier des Königs, Glorieux,
des Herzogs von Braunschweig, Regret genannt, gab zu wunder=
lichen Betrachtungen Anlaß[5]. An den ersten Ort gelangt' ich selbst

———————

1. Thermopylä; expression même de Dumouriez (*Mém.*, I, p. 258). Au reste,
tout ce passage sur les Islettes est tiré des mêmes Mémoires, édition Barrière,
I, p. 262. (Comp. l'indrod., p. IX-X.)

2. Verschanzen, de die Schanze, le rempart, qu'il ne faut pas confondre
avec die Schanze, la chance, qui vient du latin *cadentia* (jouer sa vie, sein Leben
in die Schanze schlagen).

3. Bergschlucht; die Schlucht, gorge, ravin; on peut rappeler ici que l'un
des plus beaux et des plus sauvages endroits de la région des Vosges est le col
de la *Schlucht*, à la limite du département des Vosges et de l'Alsace, entre le lac
de Retournemer et la vallée de Münster.

4. Clermont-en-Argonne (Meuse), chef-lieu de canton, arrondissement de
Verdun. 1,303 habitants.

5. « Ces deux noms bizarres furent même pour les républicains un sujet de
plaisanteries plus ou moins bonnes, dont les vaudevillistes du temps profitèrent
pour égayer leurs pièces. » (Mérat, *Verdun en 1792*, p. 109.) Massenbach semble
faire la même remarque : „Ich weiß nicht, dit-il, ob es durch einen Zufall oder
durch Ueberlegung geschehen, daß er sein Hauptquartier in Regret, der König in Glo=
rieux genommen hatte." (I, p. 49.) Jomini (II, p. 116) dit également : « Le duc
avait son quartier-général à *Regret*, le roi à *Glorieux*; circonstance bizarre
qui donna lieu à un jeu de mots fort piquant. » Malheureusement, les *Rémi-*

durch einen verdrießlichen Zufall. Des Herzogs von Weimar Re=
giment sollte bei Jardin Fontaine¹ zu stehen kommen, nahe an der
Stadt und der Maas. Zum Thore fuhren wir glücklich heraus,
indem wir uns in den Wagenzug eines unbekannten Regiments
einschwärzten² und von ihm fortschleppen ließen, obgleich zu be=
merken war, daß man sich zu weit entferne; auch hätten wir nicht
einmal bei dem schmalen Wege aus der Reihe weichen können,
ohne uns in den Gräben unwiederbringlich zu verfahren. Wir
schauten rechts und links, ohne zu entdecken; wir fragten ebenso
und erhielten keinen Bescheid; denn Alle waren fremd wie wir und
aufs verdrießlichste von dem Zustand angegriffen. Endlich auf
eine sanfte Höhe gelangt, sah ich links unten in einem Thal, das
zu guter Jahrszeit ganz angenehm sein mochte, einen hübschen
Ort mit bedeutenden Schloßgebäuden, wohin glücklicherweise ein
sanfter grüner Rain³ uns bequem hinunterzubringen versprach.
Ich ließ um so eher aus der schrecklichen Fahrleise⁴ hinabwärts

---

niscences du prince royal et l'ouvrage de M. Mérat (*Verdun en 1792*) prouvent
que Glorieux était, au contraire, le quartier-général de Brunswick, et Regret,
celui de Frédéric-Guillaume II; c'est toujours à Regret, et non à Glorieux, que
se rendent les généraux et les députations de Verdun.

1. Glorieux, hameau sur la Scance, canton de Verdun. 300 habitants. — Regret, hameau, canton de Verdun. 200 habitants. — Jardin-Fontaine, hameau,
canton de Thierville. 120 habitants. — Ces trois endroits sont des « écarts » de
Verdun. Glorieux, Regret et Jardin-Fontaine, dit déjà le *Dictionnaire géogra-
phique des Gaules*, forment ensemble un des faubourgs de Verdun; chacun de
ces endroits est éloigné des autres d'un quart de lieue.

2. Einschwärzen, passer en fraude, introduire par contrebande (comp. ein-
schmuggeln); d'un ancien terme d'argot, swerze, schwerze, la nuit, littéralement
« la noire ». Mot souvent employé par Gœthe : la prophétesse Manto dit qu'elle
a introduit Orphée dans l'Enfer, „hier hab' ich einst den Orpheus eingeschwärzt"
(*Faust*, II, 2, v. 2881); et dans ses conversations avec Eckermann, Gœthe raconte qu'il eut beaucoup de peine à faire goûter au public le *Prince constant* de
Calderon, „ihn beim Publikum einzuschwärzen" (II, 183).

3. Der Rain, élévation de terrain qui sépare deux champs, bande ou raie
de gazon qui sert de limite, petit sentier; comp. *H. u. D.*, IV, v. 52 :
　　Zwischen den Aeckern tritt sie hindurch, auf dem Raine, den Fußpfad.
On écrivait autrefois rein. L'orthographe Rain a prévalu; on a voulu distinguer
le mot de rein, pur, et de der Rhein, le Rhin.

4. Le substantif féminin Leise n'est plus usité que dans son composé das Geleise, par abréviation Gleis. Tous ces mots, Geleise, Fahrgeleise, Wagengeleise,
comme die Fahrleise, signifient « ornière, voie, chemin battu »; Werther s'irrite
de suivre l'ornière de l'habitude, „in dem Geleise der Gewohnheit hinzufahren."
Outre das Gleis, Gœthe emploie die Gleise : „Langhin furcht sich die Gleise des
Riels." (*Alexis und Dora.*)

ausbiegen, als ich unten Offiziere und Reitknechte hin= und
wiederfprengen, Packwagen und Chaifen aufgefahren fah; ich ver=
muthete eins der Hauptquartiere, und fo fand fich's; es war
Glorieux, der Aufenthalt des Königs. Aber auch da war mein
Fragen, wo Jardin Fontaine liege, ganz umfonft. Endlich be=
gegnete ich wie einem Himmelsboten Herrn von Alvensleben[1],
der fich mir früher freundlich erwiefen hatte; Diefer gab mir
denn Befcheid, ich folle den von allem Fuhrwerk freien Dorfweg
im Thale bis nach der Stadt verfolgen, vor derfelben aber links
durchzubringen fuchen, und ich würde Jardin Fontaine gar bald
entdecken.

Beides gelang mir, und ich fand auch unfere Zelte aufgefchla=
gen, aber im fchrecklichften Zuftande; man fah fich in grundlofen
Koth[2] verfenkt, die verfaulten Schlingen der Zelttücher zerriffen
eine nach der andern, und die Leinwand fchlug Dem über Kopf
und Schulter zufammen, der darunter fein Heil zu fuchen gedachte.
Eine Zeit lang hatte man's ertragen, doch fiel zuletzt der Entfchluß
dahin aus, das Oertchen felbft zu beziehen. Wir fanden in einem

---

1. La famille d'Alvensleben est une des plus anciennes de l'Allemagne. Le
personnage dont Gœthe vante la courtoisie, doit être Philippe-Charles d'Alvensleben (1745-1802), qui fut élevé avec Frédéric-Guillaume II, et parvint aux
plus hautes fonctions (ambassadeur en Hollande et en Angleterre, et ministre
des affaires étrangères). Deux frères Alvensleben combattirent en 1870 contre
la France : l'un, Gustave, commandait le IVe corps (Sedan et Paris); l'autre,
Constantin, le IIIe corps. Ce dernier attaqua le 16 août, sans en avoir reçu
l'ordre, l'armée française à Vionville et à Mars-la-Tour, et arrêta sa marche
vers l'ouest; il prit part au blocus de Metz et à la campagne de la Loire; son
nom a été donné à l'un des forts de Metz (celui qui portait le nom de Plappe-
ville, sous la domination française).

2. Der Koth, la boue; le mot rapproché du nom de l'auteur de notre récit,
rappelle le vers de Herder à Gœthe :
   Der von Göttern du ftammft, von Gothen oder vom Kothe.
Gœthe avait raison de trouver cette plaisanterie étymologique peu délicate
(nicht fein); c'est ainsi que Klopstock nommait Gœthe et Schiller Gœthe und
Schüler. Si l'on veut, comme l'a fait M. de Lœper (D. u. W., II, p. 389), chercher l'étymologie du nom de Gœthe, il faut laisser de côté Gott et Koth, et s'en
prendre au mot Gœthe, Goth, ou habitant du Gothland, ou plutôt voir dans
« Gœthe » une abréviation du nom de Gottfried. On a fait récemment remonter
la généalogie de Gœthe jusqu'à l'année 1414; les ancêtres du poète se seraient
nommés Göß, tout comme le chevalier de Berlichingen, et Götz correspond à
Gottfried, comme Diez à Dietrich, Fritz à Friedrich, Heinz à Heinrich, Kunz
à Konrad, Lutz ou Lotz à Ludwig, Riez à Reichard, Seiz à Siegfried, Uz à
Ulrich, Waiz à Weichard, etc.

wohleingerichteten Haus und Hof einen guten neckischen[1] Mann als Besitzer, der ehemals Koch in Deutschland gewesen war; mit Munterkeit nahm er uns auf; im Erdgeschoß[2] fanden sich schöne heitere Zimmer, gutes Kamin[3] und was sonst nur erquicklich sein konnte.

Das Gefolge des Herzogs von Weimar ward aus der fürstlichen Küche versorgt; unser Wirth verlangte jedoch dringend, ich solle nur ein einziges Mal von seiner Kunst etwas kosten. Er bereitete mir auch wirklich ein höchst wohlschmeckendes Gastmahl, das mir aber sehr übel bekam, so daß ich wohl auch an Gift hätte denken können, wenn mir nicht noch zeitig genug der Knoblauch[4] einge- fallen wäre, durch welchen jene Schüsseln erst recht schmackhaft geworden, der auf mich aber, selbst in der geringsten Dosis, höchst gewaltsame Wirkung auszuüben pflegte. Das Uebel war bald vor- bei, und ich hielt mich nach wie vor desto lieber an die deutsche Küche, so lange sie auch nur das Mindeste leisten konnte[5].

Als es zum Abschied ging, überreichte der gut gelaunte Wirth meinem Diener einen vorher versprochenen Brief nach Paris an eine Schwester, die er besonders empfehlen wolle, fügte jedoch nach einigem Hin- und Wiederreden gutmüthig hinzu : „Du wirst wohl nicht hinkommen[6]."

---

1. Neckisch, taquin, railleur, malicieux ; necken, taquiner, agacer (au moyen âge « exciter » et particulièrement « exciter l'appétit »). Necker a le même sens que neckisch; le nom du ministre de Louis XVI est donc un nom allemand, et l'on sait que le père de Mme de Staël était fils d'un Prussien, avocat de Cüstrin (en Poméranie), qui vint à Genève ouvrir un pensionnat destiné à l'éducation de jeunes Anglais.

2. Das Erdgeschoß, le rez-de-chaussée, ou, comme Gœthe dit encore, Un- tergeschoß (D. u. W., XIV, p. 166), ou der untere Stock (Camp. de France, 3 sept.), ou ein Zimmer gleicher Erde (D. u. W., XVI, p. 14). Das Geschoß a, dans ce mot, le sens d'« étage ».

3. Das Kamin; on dit plutôt der Kamin (latin caminus). Das Kamin, dit Andresen, scheint auf landschaftlicher Gewohnheit zu beruhen.

4. Der Knoblauch, l'ail (der Lauch, l'oignon). Le mot était autrefois Klob- lauch, et Klob se rapporte à klieben ou kloben, fendre. Knoblauch signifie donc un « oignon fendu ».

5. Il en est de même des Français qui voyagent en Allemagne; sie halten sich lieber an die französische Küche.

6. Comp. l'introduction, p. X et XXV, et la conversation de Gœthe avec Bœt- tiger, du 6 juin 1794 (Gœthe-Jahrbuch, IV, p. 323).

Marche par la pluie entre l'Aire et la Meuse; Malancourt; pillage; les
　　princes français transpercés par la pluie; colère plaisante d'un
　　émigré; tous les hommes égaux devant la guerre.

Den 11. September.

Wir wurden also, nach einigen Tagen gütlicher Pflege, wieder in
das schrecklichste Wetter hinausgestoßen; unser Weg ging auf dem
Gebirgsrücken hin, der, die Gewässer der Maas und Aire scheidend,
beide nach Norden zu fließen nöthigt. Unter großen Leiden gelangten wir nach Malancourt[1], wo wir leere Keller und Küchen wirth-
los fanden und schon zufrieden waren, unter Dach auf trockener
Bank eine spärliche mitgebrachte Nahrung zu genießen. Die Einrichtung der Wohnungen selbst gefiel mir; sie zeugte von einem
stillen häuslichen Behagen; Alles war einfach naturgemäß, dem
unmittelbarsten Bedürfniß genügend. Dies hatten wir gestört, dies
zerstörten wir; denn aus der Nachbarschaft erscholl ein Angstruf
gegen Plünderer, worauf wir denn, hinzueilend, nicht ohne Gefahr
dem Unfug für den Augenblick steuerten[2]. Auffallend genug dabei
war, daß die armen unbekleideten Verbrecher, denen wir Mäntel
und Hemden entrissen, uns der härtesten Grausamkeit anklagten,
daß wir ihnen nicht vergönnen wollten, auf Kosten der Feinde
ihre Blöße[3] zu decken.

Aber noch einen eigenern Vorwurf sollten wir erleben. In
unser erstes Quartier zurückgekehrt, fanden wir einen vornehmen[4]
uns sonst schon bekannten Emigrirten. Er ward freundlich begrüßt
und verschmähte nicht frugale Bissen; allein man konnte ihm eine
innere Bewegung anmerken, er hatte etwas auf dem Herzen, dem

---

1. Malancourt, village sur le ruisseau de Forges, à 11 kilomètres E. de Varennes; arrondissement de Verdun, canton de Varennes. 1,071 habitants.

2. Der Unfug, mot à mot « ce qui ne convient pas » (fügen, convenir; mit
allem Fug, mit Fug und Recht, avec raison, avec convenance), désordres, tapage.
— Steuern, gouverner (un navire), tenir le gouvernail (das Steuer), parer à,
détourner.

3. Bloß, nu (comp. ce vers de Gœthe : „Beinah' wie Adam bloß und nackt");
die Blöße, nudité (par suite, point faible); au figuré, eine Blöße geben, donner
prise sur soi, montrer le défaut de la cuirasse.

4. Vornehm, de haut rang, et par suite, de bon ton; plein de dignité et de
noblesse. Le style de Buffon est vornehm; Gœthe, dans les dernières années de
sa vie, était vornehm. Ici, « un émigré de distinction ».

er durch Ausrufungen Luft zu machen suchte. Als wir nun, früherer Bekanntschaft gemäß, einiges Vertrauen in ihm zu erwecken suchten, so beschrie er die Grausamkeit, welche der König von Preußen an den französischen Prinzen ausübe. Erstaunt, fast bestürzt, verlangten wir nähere Erklärung. Da erfuhren wir nun, der König[1] habe beim Ausmarsch von Glorieux, unerachtet des schrecklichsten Regens, keinen Ueberrock angezogen, keinen Mantel umgenommen, da denn die königlichen Prinzen ebenfalls sich dergleichen wetterabwehrende Gewande[2] hätten versagen müssen; unser Marquis[3] aber habe diese allerhöchsten Personen, leicht gekleidet, durch und durch genäßt[4], träufelnd von abfließender Feuchte, nicht ohne das größte Bejammern anschauen können, ja er hätte, wenn es nütze gewesen wäre, sein Leben daran gewendet, sie in einem trockenen Wagen dahinziehen zu sehen, sie, auf denen Hoffnung und Glück des ganzen Vaterlandes beruhe, die an eine ganz andere Lebensweise gewöhnt seien[5].

Wir hatten freilich darauf nichts zu erwiedern; denn ihm konnte

1. Le roi de Prusse donnait à son armée l'exemple de la bravoure et de la patience; pendant toute la campagne, il fit l'admiration de son entourage; le témoin oculaire le montre à Valmy, traversant les rangs de son armée au milieu des boulets; le roi, dit-il, était intrépide, présent à tous les dangers, à toutes les fatigues.

2. Das Gewand, plur. Gewande ou Gewänder, mais sous cette dernière forme, le mot signifie surtout ce qu'on appelle, dans les beaux-arts, *draperies*.

3. Marquis; on sait que le mot signifie primitivement celui qui commande une *marche* ou pays de frontière (gothique *marka*, frontière). Comp. les noms de pays Altmark, Neumark, Dänemark. Le témoin oculaire écrit Markis (I, pp. 35, 61). Le marquis, tant bafoué par Molière, est devenu chez nos écrivains contemporains le type de l'émigré qui n'a rien appris ni rien oublié (voir le marquis de la Seiglière, de Jules Sandeau). Celui que nous représente Gœthe, est assez ridicule, et ne se rappelle pas le proverbe de son pays: A la guerre comme à la guerre (Im Kriege geht es wie es kann).

4. Durch und durch genäßt (plus loin durchnäßt), et, comme dit le témoin oculaire, bis auf die Haut naß, transpercés par la pluie, mouillés de part en part, jusqu'à la chemise, jusqu'aux os; näßen vient de naß, humide. Gœthe a parlé et parlera encore du caniche (Pudel) de son compagnon Wagner; on dit en allemand pudelnaß, « mouillé comme un canard » (comp. « crotté comme un barbet »). — Gœthe rencontra plus tard les frères du roi au Musée de Dusseldorf, et se rappela l'incident de Glorieux; „ich traf sie auf der Galerie und erinnerte mich dabei, wie sie durchnäßt bei dem Auszuge aus Glorieux gesehen worden."

5. Le prince royal raconte également que les princes firent la route sans manteau, pour imiter le roi (11 septembre, p. 155): „Jämmerlicher Anblick der durchnäßten französischen Prinzen, die dem Könige zu Pferde gefolgt waren."

die Betrachtung nicht tröstlich werden, daß der Krieg, als ein Vortod, alle Menschen gleich mache, allen Besitz aufhebe und selbst die höchste Persönlichkeit mit Pein und Gefahr bedrohe[1].

A cheval; le camp de Landres; toujours la pluie; le secrétaire Vogel; l'amour de la science et de la vérité; en face de l'ennemi.

Den 12. September.

Den andern Morgen aber entschloß ich mich, in Betracht so hoher Beispiele, meine leichte und doch mit vier requirirten Pferden bespannte Chaise unter dem Schutz des zuverlässigen Kämmerier Wagner zu lassen, welchem die Equipage und das so nöthige baare[2] Geld nachzubringen aufgetragen war. Ich schwang mich mit einigen guten Gesellen zu Pferde, und so begaben wir uns auf den Marsch nach Landres[3]. Wir fanden auf Mitte Wegs[4] Wellen[5] und Reisig[6] eines abgeschlagenen Birkenhölzchens[7], deren innere

---

1. Le témoin oculaire fait la même remarque : « La guerre fourmille d'avertissements qui rappellent tous les hommes à l'égalité. »

2. Baar ou bar, « nu » (comp. barfuß, nu-pieds; Barfüßer, carme déchaussé), ou, comme ici, « comptant » (étalé devant les yeux, mis à nu); argent comptant, bares Geld ou Bargeld; marché au comptant, Barkauf; payer comptant, bar bezahlen ou gegen bar kaufen. On dit aussi contant, et Contantkauf est un synonyme de Barkauf; le substantif pluriel Contanten signifie « argent comptant », et l'on nomme Contantenliste la liste, publiée par les journaux, des espèces chargées sur les vaisseaux; il y a toutefois cette différence entre contant et bar que sur un grand nombre de places de commerce, contant signifie aujourd'hui « payable à deux, trois ou plusieurs semaines ».

3. Landres (Ardennes), canton de Buzancy, arrondissement de Vouziers. 549 habitants.

4. Auf Mitte Wegs; les articles manquent, comme dans notre expression « à moitié chemin »; Goethe dit encore plus brièvement „hälftewegs".

5. Die Welle, ici, fagot, cotret; c'est, dit Weigand, ein walzenförmig gebundener Reiserbündel. Goethe emploie dans le Siège de Mayence le mot Birkenwellen.

6. Der Reisig (synonyme das Reisholz), ramilles, broutilles; de das Reis, jeune branche (pluriel Reiser), qu'il ne faut pas confondre avec der Reis ou Reiß, le riz. On doit également bien distinguer de der Reisig l'adjectif reisig, « équipé, prêt à partir » (der Reisige, le cavalier).— On écrit Reisig et plus rarement Reisich (comp. Fittig et Fittich, aile; Rettig et Rettich, raifort; mais Essich, vinaigre, a cédé définitivement à la forme Essig).

7. Die Birke, le bouleau; comp. Birkenfeld, ville et principauté dans le Hunsrück, sur la Nahe, appartenant depuis 1815 au grand-duc d'Oldenbourg-

Trockenheit die äußere Feuchte bald überwand und uns lohe[1] Flamme und Kohlen, zur Erwärmung wie zum Kochen genugsam, sehr schnell zum Besten gab. Aber die schöne Anstalt einer Regimentstafel[2] war schon gestört; Tische, Stühle und Bänke sah man nicht nachkommen; man behalf sich stehend, vielleicht angelehnt, so gut es gehen wollte. Doch war das Lager gegen Abend glücklich erreicht; so kampirten[3] wir unfern Landres, gerade Grandpré[4] gegenüber, wußten aber gar wohl, wie stark und vortheilhaft der Paß besetzt sei. Es regnete unaufhörlich, nicht ohne Windstoß; die Zeltdecke gewährte wenig Schutz.

Glückselig aber Der, dem eine höhere Leidenschaft den Busen füllte[5]! Die Farbenerscheinung der Quelle hatte mich diese Tage her nicht einen Augenblick verlassen, ich überdachte sie hin und wieder, um sie zu bequemen Versuchen zu erheben. Da diktirte ich an Vogel[6] der sich auch hier als treuen Kanzleigefährten erwies, ins gebrochene Konzept[7] und zeichnete nachher die Figuren darneben. Diese Papiere besitz' ich noch mit allen Merkmalen des Regenwetters und als Zeugniß eines treuen Forschens auf eingeschlagenem bedenklichem Pfad. Den Vortheil aber hat der Weg zum

---

1. Loh, flamboyant; comp. le composé lichterloh, « qui brûle d'une flamme claire », et le substantif die Lohe, flamme vive, rapide et qui s'élève. „Und der züngelnden Flamme Lohe" (*Faust*, II, chœur des Troyennes).

2. Regimentstafel, ce qu'on appelle aujourd'hui le *mess*, allemand die Messe.

3. Kampiren ou campiren, synonyme lagern.

4. Grandpré (Ardennes), chef-lieu de canton, arrondissement de Vouziers. 1,331 habitants.

5. Cette noble passion de la science, pour employer les mots de Gœthe, „hilft ihm über manche böse Stunde hinweg, " et il lui doit, selon son expression (*D. u. W.*, XX, p. 97), „einen heimlichen Frieden der Seele in Tagen, wo er sonst nicht wäre zu hoffen gewesen."

6. C'est le même Vogel (Christian-Georges-Charles), secrétaire de la chancellerie, dont il est question dans le *Voyage d'Italie*, et dont Gœthe vante la belle écriture. „Ich hatte nach Karlsbad meine sämmtlichen Schriften mitgenommen.... die ungedruckten besaß ich schon längst in schönen Abschriften von der geschickten Hand des Sekretär Vogel. Dieser wackere Mann begleitete mich auch diesmal, um mir durch seine Fertigkeit beizustehen." Vogel devint plus tard conseiller de chancellerie (Kanzleirath).

7. Dicter des notes à bâtons rompus : ins Konzept diktiren comme in die Feder diktiren, in die Feder sagen. — Das Konzept ou Concept (du latin *conceptum*), brouillon, minute; comp. Konzipient et Konzipist, rédacteur; konzipiren, mettre par écrit, rédiger, dresser (un acte).

Wahren, daß man sich unsicherer Schritte, eines Umwegs, ja eines Fehltritts noch immer gern erinnert[1].

Das Wetter verschlimmerte sich und ward in der Nacht so arg, daß man es für das höchste Glück schätzen mußte, sie unter der Decke des Regimentswagens zuzubringen. Wie schrecklich war da der Zustand, wenn man bedachte, daß man im Angesicht des Feindes gelagert sei und befürchten mußte, daß er aus seinen Berg= und Waldverschanzungen[2] irgendwo hervorzubrechen Lust haben könne!

* * *

Arrivée de l'équipage; canonnade à l'aile droite; Gœthe aux avant-postes; les chasseurs français; impatience du prince Louis-Ferdinand; prise de La Croix-aux-Bois; mort du jeune prince de Ligne; Dumouriez abandonne Grandpré; panique de son armée; le régiment Chamborant; le *Moniteur* du 3 septembre; marche de l'armée prussienne; villages en flammes; un tableau digne de Van der Meulen; la Champagne pouilleuse.

Vom 13. bis zum 17. September.

Den 13. traf der Kämmerier Wagner, den Pudel mit eingeschlossen, bei guter Zeit mit aller Equipage bei uns ein; er hatte eine schreckliche Nacht verlebt, war nach tausend andern Hindernissen im Finstern von der Armee abgekommen, verführt durch schlaf= und weintrunkene[3] Knechte eines Generals, denen er nachfuhr. Sie gelangten in ein Dorf und vermutheten die Franzosen ganz nahe. Von allerlei Alarm[4]

---

1. Belle parole. La recherche de la vérité a tant de charme qu'on a plaisir à se rappeler même une erreur. Mais il faut ajouter avec Gœthe: „Nur männliche tüchtige Geister werden durch Erkennen eines Irrthums erhöht und gestählt. Eine solche Entdeckung hebt sie über sich selbst, sie stehen über sich erhoben und blicken, indem der alte Weg versperrt ist, schnell empor nach einem neuen, um ihn allsofort frisch und muthig anzutreten." (*Wanderjahre*, II, 5.)

2. Comp. plus haut l'expression verschanzte Bergschluchten. Dumouriez, dit son plus récent biographe, s'était posté in einem Waldnest. De l'expression Berg= und Waldverschanzungen rapprocher die Wald= und Berggegend (*D. u W.*, XX, p. 99.) [Voir l'introd. p. X.]

3. Schlaf= und weintrunkene; comp. *somno vinoque soluti* ou *sepulti* (Virgile).

4. Der Alarm, alarme, crainte; mais le mot signifie encore « bruit alarmant » et le rassemblement soudain des troupes en un endroit désigné à l'avance et nommé Alarmplatz (emplacement de panique). C'est de ce mot Alarm que sont venus, par abréviation, der Lärm, bruit, et lärmen, autrefois alármen.

geängstigt, verlaffen von Pferden, die aus der Schwemme[1] nicht zurückkehrten, wußte er sich denn doch so zu richten und zu schicken, daß er von dem unseligen Dorfe los kam und wir uns zuletzt mit allem mobilen[2] Hab' und Gut wieder zusammenfanden.

Endlich gab es eine Art von erschütternder Bewegung und zugleich von Hoffnung; man hörte auf unserm rechten Flügel stark kanoniren und sagte sich, General Clerfayt[3] sei aus den Niederlanden angekommen und habe die Franzosen auf ihrer linken Flanke angegriffen. Alles war äußerst gespannt, den Erfolg zu vernehmen.

Ich ritt nach dem Hauptquartier, um näher zu erfahren, was die Kanonade bedeute und was eigentlich zu erwarten sei. Man wußte daselbst noch nichts genau, als daß General Clerfayt mit den Franzosen handgemein sein müsse. Ich traf auf den Major[4] von Weyrach, der sich aus Ungeduld und langer Weile so eben zu Pferde setzte und an die Vorposten reiten wollte; ich begleitete ihn, und wir gelangten bald auf eine Höhe, wo man sich weit genug umsehen konnte. Wir trafen auf einen Husarenposten und sprachen

---

1. Die Schwemme ou die Tränke (où l'on mène baigner ou boire); in die Schwemme ou zur Tränke führen, mener à l'abreuvoir; schwemmen. faire nager, baigner, laver.

2. Mobil, adjectif : transportable.

3. Clerfayt (François-Sébastien-Charles-Joseph de Croix, comte de), né le 14 octobre 1733 au château de Bruille, près de Binche (Hainaut), et par suite, sujet autrichien. Il se distingua dans la guerre de Sept ans, refusa de prendre part au soulèvement des Pays-Bas (1787), et remporta des succès signalés contre les Turcs (1788-1791). Décoré, l'un des premiers, de l'ordre de Marie-Thérèse (1757), « feldzeugmestre » en 1790, mis à la tête d'un corps d'armée indépendant qui opéra dans le Banat, puis en Valachie, vainqueur à Mehadia, à Selya, à Kalafat, il commandait en 1792 le corps d'armée autrichien qui se joignit aux Prussiens. Il prit Stenay et le défilé de La Croix-aux-Bois. Après Jemmapes, ce fut lui qui couvrit la retraite de l'armée autrichienne. Il battit Dumouriez à Aldenhoven et à Nerwinde, prit part aux combats de Raismes et de Famars, à la prise du camp de César, et fit capituler le Quesnoy. Mais il fut battu à Wattignies par Jourdan (1793), à Tourcoing et à Courtrai par Moreau et Souham, à Hooglede par Pichegru et Macdonald (1794), et rejeté au delà du Rhin. Nommé feldmaréchal en 1795, il vainquit Jourdan à Höchst (11 octobre), débloqua Mayence assiégé (29 octobre), et conclut avec la République française un armistice (21 décembre), que désapprouva le ministre Thugut. Clerfayt ne reparut plus aux armées, et mourut à Vienne le 21 juillet 1798. — Il faut remarquer qu'en ce moment, il ne venait pas des Pays-Bas, puisqu'il avait pris part à l'investissement de Longwy et couvert le siège de Verdun.

4. Der Major, chef d'escadron; signifie aussi : chef de bataillon.

4.

mit dem Offizier, einem jungen hübschen Manne. Die Kanonade war weit über Grandpré hinaus, und er hatte Ordre, nicht vorwärts zu gehen, um nicht ohne Noth eine Bewegung zu verursachen. Wir hatten uns nicht lange besprochen, als Prinz Louis Ferdinand[1] mit einigem Gefolge ankam, nach kurzer Begrüßung und Hin= und Wiederreden von dem Offizier verlangte, daß er vorwärts gehen solle. Dieser that dringende Vorstellungen, worauf der Prinz aber nicht achtete, sondern vorwärts ritt, dem wir denn Alle folgen mußten. Wir waren nicht weit gekommen, als ein französischer Jäger sich von ferne sehen ließ, an uns bis auf Büchsenschußweite[2] heransprengte und sodann umkehrend ebenso schnell wieder verschwand. Ihm folgte der zweite, dann der dritte, welche ebenfalls wieder verschwanden. Der vierte aber, wahrscheinlich der erste, schoß die Büchse[3] ganz ernstlich auf uns ab; man

----

1. **Ludwig Friedrich Christian**, plus connu sous le nom de **Louis Ferdinand**, fils du prince Auguste-Ferdinand de Prusse, frère de Frédéric II. Il naquit le 18 novembre 1772; son éducation fut très négligée; de là sa vivacité, son tempérament passionné et ses excès. Il était né homme de guerre et se distingua dans les campagnes de 1792 à 1795 contre les Français. Tous ses contemporains s'accordent à reconnaître que, si la paix de Bâle (5 avril 1795) n'eût pas mis fin à la guerre, il fût devenu un grand capitaine, un Condé prussien. „Es lag Außerordentliches in ihm, und es wäre etwas Außerordentliches aus ihm geworden" (von der Marwitz). „Geboren mit so herrlichen Eigenschaften, in großen Verhältnissen, hätte er nothwendig ein großer Feldherr werden müssen, wenn ein langer Krieg ihn dazu erzogen" (Clausewitz). Il fut, après la paix de 1795, nommé lieutenant-général. L'un des plus fougueux instigateurs de la guerre en 1806, il reçut le commandement des 8,000 hommes qui formaient l'avant-garde du corps de Hohenlohe; mais, malgré l'ordre qu'il avait reçu de ne pas livrer bataille, il engagea témérairement le combat à Saalfeld (10 octobre) avec un ennemi deux fois supérieur en nombre; entouré et sur le point d'être pris, il aima mieux se faire tuer. Napoléon rendit hommage à sa bravoure. On lui a élevé un monument (1823) sur le lieu où il périt, près du village de Wölsdorf.

2. **Die Schußweite**, la portée du tir; à portée de fusil, auf Büchsenschußweite; à portée de canon, in Kanonenschußweite (comp. à portée de la voix, auf Hörweite); à portée, schußgerecht; à bonne portée, auf wirksame Schußweite; hors de portée, außer Schußweite.

3. **Die Büchse** signifiait autrefois toute arme à feu, quelle qu'elle fût, même un canon; on appelait la bombarde Donnerbüchse, l'arquebuse à croc Hakenbüchse. Vers la fin du XVᵉ siècle on nomma Büchse toutes les armes rayées, et c'est pourquoi ce mot signifia désormais le fusil rayé, par opposition au fusil à âme lisse. Même lorsque le fusil rayé eut été introduit dans toute l'infanterie, on appelait encore Büchse la carabine Minié (Miniébüchse). Aujourd'hui, dans l'armée allemande, les chasseurs et les tirailleurs sont armés d'un fusil plus court et plus léger que le fusil ordinaire de l'infanterie et qu'on nomme Büchse (ou encore Stutze).

konnte die Kugel deutlich pfeifen hören. Der Prinz ließ sich nicht irren, und Jene trieben auch ihr Handwerk, so daß mehrere Schüsse fielen, indem wir unsern Weg verfolgten. Ich hatte den Offizier manchmal angesehen, der zwischen seiner Pflicht und zwischen dem Respekt vor einem königlichen Prinzen in der größten Verlegenheit schwankte. Er glaubte wohl in meinen Blicken etwas Theilnehmendes zu lesen, ritt auf mich zu und sagte: „Wenn Sie irgend etwas auf den Prinzen vermögen, so ersuchen Sie ihn zurückzugehen! Er setzt mich der größten Verantwortung aus; ich habe den strengsten Befehl, meinen angewiesenen Posten nicht zu verlassen, und es ist nichts vernünftiger, als daß wir den Feind nicht reizen, der hinter Grandpré in einer festen Stellung gelagert ist. Kehrt der Prinz nicht um, so ist in Kurzem die ganze Vorpostenkette alarmirt, man weiß im Hauptquartier nicht, was es heißen soll, und der erste Verdruß ergeht über mich ganz ohne meine Schuld." Ich ritt an den Prinzen heran und sagte: „Man erzeigt mir so eben die Ehre, mir einigen Einfluß auf Ihro Hoheit zuzutrauen, deshalb ich um geneigtes Gehör bitte." Ich brachte ihm darauf die Sache mit Klarheit vor, welches kaum nöthig gewesen wäre; denn er sah selbst Alles vor sich und war freundlich genug, mit einigen guten Worten sogleich umzukehren, worauf denn auch die Jäger verschwanden und zu schießen aufhörten. Der Offizier dankte mir aufs Verbindlichste, und man sieht hieraus, daß ein Vermittler[1] überall willkommen ist[2].

Nach und nach klärte sich's auf. Die Stellung Dumouriez' bei Grandpré war höchst fest und vortheilhaft; daß er auf seinem rechten Flügel nicht anzugreifen sei, wußte man wohl; auf seiner Linken waren zwei bedeutende Pässe: La Croix aux Bois und Le

---

1. Vermittler, médiateur. Cette réflexion fait songer au Mittler des *Affinités électives*, jouant, mais avec moins de bonheur que Gœthe, le rôle de médiateur auquel le prédestine son nom (I, 2).

2. Ce récit très vif et très détaillé est confirmé par les *Réminiscences* du prince royal qui donne même le nom de cet officier de hussards prussiens, Puttkammer: „Nachmittags beritt ich die Chaine unserer Kavallerie-Feldwachen. Prinz Louis Ferdinand möchte gern gegen die feindlichen Vedetten etwas unternehmen, und nimmt von den unsrigen etliche vor, bis es der Lieutenant Puttkammer von Weimar gewahr wird, der die Feldwache auf unserem rechten Flügel hat und daher sogleich mit einiger Mannschaft zum Soutien führt und den Prinzen ersucht, zurückzukehren." Voilà le fait brièvement raconté par un militaire.

Chesne Populeux[1], beide wohl verhauen[2], und für unzugänglich
gehalten; allein der letzte war einem Offizier anvertraut, einem
dergleichen Auftrag nicht gewachsenen oder nachlässigen[3]. Die
Oestreicher griffen an: bei der ersten Attake[4] blieb Prinz von
Ligne, der Sohn[5]; sodann aber gelang es; man überwältigte den
Posten und der große Plan Dumouriez' war zerstört; er mußte
seine Stellung verlassen und sich die Aisne hinaufwärts ziehen,
und preußische Husaren konnten durch den Paß bringen und jenseits des Argonner Waldes nachsetzen. Sie verbreiteten einen
solchen panischen Schrecken über das französische Heer, daß zehntausend Mann vor fünfzehnhundert[6] flohen und nur mit Mühe

---

1. Le Chesne-Populeux (Ardennes), chef-lieu de canton, arrondissement de
Vouziers. 1,412 habitants.

2. Verhauen, bouché par un abatis d'arbres, par un Verhau ou Verhack.
(Comp. le récit de la mort de Max Piccolomini, *Wallensteins Tod*, IV, 10.)

3. Ce passage est, comme l'a très justement observé M. Hüffer (*Gœthe-Jahrbuch*, IV, p. 93), la partie la plus faible du récit. Der letzte se rapporte au Chesne-
Populeux. Il y a là une erreur de Gœthe; il faut entendre La Croix-aux-Bois
d'ailleurs presque entièrement dégarnie de troupes. (Comp. Dumouriez, *Mémoires*, I, pp. 275-276, et notre introd., p. X-XI.)

4. Die Attake ou Attacke, terme militaire; signifie un mouvement rapide
destiné à rompre l'ennemi, et un combat à l'arme blanche.

5. Le colonel Charles-Marie-Emmanuel de Ligne était le fils de ce prince de
Ligne, auteur de délicieux *Mémoires*, à la fois tacticien, diplomate et littérateur
et dont Gœthe a dit qu'il était „als Welt- und Lebemann überall willkommen und
zu Hause". (*Annales*, 1807.) « Le prince de Ligne, écrit Sainte-Beuve (*Causeries
du Lundi*, VIII, p. 236), eut un fils qu'il aima tendrement, dont il fut le camarade
et l'ami, qu'il conduisit au feu, dès qu'il en eut l'occasion, et dont la mort brisa
son cœur. Voici, ajoute Sainte-Beuve en note, une lettre de ce fils du prince à
son père, dans la guerre des Turcs (avril 1788) : « Nous avons Sabacz. J'ai la
croix. Vous sentez bien, papa, que j'ai pensé à vous en montant à l'assaut. » Le
baron de Breteuil écrivait à Fersen : « L'armée de Clerfayt a eu une vigoureuse
affaire de poste... ce qui m'afflige sensiblement, le prince de Ligne y a été tué;
je l'aimais depuis son enfance, c'était le sujet le plus distingué de son âge
parmi les Autrichiens. C'est une perte affreuse pour son père. » (*Le comte de
Fersen*, II, p. 372.) — On regrette que Gœthe n'ait pas ajouté quelques mots
d'éloge ou de sympathie à cette sèche mention; il a dit dans des vers qu'on
serait tenté d'appliquer à Desaix ou à Marceau :

Aber der Jüngling fallend erregt unendliche Sehnsucht
Allen Künftigen auf, und Jedem stirbt er aufs Neue,
Der die rühmliche That mit rühmlichen Thaten gekrönt wünscht. (*Achilléide.*)

6. Les éditions précédentes portent fünfhundert; il faut lire évidemment
fünfzehnhundert; c'est le chiffre indiqué par Dumouriez, dont Gœthe a consulté
les Mémoires. (I, p. 283.) « Sans la bonne conduite de Duval, Stengel et Miranda, cette retraite aurait dégénéré en une déroute irrémédiable. »

konnten zum Stehen gebracht und wieder gesammelt werden; wobei sich das Regiment Chamborant[1] besonders hervorthat und den Unsrigen ein weiteres Vordringen verwehrte, welche, ohnehin nur gewissermaßen auf Rekognosziren ausgeschickt, siegreich mit Freuden zurückkehrten und nicht leugneten, einige Wagen gute Beute gemacht zu haben. In das unmittelbar Brauchbare, Geld und Kleidung, hatten sie sich getheilt, mir aber als einem Kanzleimann kamen die Papiere zu Gute, worunter ich einige ältere Befehle Lafayette's und mehrere höchst sauber geschriebene Listen fand. Was mich aber am meisten überraschte, war ein ziemlich neuer Moniteur. Dieser Druck, dieses Format, mit dem man seit einigen Jahren ununterbrochen bekannt gewesen, und die man nun seit mehreren Wochen nicht gesehen, begrüßten mich auf eine etwas unfreundliche Weise, indem ein lakonischer Artikel vom dritten September mir drohend zurief: Les Prussiens pourront venir à Paris, mais ils n'en sortiront pas[2]. Also hielt man denn doch in Paris für möglich, wir könnten hingelangen; daß wir wieder zurückkehrten, dafür mochten die oberen Gewalten sorgen[3].

Die schreckliche Lage, in der man sich zwischen Erde und Himmel befand, war einigermaßen erleichtert, als man die Armee zu-

---

1. Le régiment de cavalerie hongroise qui portait sous l'ancien régime le nom de Chamborant, fut acheté en 1761 par André-Claude de Chamborant, arrière-petit-fils d'un des meilleurs lieutenants du grand Condé. Ce régiment, célèbre dans nos annales militaires, est aujourd'hui le 2e régiment de hussards.

2. Voici le passage. Gœthe l'a légèrement modifié; ce mot, presque terrible dans son laconisme, est encore un de ces mots qui ne sont pas exacts de tout point, mais qui résument une situation d'une manière saisissante. Dans le n° 247 du lundi 3 septembre 1792, on lit sous la rubrique HOLLANDE, Extrait d'une lettre de La Haye, du 28 août : « ...Il n'y a plus à douter ici que la Lorraine et l'Alsace ne soient prêtes à subir le joug; et de là jusqu'à Paris, qui pourra empêcher la colonne brunswickoise d'y arriver? Il est vrai qu'elle n'en sortirait pas et que, vit-on entrer 60,000 hommes, le seul faubourg Saint-Antoine est capable de les écraser. » On le voit, Gœthe a transformé très heureusement la phrase, qui n'est même pas un cri de menace poussé par un des rédacteurs parisiens du Moniteur, mais une appréciation d'un correspondant étranger.

3. On lisait attentivement le Moniteur dans l'armée prussienne. Le témoin oculaire rapporte que les lettres au duc de Brunswick publiées par ce journal, firent sur les chefs, sur les „obere Gewalten" dont parle Gœthe, une sérieuse impression. (L'auteur de ces lettres serait le comte Gorani.) „Gewisse durchweisende Aufsätze im Moniteur trugen zur Vermehrung unserer Furcht und zu etwas mehr Nachsinnen und Ueberlegung viel bei." (I, p. 196.)

rücken und eine Abtheilung der Avantgarde nach der andern
vorwärts ziehen sah. Endlich kam die Reihe auch an uns; wir
gelangten über Hügel, durch Thäler, Weinberge vorbei, an denen
man sich auch wohl erquickte. Man kam sodann zu aufgehellter
Stunde in eine freiere Gegend und sah in einem freundlichen Thal
der Aire das Schloß von Grandpré¹ auf einer Höhe sehr wohl
gelegen, eben an dem Punkte, wo genannter Fluß sich westwärts
zwischen die Hügel drängt, um auf der Gegenseite des Gebirgs sich
mit der Aisne² zu verbinden, deren Gewässer immer dem Son-
nenuntergang zu durch Vermittlung der Oise endlich in die Seine
gelangen; woraus denn ersichtlich, daß der Gebirgsrücken, der uns
von der Maas trennte, zwar nicht von bedeutender Höhe, doch von
entschiedenem Einfluß auf den Wasserlauf, uns in eine andere
Flußregion zu nöthigen geeignet war.

Auf diesem Zuge gelangte ich zufällig in das Gefolge des
Königs, dann des Herzogs von Braunschweig; ich unterhielt
mich mit Fürst Reuß und andern diplomatisch-militärischen Bekannten. Diese Reitermassen machten zu der angenehmen Landschaft eine reiche Staffage³; man hätte einen van der Meulen⁴

---

1. Ce château a été détruit par un incendie.

2. L'Aisne prend sa source dans le département de la Meuse, traverse de l'est
à l'ouest le département auquel elle donne son nom, passe à Sainte-Menehould,
à Vouziers, à Rethel, à Soissons, et se jette dans l'Oise à Compiègne; cours de
230 kilomètres.

3. Die Staffage, mot allemand à terminaison étrangère, formé de Stoff.
C'est l'accessoire d'un paysage, d'une marine, etc.; dans un paysage, c'est un
homme, un animal, une maison habitée ou en ruines (ici une masse de cavaliers);
dans une marine, c'est un navire, un monceau d'algues, etc. Bernardin de Saint-
Pierre a dit qu'il n'est pas de prairie qu'une danse de bergères ne rende plus
riante, ni de tempête que le naufrage d'une barque ne rende plus terrible; cette
danse de bergères, cette barque en péril, est ce que les Allemands nomment
die Staffage. Gœthe emploie souvent ce mot; il dit d'un habile artiste: „er weiß
aquarellirte Landschaften mit geistreicher, wohlgezeichneter und ausgeführter Staffage zu schmücken," et encore: „mag er die Weiden mit grasendem Rindvieh staf-
firen." (Wanderjahre, II, 7.)

4. Van der Meulen (Antoine-François), peintre flamand, né à Bruxelles en
1634, mort à Paris en 1690. Il suivit Louis XIV dans toutes ses campagnes et
retraça dans une suite de toiles, aujourd'hui dispersées, l'histoire militaire du
règne. Rien de plus varié et de moins confus que ses tableaux. Qu'il représente
une bataille ou une marche, une halte ou un siège, il sait mettre de l'ordre dans
le désordre. Il peint la guerre dans sa vie et son mouvement, dans son tumulte
et son feu; mais les divers épisodes du tableau sont assez habilement unis et

gewünscht, um solchen Zug zu verewigen; Alles war heiter, mun=
ter, voller Zuversicht und heldenhaft. Einige Dörfer brannten
zwar vor uns auf, allein der Rauch thut in einem Kriegsbilde
auch nicht übel¹. Man hatte, so hieß es, aus den Häusern auf
den Vortrab geschossen und dieser, nach Kriegsrecht, sogleich die
Selbstrache geübt. Es ward getadelt, war aber nicht zu ändern;
dagegen nahm man die Weinberge in Schutz, von denen sich
die Besitzer doch keine große Lese versprechen durften, und so
ging es zwischen freund= und feindseligem Betragen immer vor=
wärts².

Wir gelangten, Grandpré hinter uns lassend, an und über die
Aisne und lagerten bei Vaux les Mouron³; hier waren wir nun
in der verrufenen Champagne⁴, es sah aber so übel noch nicht
aus. Ueber dem Wasser an der Sonnenseite erstreckten sich wohl=
gehaltene Weinberge, und wo man Dörfer und Scheunen visitirte,
fanden sich Nahrungsmittel genug für Menschen und Thiere, nur
leider der Weizen nicht ausgedroschen, noch weniger genugsame

---

confondus pour former un ensemble. Les cavaliers (Reitermassen) et le paysage
(Landschaft), les personnages et les choses qui les entourent, tout, jusqu'aux loin-
tains, jusqu'aux nuages de l'air, est nettement dessiné et fidèlement rendu, et
pour parler comme Gœthe, „aus den verschiedensten Elementen tritt ein schönes
Ganzes entgegen."

1. On se rappelle ces mots du bulletin qui racontait la victoire d'Eylau :
‹...tout cela avait plus de relief sur un fond de neige ›. Gœthe trouve que
cette marche de l'armée a plus de relief sur un fond de flamme et de fumée.
Mais comme disait Charles V, à la vue des incendies qu'allumaient les Anglais :
‹ Laissez-les aller et se fouler; ils ne pourront tollir mon héritage par *fumières*. ›
(Froissart.)

2. Ce passage sur la guerre rappelle ces deux vers du cuirassier dans le *Camp
de Wallenstein :*

Kann ich mich im Krieg doch menschlich fassen,
Aber nicht auf mir trommeln lassen.

3. Vaux-les-Mouron (Ardennes), canton de Monthois, arrondissement de
Vouziers, 206 habitants.

4. Die verrufene Champagne, ou, comme dit Massenbach, die elende
Champagne: la Champagne pouilleuse. „Der östliche Theil der Champagne, im Be=
reiche des Departements Marne und des nördlichen Theils des Departements Aube,
bildet eine wellenförmige Ebene von 100—190 M. Höhe, mit einem Boden, dessen
kreidige Felsunterlage vielfältig zu Tage tritt und überall nur mit dünner Ackerkrume
bedeckt ist. Nur spärliche Gehölze, Rebenpflanzungen, Getreidefelder und einzelne
Weiler beleben das eintönige Bild der meist zu Viehtriften benutzten Flächen und
haben den dürrsten und magersten Gegenden an der Marne und Aisne den Namen der
Champagne pouilleuse zugezogen." (*Conversations-Lexikon*, 13ᵉ édit., p. 174.)

Mühlen, ihn zu mahlen; Oefen zum Backen waren auch selten, und so fing es wirklich an, sich einem tantalischen Zustande zu nähern.

Am 18. September.

Dergleichen Betrachtungen anzustellen, versammelte sich eine große Gesellschaft, die überhaupt, wo es Halt gab, sich immer mit einigem Zutrauen, besonders beim Nachmittagskaffee, zusammenfügte; sie bestand aus wunderlichen Elementen, Deutschen und Franzosen, Kriegern und Diplomaten [1], alles bedeutende Personen, erfahren, klug, geistreich, aufgeregt durch die Wichtigkeit des Augenblicks, Männer sämmtlich von Werth und Würde, aber doch eigentlich nicht in den innern Rath gezogen und also desto mehr bemüht, auszusinnen, was beschlossen sein, was geschehen könnte.

Dumouriez, als er den Paß von Grandpré nicht länger halten konnte, hatte sich die Aisne hinauf gezogen, und da ihm der Rücken durch die Isletten gesichert war, sich auf die Höhen von Sainte Menehould, die Fronte gegen Frankreich, gestellt [2]. Wir waren durch den engen Paß hereingedrungen, hatten uneroberte Festen, Sedan, Montmedy, Stenay [3] im Rücken und an der Seite, die uns jede Zufuhr [4] nach Belieben erschweren konnten. Wir betraten beim schlimmsten Wetter ein seltsames Land, dessen undankbarer Kalkboden nur kümmerlich ausgestreute Ortschaften ernähren konnte.

---

1. La troupe offrait le même spectacle, ein buntes Schauspiel, que la table d'hôte de Trèves (27 octobre); „Militärs und Angestellte, aller Art Uniform, Farben und Trachten."

2. Plus loin (novembre) Gœthe, en traduisant un passage des Mémoires de Dumouriez (I, p. 322), dit encore : „Dumouriez, gewandt und klug, nimmt eine sehr starke Stellung; sie wird durchbrochen, und doch erreicht er eine zweite, wird auch daselbst eingeschlossen und zwar so, daß der Feind sich zwischen ihn und Paris stellt."

3. Stenay (Meuse), ville sur la rive droite de la Meuse, chef-lieu de canton, arrondissement de Montmédy. Gœthe se trompe; Stenay n'était pas unerobert; Clerfayt venait d'en chasser Miaczynski.

4. Die Zufuhr (terme militaire), convoi de vivres, mot à mot: apport, arrivage. (Comp. Zufuhrlinie, ligne d'étapes.)

Freilich lag Reims, Chalons und ihre gesegneten Umgebungen nicht fern; man konnte hoffen, sich vorwärts zu erholen; die Gesellschaft überzeugte sich daher beinahe einstimmig, daß man auf Reims marschiren und sich Chalons' bemächtigen müsse; Dumouriez könne sich in seiner vortheilhaften Stellung alsdann nicht ruhig verhalten, eine Schlacht wäre unvermeidlich, wo es auch sei; man glaubte sie schon gewonnen zu haben.

Un phénomène curieux; arrivée à Massiges; ordre du roi; départ précipité; tous les bagages renvoyés à Maisons-Champagne; marche de nuit dans la vallée de la Tourbe; un repas en imagination.

Den 19. September.

Manches Bedenken gab es daher, als wir den Neunzehnten beordert wurden, auf Massiges¹ unsern Zug zu richten, die Aisne aufwärts zu verfolgen und dieses Wasser sowohl als das Waldgebirg, näher oder ferner, linker Hand zu behalten.

Nun erholte man sich unterwegs von solchen nachdenklichen Betrachtungen, indem man mancherlei Zufälligkeiten und Ereignissen eine heitere Theilnahme schenkte; ein wundersames Phänomen zog meine ganze Aufmerksamkeit auf sich. Man hatte, um mehrere Kolonnen neben einander fortzuschieben, die eine querfeldein² über flache Hügel geführt, zuletzt aber, als man wieder ins Thal sollte, einen steilen Abhang gefunden; dieser ward nun alsbald, so gut es gehen wollte, abgeböscht³, doch blieb er immer noch schroff ge-

---

1. Massiges (Marne), canton de Ville-sur-Tourbe, arrondissement de Sainte Menehould. 235 habitants.

2. Querfeldein, à travers champs, quer (voir plus haut querüber) signifie « à travers »; comp. Querkopf, tête à l'envers; in die Quere kommen, venir à la traverse; Dumouriez kam den Preußen in die Quere. La marche à travers champs, très lente et très pénible, fut pratiquée par les Prussiens durant toute la campagne. „Das Querfeldeinmarschiren, dit le témoin oculaire (I, p. 109), ist in diesem Feldzuge überall bei uns sehr gebräuchlich gewesen, muß auch oft sein, aber nicht allemal."

3. Abböschen (synonyme abbachen), construire ou mettre en talus, donner une pente, une inclinaison: die Böschung, le talus, die innere Böschung, l'escarpe (talus qui forme la limite du fossé et regarde la campagne); die äußere Böschung, la contrescarpe. (On dit aussi Eskarpe et Contrescarpe.)

nug. Nun trat eben zu Mittag ein Sonnenblick hervor und spiegelte sich in allen Gewehren. Ich hielt auf einer Höhe und sah jenen blinkenden Waffenfluß glänzend heranziehen; überraschend aber war es, als die Kolonne an den steilen Abhang gelangte, wo sich die bisher geschlossenen Glieder sprungweise trennten und jeder Einzelne, so gut er konnte, in die Tiefe zu gelangen suchte. Diese Unordnung gab völlig den Begriff eines Wasserfalls; eine Unzahl durch einander hin= und wiederblinkender Bajonnette¹ bezeichneten die lebhafteste Bewegung. Und als nun unten am Fuße sich Alles wieder gleich in Reih' und Glied² ordnete und so, wie sie oben angekommen, nun wieder im Thale fortzogen, ward die Vorstellung eines Flusses immer lebhafter; auch war diese Erscheinung um so angenehmer, als ihre lange Dauer fort und fort durch Sonnenblicke begünstigt wurde, deren Werth man in solchen zweifelhaften Stunden nach langer Entbehrung erst recht schätzen lernte.

Nachmittag gelangten wir endlich nach Massiges, nur noch wenige Stunden vom Feind; das Lager war abgesteckt, und wir bezogen den für uns bestimmten Raum. Schon waren Pfähle geschlagen, die Pferde dran gebunden, Feuer angezündet, und der Küchwagen³ that sich auf. Ganz unerwartet kam daher das Gerücht, das Lager solle nicht statthaben, denn es sei die Nachricht angekommen, das französische Heer ziehe sich von Sainte Menehould auf Chalons; der König wolle sie nicht entwischen⁴ lassen und habe daher Befehl zum Aufbruch gegeben. Ich suchte an der rechten Schmiede⁵ hierüber Gewißheit und vernahm das, was ich schon gehört hatte, nur mit dem Zusatze: auf diese unsichere und unwahrscheinliche Nachricht sei der Herzog von Weimar und der General Heymann mit eben den Husaren, welche die Unruhe er-

---

1. Das Bajonnet, baïonnette; remarquer qu'il faut ajouter un t au pluriel et aux génitif et datif du singulier. Mais on écrit aussi das Bajonett et parfois Bayonett.

2. Das Glied, le rang; die Reihe, la rangée, la file d'une profondeur indéterminée; gliederweise, par rangs; in Reih' und Glied, en rangs.

3. Der Küchwagen ou Küchenwagen, le fourgon de cuisine.

4. Entwischen, s'échapper avec rapidité; comp. erwischen, attraper rapidement; de wischen, qui signifie non seulement « essuyer, frotter » (passer rapidement le linge ou l'éponge), mais « passer légèrement, se glisser ».

5. A la vraie forge, au bon endroit; comp. notre expression: tenir de bonne source (aus guter Quelle).

regt, vorgegangen[1]. Nach einiger Zeit kamen diese Generale zurück und versicherten, es sei nicht die geringste Bewegung zu bemerken; auch mußten jene Patrouillen gestehen, daß sie das Gemeldete mehr geschlossen als gesehen hätten.

Die Anregung aber war einmal gegeben, und der Befehl lautete, die Armee solle vorrücken, jedoch ohne das mindeste Gepäck; alles Fuhrwerk sollte bis Maisons Champagne[2] zurückkehren, dort eine Wagenburg[3] bilden und den, wie man voraussetzte, glücklichen Ausgang einer Schlacht abwarten.

Nicht einen Augenblick zweifelhaft, was zu thun sei, überließ ich Wagen, Gepäck und Pferde meinem entschlossenen, sorgfältigen Bedienten und setzte mich mit den Kriegsgenossen alsobald zu Pferde. Es war schon früher mehrmals zur Sprache gekommen, daß, wer sich in einen Kriegszug einlasse, durchaus bei den regulirten[4] Truppen, welche Abtheilung es auch sei, an die er sich angeschlossen, fest bleiben und keine Gefahr scheuen solle; denn was uns auch da betreffe, sei immer ehrenvoll; dahingegen bei der Bagage, beim Troß[5] oder sonst zu verweilen, zugleich gefährlich und

1. Tout cela est très exact et Massenbach raconte dans ses *Mémoires* (I, p. 106) la scène qui se passa chez le roi, l'ordre donné de livrer bataille, la présence du duc de Weimar et du général Heymann à l'entretien. Gœthe a pris à Massenbach ses propres expressions : „Diesem Rapport zufolge hat der König, entrüstet wie ein Löwe, dem die Beute zum zweiten Male zu entwischen scheint, selbst sogleich den Befehl zum Aufbruch der Armee gegeben." Voir encore la lettre du 17 septembre 1794, écrite par Charles-Auguste à Massenbach sur cet incident (*Mém.*, I, Append., pp. 329-330).

2. Maisons-Champagne (Marne), grosse ferme près de Rouvroy-sur-Dormoise.

3. Eine Wagenburg, barricade de chariots, ou, comme la définit Lombard dans sa lettre du 24 septembre 1792, publiée par M. Hüffer (*Aus dem Nachlass Lombards und Lucchesinis*, p. 25) : « une enceinte de voitures rangées les unes à côté des autres » ; camp retranché contenant les chariots des équipages militaires. En 451, dans ces mêmes plaines de la Champagne (*campi Catalaunici*), Attila, vaincu par Aëtius, se retirait à la nuit dans sa *Wagenburg*, « *infra septa castrorum quæ plaustris vallata habebat* ». (Jordanis, édit. Holder, p. 47.)

4. Regulirte ou reguläre Truppen, troupes régulières : on peut dire encore stehende Truppen ou Linientruppen.

5. Der Troß, le gros bagage, le train des équipages ou de l'artillerie, d'où Troßwagen, fourgon; Troßbube ou Troßjunge ou Troßknecht, goujat, soldat du train. Troß (autrefois Trosse) vient, comme le français *trousse*, du bas-latin *trossa*, et « trossa », do *trossare*, empaqueter (ancien allemand trossen, prov. trossar, français *trousser*). Mais on disait en ancien français *torser* et on dit encore en italien *torciare*; ce qui nous ramène à un verbe bas-latin *tortiáre*, venv de *tortus*, participe passé de *torquere*.

schmählich. Und so hatte ich auch mit den Offizieren des Regiments abgeredet, daß ich mich immer an sie und wo möglich an die Leibschwadron¹ anschließen wolle, weil ja dadurch ein so schönes und gutes Verhältniß nur immer besser befestigt werden könne.

Der Weg war das kleine Wasser die Tourbe² hinauf vorgezeichnet, durch das traurigste Thal von der Welt, zwischen niedrigen Hügeln, ohne Baum und Busch; es war befohlen und eingeschärft³, in aller Stille zu marschiren, als wenn wir den Feind überfallen wollten, der doch in seiner Stellung das Heranrücken einer Masse von fünfzigtausend Mann wohl mochte erfahren haben. Die Nacht brach ein; weder Mond noch Sterne leuchteten am Himmel, es pfiff ein wüster Wind; die stille Bewegung einer so großen Menschenreihe in tiefer Finsterniß⁴ war ein höchst Eigenes⁵.

Indem man neben der Kolonne herritt, begegnete man mehreren bekannten Offizieren, die hin= und wiedersprengten⁶, um die Be=

---

1. Die **Leibschwadron**, le premier escadron d'un régiment de cavalerie, de même que die **Leibcompagnie** est la première compagnie de certains régiments d'infanterie, de même que la *colonelle* ou la compagnie colonelle était autrefois en France la première compagnie d'un régiment, celle que le colonel commandait en personne.

2. La Tourbe prend sa source près de Somme-Tourbe, coule au N.-E., passe à Ville-sur-Tourbe et se jette dans l'Aisne, près de Melzicourt; cours de 40 kilomètres. La campagne des Prussiens en 1792 pourrait être nommée la campagne de la Tourbe (comme on dit la campagne de la Loire); Massenbach, parlant de la retraite, dit que ce fut une retraite de la Tourbe au Rhin, „der Rückzug von der Tourbe nach dem Rhein" (I, p. 101).

3. **Einschärfen**, enjoindre expressément, recommander avec instance (scharf), *inculcare.*

4. Je n'oublierai jamais cette nuit, dit Massenbach (*Mémoires*, I, p. 80): „Diese Nacht bleibt mir unvergeßlich. Ihre Finsterniß war das Symbol der politischen und strategischen Finsterniß, in welcher wir wandelten."

5. **War ein höchst Eigenes**, c'était chose extrêmement singulière (Goethe dit ailleurs etwas ganz Eigenes), ou, comme il aurait pu dire encore en se servant d'un de ses mots favoris, hatte etwas Ahnungsvolles. Comp. avec ce petit tableau en prose, vivant et dramatique dans sa brièveté, ces vers de l'*Achilléide*:

Wie wenn, zum Ueberfall gerüstet, nächtlich die Auswahl
Stille ziehet des Heers, mit leisen Tritten die Reihe
Wandelt und Jeder die Schritte mißt, und Jeder den Athem
Anhält, in feindliche Stadt, die schlechtbewachte, zu bringen.

6. **Sprengen** (de springen), ici: faire sauter son cheval, galoper (comp. plus loin gesprengt ou angesprengt kommen, arriver au galop). Le monument qui rappelle à Leipzig le désastre de l'arrière-garde française au pont de l'Elster (19 octobre 1813) que les sapeurs firent sauter trop tôt, porte cette brève inscription, intraduisible en français: „Sprengung der Brücke."

wegung des Marſches bald zu beſchleunigen, bald zu retardiren[1].
Man beſprach ſich, man hielt ſtille, man verſammelte ſich. So
hatte ſich ein Kreis von vielleicht zwölf Bekannten und Unbekann=
ten zuſammengefunden; man fragte, klagte, wunderte ſich, ſchalt
und raiſonnirte[2] : das geſtörte Mittageſſen konnte man dem Heer=
führer nicht verzeihen. Ein munterer Gaſt wünſchte ſich Bratwurſt
und Brod, ein anderer ſprang gleich mit ſeinen Wünſchen zum
Rehbraten und Sardellenſalat; da das Alles aber unentgeltlich
geſchah, fehlte es auch nicht an Paſteten und ſonſtigen Leckerbiſſen,
nicht an den köſtlichſten Weinen, und ein ſo vollkommenes Gaſt=
mahl war beiſammen, daß endlich Einer, deſſen Appetit über=
mäßig rege geworden, die ganze Geſellſchaft verwünſchte und die
Pein einer aufgeregten Einbildungskraft im Gegenſatze des größten
Mangels ganz unerträglich ſchalt. Man verlor ſich auseinander,
und der Einzelne war nicht beſſer dran als Alle zuſammen.

Den 19. September Nachts.

So gelangten wir bis Somme Tourbe[3], wo man Halt machte;
der König war in einem Gaſthofe abgetreten, vor deſſen Thüre

---

1. Retardiren, synonyme verſpäten. Dans ce récit Gœthe emploie également le mot Retardation.

2. Raiſonniren ou räſonniren, ici, à peu près comme ſchelten, tenir de
malins et méchants propos, et, pour employer l'expression dont Gœthe se sert
pour exprimer les commentaires de son père sur les longs retards du personnage qui devait le mener à Weimar, die bedenklichſten Gloſſen machen. (D. u. W.,
XX, p. 106.)

3. Somme-Tourbe (Marne), à la source de la Tourbe, canton et arrondissement
de Sainte-Menehould, à 18 kilomètres O. de cette ville et à 35 kilomètres de
Châlons.

der Herzog von Braunschweig in einer Art Laube¹ Hauptquartier
und Kanzlei² errichtete. Der Platz war groß, es brannten mehrere
Feuer, durch große Bündel Weinpfähle gar lebhaft unterhalten.
Der Fürst-Feldmarschall tadelte einigemal persönlich, daß man die
Flamme allzu stark auflobern³ lasse; wir besprachen uns darüber,
und Niemand wollte glauben, daß unsere Nähe den Franzosen ein
Geheimniß geblieben sei.

Ich war zu spät angekommen und mochte mich in der Nähe umsehen, wie ich wollte, Alles war schon, wo nicht verzehrt, doch in
Besitz genommen. Indem ich so umherforschte, gaben mir die Emigrirten ein kluges Küchenschauspiel⁴; sie saßen um einen großen,
runden, flachen, abglimmenden⁵ Aschenhaufen, in den sich mancher
Weinstab knisternd⁶ mochte aufgelöst haben; klüglich und schnell⁷
hatten sie sich aller Eier des Dorfes bemächtigt; und es sah wirklich appetitlich aus, wie die Eier in dem Aschenhaufen neben
einander aufrecht standen und eins nach dem andern zu rechter
Zeit schlürfbar⁸ herausgehoben wurde. Ich kannte Niemand von

1. Die Laube, tonnelle, berceau, cabinet de verdure (comp. das Laub, le
feuillage, la ramée); le mot était autrefois laubja qui passa en latin sous la
forme laubia; de ce laubia, en lombard lobia, en italien loggia, vient notre
mot loge.

2. Kanzlei (pour Kanzellei, Kanzelei), du bas-latin cancellaria, chancellerie;
ici : bureaux improvisés où se traitent les affaires militaires, où s'écrivent les
ordres et les dépêches; comp. Kanzlist, secrétaire de chancellerie, et Kanzler,
chancelier; M. de Bismarck porte le titre de Reichskanzler.

3. Auflobern (de lobern, flamboyer), faire une flamme qui s'agite et s'élève.
Gœthe emploie ce mot, en parlant de Mᵐᵉ de Staël, pour caractériser le tempérament vif et inflammable des Français, das französische Auflobern. (Annales,
1804.) Dans la mythologie scandinave, Loki, le génie du mal, a le nom de
Lodhurr.

4. Le spectacle d'une habile cuisine.

5. Abglimmen, jeter une faible et dernière lueur; de glimmen, brûler sans
flamme, couver sous la cendre; après un incendie, on ne voit que décombres et
poutres encore fumantes (die glimmenden Balken, Hermann et Dorothée, I, 135).
M. Düntzer a rapproché ce passage d'un passage de Faust (I, Nuit de Walpurgis) où Méphisto, allant de feu en feu, cause „zu Einigen, die um verglimmende
Kohlen sitzen".

6. Knistern, pétiller, crépiter.

7. Klüglich und schnell, prompt et avisé; voilà l'industrie française, et
voilà le Français.

8. Schlürfbar, de schlurfen, et plus souvent schlürfen, humer, siroter, gober
lentement, avaler les lèvres à demi ouvertes et en faisant claquer la langue;
schlürfbar, arrivés à ce point exact de la cuisson où l'on peut les avaler.

den eblen Küchengesellen[1]; unbekannt mocht' ich sie nicht anspre=
chen; als mir aber so eben ein lieber Bekannter begegnete, der
so gut wie ich an Hunger und Durst litt, fiel mir eine Kriegslist
ein, nach einer Bemerkung, die ich auf meiner kurzen militärischen
Laufbahn anzustellen Gelegenheit gehabt. Ich hatte nämlich be=
merkt, daß man beim Fouragiren um die Dörfer und in denselben
tölpisch[2] geradezu verfahre; die ersten Andringenden fielen ein,
nahmen weg, verdarben[3], zerstörten; die folgenden fanden immer
weniger, und was verloren ging, kam Niemand zu Gute. Ich hatte
schon gedacht, daß man bei dieser Gelegenheit strategisch verfahren,
und wenn die Menge von vornen hereindringe, sich von der Ge=
genseite nach einigem Bedürfniß umsehen müsse. Dies konnte nun
hier kaum der Fall sein, denn Alles war überschwemmt; aber das
Dorf zog sich sehr in die Länge und zwar seitwärts der Straße,
wo wir hereingekommen. Ich forderte meinen Freund auf, die
lange Gasse mit hinunter zu gehen. Aus dem vorletzten Hause kam
ein Soldat fluchend heraus, daß schon Alles aufgezehrt und nir=
gends nichts mehr zu haben sei. Wir sahen durch die Fenster, da
saßen ein paar Jäger ganz ruhig; wir gingen hinein, um wenig=
stens auf einer Bank unter Dach zu sitzen; wir begrüßten sie als
Kameraden und klagten freilich über den allgemeinen Mangel.
Nach einigem Hin= und Wiederreden verlangten sie, wir sollten

---

1. Qui sait si parmi ces émigrés qui font si bien cuire les œufs, quelques-uns
ne devinrent pas réellement cuisiniers? M. d'Haussonville raconte (*La Vie de
mon père*, p. 36-37, Souvenirs et mélanges) qu'à Londres un comité anglais avait
établi à ses frais un restaurant uniquement destiné aux émigrés... Chefs, mar-
mitons et garçons, tout le personnel de l'établissement, était recruté parmi la
colonie des émigrés... Un membre de la famille de Larochefoucauld avait été
réduit à revêtir le tablier de service et à s'armer d'une serviette pour porter
les plats aux clients.

2. Tölpisch (ou tölpelhaft), lourd, gauche, maladroit; se rapporte à Tölpel,
lourdaud, balourd, au moyen âge Tölpel ou Dörpel qui est le même mot que
Dörper, paysan, rustre. Dörper vient lui-même du moyen hollandais *Dorper*,
paysan, habitant d'un village, *dorp*. (Comp. *vilain*, de *villa*.) Il ne faut pas
rapporter à la même racine le mot Tölpatsch, qui a le même sens de « pataud »
et de « maritorne », mais qui désigne primitivement un fantassin hongrois ou
tolpache (de l'adjectif *tolpas*, aux larges pieds; comp. le hongrois *talp*, plante
du pied).

3. Il faut verderbten; on doit absolument distinguer verderben, actif et régulier
(verderbte, verderbt), gâter, corrompre, de verderben, neutre et irrégulier (verbarb, verdorben), se gâter, se corrompre.

ihnen Verschwiegenheit geloben[1], worauf wir die Hand gaben. Nun eröffneten sie uns, daß sie in dem Hause einen schönen wohlbestellten Keller gefunden, dessen Eingang sie zwar selbst sekretirt[2], uns jedoch von dem Vorrath einen Antheil nicht versagen wollten. Einer zog einen Schlüssel hervor und nach verschiedenen weggeräumten Hindernissen fand sich eine Kellerthüre zu eröffnen. Hinabgestiegen, fanden wir nun mehrere etwa zweieimerige[3] Fässer auf dem Lager; was uns aber mehr interessirte, verschiedene Abtheilungen in Sand gelegter gefüllter Flaschen, wo der gutmüthige Kamerad, der sie schon durchprobirt hatte, an die beste Sorte wies. Ich nahm zwischen die ausgespreizten[4] Finger jeder Hand zwei Flaschen, zog sie unter den Mantel, mein Freund deßgleichen[5], und so schritten wir, in Hoffnung baldiger Erquickung, die Straße wieder hinaufwärts.

Unmittelbar am großen Wachfeuer gewahrte ich eine schwere starke Egge[6], setzte mich darauf und schob unter dem Mantel meine Flaschen zwischen die Zacken[7] herein. Nach einiger Zeit bracht' ich eine Flasche hervor, wegen der mich meine Nachbarn beriefen, denen ich sogleich den Mitgenuß anbot. Sie thaten gute Züge, der Letzte bescheiden, da er wohl merkte, er lasse mir nur wenig zurück; ich verbarg die Flasche neben mir und brachte bald darauf die

---

1. Geloben, promettre; loben avait aussi ce sens autrefois; wir loben und versprechen est une formule du moyen âge (gelobt und geschworen, Reineke Fuchs, VII, v. 191); comp. verloben, fiancer; die Verlobte, la promise, la fiancée, et all' loben, faire vœu de.

2. Sekretiren, ici: rendre secret, cacher; ce mot signifie aussi « mettre dans son secrétaire » (Sekretär ou Schreibepult).

3. Zweieimerige Fässer, des tonneaux dont chacun pouvait contenir deux muids. Der Eimer signifie muid, mais surtout seau, vase à une anse (autrefois Eimber ou Einber; ber ou bar signifiait anse; comp. der Zuber (de zwiber), la cure, mot à mot: vase à deux anses).

4. Ausspreizen, étendre, écarquiller (de spreizen; remarquer que sich spreizen signifie « se rengorger », « faire la roue »; comp. plus haut „sich mausig machen").

5. Deßgleichen, pareillement, de même.

6. Die Egge, herse; c'est le même mot que die Ecke, coin (comp. ἀκή et acus, acies). Egger signifie « herseur »; c'est le nom d'un de nos plus savants hellénistes qui est d'origine allemande.

7. Die Zacke ou der Zacken, dent (de la herse), pointe; comp. zackig, garni de pointes, denté, dentelé; Zackwerk, chevaux de frise; Zickzack, notre « zigzag » formé comme Mischmasch, « micmac », comme „Wirrwarr", comme „Wischewasche" (chez Lessing Wischimasche, vain bavardage), comme Schnickschnack (che Gœthe Schnedeschnickeschnack, verbiage).

zweite hervor, trank den Freunden zu, die sich's abermals wohl schmecken ließen, anfangs das Wunder nicht bemerkten, bei der dritten Flasche jedoch laut über den Hexenmeister[1] aufschrieen, und es war, in dieser traurigen Lage, ein auf alle Weise willkommener Scherz.

Unter den vielen Personen, deren Gestalt und Gesicht im Kreise vom Feuer erleuchtet war, erblickt' ich einen ältlichen Mann, den ich zu kennen glaubte. Nach Erkundigung und Annäherung war er nicht wenig verwundert, mich hier zu sehen. Es war Marquis von Bombelles[2], dem ich vor zwei Jahren in Venedig, der Herzogin Amalie folgend, aufgewartet hatte, wo er, als französischer Gesandter residirend, sich höchst angelegen sein ließ, dieser trefflichen Fürstin den dortigen Aufenthalt so angenehm als möglich zu machen. Wechselseitiger Verwunderungsausruf, Freude des Wie-

---

1. Der Hexenmeister, le sorcier; plus loin Gœthe se nomme encore Wunderthäter. Die Hexe, la sorcière, de l'ancien hagzissa, où l'on trouve le mot Hag, haie, bois. Il n'y a guère que trois mots d'origine germanique, tous trois féminins, où se rencontre un x : Hexe; Nixe, ondine; Axt, hache. — Gœthe, tirant des dents de la herse les bouteilles de vin qui font crier au sorcier, ressemble à Méphisto dans la cave d'Auerbach :

Mephisto.
Nun sagt, was wünschet ihr zu schmecken?
Frosch.
Wie meint ihr das? Habt ihr so mancherlei?
Mephisto.
Ich stell' es einem Jeden frei.
Altmayer (à Frosch).
Aha! du fängst schon an die Lippen abzulecken.
Frosch.
Gut, wenn ich wählen soll, so will ich Rheinwein haben.
(Méphisto fait un trou dans la table.)
Altmayer.
Ach, das sind Taschenspielersachen....
Ich seh' es ein, ihr habt uns nur zum Besten.
(et, lorsque le vin coule)
O schöner Brunnen, der uns fließt!

2. Marc-Marie, marquis de Bombelles, né à Bitche, en Lorraine, le 8 octobre 1744, entra dans l'armée et devint maréchal de camp, puis passa de la guerre à la diplomatie et représenta la France au Reichstag de Ratisbonne, à Lisbonne et à Venise. Louis XVI lui confia, durant la Révolution, plusieurs missions secrètes, notamment à Berlin et à Saint-Pétersbourg. Il servit dans l'armée de Condé. Lorsque ce corps fut dissous, Bombelles entra dans les ordres et fut chanoine à Breslau. Après le retour des Bourbons, il devint aumônier de la duchesse de Berry, puis évêque d'Amiens (1819). Il mourut à Paris le 5 mars 1822.

5.

verſehens und Erinnerung erheiterten dieſen ernſten Augenblick¹.
Zur Sprache kam ſeine prächtige Wohnung am großen Kanal; es
ward gerühmt, wie wir daſelbſt, in Gondeln anfahrend, ehrenvoll
empfangen und freundlich bewirthet worden; wie er durch kleine
Feſte, gerade im Geſchmack und Sinn dieſer, Natur und Kunſt,
Heiterkeit und Anſtand in Verbindung liebenden Dame², ſie und
die Ihrigen auf vielfache Weiſe erfreute, auch ſie durch ſeinen
Einfluß manches andere, für Fremde ſonſt verſchloſſene Gute genießen laſſen.

Wie ſehr war ich aber verwundert, da ich ihn, den ich durch eine
wahrhafte Lobrede zu ergötzen gedachte, mit Wehmuth ausrufen
hörte: „Schweigen wir von dieſen Dingen! Jene Zeit liegt nur
gar zu weit hinter mir, und ſchon damals, als ich meine edeln
Gäſte mit ſcheinbarer Heiterkeit unterhielt, nagte mir der Wurm
am Herzen; ich ſah die Folgen voraus deſſen, was in meinem Vaterlande vorging. Ich bewunderte Ihre Sorgloſigkeit, in der Sie
die auch Ihnen bevorſtehende Gefahr nicht ahnten; ich bereitete
mich im Stillen zu Veränderung meines Zuſtandes. Bald nachher
mußt' ich meinen ehrenvollen Poſten und das werthe Venedig ver-

---

1. Deux ans auparavant la duchesse Amélie de Saxe-Weimar, mère du grand-duc régnant, se trouvait à Naples, sur le point de rentrer en Allemagne. Elle fit prier Gœthe de venir au-devant d'elle jusqu'à Venise. Gœthe obtint du grand-duc un congé de six semaines et arriva à Venise le 31 mars 1790. Il y attendit la duchesse-mère plus d'un mois. Ce trop long séjour dans ce « nid d'eau et de rats » lui inspira les *Épigrammes vénitiennes*, écrites dans le goût de Martial. Enfin le 5 mai la duchesse arrivait à Venise et le 20 juin elle rentrait avec Gœthe à Weimar.

2. Anne-Amélie, duchesse de Saxe-Weimar-Eisenach, était née le 24 octobre 1739. Elle était fille du duc Charles de Brunswick et d'une sœur de Frédéric II, Philippine-Charlotte (le vaincu d'Auerstädt, le généralissime de 1792, est par conséquent son frère). Elle épousa le 16 mars 1756 le duc Ernest-Auguste-Constantin de Saxe-Weimar; veuve au bout de deux ans (23 mai 1758), elle prit la régence du duché comme tutrice de ses deux fils, Charles-Auguste et Constantin. Elle fit venir Wieland à Weimar (1772) et le chargea de l'éducation des deux princes. Après l'avènement de son fils aîné (1775) elle vécut entourée de peintres, d'artistes et de savants; Gœthe qui a consacré une belle étude à son souvenir, dit de la duchesse Amélie: „Sie gefiel ſich im Umgang geiſtreicher Perſonen und freute ſich Verhältniſſe dieſer Art anzuknüpfen, zu erhalten und nützlich zu machen; ja es iſt kein bedeutender Name von Weimar ausgegangen, der nicht in ihrem Kreiſe früher oder ſpäter gewirkt hätte." Elle mourut à Weimar le 10 avril 1807. Dans la suite de ce récit, Gœthe parle encore de cette princesse, et, à son retour, devant la colonne d'Igel, le 24 octobre, il célèbre seul et en silence l'anniversaire de sa naissance et se rappelle ihr Leben, ihr edles Wirken und Wohlthun.

laſſen und eine Irrfahrt antreten, die mich endlich auch hierher geführet hat."

Das Geheimnißvolle, das man dieſem offenbaren Heranzuge von Zeit zu Zeit hatte geben wollen, ließ uns vermuthen, man werde noch in dieſer Nacht aufbrechen und vorwärts gehen; allein ſchon dämmerte der Tag, und mit demſelben ſtrich ein Sprühregen[1] daher; es war ſchon völlig hell, als wir uns in Bewegung ſetzten. Da des Herzogs von Weimar Regiment den Vortrab hatte, gab man der Leibſchwadron, als der vorderſten der ganzen Kolonne, Huſaren mit, die den Weg unſerer Beſtimmung kennen ſollten. Nun ging es, mitunter im ſcharfen Trab, über Felder und Hügel ohne Buſch und Baum; nur in der Entfernung links ſah man die Argonner Waldgegend; der Sprühregen ſchlug uns heftiger ins Geſicht; bald aber erblickten wir eine Pappelallee, die, ſehr ſchön gewachſen und wohl unterhalten, unſere Richtung quer durch=ſchnitt. Es war die Chauſſee von Chalons auf Sainte Menehould, der Weg von Paris nach Deutſchland; man führte uns drüber weg und ins Graue hinein[2].

Schon früher hatten wir den Feind vor der walbichten Gegend gelagert und aufmarſchirt geſehen, nicht weniger ließ ſich bemerken, daß neue Truppen ankamen; es war Kellermann[3], der ſich ſo eben

---

1. Der Sprühregen, petite pluie fine et froide, bruine (de ſprühen, jaillir, pétiller).

2. Ins Graue hinein, se jeter dans l'inconnu, faire ce que les Allemands nomment encore der Sprung ins Dunkle.

3. François-Christophe Kellermann, né à Strasbourg le 30 mai 1735, cadet du régiment de Lowendal (1752), enseigne dans Royal-Bavière (1753), lieutenant aux volontaires d'Alsace (6 mai 1756), fit ses premières armes dans la guerre de Sept ans. Nommé capitaine en second (1758), puis capitaine à la suite dans le régiment des volontaires du Dauphiné (1761) et dans la légion de Conflans, il fut en 1771 un des officiers qui accompagnèrent Viomesnil en Pologne et or-ganisèrent les troupes des confédérés de Bar. Lieutenant-colonel à son retour (1772), brigadier des armées du roi (1784) et maréchal de camp (1788), il prit parti pour la Révolution et reçut le commandement des troupes de l'Alsace (1791), puis de l'armée du Centre (28 août 1792). Après la campagne, il fut mis à la tête de l'armée des Alpes; il battit les Piémontais qui venaient au secours de Lyon insurgé; mais il avait hésité à assiéger la ville; destitué et enfermé à la Conciergerie, il ne fut délivré qu'au 9 thermidor. Il reprit le commandement de l'armée des Alpes (1795) et empêcha les Autrichiens d'envahir la Provence, Bonaparte le fit tenir à l'écart pendant la campagne d'Italie. Kellermann devint ensuite général de la cavalerie de l'armée d'Angleterre, puis de l'armée de Hollande. Sénateur, après le 18 brumaire, nommé maréchal (1804), duc de

mit Dumouriez vereinigte, um dessen linken Flügel zu bilden. Die Unsrigen brannten vor Begierde, auf die Franzosen loszugehen; Offiziere wie Gemeine hegten den glühenden Wunsch, der Feldherr möge in diesem Augenblicke angreifen; auch unser heftiges Vorbringen schien darauf hinzudeuten. Aber Kellermann hatte sich zu vortheilhaft gestellt, und nun begann die Kanonade, von der man viel erzählt, deren augenblickliche Gewaltsamkeit jedoch man nicht beschreiben, nicht einmal in der Einbildungskraft zurückrufen kann.

Schon lag die Chaussee weit hinter uns, wir stürmten immerfort gegen Westen zu, als auf einmal ein Adjutant¹ gesprengt kam, der uns zurück beorderte; man hatte uns zu weit geführt, und nun erhielten wir den Befehl, wieder über die Chaussee zurückzukehren und unmittelbar an ihre linke Seite den rechten Flügel zu lehnen. Es geschah, und so machten wir Fronte gegen das Vorwerk la Lune², welches auf der Höhe, etwa eine Viertelstunde vor uns, an der Chaussee zu sehen war. Unser Befehlshaber kam uns entgegen; er hatte so eben eine halbe reitende Batterie hinaufgebracht, wir erhielten Ordre, im Schutz derselben vorwärts zu gehen, und fanden unterwegs einen alten Schirrmeister³ ausge-

---

Valmy, doté de la sénatorerie de Colmar et du domaine de Johannisberg, il ne fit plus que commander les camps d'observation et les armées de réserve. A la fin de janvier 1814, Napoléon le fit venir à Châlons pour lui demander des renseignements sur la contrée, et ne manqua pas de faire imprimer que le vainqueur de Valmy devait encore une fois défendre l'Argonne et la route de Paris. Kellermann fit acte d'adhésion aux Bourbons, resta sans fonctions durant les Cent Jours et, sous la Seconde Restauration, vota au Sénat avec les libéraux. Il mourut à Paris le 12 septembre 1820. Il fut enterré au cimetière du Père-Lachaise, mais son cœur, comme il l'avait demandé en mourant, est à Valmy où « il repose parmi les restes de ses compagnons d'armes ».

1. Der Adjutant, l'aide de camp, ein dem General beigegebener Offizier. L'aide de camp attaché à la personne d'un souverain, d'un prince, d'un général en chef porte le nom de Flügeladjutant ou de Oberadjutant; le Generaladjutant est un aide de camp qui a le grade de général.

2. Massenbach, Mémoires, p. 84: „Diese Höhe oder vielmehr das darauf liegende Wirthshaus nannte man la Lune. So ernsthaft die Scene war, so erschütterte doch dieser Name das Zwergfell des sanguinischen Forstenburgs. „Also im Monde sind wir glücklich angekommen"", sagte er."

3. Schirrmeister, conducteur des équipages, sous-officier du train, de das Schirr, aujourd'hui inusité; comp. schirren („ich schirre die Pferde gleich," dit Hermann, H. u. D., V); anschirren, harnacher; das Geschirr, harnais, harnachement (et également vaisselle, d'où Küchengeschirr, ou, comme dit Massenbach, Kochgeschirr, batterie de cuisine).

ſtreckt, als das erſte Opfer des Tags, auf dem Acker liegen. Wir ritten ganz getroſt¹ weiter, wir ſahen das Vorwerk näher; die dabei aufgeſtellte Batterie feuerte tüchtig².

Bald aber fanden wir uns in einer ſeltſamen Lage; Kanonen= kugeln flogen wild auf uns ein, ohne daß wir begriffen, wo ſie her= kommen konnten; wir avancirten ja hinter einer befreundeten Batterie und das feindliche Geſchütz auf den entgegengeſetzten Hü= geln war viel zu weit entfernt, als daß es uns hätte erreichen ſollen. Ich hielt ſeitwärts vor der Fronte und hatte den wunder= barſten Anblick; die Kugeln ſchlugen dutzendweiſe vor der Es= kadron nieder, zum Glück nicht ricochetirend, in den weichen Boden hineingewühlt; Koth aber und Schmutz beſpritzte Mann und Roß; die ſchwarzen Pferde, von tüchtigen Reitern möglichſt zuſammen= gehalten, ſchnauften³ und toſten; die ganze Maſſe war, ohne ſich zu trennen oder zu verwirren, in fluthender Bewegung.

Ein ſonderbarer Anblick erinnerte mich an andere Zeiten. In dem erſten Gliede der Eskadron ſchwankte die Standarte⁴ in den Händen eines ſchönen Knaben⁵ hin und wieder; er hielt ſie feſt, ward aber vom aufgeregten Pferde widerwärtig geſchaukelt⁶; ſein

---

1. Getroſt, plein de confiance, d'assurance et, comme dit Gœthe plus haut, voller Zuverſicht; „nur getroſt!" courage, allez-y hardiment; de der Troſt, u-jourd'hui «consolation», autrefois «assurance, confiance»; on trouve au moyen âge l'expression Troſt und Zuverſicht haben pour «avoir confiance».

2. Mais l'artillerie française ripostait vigoureusement; comme dit Gouvion Saint-Cyr (*Mémoires*, I, page LXXVIJ), n'ayant pas été désorganisée comme les autres armes par l'effet de l'émigration, elle avait conservé cette instruction qui l'a rendue si longtemps supérieure à celle de toutes les autres puissances.

3. Schnaufen ou ſchnauben, s'ébrouer (l'ébrouement est le ronflement par lequel le cheval exprime sa frayeur ou sa surprise), souffler avec effort, haleter. Le mot appartient à la même racine que ſchnupfen, aspirer par le nez, prendre du tabac, priser, et ſchnäuzen, moucher.

4. Die Standarte, l'étendard; à cet étendard s'oppose un nouvel étendard, die neue Standarte der überwiegenden Franken que Gœtho doit célébrer dans *Hermann et Dorothée* (VI). Le mot, qui signifie drapeau de cavalerie ou guidon, vient de l'ancien français *estendard* et non, comme on l'a cru quelquefois, de Stand et de hart (au moyen âge Stanthart ou Stanbart). Le jeune homme qui portait ce drapeau était ce qu'on appelle aujourd'hui Standartenführer ou Standartenjunker.

5. Ce jeune homme se nommait Émile de Bechtolsheim; comp. Düntzer, „Gôthe und Karl Auguſt," II, p. 75.

6. Schaukeln, balancer; die Schaukel, balançoire, escarpolette; die Schaukel-politif, politique de bascule. Il a été question plus haut des allitérations; comp.

anmuthiges Gesicht brachte mir seltsam genug, aber natürlich, in diesem schauerlichen Augenblick die noch anmuthigere Mutter vor die Augen, und ich mußte an die ihr zur Seite verbrachten fried=lichen Momente gedenken.

Endlich kam der Befehl, zurück und hinab zu gehen; es geschah von den sämmtlichen Kavallerieregimentern mit großer Ordnung und Gelassenheit; nur ein einziges Pferd von Lottum[1] ward ge=tödtet, da wir Uebrigen, besonders auf dem äußersten rechten Flü=gel, eigentlich Alle hätten umkommen müssen.

Nachdem wir uns denn aus dem unbegreiflichen Feuer zurück=gezogen, von Ueberraschung und Erstaunen uns erholt hatten, löste sich das Räthsel: wir fanden die halbe Batterie, unter deren Schutz wir vorwärts zu gehen geglaubt, ganz unten in einer Vertiefung, dergleichen das Terrain zufällig in dieser Gegend gar manche bildete. Sie war von oben vertrieben worden und an der anderen Seite der Chaussee in einer Schlucht heruntergegangen, so daß wir ihren Rückzug nicht bemerken konnten; feindliches Geschütz trat an die Stelle, und was uns hätte bewahren sollen, wäre beinahe ver=derblich geworden. Auf unseren Tadel lachten die Bursche[2] nur und versicherten scherzend, hier unten im Schauer[3] sei es doch besser.

---

les vers suivants où schaufeln a presque le même sens que les trois autres verbes et allitère avec eux :

Wir schwanken und schwimmen,
Wir schweben und schaufeln
Ans Ufer hinan. (*Scherz, List und Rache*, 3e acte.)

Dans ses descriptions de promenades sur l'eau, Gœthe emploie toujours le verbe schaufeln pour exprimer ce voluptueux balancement d'une barque qui, selon le mot de Balzac, imite vaguement les pensées qui flottent dans l'âme.

1. Le régiment de Lottum était un régiment de dragons, créé en 1690, et qui tenait garnison à Schwedt-sur-l'Oder, dans le Brandebourg.

2. Die Bursche, pluriel de Bursch; Gœthe emploie volontiers ce pluriel: („Nun haben wir die Bursche", *Gœtz*, IV, 23; „Wie die übrigen Bursche", H. u. D., II, v. 219; „Wie sich die platten Bursche freuen", *Faust*, I, cave d'Auerbach, v. 1797). Aujourd'hui on dirait plutôt Burschen, le singulier étant der Bursche. (Comp. Andresen, *Sprachgebrauch*, p. 20.) Bursch est le même mot que die Börse, la bourse, au moyen âge Burse (du latin bursa), qui signifiait « bourse », « société d'amis vivant à bourse commune », « maison d'étudiants ». Finalement Burse, devenu Bursch (de même que Hirz est devenu Hirsch et hersen, herrschen, etc.) signifia étudiant, et par suite, jeune homme, garçon, gars. (Comp. plus haut la note sur Frauenzimmer, p. 2, n. 1.)

3. Im Schauer, à l'abri; der Schauer, assez rare dans ce sens, abri, pro-tection; Schauer und Schirm était une allitération de l'ancienne langue; comp.

Wenn man aber nachher mit Augen sah, wie eine solche rei=
tende Batterie sich durch die schreckbaren schlammigen Hügel qual=
voll durchzerren mußte, so hatte man abermals den bedenklichen
Zustand zu überlegen, in den wir uns eingelassen hatten.

Indessen dauerte die Kanonade immer for[ ] Kellermann hatte
einen gefährlichen Posten bei der Mühle von Valmy[1], dem eigent=
lich das Feuern galt; dort ging ein Pulverwagen in die Luft,
und man freute sich des Unheils, das er unter den Feinden an=
gerichtet haben mochte. Und so blieb Alles eigentlich nur Zuschauer
und Zuhörer, was im Feuer stand und nicht. Wir hielten auf der
Chaussee von Chalons an einem Wegweiser[2], der nach Paris
deutete.

Diese Hauptstadt also hatten wir im Rücken, das französische
Heer aber zwischen uns und dem Vaterland. Stärkere Riegel
waren vielleicht nie vorgeschoben[3], Demjenigen höchst apprehensiv,
der eine genaue Karte des Kriegstheaters nun seit vier Wochen
unabläßig studirte.

---

die Scheuer, la grange, abri pour le grain; prendre sès avantages, se mettre à
l'abri du vent et du soleil, en parlant d'une troupe ou d'une armée, se dira „sich
unter Schauer stellen". Comp. encore dans le *Voyage du Harz en hiver*, les deux
vers: „In Dickichtschauer (c'est-à-dire à l'abri du taillis) drängt sich das rauhe
Wild"; et dans *Gœtz:* „recht im Schauer" (III, 11; il s'agit de la tente du capitaine qui est « bien à l'abri », sur la lisière de la forêt, derrière un rocher).

1. Valmy (Marne), canton et arrondissement de Sainte-Menchould, à 10 kilomètres et demi de cette ville et à 35 kilomètres de Châlons, 405 habitants. Au
sud du village, sur les hauteurs d'Orbéval, a été élevée une pyramide commé-
morative de la canonnade; cette pyramide qui se détache au loin sur la ligne
uniforme de l'horizon, porte l'inscription suivante: « Ici sont morts glorieuse-
ment les braves qui ont sauvé la France au 20 septembre 1792; un soldat qui
avait l'honneur de les commander dans cette mémorable journée, le maréchal
Kellermann, duc de Valmy, dictant après 28 ans ses dernières volontés, a voulu
que son cœur fût placé au milieu d'eux. »

2. Wegweiser (der), poteau indicateur; on dit aussi Wegzeiger, Wegstein.
Mais Wegweiser signifie encore « guide »; c'est ce mot qu'emploie Massenbach,
racontant qu'il a pris des paysans pour lui montrer les chemins (I, p. 79-80).
Un « Guide du voyageur », un Joanne ou un Bædeker, se dit également Wegweiser; la carte de Jæger, dont Gœthe se servait, était son Wegweiser; comp.
„als er die Karte, seinen Wegweiser, vernahm" (*Wanderjahre*, III, 1).

3. Pousser le verrou, den Riegel verschieben ou simplement zuriegeln. « Jamais
peut-être verrous plus forts n'avaient été poussés. » Gœthe emploie encore
cette expression figurée dans les *Wanderjahre*; il s'agit de la résistance que
rencontre un administrateur: „Dem Bessern waren überall Riegel vorgeschoben."
(III, 12.)

Doch das augenblickliche Bedürfniß[1] behauptet sein Recht selbst gegen das nächstkünftige. Unsere Husaren hatten mehrere Brod= karren, die von Chalons nach der Armee gehen sollten, glücklich aufgefangen und brachten sie den Hochweg daher. Wie es uns nun fremd vorkommen mußte, zwischen Paris und Sainte Menehould postirt zu sein, so konnten Die zu Chalons des Feindes Armee keineswegs auf dem Wege zu der ihrigen vermuthen. Gegen eini= ges Trinkgeld ließev die Husaren von dem Brod etwas ab; es war das schönste weiße ; der Franzos erschrickt vor jeder schwarzen Krume[3]. Ich theilte mehr als einen Laib[4] unter die zunächst An= gehörigen, mit der Bedingung, mir für die folgenden Tage einen Antheil daran zu verwahren.

Auch noch zu einer andern Vorsicht fand ich Gelegenheit; ein Jäger aus dem Gefolge hatte gleichfalls diesen Husaren eine tüch= tige wollene Decke abgehandelt; ich bot ihm die Uebereinkunft an, mir sie auf drei Nächte, jede Nacht für acht Groschen[5], zu

---

1. Comp. les vers du petit poème *Ma déesse* : „in trüben Schmerzen — des augen= blicklichen — beschränkten Lebens, — gebeugt vom Joche — der Nothdurft."

2. Plus tard, après la campagne, et, comme dit Gœthe, nach dem Vor= und Rückzug, le grand-duc de Weimar donne à Trèves, le 30 octobre, un grand dîner ; „was aber am meisten Lob und Preis verdiente, war das kostbarste weiße Brod, das an den Gegensatz des Kommißbrods bei Hans erinnerte."

3. Die Krume, la mie (das Krümchen, la miette). La croûte se dit die Kruste ou die Rinde ; comp. plus loin (28 sept.) „trennte sich Krume von Rinde". Krume und Kruste forme naturellement une allitération populaire. De même que notre mot *croûte* qui signifie non seulement la portion durcie et extérieure du pain, mais aussi le pain lui-même (manger une croûte), de même Krume, mie, a le sens de ‹morceau de pain› ou de ‹pain›. Le Français s'effraie devant un morceau de pain noir, vor jeder schwarzen Krume. Le pâtre, dit Voss, boit en mangeant son pain, bei seiner Krume. A propos de l'aversion des Français pour le pain noir, Gœthe raconte plus loin, qu'à Duisbourg un aubergiste n'a de- mandé qu'un ‹Kopfstück› ou pièce de quinze sous à un émigré pour son écot : „er soll, dit l'hôtelier allemand, seine Zeche nicht theuer bezahlen ; er ist der Erste von seinem vermaledeiten Volke, der Schwarzbrod gegessen hat ; das muß ihm zu Gute kommen."

4. Der Laib, miche. Laib, autrefois *leib* (gothique *hlaibs*; anglo-saxon *hláf*), est un ancien mot qui signifiait ‹pain› ; Brot est d'une date postérieure. Il est assez curieux de retrouver ce mot *laib* dans les mots anglais *lord* et *lady*. Lord vient de l'anglo-saxon *hláford*, qui signifie ‹gardien du pain› ou ‹seigneur›, et lady (de l'anglo-saxon *hlœfdige*) veut dire proprement ‹distributrice du pain› ou ‹maîtresse›, ‹dame noble›.

5. Der Groschen, autrefois Grosche et Grosse, du latin *grossus* (*denarius*). Le groschen vaut dix pfennige, et deux groschen ou vingt pfennige font vingt- cinq centimes.

überlassen, wogegen er sie am Tage verwahren sollte. Er hielt dieses Bedingniß[1] für sehr vortheilhaft; die Decke hatte ihm einen Gulden[2] gekostet, und nach kurzer Zeit erhielt er sie mit Profit ja wieder. Ich aber konnte auch zufrieden sein; meine köstlichen wollenen Hüllen von Longwy waren mit der Bagage zurückgeblieben, und nun hatte ich doch bei allem Mangel von Dach und Fach[3] außer meinem Mantel noch einen zweiten Schutz gewonnen.

Alles dieses ging unter anhaltender Begleitung des Kanonendonners vor. Von jeder Seite wurden an diesem Tage zehntausend Schüsse verschwendet, wobei auf unserer Seite nur zweihundert Mann[4], und auch diese ganz unnütz, fielen. Von der ungeheuren Erschütterung klärte sich der Himmel auf; denn man schoß mit Kanonen völlig, als wär' es Pelotonfeuer, zwar ungleich, bald abnehmend, bald zunehmend[5]. Nachmittags ein Uhr, nach einiger Pause, war es am gewaltsamsten, die Erde bebte[6] im ganz eigent=

---

1. Das et parfois die Bedingniß, plus rare que der Beding et que die Bedingung, condition.

2. Der Gulden (le peuple dit Gülden), monnaie du sud de l'Allemagne et de l'Autriche, vaut aujourd'hui 2 marcs ou 2 fr. 50 c.; au moyen âge guldin ou guldin Pfennine, pfennig d'or (comp. aureus denarius). Cette monnaie d'argent a donc été autrefois et longtemps une monnaie d'or. Nous disons, au lieu de « gulden », le florin (en allemand Florin et plus souvent Floren), de l'italien fiorino, monnaie de Florence qui reçut ce nom parce qu'elle était marquée d'une fleur de lis (fiore).

3. Dach und Fach, « toit et chambre », assonance familière aux Allemands; das Fach signifiait primitivement « partie » et correspondait au mot Abtheilung; il n'a plus aujourd'hui que le sens de « case », « compartiment » et, par suite, de « spécialité » (ein Fachmann, ein Mann vom Fach ou vom Metier, un spécialiste). Plus loin nous verrons un hussard, autrefois boucher, dépecer habilement un porc et se montrer fort adroit in seinem Fache, dans son ancien métier. Gœthe emploie dans ce sens l'allitération „Feld und Fach".

4. Il faut lire évidemment zweihundert et non, comme dans les éditions précédentes, zwölfhundert. Thiers prétend, à tort, que la perte s'éleva pour chaque armée à huit ou neuf cents hommes. Hæusser estime, avec plus de raison, que les Prussiens perdirent de 100 à 200 hommes et les Français de 300 à 400. La journée, dit M. de Sybel, coûtait à peine 200 hommes à chacune des deux armées. M. de Boguslawski conclut : „Der Verlust der Preußen betrug 184 (sans doute d'après la liste officielle), der französische kaum 300 Mann."

5. On pourrait dire aussi bald ab=, bald zunehmend.

6. Le tremblement de terre se dit en allemand das Erdbeben. Comp. le passage des Affin. élect. (II, 12), où Edouard raconte en quelques mots la bataille : „Mitten im Gewühl der Schlacht, wenn die Erde vom anhaltenden Donner bebte, wenn die Kugeln sausten und pfiffen, rechts und links die Gefährten niederfielen..." Ici et là, il est curieux de trouver les mêmes expressions. Massenbach emploie

lichſten Sinne, und doch ſah man in den Stellungen nicht die mindeſte Veränderung. Niemand wußte, was daraus werden ſollte.

Ich hatte ſo viel vom Kanonenfieber gehört und wünſchte zu wiſſen, wie es eigentlich damit beſchaffen ſei. Langeweile und ein Geiſt, den jede Gefahr zur Kühnheit, ja zur Verwegenheit[1] auf=ruft, verleitete mich, ganz gelaſſen nach dem Vorwerk la Lune hin=auf zu reiten. Dieſes war wieder von den Unſrigen beſetzt, ge=währte jedoch einen gar wilden Anblick. Die zerſchoſſenen Dächer, die herumgeſtreuten Weizenbündel, die darauf hie und da ausge=ſtreckten tödtlich Verwundeten und dazwiſchen noch manchmal eine Kanonenkugel, die, ſich herüber verirrend, in den Ueberreſten[2] der Ziegeldächer klapperte.

Ganz allein, mir ſelbſt gelaſſen, ritt ich links auf den Höhen weg und konnte deutlich die glückliche Stellung der Franzoſen überſchauen; ſie ſtanden amphitheatraliſch in größter Ruhe und Sicherheit, Kellermann jedoch auf dem linken Flügel eher zu er=reichen.

Mir begegnete gute Geſellſchaft, es waren bekannte Offiziere vom Generalſtabe[3] und vom Regimente, höchſt verwundert, mich

le même mot : „Die Erde bebte", et il ajoute que le spectacle était saisissant (es war ein herzerhebendes Schauſpiel); dans son émotion, et selon la mode du temps, il embrassa son ami Boguslawski, premier aide de camp de Hohenlohe, et tous deux, au bruit de la canonnade, se jurèrent une éternelle amitié. „Ich umarmte Boguslawski und wir ſchwuren uns hier ewige Freundſchaft." (I, p. 89.)

1. Verwegenheit, témérité, de verwegen, ancien participe passé d'un verbe réfléchi ſich verwegen, se mettre en mouvement, se résoudre hardiment. Ver=wegen signifie donc primitivement « résolu » ; de là, « téméraire ».

2. Der Ueberreſt ou der Reſt ; remarquer le genre masculin. — Klappern ou klappen, claqueter ; die Klapper, le claquet, latte qui se trouve sur la trémie d'un moulin et qui produit un bruit continuel. On peut observer que dans les deux langues le même terme (claqueter et klappern) signifie « crier », en parlant de la cigogne. Gœthe emploie encore ce verbe, lorsqu'il s'agit soit de petits pas qui approchent (klapperten die Tritte, Morgenklagen), soit de dés qui remuent dans une poche (hier in der Taſche klappern ſie, Gœtz, II, 8), soit des chaînes d'un prisonnier qui traînent sur le sol. (Voy. d'It., 16 sept.)

3. Der Stab, bâton, bâton de commandement, et par suite, le commande-ment, l'état-major ; der Generalſtab, l'état-major général (et non, comme l'a dit une fois un de nos journaux, le général Stab!). On a passé de l'idée de bâton à celle de puissance, comme, inversement, dans le mot « potence », on a passé de l'idée de puissance à celle de bâton. Potence vient du latin potentia, puissance, appui, par suite, bâton, béquille (d'où le sens de « gibet », un gibet ayant la forme d'une béquille).

hier zu finden. Sie wollten mich wieder mit sich zurücknehmen; ich sprach ihnen aber von besondern Absichten, und sie überließen mich ohne Weiteres meinem bekannten wunderlichen Eigensinn[1].

Ich war nun vollkommen in die Region gelangt, wo die Kugeln herüberspielten; der Ton ist wundersam genug, als wär' er zusammengesetzt aus dem Brummen des Kreisels, dem Butteln[2] des Wassers und dem Pfeifen eines Vogels. Sie waren weniger gefährlich wegen des feuchten Erdbodens; wo eine hinschlug, blieb sie stecken, und so ward mein thörichter Versuchsritt wenigstens vor der Gefahr des Ricochetirens gesichert.

Unter diesen Umständen konnt' ich jedoch bald bemerken, daß etwas Ungewöhnliches in mir vorgehe; ich achtete genau darauf, und doch würde sich die Empfindung nur gleichnißweise[3] mittheilen lassen. Es schien, als wäre man an einem sehr heißen Orte und zugleich von derselben Hitze völlig durchdrungen, so daß man sich mit demselben Element, in welchem man sich befindet, vollkommen gleich fühlt. Die Augen verlieren nichts an ihrer Stärke noch Deutlichkeit; aber es ist doch, als wenn die Welt einen gewissen braunröthlichen Ton hätte[4], der den Zustand sowie die Gegen-

---

1. Il a, en effet, toujours passé pour un original (Sonderling), et comme il dit de cet Anglais qu'il vit à Naples (lettre du 22 mai 1787), pour un „seltener und seltsamer Mann." Il avait souvent, pour parler comme lui, „besondere Grillen," et, dit-il dans ses Mémoires (D. u. W., XIV, p. 167), „wie oft bin ich nicht des Eigensinns und eines wunderlichen grillenhaften Wesens angeklagt worden!" A Düsseldorf, Grimm lui raconta qu'on avait parlé, à la table du roi, de sa hardie chevauchée, mais qu'on n'avait pas été étonné, „weil gar nicht zu berechnen sei, was man von einem seltsamen Menschen zu erwarten habe." Lui-même parle dans ses Mémoires des bizarreries, Wunderlichkeiten, qu'on lui reprochait à Francfort, et comme il dit, de ses anomalies, Anomalien. On le comparait au Huron de Voltaire, au Belcour de Cumberland, à un enfant de la nature (Naturkind), et même à un ours (Bär). „Ich behielt, écrit-il dans la suite de ce récit, etwas von der Ingenuität des Voltaire'schen Huronen noch im spätern Alter."

2. Butteln, murmurer, faire un bruit strident mais léger; comp. bütteln, agiter, remuer, jeter çà et là. Butteln, dit Grimm, a le même sens que bullern, stridere, fervere, bullas emittere.

3. Gleichnißweise. De tout temps, Gœthe s'est exprimé volontiers par comparaisons, depuis le jour où Kestner le trouva à Garbenheim, couché sur le dos dans le gazon, au pied d'un arbre, jusqu'à ses derniers entretiens avec Eckermann. „Er besitzt, écrivait Kestner, eine außerordentlich lebhafte Einbildungskraft, daher er sich meistens in Bildern und Gleichnissen ausdrückt."

4. Faust, contemplant la bataille (II, 4, v. 5960), dit également:
    Nur hie und da bedeutend funkelt
    Ein rother ahnungsvoller Schein.

ſtände noch apprehenſiver¹ macht. Von Bewegung des Blutes habe ich nichts bemerken können, ſondern mir ſchien vielmehr Alles in jener Gluth verſchlungen zu ſein. Hieraus erhellet nun, in wel=chem Sinne man dieſen Zuſtand ein Fieber nennen könne. Bemer=kenswerth bleibt es indeſſen, daß jenes Gräßlich=Bängliche nur durch die Ohren zu uns gebracht wird; denn der Kanonendonner, das Heulen, Pfeifen, Schmettern der Kugeln durch die Luft iſt doch eigentlich Urſache an dieſen Empfindungen².

Als ich zurückgeritten und völlig in Sicherheit war, fand ich bemerkenswerth, daß alle jene Gluth ſogleich erloſchen und nicht· das Mindeſte von einer fieberhaften Bewegung übrig geblieben ſei. Es gehört übrigens dieſer Zuſtand unter die am wenigſten wün=ſchenswerthen; wie ich denn auch unter meinen lieben und edeln Kriegskameraden kaum einen gefunden habe, der einen eigentlich leidenſchaftlichen Trieb hiernach geäußert hätte³.

So war der Tag hingegangen; unbeweglich ſtanden die Fran=zoſen, Kellermann hatte auch einen bequemern Platz genommen; unſere Leute zog man aus dem Feuer zurück, und es war eben, als wenn nichts geweſen wäre. Die größte Beſtürzung verbreitete ſich über die Armee⁴. Noch am Morgen hatte man nicht anders ge=

---

1. Apprehenſiv. Ce mot, employé ici pour la seconde fois (p. 87), signifie « qui cause de l'appréhension, une certaine crainte mêlée d'anxiété » ; mais plus souvent, comme notre adjectif peu usité *appréhensif*, timide, peureux imaginaire, qui éprouve une appréhension chimérique; „ich, die ich ſonſt ſo apprehenſiv und ſchreckhaft bin." (*Wanderjahre*, III, 3.)

2. Comp. encore pour tout ce passage les vers de *Faust*, II, 6227 et suiv. :

Es war den ganzen Tag ſo heiß,
So bänglich, ſo beklommen ſchwül;
Der eine ſtand, der andre fiel...
...Dann ſummt's und ſauſt's und ziſcht im Ohr.

3. Ce « goût passionné » de la bataille et de la fièvre qu'elle cause, est, en effet, plus rare qu'on ne le croit. « Avant la bataille des Dunes, dit Bussy-Ra-butin, M. de Turenne se coucha, pour se reposer seulement, car j'ai trop bonne opinion de lui pour croire qu'ayant une bataille à donner six heures après, où sa vie était la moindre chose dont il s'agît, il pût dormir aussi tranquillement que si le lendemain il n'eût en rien à faire. Et quand on vient me conter que le jour de la bataille d'Arbèles, on eut peine à éveiller Alexandre, je crois que, si cela fut, il faisait semblant de dormir par vanité, ou qu'il était ivre. Pour moi, qui suis naturel, je ne dormis qu'une heure. »

4. On a souvent cité le mot de la reine Louise de Prusse, après 1806, que l'on s'était endormi sur les lauriers de Frédéric II, „wir ſind eingeſchlafen auf den Lor=

dacht, als die sämmtlichen Franzosen anzuspießen und aufzuspeisen,
ja mich selbst hatte das unbedingte Vertrauen auf ein solches Heer,
auf den Herzog von Braunschweig zur Theilnahme an dieser
gefährlichen Expedition gelockt [1] ; nun aber ging Jeder vor sich
hin, man sah sich nicht an, oder wenn es geschah, so war es, um
zu fluchen oder zu verwünschen. Wir hatten, eben als es Nacht
werden wollte, zufällig einen Kreis geschlossen, in dessen Mitte
nicht einmal, wie gewöhnlich, ein Feuer konnte angezündet werden;
die Meisten schwiegen, Einige sprachen, und es fehlte doch eigent=
lich einem Jeden Besinnung und Urtheil. Endlich rief man mich
auf, was ich dazu denke; denn ich hatte die Schaar gewöhnlich mit
kurzen Sprüchen erheitert und erquickt; diesmal sagte ich : „Von
hier und heute geht eine neue Epoche der Weltgeschichte aus, und
Ihr könnt sagen, Ihr seid dabei gewesen [2]."

In diesen Augenblicken, wo Niemand nichts zu essen hatte, re=
klamirte ich einen Bissen Brod von dem heute früh erworbenen;
auch war von dem gestern reichlich verspendeten Weine noch der
Inhalt eines Branntweinfläschchens übrig geblieben, und ich mußte
daher auf die gestern am Feuer so kühn gespielte Rolle des will=
kommenen Wunderthäters völlig Verzicht thun.

Die Kanonade hatte kaum aufgehört, als Regen und Sturm

---

beeren Friedrichs des Großen." Mais il y a un mot de Gœthe qu'il faut rappeler :
„Die preußische Armee, die durch Friedrich den Großen an ein beständiges Siegen ge=
wöhnt und dadurch verwöhnt worden." (*Conversations avec Eckermann*, I, p. 83.)

1. Sans oublier l'invitation du grand-duc de Saxe-Weimar.

2. Tout a été dit sur cette parole mémorable; elle est citée dans la plupart
des histoires de la Révolution; Gœthe, au bivouac, le soir de Valmy, nous ap-
paraît

    Nicht allein bedenkend, was jetzt ihm das Auge berühret,
    Sondern das Künftige schauend und heiligen Sehern vergleichbar.
                          (*Achilléide.*)

Il voit, comme il dit à la fin de ce récit, le trône brisé en éclats et le monde
bouleversé, „den Thron gestürzt und zersplittert, eine große Nation aus ihren Fugen
gerückt und auch die Welt schon aus ihren Fugen"; il pressent une grande transformation, et les vers suivants de *Hermann et Dorothée* (IX) ne sont que le commentaire du mot prononcé à Valmy :

        Alles bewegt sich
    Jetzt auf Erden einmal, es scheint sich Alles zu trennen.
    Grundgesetze lösen sich auf den festesten Staaten...
    ...Alles regt sich, als wollte die Welt, die gestaltete, rückwärts
    Lösen in Chaos und Nacht sich auf, und neu sich gestalten.

schon wieder eindrangen und einen Zustand unter freiem Himmel auf zähem Lehmboden[1] höchst unerfreulich machten. Und doch kam nach so langem Wachen, Gemüths= und Leibesbewegung, der Schlaf sich anmeldend, als die Nacht hereindüsterte. Wir hatten uns hinter einer Erhöhung, die den schneidenden Wind abhielt, nothdürftig gelagert, als es Jemanden einfiel, man solle sich für diese Nacht in die Erde graben und mit dem Mantel zudecken. Hiezu machte man gleich Anstalt, und es wurden mehrere Gräber ausgehauen, wozu die reitende Artillerie Geräthschaften hergab. Der Herzog von Weimar selbst verschmähte nicht eine solche vorei= lige Bestattung[2].

Hier verlangt' ich nun gegen Erlegung[3] von acht Groschen die bewußte[4] Decke, wickelte mich darein und breitete den Mantel noch oben drüber, ohne von dessen Feuchtigkeit viel zu empfinden. Ulyß kann unter seinem auf ähnliche Weise erworbenen Mantel nicht mit mehr Behaglichkeit und Selbstgenügen geruht haben[5].

Alle diese Bereitungen waren wider den Willen des Obersten geschehen, welcher uns bemerken machte, daß auf einem Hügel ge= genüber hinter einem Busche die Franzosen eine Batterie stehen hatten, mit der sie uns im Ernste begraben und nach Belieben ver= nichten konnten. Allein wir mochten den windstillen Ort und un=

---

1. **Auf zähem Lehmboden**, sur une glaise tenace; Gœthe et Jomini (II, p. 133) se servent de la même expression.

2. L'expression est pittoresque, « un enterrement anticipé ». Mais il est curieux de remarquer que pendant quelque temps on répéta en Allemagne que l'armée était *enterrée*; on n'avait pas de nouvelles, on ne savait plus où étaient les troupes, et Gœthe dit dans la suite de son récit (Pempelfort, novembre) : „eben als wäre das alliirte Heer von der Erde verschlungen worden, so wenig ver= lautete von demselben."

3. **Gegen Erlegung**, en payement; erlegen, déposer, consigner, payer une somme; l'aubergiste qui ne fait payer que quinze sous un copieux dîner à l'émigré qui a mangé son pain noir, répond au Français qui s'étonne de la mo= dicité du prix : „Die Gäste erlegen gern, was ich fordere."

4. **Bewußt**, connu, dont il a été question; comp. l'expression : es ist mir bewußt, il est à ma connaissance, je sais; das bewußte Fenster, la fenêtre dont on a déjà parlé. (*Entretiens des émigrés allemands*); das Gespräch bezog sich auf lauter bewußte Personen. (*D. u. W.*, X, p. 201.)

5. Allusion à un épisode du chant XIV de l'*Odyssée*. Ulysse a froid, et pour obtenir le manteau dont il a besoin, il raconte à Eumée la ruse dont il s'est servi pour se couvrir, durant une nuit glaciale, du manteau d'un de ses com= pagnons. Eumée comprend et donne à Ulysse qu'il n'a pas reconnu, un man= teau épais, χλαῖναν πυκνὴν μεγάλην.

sere weislich ersonnene Bequemlichkeit nicht aufgeben, und es war
dies nicht das letzte Mal, wo ich bemerkte, daß man, um der Un=
bequemlichkeit auszuweichen, die Gefahr nicht scheue.

Dépit des alliés à leur réveil; simulacre d'escarmouches; la dysenterie; petite guerre des hussards français; attaque des équipages prussiens; le secrétaire Lombard prisonnier; manque de vivres.

Den 21. September

waren die wechselseitigen Grüße der Erwachenden keineswegs
heiter und froh[1]; denn man ward sich in einer beschämenden hoff=
nungslosen[2] Lage gewahr. Am Rand eines ungeheuren Amphi=
theaters fanden wir uns aufgestellt, wo jenseits auf Höhen, deren
Fuß durch Flüsse, Teiche, Bäche, Moräste[3] gesichert war, der
Feind einen kaum übersehbaren Halbzirkel bildete. Diesseits standen
wir, völlig wie gestern, um zehntausend Kanonenkugeln leichter,
aber ebenso wenig situirt zum Angriff; man blickte in eine weit
ausgebreitete Arena[4] hinunter, wo sich zwischen Dorfhütten und
Gärten die beiderseitigen Husaren herumtrieben und mit Spiegel=
gefecht[4] bald vor= bald rückwärts, eine Stunde nach der andern, die
Aufmerksamkeit der Zuschauer zu fesseln wußten. Aber aus all dem
Hin= und Hersprengen, dem Hin= und Wiederpuffen[6] ergab sich
zuletzt kein Resultat, als daß Einer der Unsrigen, der sich zu kühn

---

1. Massenbach avoue qu'il était in tiefe Traurigkeit versunken. (I, p. 94.)

2. La situation n'était pas si désespérée que le dit Gœthe.

3. Der Morast (comp. l'anglais morass) correspond à l'italien marese, au
français marais, au bas-latin maragium. Il existe en allemand un autre mot,
avec le même sens, das Moor; „das o von Morast beruht auf einer Anlehnung an
Moor" (Kluge).

4. Le mot Arena (synoyme Sandplatz) est juste, puisqu'il est plus haut question d'un amphithéâtre. Comp. dans la Novelle: „gleichsam in die Arena des
Schauspiels."

5. Das Spiegelgefecht, simulacre de combat. Luther emploie déjà spie=
gelfechten (primitivement, ne combattre qu'une image trompeuse, réflétée par
un miroir). De là Spiegelfechterei, feinte, grimace, comédie, et Spiegelfechter,
charlatan, comédien.

6. Puffen, éclater, tirer; der Puff, bruit sourd, coup; der Puffer, pistolet
de poche. Comp. notre mot pouf (Scribe a dit : « le pif, paf, pouf des balles »)
et pouffer (éclater de rire).

zwischen die Hecken gewagt hatte, umzingelt und, da er sich keineswegs ergeben wollte, erschossen wurde.

Dies war das einzige Opfer der Waffen an diesem Tage; aber
die eingerissene[1] Krankheit machte den unbequemen, drückenden,
hilflosen Zustand trauriger und fürchterlicher.

So schlaglustig und -fertig man gestern auch gewesen, gestand
man doch, daß ein Waffenstillstand[2] wünschenswerth sei, da selbst
der Muthigste, Leidenschaftlichste nach weniger Ueberlegung sagen
mußte, ein Angriff würde das verwegenste Unternehmen von der
Welt sein. Noch schwankten die Meinungen den Tag über, wo
man ehrenthalben[3] dieselbe Stellung behauptete, wie beim Augenblick der Kanonade; gegen Abend jedoch veränderte man sie einigermaßen; zuletzt war das Hauptquartier nach Hans[4] gelegt und
die Bagage herbeigekommen. Nun hatten wir zu vernehmen die
Angst, die Gefahr, den nahen Untergang unserer Dienerschaft und
Habseligkeiten.

Das Waldgebirg Argonne, von Sainte Menehould bis Grandpré, war von Franzosen besetzt; von dort aus führten ihre Husaren den kühnsten[5], muthwilligsten kleinen Krieg. Wir hatten
gestern vernommen, daß ein Sekretär des Herzogs von Braun-

---

1. Einreißen (um sich greifen), se répandre, gagner, faire des progrès. Cette
maladie est la dysenterie (die Ruhr ou die rothe Ruhr), la diarrhée (der Durchfall). Le témoin oculaire écrit (I, p. 98) : „Der Durchfall oder die Diarrhöe, welche
unsere Armee bis in den Winter fürchterlich geplagt und Manchen unter die Erde
befördert hat." Gœthe ne fut pas exempt de la maladie, „von der allgemeinen
Krankheit nicht ganz frei."

2. Der Waffenstillstand ou tout simplement, comme plus loin, der Stillstand; on dit aussi die Waffenruhe ou das Armisticium.

3. Ehrenthalben. Halb, halben, halber, à cause de (génitif). Halb signifie :
demi, mais son féminin halbe était substantif et signifiait : côté, direction (de
là außerhalb et innerhalb, oberhalb et unterhalb). L'adverbe halb a donc le sens
de « du côté de, par rapport à », par suite, « à cause de ». Il se met toujours
après son régime : Alters halber, pour raison d'âge; comp. meinethalben, deinet-
halben, etc.

4. Hans-le-Grand (Marne), sur la Bionne, canton et arrondissement de Sainte-
Menehould, à 13 kilomètres de cette ville. 383 habitants. .

5. La canonnade de Valmy avait enhardi les Français; „Sie werden mal sehen,
disait le vieux Wolfrat à Massenbach, wie den Kerlchens drüben der Kamm
wächst." C'est le cas de citer, avec une légère variante, les vers de Schiller :
Die Furcht war weg, der Respekt, die Scheu;
Da schwoll dem Franzen der Kamm auf's neu.
(Camp de Wallenstein.)

ſchweig¹ und einige andere Perſonen der fürſtlichen Umgebung
zwiſchen der Armee und der Wagenburg waren gefangen worden.
Dieſe verdiente aber keineswegs den Namen einer Burg²; denn
ſie war ſchlecht aufgeſtellt, nicht geſchloſſen, nicht genugſam es=
fortirt. Nun beängſtete ſie ein blinder Lärm³ nach dem andern und
zugleich die Kanonade in geringer Entfernung⁴. Späterhin trug

---

1. Ce n'était pas le secrétaire du duc de Brunswick, mais le secrétaire du roi
de Prusse, Jean-Guillaume Lombard. Il fut pris avec quelques autres employés
de la chancellerie; mais le 23 septembre il était échangé contre George, maire
de Varennes. Lombard, fils d'un maître perruquier d'origine dauphinoise,
était né à Berlin le 1er avril 1767; employé dans le cabinet particulier de Frédéric II, puis secrétaire de Frédéric-Guillaume II, il devint sous Frédéric-
Guillaume III conseiller secret (geheimer Kabinetsrath), et fut un de ceux qui
dirigèrent la politique extérieure de la Prusse; on le rendit responsable des
désastres de 1806; échappé de Berlin, emprisonné à Stettin, puis remis en liberté
et nommé secrétaire perpétuel de l'Académie des sciences, il ne prit plus aucune
part aux affaires publiques et mourut, brisé par le chagrin et la maladie, le
28 avril 1812 à Nice.

2. Die Burg a d'abord désigné tout endroit fortifié par des palissades, des
retranchements, des murailles (comp. Wagenburg et le fameux chant: Ein
feſte Burg iſt unſer Gott; partout où il y a dans la Vulgate refugium ou domus
refugii, le texte allemand de la Bible donne Burg). Aujourd'hui Burg signifie
surtout un château du moyen âge, Edelhof ou feſter Ritterſitz; tout château des
bords du Rhin est une Burg. Notre mot bourg vient du bas-latin burgus, petite
place fortifiée; le bourgeois est proprement l'habitant du burgus (burgensis);
comp. encore burgrave, de Burggraf (comte du château). — Nicht genugſam
eſfortirt rappelle le mot de Dumouriez: « les équipages....très mal escortés. »
(Mém., I, p. 291.)

3. Blinder Lärm (cæcus pavor), fausse alarme; comp. ce sens de blind
(comme en français arc aveugle, fenêtre aveugle, galerie aveugle) dans d'autres
expressions: blinde Thür, fausse porte; blinder Kauf, achat simulé; Blindſchuß,
coup tiré en l'air; blindgeladen, chargé à poudre; blinde Namen, noms supposés
(qu'on porte en compte); blinder Paſſagier, passager qui ne paie pas (Goethe
emploie cette expression dans la suite de son récit, et il l'explique ainsi: welcher gelegentlich zu rudern ſich verband); blinder Soldat, passe-volant.

4. Voici le récit de Lombard: « La canonnade devint bientôt si terrible que
nous pouvions à peine maîtriser nos inquiétudes. Quelques personnes de l'état
civil de l'armée (einige Herren vom Civil, dit Massenbach) proposèrent d'aller à
cheval reconnaître ce qui se passait. Je les suivis... Nous gagnâmes une montagne d'où nous vîmes distinctement les armées rangées en bataille et le feu des
batteries. Ceux qui m'accompagnaient s'obstinèrent à s'y arrêter. Je fus forcé
enfin à prendre le parti de la retraite, avec un certain Rimpler, quartier-maître de
l'artillerie. Nous avions à peine fait un demi-mille, qu'en arrivant sur le sommet
d'une montagne, nous aperçûmes dans le fond et à une portée de fusil seulement une vingtaine de cavaliers qui venaient sur nous. Nous étions médiocre-
ment montés. Rimpler voulut tourner bride. Je l'arrêtai, en lui disant que
c'étaient peut-être des Autrichiens, et que dans tous les cas la fuite, au lieu de

man ſich mit der Fabel oder Wahrheit, die franzöſiſchen Truppen
ſeien ſchon den Gebirgswald herab auf dem Wege geweſen, ſich
der ſämmtlichen Equipage[1] zu bemächtigen; da gab ſich denn der
von ihnen gefangene und wieder losgelaſſene Läufer[2] des Generals
Kalkreuth[3] ein großes Anſehn, indem er verſicherte, er habe durch
glückliche Lügen von ſtarker Bedeckung, von reitenden Batterien
und dergleichen einen feindlichen Anfall abgewendet. Wohl möglich. Wer hat nicht in ſolchen bedeutenden Augenblicken zu thun
oder gethan[4]!

Nun waren die Zelte da, Wagen und Pferde; aber Nahrung

---

nous sauver, nous exposerait à une mort inévitable. Je disais si vrai que ceux
qui avaient formé précédemment notre société, furent tous dans la même heure
massacrés ou pris. » (Lettre du 24 septembre, citée par M. Hüffer, *Aus dem
Nachlass Lombards und Lucchesinis*, p. 25.)

1. „Unter ſämmtlicher Equipage der Armee verſtehen wir nicht nur alle Wagen,
nämlich Brodwagen, Kommandeurchaiſen, u. ſ. w., ſondern auch alle Chirurgen-
Wagen, alle Zelter und übrigen Packpferde, worauf das Kochgeſchirr fortgebracht
wird.“ (Massenbach, *Mémoires*, I, p. 109.)

2. Der Läufer; c'est notre mot « coureur »; mais Läufer signifie aussi l'ordonnance d'un colonel, et on nommait autrefois ainsi les tirailleurs, les enfants
perdus. Le *fou*, au jeu d'échecs, se dit Läufer.

3. Kalkreuth (Frédéric-Adolphe, comte de), né le 22 février 1737 à Sotters-
hausen, près de Sangerhausen. « Junker » en 1752, puis officier et aide de camp
du prince Henri (1758), major après la bataille de Friedberg (1762), colonel durant
la guerre de la succession de Bavière, major-général pendant la guerre de
Hollande (1787), comte en 1788, et lieutenant-général en 1790, il n'approuvait
pas la guerre contre la France. Ce fut lui qui en 1793 fit capituler Mayence; il
contribua aux victoires de Kaiserslautern (1793 et 1794). A Auerstædt, il commandait la réserve (1806). Il défendit Dantzig contre Lefebvre avec tant de
bravoure qu'il obtint les mêmes conditions qu'il avait faites en 1793 aux
Mayençais (1807). Nommé feld-maréchal, il signa avec Berthier l'armistice, et
avec Talleyrand la paix de Tilsit. Dans les dernières années de sa vie, il fut
gouverneur de Breslau et de Berlin, et mourut dans cette dernière ville, le
10 juin 1818.

4. Ce n'était pas une « fable », et si le coureur de Kalkreuth a su abuser les
Français par d'« heureux mensonges », il a rendu aux Prussiens un grand service. Le général Leveneur, chargé de tourner l'aile gauche de l'ennemi, avait
reçu l'ordre de ne s'engager que prudemment. Mais il pouvait, en poussant sa
pointe, s'emparer aisément de tout le bagage de l'armée prussienne. L'esprit
de Frédéric II, écrit Massenbach, nous a sauvés : „Man muß ſagen, daß Friedrichs Geiſt dieſes Mal noch über die preußiſche Armee gewacht hat. Wären die Franzoſen mit einiger Stärke und Dreiſtigkeit auf die Höhen heraufgegangen, wo die
Bagage aufgefahren war, ſo warfen ſie mit leichter Mühe die unbeträchtliche Bedeckung übern Haufen und bemeiſterten ſich der ganzen Equipage.“ (I, p. 109-110.)
Il est, en tout cas, assez naturel que le coureur de Kalkreuth ait démesurément

für kein Lebendiges¹. Mitten im Regen ermangelten wir sogar des Wassers, und einige Teiche waren schon durch eingesunkene Pferde verunreinigt²; das Alles zusammen bildete den schrecklichsten Zustand. Ich wußte nicht, was es heißen sollte, als ich meinen treuen Zögling, Diener und Gefährten Paul Götze³ von dem Leder des Reisewagens das zusammengeflossene Regenwasser sehr emsig schöpfen sah; er bekannte, daß es zur Chokolade bestimmt sei, davon er glücklicherweise einen Vorrath mitgebracht hatte; ja, was mehr ist, ich habe aus den Fußstapfen⁴ der Pferde schöpfen sehen, um einen unerträglichen Durst zu stillen. Man kaufte das Brob von alten Soldaten, die, an Entbehrung gewöhnt, etwas zusammensparten, um sich am Branntwein⁵ zu erquicken, wenn derselbe wieder zu haben wäre⁶.

---

grossi le service qu'il avait rendu; « la vanité, dit Pascal, est si ancrée dans le cœur de l'homme qu'un soldat, un *goujat* se vante et vent avoir ses admirateurs. »

1. Kein Lebendiges, aucun être vivant; ni homme ni animal; ni le cavalier ni sa monture. Cette expression se retrouve dans un célèbre passage des *Affinités électives* (II, 14); Ottilie presse contre son sein l'enfant d'Édouard qui vient de se noyer, elle essaie de le réchauffer et de le rappeler à la vie : „Zum ersten Mal drückt sie ein Lebendiges an ihre reine nackte Brust, ach! und kein Lebendiges!"

2. Verunreinigen, salir, souiller (de rein, pur; unrein, sale; du norois *hrinsa* vient notre verbe *rincer*, en allemand spülen). Dans les inscriptions portant défense de déposer des immondices, on lit toujours le mot Verunreinigung.

3. Le nom de ce fidèle serviteur de Gœthe reviendra encore plus d'une fois dans ce récit; Gœthe l'appelle plus volontiers par son nom de baptême, Paul.

4. Der ou die Fußstapfe ou Fußtapfe (on dit aussi der Stapfen), trace de pas, empreinte de pied; le verbe stapfen signifie « marcher lourdement, lentement, à pas comptés ». — In die Fußstapfen (gén.) treten, marcher sur les traces de...

5. Der Branntwein, l'eau-de-vie; de là notre mot *brandevin*, aujourd'hui vieilli, et *brandevinier*, comme s'appelait autrefois le cantinier (Marketender). Mais si *brandevin* commence à disparaître, il a été remplacé par deux mots allemands, très répandus parmi le peuple : *schnaps* (allemand Schnapps) et *schnick*. — La première syllabe du mot se rapporte à brennen, brûler (brannte, gebrannt), qui signifie aussi « distiller »; die Brennerei, la distillerie (Destillation).

6. L'eau-de-vie, dit le témoin oculaire, est le premier élément du soldat, et sans eau-de-vie, il n'y a pas d'armée; or, elle était rare : „Sogar der Branntwein, dieses erste Element des Soldaten, ohne welches eine Armee zu nichts wird, wenn der Mangel daran lange anhält, ward rar." (I, p. 121.)

Manstein et Heymann à Dampierre-sur-Auve; aspect de la contrée;
découverte d'un livre de cuisine.

Am 22. September

hörte man, die Generale Manstein und Heymann [1] seien nach
Dampierre [2], in das Hauptquartier von Kellermann, wo sich auch
Dumouriez einfinden sollte. Es war von Auswechseln [3] der Gefangenen, von Versorgung der Kranken und Blessirten [4] zum
Schein die Rede; im Ganzen hoffte man aber mitten im Unglück
eine Umkehr der Dinge zu bewirken. Seit dem zehnten August
war der König von Frankreich gefangen; grenzenlose Mordthaten
waren im September geschehen. Man wußte, daß Dumouriez für
den König und die Konstitution gesinnt gewesen; er mußte also
seines eignen Heils, seiner Sicherheit willen die gegenwärtigen
Zustände bekämpfen, und eine große Begebenheit wäre es geworden, wenn er sich mit den Alliirten alliirt und so auf Paris los-
gegangen wäre.

Seit der Ankunft der Equipage fand sich die Umgebung des
Herzogs von Weimar um vieles gebessert; denn man mußte dem
Kämmerier, dem Koch und andern Hausbeamten das Zeugniß
geben, daß sie niemals ohne Vorrath gewesen und selbst in dem
größten Mangel immer für etwas warme Speise gesorgt. Hierdurch erquickt, ritt ich umher, mich mit der Gegend nur einigermaßen
bekannt zu machen, ganz ohne Frucht: diese flachen Hügel hatten
keinen Charakter; kein Gegenstand zeichnete sich vor andern aus.

---

1. Manstein, adjudant-général du roi de Prusse, était alors colonel, et non
général. C'était un favori de Frédéric-Guillaume, bigot, quoique mondain,
revêche, cassant, ohne Tournüre, comme dit Goethe plus haut, et sans grande connaissance de la langue française. — Heymann avait servi en France et émigré
avec Bouillé; il suit l'expédition, écrit le vicomte de Caraman, en qualité
d'officier pensionné du roi (*Le comte de Fersen*, II, p. 254); c'est à lui que
s'adressa l'émissaire de l'Assemblée, Benoît, venu à Berlin en avril 1792 pour
« tâcher de savoir ce que les puissances voulaient obtenir ». Tout ce passage
est tiré des deux premiers paragraphes des *Mémoires* de Dumouriez (1, p. 302).

2. Dampierre-sur-Auve (Marne), canton et arrondissement de Sainte-Menehould, à 6,5 kilomètres S.-O. de cette ville. 58 habitants.

3. Das Auswechseln (ou die Auswechselung) der Gefangenen, l'échange
des prisonniers.

4. Blessirt, participe passé de blessiren (verwunden); on dit aussi die Blessur
(Wunde).

Mich doch zu orientiren¹, forsch' ich nach der langen und hoch aufgewachsenen Pappelallee, die gestern so auffallend gewesen war, und da ich sie nicht entdecken konnte, glaubt' ich mich weit verirrt: allein bei näherer Aufmerksamkeit fand ich, daß sie niedergehauen weggeschleppt und wohl schon verbrannt sei.

An den Stellen, wo die Kanonade hingewirkt, erblickte man großen Jammer; die Menschen lagen unbegraben, und die schwer verwundeten Thiere konnten nicht ersterben². Ich sah ein Pferd, das sich in seinen eigenen, aus dem verwundeten Leibe herausgefallenen Eingeweiden³ mit den Vorderfüßen verfangen hatte, und so unselig dahinhinkte.

Im Nachhausereiten⁴ traf ich den Prinzen Louis Ferdinand im freien Felde auf einem hölzernen Stuhle sitzen, den man aus einem untern Dorfe heraufgeschafft; zugleich schleppten einige seiner Leute einen schweren, verschlossenen Küchschrank herbei; sie versicherten, es klappere darin; sie hofften, einen guten Fang gethan zu haben. Man erbrach ihn begierig, fand aber nur ein stark beleibtes Kochbuch⁵, und nun, indessen der gespaltene Schrank im Feuer aufloderte, las man die köstlichsten Küchenrezepte vor, und so ward abermals Hunger und Begierde durch eine aufgeregte Einbildungskraft bis zur Verzweiflung gesteigert.

---

1. Sich orientiren, s'orienter (sich zurecht finden). Quelques puristes ont voulu tout récemment remplacer orientiren par le mot barbare bemorgenländern (das Morgenland, l'orient), et Orientirung, orientation, par Ostung!

2. Ersterben, non pas « mourir », mais « achever de mourir », même sens que absterben ou versterben. Dans la première version de *Gœtz de Berlichingen*, Weislingen, torturé par le poison, prononce ces mots : „Ich sterbe, sterbe und kann nicht ersterben, und in dem fürchterlichen Streit des Lebens und Todes zerrissen, schmeck' ich die Qualen der Hölle alle vor."

3. Das Eingeweide, entrailles, intestins; die in den großen Höhlen des Körpers (Schädel-, Brust- und Bauchhöhle) eingeschlossenen Organe. Le mot vient de das Geweide, aliment (Speise), et signifie, à proprement parler, l'aliment (qui est) dans (le corps); comp. ausweiden, vider, étriper.

4. Im Nachhausereiten. L'allemand abuse singulièrement des mots composés. Pourquoi ne pas dire : Wie ich nach Hause ritt? C'est ainsi qu'on est arrivé à dire aujourd'hui : die Inanklagestandversetzung; qu'on parle de la Großvaterwerbung de M. de Bismarck, de l'Indieluftsprengung d'une poudrière, etc.

5. Un de ces gros livres de cuisine,
Deren hunderte schon die eifrigen Pressen uns gaben.
(Gœthe, *Zweite Epistel*.)

6.

Armistice; camaraderie des avant-postes; propagande républicaine et contre-manifestes.

Den 24. September.

Erheitert einigermaßen wurde das schlimmste Wetter von der Welt durch die Nachricht, daß ein Stillstand geschlossen sei, und daß man also wenigstens die Aussicht habe, mit einiger Gemüths=ruhe leiden und darben[1] zu können; aber auch dieses gedieh nur zum halben Trost, da man bald vernahm, es sei eigentlich nur eine Uebereinkunft, daß die Vorposten Friede halten sollten, wobei nicht unbenommen bleibe, die Kriegsoperationen außer dieser Be=rührung nach Gutdünken fortzusetzen. Dieses war eigentlich zu Gunsten der Franzosen bedingt, welche rings umher ihre Stellung verändern und uns besser einschließen konnten; wir aber in der Mitte mußten still halten und in unserem stockenden[2] Zustand verweilen. Die Vorposten aber ergriffen diese Erlaubniß mit Ver=gnügen; zuerst kamen sie überein, daß, welchem von beiden Theilen Wind und Wetter ins Gesicht schlage, der solle das Recht haben, sich umzukehren, und, in seinen Mantel gewickelt, von dem Ge=gentheil nichts befürchten. Es kam weiter; die Franzosen hatten immer noch etwas Weniges zur Nahrung, indeß den Deutschen Alles abging; jene theilten daher Einiges mit[3], und man ward immer kameradlicher[4]. Endlich wurden sogar mit Freundlichkeit von französischer Seite Druckblätter ausgetheilt, wodurch den guten Deutschen das Heil der Freiheit und Gleichheit in zwei Sprachen

---

1. Darben, avoir besoin, manquer du nécessaire, *egere*.

2. Stocken, s'arrêter; le sang qui ne circule pas, l'argent qui se cache, l'eau qui croupit, le commerce qui languit, la conversation qui s'arrête, un orateur qui demeure court, l'artillerie embourbée qui n'avance pas, la marche qui subit un à-coup, tout cela se traduit par stocken. Plus loin : bei der geringsten Stockung, au moindre arrêt.

3. N'y a-t-il pas un souvenir de cette situation dans ce passage de *Wilhelm Meister* : „Wie über einen Fluß hinüber, der sie scheidet, zwei feindliche Vorposten sich ruhig und lustig zusammen besprechen, ohne an den Krieg zu denken, in welchem ihre beiderseitigen Parteien begriffen sind." (III, 8, *Lehrjahre*.)

4. Kameradlich, plus souvent kameradschaftlich, de die Kameradschaft, la camaraderie. « La plus grande cordialité s'établit entre les avant-postes des deux armées, et les Français partageaient leur pain avec les Prussiens qui mouraient de faim. » (*Mém.* de Dumouriez, I, p. 305.)

verkündigt war[1]; die Franzosen ahmten das Manifest des Herzogs von Braunschweig in umgekehrtem Sinne nach, entboten guten Willen und Gastfreundschaft, und ob sich schon bei ihnen mehr Volk, als sie von oben herein regieren konnten, auf die Beine gemacht hatte, so geschah dieser Aufruf[2], wenigstens in diesem Augenblick, mehr um den Gegentheil zu schwächen, als sich selbst zu stärken[3].

———————

Deux paysans français; le pain blanc et le pain noir, ou le mot d'ordre de deux nations; la population de la Champagne, ses maisons, sa nourriture.

Zum 24. September.

Als Leidensgenossen[4] bedauerte ich auch in dieser Zeit zwei hübsche Knaben von vierzehn bis fünfzehn Jahren. Sie hatten als Requirirte mit vier schwachen Pferden meine leichte Chaise bis hierher kaum durchgeschleppt und litten still, mehr für ihre Thiere als für sich; doch war ihnen so wenig als uns Allen zu helfen. Da sie um meinetwillen jedes Unheil ausstanden, fühlte ich mich zu irgend einer Pietät[5] gedrungen und wollte jenes erhandelte Kommißbrod[6] redlich mit ihnen theilen; allein sie lehnten es ab und

———————

1. Comp. les *Mémoires* de Massenbach : „Sie streueten große Paquete gedruckter Zettel aus, in welchen die Grundsätze der Freiheit und Gleichheit in einer dem gemeinen Manne sehr verständlichen Sprache dargestellt wurden." (I, p. 119.)

2. Der Aufruf, appel, surtout appel aux armes (zu den Waffen aufrufen, appeler aux armes); l'appel au peuple, der Aufruf an das Volk. — Ce mot signifie aussi l'appel nominal, et le verbe aufrufen traduira très bien notre expression « faire l'appel ».

3. Cette phrase, un peu difficile pour le lecteur français, peut être traduite ainsi : « Et quoiqu'il y eût chez eux plus de troupes que leurs chefs n'en pouvaient commander, pourtant cet appel, du moins en ce moment, avait pour objet d'affaiblir l'adversaire plutôt que de les fortifier eux-mêmes. »

4. Les compagnons de guerre (Kriegsgenossen) de Gœthe sont aussi ses compagnons de souffrance, Leidensgenossen; c'est la seconde fois qu'il emploie cette expression, dont il s'était déjà servi à son arrivée au camp de Praucourt. (p. 15.)

5. Pietät, un acte de reconnaissance.

6. Kommißbrod. Le mot die Kommiß signifiait autrefois « ce qui est distribué aux soldats ». On lit dans la *Militaris disciplina* de Kirchhoff (1581) : „Die königliche Commiß, nämlich Fleisch, Brot und Wein". Aujourd'hui, Kommiß signifie « les effets d'habillement pour la troupe »; mais le mot est surtout usité

verſicherten, dergleichen könnten ſie nicht eſſen, und als ich fragte, was ſie denn gewöhnlich genoſſen, verſetzten ſie : « Du bon pain, de la bonne soupe, de la bonne viande, de la bonne bière. » Da nun bei ihnen Alles gut und bei uns Alles ſchlimm war[1], ver= zieh ich ihnen gern, daß ſie mit Zurücklaſſung ihrer Pferde ſich bald darauf davonmachten. Sie hatten übrigens manches Unheil ausgeſtanden, ich glaube aber, daß eigentlich das dargebotene Kom= mißbrod ſie zu dem letzten entſcheidenden Schritt als ein furchtbares Geſpenſt bewogen habe[2]. Weiß= und Schwarzbrod iſt eigentlich das Schiboleth[3], das Feldgeſchrei zwiſchen Deutſchen und Franzoſen.

Eine Bemerkung darf ich hier nicht unberührt laſſen. Wir kamen freilich zur ungünſtigſten Jahrszeit in ein von der Natur nicht geſegnetes Land, das aber denn doch ſeine wenigen arbeit= ſamen, ordnungsliebenden, genügſamen Einwohner allenfalls er= nährt. Reichere und vornehmere Gegenden mögen eine ſolche frei= lich geringſchätzig behandeln; ich aber habe keineswegs Ungeziefer und Bettelherbergen[4] dort getroffen. Von Mauerwerk gebaut, mit

---

en composition : das Kommißbrod, le pain de munition; die Kommißbäckerei, la manutention; das Kommißhemb, la chemise du soldat; die Kommißſchuhe, les souliers fournis par l'État; das Kommißtuch, le drap de troupe; das Kommiß= kaliber, le calibre d'ordonnance, etc. Remarquons encore le mot populaire : ter Kommißſoldat, le vieux troupier.

1. Man lebt wie ein Gott in Frankreich, est un dicton populaire en Allemagne.

2. Un peu exagéré.

3. Le mot Schiboleth vient de l'hébreu *chibboleth*, et signifie proprement *épi*. D'après le livre des Juges (ch. XII), les gens de Galaad, poursuivant les fuyards de la tribu d'Ephraïm, les reconnaissaient à leur prononciation du *ch* de *chib- boleth*, qu'ils rendaient par un *s* (de même qu'aux Vêpres siciliennes, on forçait les Français à prononcer le mot *ciceri*). *Schibboleth* est également employé en français, et signifie, comme en allemand, signe de ralliement, mot d'ordre (Feldgeſchrei, Loſung, Parole), épreuve qui fait juger des aptitudes d'une per- sonne.

4. Bettelherberge, auberge de mendiants, misérable et sale hôtellerie, et, comme on dit quelquefois, pouillis (ou pouillier; comp. le mot Ungeziefer). Der Bettel signifie « la mendicité » et forme de nombreux composés : Bettelfrau, pauvresse; Betteljunge, va-nu-pieds; Bettelmönch, frère quêteur; Bettelprinz, principicule (le témoin oculaire dit des princes français réduits à emprunter : es waren Bettelprinzen, I, 37). Comp. encore Bettelſtolz, joli mot qui exprime l'or- gueil du gentilhomme pauvre, et Bettelſuppe, soupe qu'on distribue à la porte des couvents (Gœthe a comparé dans le *Faust* les œuvres fades et délayées de certains écrivains à de breite Bettelſuppen, I, v. 2039). Il nous souvient d'avoir lu le mot Bettelfahrt, appliqué par un journaliste allemand au voyage que fit

Ziegeln gedeckt sind die Häuser, und überall hinreichende Thätigkeit. Auch ist die eigentlich schlimme Landstrecke höchstens vier bis
sechs Stunden breit und hat sowohl an dem Argonner Waldgebirge her als gegen Reims und Chalons zu schon wieder günsti-
gere Gelegenheit. Kinder, die man in dem ersten besten Dorfe
aufgegriffen[1] hatte, sprachen mit Zufriedenheit von ihrer Nahrung, und ich durfte mich nur des Kellers zu Somme Tourbe und
des weißen Brodes, das uns ganz frisch von Chalons her in die
Hände gefallen war, erinnern, so schien es doch, als ob in Frie-
denszeiten hier nicht gerade Hunger und Ungeziefer[2] zu Hause sein
müsse.

Progrès des Français; ils cherchent à faire reculer les émigrés
et à couper les convois des alliés.

Den 25. September.

Daß während des Stillstandes die Franzosen von ihrer Seite
thätig sein würden, konnte man vermuthen und erfahren. Sie
suchten die verlorne Kommunikation mit Chalons wiederherzustellen und die Emigrirten in unserm Rücken zu verdrängen oder
vielmehr an uns heranzudrängen; doch augenblicklich ward für
uns das Schädlichste, daß sie sowohl vom Argonner Waldgebirge
als von Sedan und Montmedy her uns die Zufuhr erschweren,
wo nicht völlig vernichten konnten[3].

M. Thiers dans l'hiver de 1870, pour solliciter l'intervention des puissances; il
est vrai que ce journaliste ajoutait: „Diese Fahrt gereicht dem Patriotismus ihres
greisen Unternehmers zur größten Ehre." (Gegenwart, VIII, n° 49, p. 365.)

1. Qu'on avait surpris dans le premier village venu. Aufgreifen, saisir au
passage, arrêter; dans les Piccolomini (I, v. 7), Isolani parle d'un transport
suédois, „den griffen die Kroaten mit noch auf." Comp. plus haut: „Unsere Husaren hatten mehrere Brodkarren aufgefangen." (p. 88.)

2. Das Ungeziefer, vermine, autrefois ungeziber (de ziber, victime), primitivement l'animal qui ne peut être immolé, parce qu'il est impur. On désigne
encore en bavarois sous le nom de Zifer ou de Geziser la volaille, parfois la
chèvre et le porc.

3. Die Kommunikation ou die Verbindung. — « Ces mouvements firent
reculer le corps des émigrés... Sedan et Montmédy gênaient par leurs garnisons
les convois qui leur arrivaient lentement. » (Mém. de Dumouriez, I, p. 303 et
p. 293.)

Cristallisations d'un boulet de quatre; ordre à l'armée de faire provision de craie; à la guerre comme à la parade.

Den 26. September.

Da man mich als auf Mancherlei aufmerksam kannte, so brachte
man Alles, was irgend sonderbar scheinen mochte, herbei; unter
Andern legte man mir eine Kanonenkugel vor, ungefähr vierpfün-
dig zu achten, doch war das Wunderliche daran, sie auf ihrer
ganzen Oberfläche in krystallisirten Pyramiden endigen zu sehen.
Kugeln waren jenes Tags genug verschossen[1] worden, daß sich eine
gar wohl hierüber konnte verloren haben. Ich erdachte mir allerlei
Hypothesen[2], wie das Metall beim Gusse oder nachher sich zu
dieser Gestalt bestimmt hätte; durch einen Zufall ward ich hierüber aufgeklärt.

Nach einer kurzen Abwesenheit wieder in mein Zelt zurückkehrend, fragte ich nach der Kugel; sie wollte sich nicht finden. Als
ich darauf bestand, beichtete[3] man, sie sei, nachdem man Allerlei
an ihr probirt, zersprungen. Ich forderte die Stücke und fand zu
meiner großen Verwunderung eine Krystallisation, die, von der
Mitte ausgehend, sich strahlig gegen die Oberfläche erweiterte. Es
war Schwefelkies, der sich in einer freien Lage ringsum mußte gebildet haben. Diese Entdeckung führte weiter; dergleichen Schwe-
felkiese fanden sich mehr, obschon kleiner, in Kugel- und Nieren-

---

1. **Verschießen**, consommer, épuiser. Sur ce sens bien connu de ver, indi-
quant la perte, l'épuisement, la consommation, je ne citerai qu'un exemple peu
connu et très caractéristique. Dans un de ses romans, Miller dit d'un personnage qui a gaspillé son argent en bombances, en orgies, en bâtisses, et qui s'est
achevé en se mariant et en dépensant à sa noce tout ce qui lui restait : „Das
Geld war versaust, verbraust, verbaut, verheirathet." (*Hist. de Ch. de Burgheim*,
II, p. 35.) Le témoin oculaire, racontant la vie de dissipation que mènent à
Coblentz les émigrés, emploie les verbes verzehren, verschwenden, verthun, ver-
prassen (I, pp. 35-36).

2. **Hypothese**, synonymes Vermuthung, conjecture, et Voraussetzung, sup-
position.

3. **Beichten**, confesser (der Beichtstuhl, confessionnal; der Beichtvater, con-
fesseur; die Beichte, confession). Beichte était autrefois bîhte, bigihte (bi = bei),
et gihte, qui signifiait « aveu », vient de jehen, dire (ich gihe, du gihest, er gibt);
comp. en ancien français gehir.

form, auch in andern weniger regelmäßigen Gestalten, durchaus aber darin gleich, daß sie nirgends angesessen hatten, und daß ihre Krystallisation sich immer auf eine gewisse Mitte bezog; auch waren sie nicht abgerundet, sondern völlig frisch und deutlich krystallinisch abgeschlossen [1]. Sollten sie sich wohl in dem Boden selbst erzeugt haben, und findet man dergleichen mehr auf Acker= feldern?

Aber ich nicht allein war auf die Mineralien der Gegend auf= merksam; die schöne Kreide, die sich überall vorfand, schien durchaus von einigem Werth. Es ist wahr, der Soldat durfte nur ein Koch= loch [2] aufhauen, so traf er auf die klarste weiße Kreide, die er zu seinem blanken und glatten Putz [3] sonst so nöthig hatte. Da ging wirklich ein Armeebefehl aus, der Soldat solle sich mit dieser hier umsonst zu habenden nothwendigen Waare so viel als möglich ver= sehen [4]. Dies gab nun freilich zu einigem Spott Gelegenheit; mit= ten in den furchtbarsten Koth versenkt, sollte man sich mit Rein= lichkeits= und Putzmitteln beladen, wo man nach Brod seufzte, sich mit Staub zufrieden stellen [5].

Auch stutzten die Offiziere nicht wenig, als sie im Hauptquartier übel angelassen wurden, weil sie nicht so reinlich, so zierlich wie

---

1. Nous traduisons ce passage : « …et trouvai une cristallisation qui, par-tant du centre, s'élargissait en rayonnant vers la surface. C'était une pyrite sulfureuse qui, à l'état libre, devait avoir pris la forme d'un globule. Cette découverte mena plus loin ; je trouvai encore de ces pyrites, quoique plus petites, en forme de boules et de rognons ou d'autres figures moins régulières, mais parfaitement semblables en ce point qu'elles ne s'étaient fixées nulle part et que leur cristallisation se dirigeait toujours vers un certain centre ; elles n'étaient d'ailleurs pas arrondies, mais terminées en arêtes pleines et vives et de forme évidemment cristalline. »

2. Das Kochloch, le trou qui sert de foyer pour la cuisine du camp ; — auf-hauen, ouvrir à coups de sabre ou de hache ; on a vu plus haut aushauen à peu près dans le même sens : „Es wurden mehrere Gräber ausgehauen" (p. 94).

3. « Si nécessaire pour polir et astiquer son équipement ». — Blank (d'où vient notre mot « blanc »), brillant. — Glatt, lisse. — Der Putz, ordinairement, toilette, ajustement ; de là, putzen, astiquer (comp. plus haut : „die an ihrem Zeug putzten"); das Putzen, astiquage ; der Putzbeutel ou Putzsack, musette de propreté.

4. Das heißt preußische Sparsamkeit! serait-on tenté de s'écrier. Ce trait de Frédéric-Guillaume II est digne de son ancêtre le « roi-sergent ».

5. L'expression rappelle celle de la Bible, lorsque Dieu maudit le serpent : „Erde sollst du essen dein Leben lang", et dans Faust (I, prologue, v. 92) :
　　Staub soll er fressen und mit Lust,
　　Wie meine Muhme, die berühmte Schlange.

auf der Parade zu Berlin oder Potsdam erschienen[1]. Die Oberen konnten nicht helfen; so sollten sie, meinte man, auch nicht schelten.

Décoction d'orge; assaut de deux fourgons de vivres; distribution de tabac; Gœthe bienfaiteur de l'humanité souffrante; bouteilles d'eau-de-vie.

Den 27. September.

Eine etwas wunderliche Vorsichtsmaßregel, dem dringenden Hunger zu begegnen, ward gleichfalls bei der Armee publizirt: man solle die vorhandenen Gerstengarben so gut als möglich ausklopfen[2], die gewonnenen Körner in heißem Wasser so lange sieden, bis sie aufplatzen[3], und durch diese Speise die Befriedigung des Hungers versuchen.

---

1. Il règne depuis longtemps dans l'armée prussienne ce qu'on appelait autrefois en Allemagne *la guêtre* (die Kamasche), et ce que Beitzke dans son *Histoire des guerres de la délivrance allemande* (I, p. 513) nomme „ein außerordentliches Streben zur Befriedigung des Auges, eine unverhältnißmäßige Werthlegung auf Gleichförmigkeit und Straffheit sowohl im Anzuge als im Tempo der Griffe und Bewegungen." Plus loin (novembre), Gœthe raconte qu'en face de Neuwied le régiment du grand-duc a repris sa belle tenue, nettoyé ses collets, etc.; mais ce n'était pas le moment devant l'ennemi, en pleine boue et sous des averses continuelles, de songer, comme dit Gœthe, à la propreté et à la parure, „für Reinlichkeit und Zierde zu sorgen, die Kollets zu säubern und zu färben, und ganz schmuck einherzutraben."

2. Die Gerste, orge. — Die Garbe, de là notre mot *gerbe*, autrefois *garbe*. — Ausklopfen, de klopfen, frapper (der Klopf, coup; die Klopfe, gerbée; der Klöpfel, baguette de tambour [Schlägel]; der Klopfer, marteau d'une porte). Ausklopfen signifie « faire sortir en battant », épousseter (un habit), rebattre (un matelas), vider (une pipe). Rosser quelqu'un, einem die Hosen ausklopfen (pop.). Lorsque Klopstock eut publié sa *République des Lettres* (1774) par souscription, les professeurs de l'Université de Gœttingue, mécontents de l'ouvrage et fâchés d'avoir payé un thaler pour cette œuvre d'ailleurs bizarre, disaient, en jouant sur le nom de Klopstock, qu'il fallait ihm den Thaler mit dem Stock wieder ausklopfen. Le jeu de mots est intraduisible. (Lettres de Voss, I, p. 181.)

3. Aufplatzen, crever, se fendre, de platzen, même sens. Le mot vient sans doute de l'onomatopée platz, crac, patatras; comp. der Platzregen, averse, giboulée, et l'expression : es regnet, daß es platzt, il pleut à seaux; comp. les verbes plätschen, tomber à grand bruit (dans l'eau), et plätschern, clapoter, battre (la rive); comp. encore platzen, faire crever, faire éclater. On dit : il se crève de manger, er ißt, daß er zerplatzen möchte; crever de rire, vor Lachen platzen wollen. — Jomini (II, p. 133) dit que les troupes vivaient d'eau crayeuse et d'une décoction de blé.

Unserer nächsten Umgebung war jedoch eine bessere Beihülfe zugedacht. Man sah in der Ferne zwei Wagen festgefahren, denen man, weil sie Proviant und andere Bedürfnisse geladen hatten, gern zu Hülfe kam. Stallmeister[1] von Seebach schickte sogleich Pferde dorthin; man brachte sie los, führte sie aber auch sogleich des Herzogs Regiment zu; sie protestirten dagegen, als zur östreichischen Armee bestimmt, wohin auch wirklich ihre Pässe lauteten. Allein man hatte sich einmal ihrer angenommen; um den Zudrang zu verhüten und sie zugleich festzuhalten, gab man ihnen Wache, und da sie auch von uns bezahlt erhielten, was sie forderten, so mußten sie auch bei uns ihre eigentliche Bestimmung finden.

Eilig drängten sich zu allererst die Haushofmeister[2], Köche und ihre Gehülfen herbei, nahmen von der Butter in Fäßchen, von Schinken und andern guten Dingen Besitz. Der Zulauf vermehrte sich, die größere Menge schrie nach Tabak[3], der denn auch um theuren Preis häufig ausgegeben wurde. Die Wagen aber waren so umringt, daß sich zuletzt Niemand mehr nähern konnte, deswegen mich unsere Leute und Reiter anriefen und auf das Dringendste baten, ihnen zu diesem nothwendigsten aller Bedürfnisse zu verhelfen[4].

---

1. Stallmeister, écuyer. Frédéric-Christophe-Henri de Seebach devint plus tard major-général et grand écuyer à Weimar. (Strehlke, p. 194.)

2. Haushofmeister. C'est celui qui veille sur la maison entière et l'administre, l'intendant, le majordome. Hofmeister a aussi ce sens, et à Bâle on nomme ainsi l'ami du fiancé chargé d'ordonner le repas et de placer les convives. Hofmeister a pris également le sens de « précepteur ». La plupart des écrivains allemands du xviiie siècle ont été Hofmeister, et l'un d'eux, Lenz, a composé une pièce qui porte ce titre (1774); de là Hofmeistern, régenter, faire le pédagogue.

3. Der Tabak, et non Tabac ou Tobac, comme Gœthe a écrit quelquefois, et comme on disait habituellement aux xviie et xviiie siècles, d'après l'anglais tobacco; en français même, on a longtemps prononcé et écrit tobac. Il faut, dit Andresen (Sprachgebrauch, p. 12), écrire Tabak, Paket, blokiren, „weil diese Wörter in der Sprache, aus der sie entlehnt worden sind, keine Doppelung zeigen." Le mot viendrait de tabaco; les messagers que Christophe Colomb envoya à San Salvador racontèrent que les naturels tenaient en main un petit tison d'herbes dont ils aspiraient la fumée; l'herbe brûlée se nommait cohiba, et le tison, tabaco.

4. Le soldat n'est pas du tout de l'avis de ce personnage de Gœthe qui regardait le tabac et l'eau-de-vie, non comme des besoins, mais comme des désirs, des envies qu'on peut réprimer; „Tabak und Branntwein seien keine Bedürfnisse,'

Ich ließ mir durch Soldaten Platz machen und erstieg sogleich, um mich nicht im Gedränge zu verwirren, den nächsten Wagen; dort bepackte ich mich für gutes Geld mit Tabak, was nur meine Taschen fassen wollten, und ward, als ich wieder herab und spendend ins Freie gelangte, für den größten Wohlthäter gepriesen, der sich jemals der leidenden Menschheit erbarmt hatte. Auch Branntwein war angelangt; man versah sich damit und bezahlte die Bouteille gern mit einem Laubthaler[1].

Nouvelles de Paris; massacres de septembre; Luckner à Châlons; les paysans en armes; Gœthe conférencier; saint Louis en Égypte; la bataille des Champs catalauniques; lecture d'un livre français.

Zum 27. September.

Sowohl im Hauptquartiere selbst, wohin man zuweilen gelangte, als bei allen Denen, die von dort herkamen, erkundigte man sich nach der Lage der Dinge; sie konnte nicht bedenklicher sein[2]. Von dem Unheil, das in Paris vorgegangen, verlautete immer mehr und mehr, und was man anfangs für Fabeln gehalten, erschien zuletzt als Wahrheit überschwänglich[3] furchtbar. König und Familie waren gefangen, die Absetzung dessen schon zur Sprache gekommen[4]; der Haß des Königthums überhaupt

sondern Gelüste." (Wanderjahre, I, 6.) Il dit, comme le vieux juge dans Hermann et Dorothée (VI, v. 215) :

　　Guter Tabak ist doch dem Reisenden immer willkommen.

1. Die Bouteille. Le mot était déjà employé au XVIIᵉ siècle. — Der Laubthaler, notre écu de six livres; on le nommait ainsi, parce qu'une de ses faces représentait une couronne de feuilles.

2. Il y a, là encore, un peu d'exagération; la situation n'était pas si bedenklich.

3. Ueberschwänglich, infiniment, extrêmement. Cet adjectif signifie « infini » (,,Du erzeigst, écrit Edouard à Ottilie, uns allen eine große und mir eine überschwängliche Wohlthat." Affin. élect., II, 16), et par suite, « exalté ». C'est ainsi qu'on parlera de l'Ueberschwenglichkeit de Klopstock, du cœur passionné et überschwenglich de Werther.

4. Gœthe se trompe. La question avait été non seulement discutée, traitée, mise à l'ordre du jour, mais résolue. Le roi était déjà déposé. Le 21 septembre, la Convention avait proclamé l'abolition de la royauté, et le lendemain, décrété que l'on daterait désormais, non plus de l'an IV de la Liberté, mais de l'an I de la République.

gewann immer mehr Breite, ja schon konnte man erwarten, daß
gegen den unglücklichen Monarchen ein Prozeß würde eingeleitet
werden. Unsere unmittelbaren kriegerischen Gegner hatten sich eine
Kommunikation mit Chalons wieder eröffnet; dort befand sich
Luckner[1], der die von Paris anströmenden Freiwilligen zu Kriegs=
haufen bilden sollte; aber diese, in den gräßlichen ersten Septem=
bertagen durch die reißend fließenden Blutströme aus der Haupt=
stadt ausgewandert, brachten Lust zum Morden und Rauben mehr
als zu einem rechtlichen Kriege mit. Nach dem Beispiel des Pariser
Gräuelvolks ersahen sie sich willkürliche Schlachtopfer, um ihnen,
wie sich's fände, Autorität, Besitz oder wohl gar das Leben zu
rauben[2]. Man durfte sie nur undisziplinirt[3] loslassen, so machten
sie uns den Garaus[4].

1. Luckner (Nicolas), né à Campen en Bavière (1722), servit d'abord dans un
régiment de hussards hanovriens, puis combattit pour la Prusse dans la guerre
de Sept ans; à la tête d'un corps de partisans, il fit beaucoup de mal aux Français, surtout à Rossbach. Mécontent de Frédéric II, il passa dans l'armée française avec le grade de lieutenant-général (20 juin 1763). Nommé maréchal le
28 décembre 1791, et commandant de l'armée du Nord, il laissa battre ses lieutenants par les Autrichiens. Ce fut toujours, dit Jomini, un homme de guerre
médiocre et qui devint, en avançant en âge, pusillanime, faible, irrésolu et incapable de tout commandement. Il mourut sur l'échafaud le 5 janvier 1794.

2. Lombard, que nous avons cité plus haut, faillit être la victime de ces volontaires, ou plutôt de ces fédérés, qui n'apportaient à la guerre, selon le mot
de Goethe, que le désir du pillage et du meurtre. Il raconte qu'il est fait prisonnier par les hussards; « mais, dit-il, nous arrivâmes aux volontaires nationaux.
Le moment le plus critique m'y attendait. Mon habit bleu, ma veste rouge (il
veut dire son gilet, die Weste), quelques mots français que je ne pus éviter de
prononcer, me firent prendre pour un émigré français. Aussitôt partit le cri général : « A la lanterne ! Il faut lui couper la tête ! »... Les hussards, voyant tous
les fusils dirigés contre moi et les instruments de mon supplice se préparer,
piquèrent des deux et m'amenèrent à bride abattue au général Duval, qui
réussit à en imposer à ces misérables. » (Hüffer, Aus dem Nachlasse Lombards
und Lucchesinis, p. 26.)

3. Indisziplinirt, synonyme zuchtlos.

4. C'est ce que disait Dumouriez : « Je ne les raterai pas; si je ne prenais ce
parti, ils ruineraient mon armée et finiraient par me pendre. » (Rousset, Les
Volontaires de 1792, p. 84.) — Garaus, mot à mot « entièrement fini », de gar et
de aus. Gar signifie « cuit à point », et par suite, « prêt, préparé ». Comp. Gar-
koch, rôtisseur; Garküche, gargote (qui vient plutôt de l'ancien « gargoter » que
du mot allemand); gerben, autrefois gerwen et garwen, tanner. Den Garaus machen, veut dire « donner le coup de grâce ». Garaus est ordinairement masculin;
il devrait être neutre, comme tous les substantifs composés adverbialement;
ex. das Wenn, das Aber, das ewige Einerlei, das Stelldichein (Andresen, Sprachgebrauch, p. 33). — Goethe emploie aussi l'expression „den Rest geben" (Novelle),
et l'on peut dire, comme en français, den Gnadenstoß geben.

Die Emigrirten waren an uns herangedrückt worden, und man erzählte noch von gar manchem Unheil, das im Rücken und von der Seite bedrohte. In der Gegend von Reims sollten sich zwanzigtausend Bauern zusammengerottet haben, mit Feldgeräth und wild ergriffenen Naturwaffen versehen[1]; die Sorge war groß, auch diese möchten auf uns losbrechen.

Von solchen Dingen ward am Abend in des Herzogs Zelt in Gegenwart von bedeutenden Kriegsobristen gesprochen; Jeder brachte seine Nachricht, seine Vermuthung, seine Sorge als Beitrag[2] in diesen rathlosen Rath[3]; denn es schien durchaus nur ein Wunder uns retten zu können. Ich aber dachte in diesem Augenblick, daß wir gewöhnlich in mißlichen Zuständen uns gern mit hohen Personen vergleichen, besonders mit solchen, denen es noch schlimmer gegangen; da fühlt' ich mich getrieben, wo nicht zur Erheiterung, doch zur Ableitung, aus der Geschichte Ludwig's des Heiligen die drangvollsten Begebenheiten zu erzählen. Der König, auf seinem Kreuzzuge, will zuerst den Sultan von Aegypten demüthigen; denn von diesem hängt gegenwärtig das gelobte Land[4]

---

1. 20,000 paysans! Ce n'est qu'un racontar. — Mit Feldgeräth und wild ergriffenen Naturwaffen versehen; comp. *Hermann et Dorothée*, VI, v. 66-73 :

Grimmig erhob sich darauf in unseren Männern die Wuth nun…
Schnell verwandelte sich des Feldbaus friedliche Rüstung
Nun in Wehre; da troff von Blute Gabel und Sense.

— Zusammenrotten, de die Rotte (autrefois rote), bande, troupe, de l'ancien français *rote*, qui dérive lui-même du latin *rupta*, *rutta* (comme notre mot « routo »; une route est proprement une brisée, et l'on dit encore : aller sur les brisées de quelqu'un). Comp. l'anglais *rout*, qui a passé dans notre langue sous la forme de *raout*, réunion ou fête du grand monde. De cette même racine *rupta*, et non de reiten, vient le mot Reiter, cavalier, autrefois Reuter; le Reuter est proprement un routier ou *rutarius*, ordinairement à cheval.

2. Der Beitrag, contribution; ce mot s'emploie fréquemment à l'heure actuelle; toute brochure, toute étude, quelle qu'elle soit, est une « contribution »; les mots „ein Beitrag" deviennent un sous-titre traditionnel; la *Campagne de France* est, dans ce sens, un Beitrag à l'histoire des guerres de la Révolution.

3. Rathlosen Rath; on peut dire en français : « Ce conseil sans conseil. »

4. Das gelobte Land, la Terre Promise. En 1797, Gœthe, voyageant en Suisse, se réjouissait de passer à Bâle, „wegen der Nähe von Frankreich"; il voulait jeter de là un regard sur la France, la terre non promise, „von Basel in das nicht gelobte Land hinübersehen." (Lettres des 14 et 25 octobre.) L'Italie fut pour lui la véritable terre promise, le gelobtes Land.

ab. Damiette fällt ohne Belagerung den Christen in die Hände. Angefeuert von seinem Bruder, Graf Artois[1], unternimmt der König einen Zug das rechte Nilufer hinauf, nach Babylon=Kairo[2]. Es glückt, einen Graben auszufüllen, der Wasser vom Nil empfängt. Die Armee zieht hinüber. Aber nun finden sie sich geklemmt[3] zwischen dem Nil, dessen Haupt= und Nebenkanälen, dagegen die Sarazenen auf beiden Ufern des Flusses glücklich postirt sind. Ueber die größeren Wasserleitungen zu setzen wird schwierig. Man baut Blockhäuser gegen die Blockhäuser[4] der Feinde; diese aber haben den Vortheil des griechischen Feuers[5]. Sie beschädigen

---

1. On pourrait observer — et la coïncidence dut être remarquée par Gœthe et ses compagnons — que Louis XVI, lui aussi, avait été angefeuert von seinem Bruder, Graf Artois (le comte d'Artois, le futur Charles X, l'un des plus bruyants et des plus exaltés de l'émigration de Coblentz).

2. Voir, pour tout ce passage, le récit de Joinville et les *Mémoires* de Napoléon sur la campagne d'Égypte. Napoléon compare ce qu'il a fait avec ce qu'a fait saint Louis, qui « passa huit mois à prier, lorsqu'il eût fallu les passer à marcher, combattre et s'établir dans le pays ». — « On ne peut s'empêcher de sourire, dit Sainte-Beuve à ce propos. Toutes les autres différences, que Napoléon ne dit pas, éclatent à la pensée. On se souvient des récits du naïf Joinville, si peu semblable aux Monge et aux Berthollet. Mais saint Louis eut besoin de tous ses malheurs pour être grand, et c'est dans l'ordre des choses du cœur qu'il a sa couronne. » — Comp. l'introduction, p. XXIII.

3. Klemmen, presser, serrer, mot à mot, pincer ; der Klemmer, le pince-nez ; die Klemme, étau, par suite, défilé, embarras ; Gœthe emploie ce mot plus loin : aus der gefährlichsten Klemme, hors du plus dangereux embarras.

4. Das Blockhaus; c'est un ouvrage dont les murs sont ordinairement formés de pièces de bois (Block) qui résistent facilement aux balles. Kirchhof, dans sa *Militarie disciplina*, cite déjà ce mot et le définit : „Es haben die Alten starke dicke Bäume in die Vierung in einander und über einander gefügt, und es des Holzes und Blöcher halber, daraus sie gebauwet, Blockhäuser genennet." (Grimm, II, p. 135.) On a souvent employé les blockhaus en Algérie.

5. Le feu grégeois, qui avait aux yeux des croisés quelque chose de satanique et d'infernal. Toutes les fois que saint Louis, malade dans son lit, entendait le feu grégeois, il se dressait sur son séant, et levait les mains au ciel, en disant « Beau Sire Dieu, garde-moi mes gens! » Le feu grégeois, ainsi nommé parce qu'il fut surtout employé par les Grecs (puis par les Arabes), n'était pas une préparation unique. On entendait sous ce nom une foule de mélanges formés soit de matières grasses, bitumineuses ou résineuses, soit de charbon, de salpêtre et de soufre. Les croisés en découvrirent, à leur tour, le secret; mais les progrès de la chimie ont fait trouver des agents de destruction plus énergiques encore, et la pyrotechnie militaire emploie aujourd'hui des préparations bien supérieures à ce feu grégeois, que Joinville comparait à « un dragon qui volait par l'air ».

damit die hölzernen Bollwerke¹, Bauten² und Menschen. Was
hilft den Christen ihre entschiedene Schlachtordnung, immerfort
von den Sarazenen gereizt, geneckt, angegriffen, theilweise in
Scharmützel³ verwickelt! Einzelne Wagnisse, Faustkämpfe sind bedeutend, herzerhebend, aber die Helden, der König selbst wird abgeschnitten. Zwar brechen die Tapfersten durch, aber die Verwirrung wächst. Der Graf von Artois ist in Gefahr; zu dessen Rettung wagt der König Alles. Der Bruder ist schon todt, das Unheil
steigt aufs Aeußerste. An diesem heißen Tage kommt Alles darauf
an, eine Brücke über ein Seitenwasser zu vertheidigen, um die Sarazenen vom Rücken des Hauptgefechtes abzuhalten. Den wenigen
da postirten Kriegsleuten wird auf alle Weise zugesetzt⁴, mit Geschütz von den Soldaten, mit Steinen und Koth durch Troßbuben.
Mitten in diesem Unheil spricht der Graf von Soissons zum Ritter
Joinville scherzend: „Seneschall, laßt das Hundepack⁵ bellen und

---

1. Das **Bollwerk**, mot à mot, « ouvrage de jet » (Wurfmaschine). Le verbe
bolen, au moyen âge, signifie « rouler, jeter, lancer », et l'on nomme encore
Böller un petit mortier (Mörser). Depuis, Bollwerk a signifié un ouvrage avancé
et peut-être l'a-t-on rattaché dans ce sens au substantif die Bohle, le madrier.
C'est, en allemand, le synonyme de Bastion : „Bastion oder Bollwerk nennt man
ein aus der Umfassungslinie einer Festung vorspringendes, aus vier Linien bestehen-
des, hinten offenes Werk, das zur Beherrschung des Vorterrains und zur Bestreichung
des Hauptgrabens dient." De là notre mot boulevard.

2. Der **Bau** a deux pluriels : Baue ou Bauten; ce dernier mot est en réalité
le pluriel du singulier Baute inusité (comp. pourtant *Faust*, II, v. 346, „die braune
Baute"), et par suite, dit Grimm, „stellt sich gern zum sing. Bau."

3. Das **Scharmützel** ne vient pas de Schaar, troupe, et de metzeln, massa-
crer; mais, comme le français *escarmouche* et l'anglais *skirmish*, de l'italien *scaramuccia*. Ce dernier mot dérive, à son tour, du verbe *schermire*, faire des
armes (comp. notre mot « escrime »), et *schermire*, de l'ancien allemand skirman
(scirmen, schirmen), qui signifiait combattre. Le personnage de la comédie italienne, Scaramuccio ou Scaramouche, est, d'après son nom (mit seinem Namen
übereinstimmend, selon une expression de Goethe), un Fracasse, un Tranche-
Montagne, un grand pourfendeur. *Scaramuccio* a d'ailleurs en italien le même
sens que *scaramuccia*.

4. **Zusetzen**, expression brève et pittoresque; einem zusetzen, c'est serrer
quelqu'un de près, le poursuivre l'épée dans les reins, et comme on dit familiè-
rement, lui pousser une botte, lui serrer le bouton, le talonner. Plus loin
(Trèves, 27 octobre) : „sein Leben dabei zusetzen," y jouer, y risquer sa vie.

5. Das **Hundepack**, ce tas de chiens. On dit aussi : Diebspack, Lumpenpack,
Vagabundenpack, etc. « Toute la troupe des flatteurs », das sämmtliche Klatsch-
pack (*Neveu de Rameau*). Das Pack, rarement der Pack, signifie primitivement
« bagage » et avait le même sens que Gepäck (bas-latin *paccus*, italien *pacco*);

blöfen¹! Bei Gottes Thron (so pflegte er zu schwören), von diesem Tage sprechen wir noch im Zimmer vor den Damen!²"

Man lächelte, nahm das Omen³ gut auf, besprach sich über

puis il a signifié ceux qui portent le bagage : la valetaille. « J'ai dessein, dit Méphisto à Faust, de t'introduire dans la vie, mais non, dich unter das Pack zu stoßen." — „Pfuy! ein ganz abscheuliches Pack," dit le trop sincère Isegrim devant les petits de la guenon (Reinecke Fuchs, XI, v. 315). Notre mot canaille qui, par l'italien canaglia, dérive du mot latin canis, chien, ou bien encore racaille (probablement diminutif d'un radical germanique rac; comp. l'ancien anglais rack, chien), rendraient très bien Huntepad.

1. Bellen und Blöfen, allitération. Bellen, aboyer; blöfen (et non blöcken), bêler, beugler, aboyer; ce dernier sens, quoique très rare, doit être adopté ici, puisqu'il s'agit de chiens (Huntepad); l'allitération commande d'ailleurs la synonymie des deux verbes.

2. Voici la citation de Joinville : « Le bon comte de Soissons, en ce point-là où nous etions, se moquoit à moy et me disoit : « Seneschal, lessons huer ceste chiennaille; que par la quoife Dieu (ainsi comme il juroit) encore en parlerons-nous de ceste journée es chambre des dames. » Sainte-Beuve remarque, à propos du mot de Joinville : « Voilà un propos bien noble et militaire. Mais prenez-y garde; la seconde chevalerie est déjà née, la chevalerie mondaine, courtoise et galante, laquelle n'était pas incompatible sans doute avec la première, avec la chevalerie dévote et sainte, et y avait toujours été mêlée, mais qui s'en dégagea désormais de plus en plus (Causeries du Lundi, VIII, p. 518). Sur les récits de guerre « ès chambres des dames » citons encore un passage du Menteur de Corneille (acte I, scène 6) :

On s'introduit bien mieux à titre de vaillant...
Étaler force mots qu'elles n'entendent pas,
Faire sonner Lamboy, Jean de Werth et Galas,
Nommer quelques châteaux de qui les noms barbares
Plus ils blessent l'oreille et plus ils semblent rares, etc.,

et ces mots du sous-lieutenant de Mérimée (l'Enlèvement de la Redoute) : « Je songeai au plaisir de raconter la prise de la redoute de Cheverino, dans le salon de Mᵐᵉ de B..., rue de Provence. » — Gœthe a dû consulter l'édition des Mémoires de Joinville, publiée en 1785 dans la Collection universelle des mémoires particuliers relatifs à l'histoire de France. On lit dans le tome I, p. 114: « Seneschal, lessons crier et braire (deux infinitifs que Gœthe a rendus par les deux verbes bellen et blöfen) ceste quenaille. Et par la creffe Dieu, ainsy qu'il juroit, encores parlerons nous, vous et moy, de celle journée en chambre devant les dames. » (Gœthe a traduit littéralement im Zimmer vor den Damen et il est bien certain que son texte portait « devant les dames », puisque ces mots sont cités plus loin en français.) Reste le mot creffe, faute d'impression pour coeffe. Peut-être Gœthe, embarrassé, ne soupçonnant pas la faute d'impression, aura-t-il écrit bei Gottes Thron à tout hasard; peut-être a-t-il lu chesse (les deux f peuvent passer pour deux s), deviné chaise et traduit Thron.

3. Das Omen; c'est le mot latin; le pluriel est comme en latin Omina; comp. l'adjectif ominös, qui signifie « de mauvais augure, fatal » (ominosus), et le dicton: « Nomen, omen. » Lorsque le roi de Prusse établissait son quartier général à Regret, on pouvait dire : « Nomen, omen ». (Voir plus haut.) Gœthe dit dans le Voyage d'Italie (7 septembre): „Ich ergriff das Omen."

mögliche Fälle, besonders hob man die Ursachen hervor, warum
die Franzosen uns eher schonen als verderben müßten; der lange
ungetrübte Stillstand, das bisherige zurückhaltende Betragen gaben
einige Hoffnung.

Diese zu beleben, wagte ich noch einen historischen Vortrag und
erinnerte mit Vorzeigung der Spezialkarten, daß zwei Meilen von
uns nach Westen das berüchtigte Teufelsfeld gelegen sei[1], bis wohin
Attila[2], König der Hunnen, mit seinen ungeheuren Heereshaufen
im Jahr vierhunderteinundfünfzig gelangte, dort aber von den
burgundischen Fürsten unter Beistand des römischen Feldherrn
Aëtius geschlagen worden; daß, hätten sie ihren Sieg verfolgt, er
in Person und mit allen seinen Leuten umgekommen und vertilgt
worden wäre. Der römische General aber, der die Burgunder-
fürsten nicht von aller Furcht vor diesem gewaltigen Feind zu befreien gedachte, weil er sie alsbann sogleich gegen die Römer gewendet gesehen hätte, beredete einen nach dem andern, nach Hause
zu ziehen; und so entkam denn auch der Hunnenkönig mit den
Ueberresten eines unzählbaren Volkes[3].

In eben dem Augenblick ward die Nachricht gebracht, der erwartete Brodtransport[4] von Grandpré sei angekommen; auch dies
belebte doppelt und dreifach die Geister; man schied getrösteter von

---

1. Comp. Massenbach, *Mémoires*, I, p. 166 : „Wir kamen in eine Gegend, welche
von den Einwohnern das Teufelsfeld genannt wird. Auf diesem Felde soll der Hunnenkönig Attila seine Niederlage erlitten haben." Il n'est pas impossible que la
lecture de ce passage de Massenbach ait inspiré à Gœthe tout ce développement
sur la bataille des Champs catalauniques.

2. Le nom du roi des Huns signifie aujourd'hui la tunique à brandebourgs
des hussards : der Attila.

3. Comp. le récit saisissant de Jordanis, *De origine actibusque Getarum*, éd.
Holder, pp. 43-49. On n'a pas encore déterminé exactement quel est ce Teufelsfeld (*campi Catalaunici qui et Mauriaci nominantur*) où s'est livrée la fameuse
bataille entre Attila d'une part (avec les Gépides d'Ardaric et les Ostrogoths de
Valamir) et Aëtius d'autre part (avec ses Romains, les Wisigoths de Théodoric,
les Alains de Sangiban, les Francs de Mérovée). Théodoric fut tué dans la bataille, et ce fut son fils Thorismond, proclamé aussitôt roi des Wisigoths (et non,
comme dit Gœthe, les princes des Burgondes), qui reçut d'Aëtius le conseil de
retourner dans son pays. «*Aëtius vero metuens ne Hunnis funditus interemptis a
Gothis romanum premeretur imperium, præbet hac suasione consilium, ut ad sedes
proprias remearet, regnumque quod pater reliquerat, arriperet, ne Germani ejus
opibus adsumptis paternis Vesegotharum regnum pervaderent, graviterque dehinc
cum suis et, quod pejus est, miseriter pugnaret.* »

4. Der Transport; mot déjà usité au XVIIe siècle.

einander, und ich konnte dem Herzog bis gegen Morgen in einem
unterhaltenden französischen Buche vorlesen, das auf die wunder=
lichste Weise in meine Hände gekommen. Bei den verwegenen fre=
velhaften[1] Scherzen, welche mitten in dem bedrängtesten Zustand
noch Lachen erregten, erinnerte ich mich der leichtfertigen Jäger
vor Verdun, welche, Schelmlieder[2] singend, in den Tod gingen.
Freilich, wenn man dessen Bitterkeit vertreiben will, muß man es
mit den Mitteln so genau nicht nehmen[3].

Arrivage de pain; soupçons d'empoisonnement; troisième manifeste
du duc de Brunswick; reprise des hostilités; échange de George et
de Lombard.

Den 28. September.

Das Brod war angekommen, nicht ohne Mühseligkeit und Ver=
lust; auf den schlimmsten Wegen von Grandpré, wo die Bäckerei

------

1. Frevelhaft a ici à peu près le même sens que verwegen, téméraire, légèrement impie. Le mot vient de frevel, à la fois adjectif et substantif. L'adjectif
signifiait autrefois « hardi, superbe, téméraire », et le substantif « hardiesse,
orgueil, violence ». L'adjectif n'est plus guère usité (comp. cependant dans la
traduction du 5 Mai de Manzoni par Gœthe: „noch frevler Schmähung schuldig").
Le substantif signifie « forfait » et, dans un sens plus adouci, « méfait, légèreté »;
comp. „zum kleinen scherzhaften Frevel" (Wanderjahre, II, 5).

2. Schelmlieder; ce sont les chansons que Gœthe nommait plus haut libert-
tine; chansons friponnes, gaillardes. — Der Schelm; le mot signifiait autrefois
« peste, maladie »; il signifie aujourd'hui « coquin, fripon, mauvais sujet ».
Comp. notre mot peste qui se prend substantivement et adjectivement dans le
sens de « malicieux, espiègle » (une petite peste, elle est un peu peste). Mais le
sens de Schelm s'est beaucoup adouci; c'est le nom que donne Gœthe au hussard Liseur, qui le fait passer pour le beau-frère du roi de Prusse.

3. « Il faut, dit Larochefoucauld, éviter d'envisager la mort avec toutes ses
circonstances. Tout ce que la raison peut faire pour nous, est de nous conseiller
d'en détourner les yeux pour les arrêter sur d'autres objets. Caton et Brutus
en choisirent d'illustres. Un laquais se contenta, il y a quelque temps, de danser sur l'échafaud où il allait être roué. Ainsi, bien que les motifs soient différents, ils produisent les mêmes effets... Dans le mépris que les grands hommes
font paraître pour la mort, c'est l'amour de la gloire qui leur en ôte la vue; et
dans les gens du commun, ce n'est qu'un effet de leur peu de lumière qui les
empêche de connaître la grandeur de leur mal, et leur laisse la liberté de penser à autre chose. » Il faut ajouter qu'il y a aussi dans l'homme ce que Gœthe
a nommé le Leichtsinn, l'insouciance, la légèreté d'esprit; „besonders aber kommt

lag, bis zu uns heran waren mehrere Wagen stecken geblieben,
andere dem Feind in die Hände gefallen und selbst ein Theil des
Transports ungenießbar; denn im wässrigen, zu schnell gebackenen
Brode trennte sich Krume von Rinde, und in den Zwischenräumen
erzeugte sich Schimmel. Abermals in Angst vor Gift brachte man
mir dergleichen Laibe, diesmal in ihren inneren Höhlungen hoch
pomeranzenfarbig[1] anzusehen, auf Arsenik[2] und Schwefel hin-
deutend, wie jenes vor Verdun auf Grünspan[3]. War es aber auch
nicht vergiftet, so erregte doch der Anblick Abscheu und Ekel; getäuschte Befriedigung schärfte den Hunger; Krankheit, Elend,
Mißmuth lagen schwer auf einer so großen Masse guter Menschen.

In solchen Bedrängnissen wurden wir noch gar durch eine un-
glaubliche Nachricht überrascht und betrübt; es hieß, der Herzog
von Braunschweig habe sein früheres Manifest[4] an Dumouriez

---

ihm der Leichtsinn zu Hilfe, der ihm unzerstörlich verliehen ist." (*D. u. W.*, XVI, p. 7.) Comp. les vers du *Prologue* du 15 octobre 1793 :

Ihr hört vielmehr, wie in dem Felde selbst,
Wo die Gefahr von allen Seiten droht,
Der Leichtsinn herrscht, und mit bequemer Hand
Den kühnen Mann dem Ruhm entgegenführt.

1. Du pain dont les trous intérieurs présentaient une couleur d'orange très foncée. Die Pomeranze, l'orange, mot venu au xvᵉ siècle du latin *pomarancia,* composé de l'italien *pomo,* pomme, et *arancia,* orange. « Orange » et « *arancia* » viennent de l'arabe *narang,* persan *naveng,* sanscrit *naranga;* « arancia » qui devrait être *narancia,* a perdu le n initial, faussement assimilé à « une », *una;* *orange* a subi l'influence de *or,* auquel on l'a assimilé, à cause de la couleur du fruit.

2. Das Arsenik (on dit aussi das Arsen), du mot grec qui signifie « mâle », et fait allusion aux puissantes propriétés du métal.

3. Der Grünspan, ou, en intervertissant les syllabes, das Spangrün; le vert-de-gris; du latin *viride hispanum,* vert d'Espagne.

4. Ce n'était pas son ancien manifeste, mais un nouveau manifeste, ou plutôt un mémoire que le duc de Brunswick fit remettre à Dumouriez (28 septembre). Celui-ci rompit aussitôt la trêve. « Pour toute réponse à ce manifeste, dit Bris-sot dans la séance du 1ᵉʳ octobre de la Convention, Dumouriez l'a fait imprimer et distribuer à son armée, et en a éprouvé le bon effet d'augmenter le courage et l'indignation des soldats. » Ce manifeste renfermait les passages suivants qui furent lus à la Convention et accueillis par des éclats de rire : « Le soussigné déclare que Leurs Majestés l'empereur et le roi de Prusse, invariablement atta-chées au principe de ne point s'immiscer dans le gouvernement intérieur de la France, persistent également à exiger que Sa Majesté très chrétienne, ainsi que toute la famille royale, soient immédiatement remises en liberté,... que la dignité royale en France soit rétablie sans délai dans la personne de Louis XVI et de ses successeurs. »

geschickt, welcher, darüber ganz verwundert und entrüstet, sogleich den Stillstand aufgekündigt[1] und den Anfang der Feindseligkeiten befohlen habe. So groß das Unheil war, in welchem wir staken und noch größeres bevorsahen, konnten wir doch nicht unterlassen, zu scherzen und zu spotten[2]; wir sagten, da sähe man, was für Unheil die Autorschaft nach sich ziehe. Jeder Dichter und sonstige Schriftsteller trage gern seine Arbeiten einem Jeden vor, ohne daß er frage, ob es die rechte Zeit und Stunde sei[3]; nun ergehe es dem Herzog von Braunschweig ebenso, der, die Freuden der Autor=schaft genießend, sein unglückliches Manifest ganz zur unrechten Zeit wieder produzire[4].

Wir erwarteten nun, die Vorposten abermals puffen zu hören; man schaute sich nach allen Hügeln um, ob nicht irgend ein Feind erscheinen möchte; aber es war Alles so still und ruhig, als wäre nichts vorgegangen. Indessen lebte man in der peinlichsten Unge=wißheit und Unsicherheit; denn Jeder sah wohl ein, daß wir strate=gisch verloren waren, wenn es dem Feind im mindesten einfallen sollte, uns zu beunruhigen und zu drängen. Doch deutete schon Manches in dieser Ungewißheit auf Uebereinkunft und mildere Ge=sinnung; so hatte man zum Beispiel den Postmeister von Sainte Menehould[5] gegen die am Zwanzigsten zwischen der Wagenburg

---

1. Aufkündigen; c'est l'expression spéciale dont on se sert pour annoncer la fin d'un bail; ich habe aufgekündigt, j'ai donné congé. Prévenir un banquier qu'on retire son capital, contremander un voyage, rompre une amitié, refuser l'obéissance, dénoncer l'armistice, renoncer à une alliance, toutes ces expres-sions se traduisent par (sein Kapital, die Reise, die Freundschaft, den Gehorsam, den Waffenstillstand, das Bündniß) aufkündigen. On dit aussi dans le même sens kündigen.

2. „Der Mensch, dit Gœthe dans le Siège de Mayence, sucht die Intervalle zwi-schen Gefahr, Noth und Verdruß mit Vergnügen und Lustbarkeit auszufüllen."

3. C'est le recitator acerbus d'Horace (Art poétique, v. 474-475) :
Quem vero arripuit, tenet occiditque legendo,

et, comme dit Molière :
Le défaut des auteurs, dans leurs productions,
C'est d'en tyranniser les conversations.

4. Massenbach, dans son rude langage de militaire, a mieux dit que Gœthe : „Wir erließen aus dem Hauptquartier zu Hans ein Manifest, dessen derbe Ausdrücke mit unserer physischen und moralischen Lage nicht übereinstimmten. Unsere Diplo-matiker waren von jeher in Manifesten stark, und wahre Zungenhelden." (I, p. 124.)

5. On a vu qu'il s'agit, non pas de Drouet, mais de George, maire de Va-rennes (p. 52).

und Armee weggefangenen Perſonen der königlichen Suite¹ frei
und ledig² gegeben.

La retraite; une triste nuit; vivandière qui fait l'éloge du grand Frédéric; mauvais état des chemins; Saint-Jean; un beau clair de lune;
le camp plongé dans le sommeil; un nouvel Endymion; insomnie de
Gœthe; il se venge du voisin qui l'éveille par ses ronflements; deux
vivandières chargées de butin.

Den 29. September.

Gegen Abend ſetzte ſich, der ertheilten Ordre gemäß, die Equipage
in Bewegung; unter Geleit Regiments Herzog von Braunſchweig
ſollte ſie vorangehen, um Mitternacht die Armee folgen. Alles
regte ſich, aber mißmuthig und langſam; denn ſelbſt der beſte Wille
gleitete auf dem durchweichten Boden und verſank, eh er ſich's
verſah. Auch dieſe Stunden gingen vorüber; Zeit und Stunde
rennt durch den rauhſten Tag³.

Es war Nacht geworden; auch dieſe ſollte man ſchlaflos zubrin-
gen; der Himmel war nicht ungünſtig, der Vollmond leuchtete,
aber hatte nichts zu beleuchten. Zelte waren verſchwunden, Gepäck,
Wagen und Pferde, Alles hinweg und unſere kleine Geſellſchaft
beſonders in einer ſeltſamen Lage. An dem beſtimmten Orte, wo
wir uns befanden, ſollten die Pferde uns aufſuchen; ſie waren aus-

---

1. Die Suite; le mot allemand est das Gefolge. Suite signifie aussi « plaisanterie, farce »; dans ses *Mémoires*, Gœthe parle de l'Uebermuth de la jeunesse,
der ſich poſſenhaft äußert; „dieſe Dinge, dit-il, ſind ſo gewöhnlich, daß ſie in dem
Wörterbuche unſerer jungen akademiſchen Freunde Suiten genannt werden, und
daß man wegen der nahen Verwandtſchaft eben ſo gut Suiten reißen ſagt als
Poſſen reißen." (*D. u. W.*, II, livre VII, p. 68, et *Wanderjahre*, III, 8.) On
appellera Suitier un plaisant, un joyeux compagnon.

2. Frei und ledig; on dit aussi los und ledig: „Der Menſch fühlt ſich am frei-
ſten und am völligſten von ſeinen Gebrechen los und ledig, wenn er ſich die Mängel
Anderer vergegenwärtigt und ſich darüber mit behaglichem Tadel verbreitet." (*D. u.
W.*, II, livre IX, p. 148.) Ledig est synonyme de frei; le sens le plus ordinaire
est « célibataire », unverheirathet (unbeweibt); rapprocher de ces adjectifs les
substantifs Hageſtolz et Junggeſelle. Mais ledig signifie encore « vide, vacant »;
comme le prouve l'allitération employée par Gœthe : leer und ledig.

3. Comp. Schiller (*Camp de Wallenstein*, Vᵉ scène):
        Und wie die Zeit von dannen rennt!

geblieben. So weit wir bei falbem¹ Licht umhersahen, schien Alles öd' und leer; wir horchten vergebens; weder Gestalt noch Ton war zu vernehmen. Unsere Zweifel wogten hin und her; wir wollten den bezeichneten Platz lieber nicht verlassen, als die Unsrigen in gleiche Verlegenheit setzen und sie gänzlich verfehlen. Doch war es grauerlich, in Feindesland, nach solchen Ereignissen, vereinzelt, aufgegeben, wo nicht zu sein, doch für den Augenblick zu scheinen. Wir paßten auf², ob nicht vielleicht eine feindliche Demonstration³ vorkomme; aber es rührte und regte sich weder Günstiges noch Ungünstiges.

Wir trugen nach und nach alles hinterlassene Zeltstroh in der Umgegend zusammen und verbrannten es, nicht ohne Sorgen. Gelockt durch die Flamme, zog sich eine alte Marketenderin⁴ zu uns heran;

---

1. **Falb**; c'est le même mot que fahl (autrefois val); mais fahl signifie aujourd'hui « gris pâle », et falb, « jaune pâle » (de la même racine germanique viennent l'italien *falbo* et notre français *fauve*). Le cheval aubère, dont la robe a la couleur de la fleur du pêcher, entre le blanc et le bai, se dit ber Falbe (ou encore Falbe). Ein falbes Licht, c'est une lumière pâle et blafarde; comp. ces vers du romantique Matthisson dans sa pièce intitulée *Melancholie* :

> Der Felsen Hörner bleicht ein falbes Licht,
> Wie Vollmondglanz in dunkle Klosterhallen
> Durch trübe Scheiben bricht.

Goethe emploie le mot comme synonyme de blond :

> Hast du das Mädchen gesehn?
> Ja wohl, die Blonde, die Falbe!
>
> (*Nett und niedlich.*)

Ailleurs encore, en parlant de fleurs cueillies autrefois et maintenant décolorées :

> Holde Zeugen süß verträumter Jahre,
> Falbe Blumen...
>
> (*D. u. W.*, XVI, p. 10.)

2. **Aufpassen**, être aux aguets, aux écoutes; de passen, qui signifie : 1° convenir; 2° passer (au jeu); 3° épier, guetter (auf, acc.). Dans les deux premiers sens, passen vient du français *passer* (qui, sous la forme réfléchie, a donné naissance au mot familier passiren, se passer, arriver); dans le sens de guetter, lauern, Acht haben, il viendrait, selon M. Kluge, du hollandais. Le participe passé aufgepaßt! signifie « attention! » — Goethe a employé plus haut ce mot aufpassen, en parlant des gens du monde qui écoutent franchement et sans arrière-pensée les explications du savant, weil sie dem Referenten aufpassen (p. 39).

3. **Demonstration**; terme militaire pour lequel il n'existe pas de synonyme en allemand; c'est, à proprement parler, une feinte, „eine Scheinmaßregel, um den Gegner über die eigenen Absichten zu täuschen." Ici, le mot semble plutôt signifier « mouvement ».

4. **Die Marketenderin**, cantinière, vivandière; ber Marketender, le cantinier, de l'italien *mercatante*, marchand (comp. le latin *mercari*); mais, en pre-

ſie mochte ſich beim Rückweg in den fernen Orten nicht ohne Thätigkeit verſpätet haben; denn ſie trug ziemliche Bündel unter den
Armen. Nach Gruß und Erwärmung hob ſie zuvörderſt Friedrich
den Großen in den Himmel[1] und pries den ſiebenjährigen Krieg,
dem ſie als Kind wollte beigewohnt haben, ſchalt grimmig auf die
gegenwärtigen Fürſten und Heerführer, die ſo große Mannſchaft
in ein Land brächten, wo die Marketenderin ihr Handwerk nicht
treiben könne[2], worauf es denn doch eigentlich abgeſehen ſei. Man
konnte ſich an ihrer Art, die Sachen zu betrachten, gar wohl er-
luſtigen und ſich für einen Augenblick zerſtreuen; doch waren uns
endlich die Pferde höchſt willkommen, da wir denn auch mit dem
Regimente Weimar den ahnungsvollen Rückzug antraten.

Vorſichtsmaßregeln, bedeutende Befehle ließen fürchten, daß die
Feinde unſerm Abmarſch nicht gelaſſen zuſehen würden. Mit
Bangigkeit hatte man noch am Tage das ſämmtliche Fuhrwerk,
am bänglichſten aber die Artillerie, in den durchweichten Boden
einſchneidend, ſich ſtockend bewegen ſehen; was mochte nun zu
Nacht Alles vorfallen? Mit Bedauern ſah man geſtürzte, ge-
borſtene Bagagewagen im Bachwaſſer liegen, mit Bejammern ließ
man zurückbleibende Kranke hülflos[3]. Wo man ſich auch umſah,

---

nant le mot, on s'est souvenu de l'allemand Markt, marché, anquel on l'a, pour
ainsi dire, et selon l'expression allemande, appuyé (anlehnen). On se rappelle,
à ce propos, la vivandière du *Camp de Wallenstein*, qui, elle aussi, a « vu les
mœurs et les villes de beaucoup d'hommes » :

> Heute da, Herr Better, und morgen dort,
> Wie einen der rauhe Kriegsbeſen
> Fegt und ſchüttelt von Ort zu Ort, —
> Bin indeß weit herum geweſen.

1. La vivandière louait le « grand Fritz » à son point de vue : mais le vieux
Wolfrath disait aussi, après la canonnade de Valmy : „So hätte es der Alte nicht
gemacht!"

2. Elle avait tort de se plaindre, car le soldat, dit le témoin oculaire, était la
proie des vivandiers, qui furent de véritables sangsues (Blutigel „Sie kauften
wohlfeil an und verkauften Alles himmeltheuer aus... ſo wurden di armen Soldaten geprellt." (I, p. 65.) L'officier prussien parle non seulement de Prellerei,
mais de Schinderei (I, p. 68).

3. Encore un souvenir de la campagne, qu'on retrouve dans *Hermann et Dorothée* (I, v. 144-146) :

> Und ſo lag zerbrochen der Wagen und hülflos die Menſchen;
> Denn die Uebrigen gingen und zogen eilig vorüber,
> Nur ſich ſelber bedenkend und hingeriſſen vom Strome.

einigermaßen vertraut mit der Gegend, gestand man, hier sei gar keine Rettung, sobald es dem Feinde, den wir links, rechts und im Rücken wußten, belieben möchte, uns anzugreifen; da dies aber in den ersten Stunden nicht geschah, so stellte sich das hoffnungs= bedürftige Gemüth schnell wieder her, und der Menschengeist, der Allem, was geschieht, Verstand und Vernunft unterlegen möchte¹, sagte sich getrost, die Verhandlungen zwischen den Hauptquartieren Hans und Sainte Menehould seien glücklich und zu unsern Gunsten² abgeschlossen worden. Von Stunde zu Stunde vermehrte sich der Glaube; und als ich Halt machen, die sämmtlichen Wagen über dem Dorfe Saint Jean³ ordnungsgemäß auffahren⁴ sah, war ich schon völlig gewiß, wir würden nach Hause gelangen und in guter Gesellschaft (devant les dames) von unseren ausgestandenen Qualen sprechen und erzählen dürfen. Auch dießmal theilt' ich Freunden und Bekannten meine Ueberzeugung mit, und wir ertrugen die gegenwärtige Noth schon mit Heiterkeit.

Kein Lager ward bezogen, aber die Unsrigen schlugen ein großes Zelt auf, inwendig und auswendig umher die reichsten, herrlichsten Weizengarben zur Schlafstätte gebreitet. Der Mond schien hell durch die beruhigte Luft; nur ein sanfter Zug leichter Wolken war bemerklich, die ganze Umgebung sichtbar und deutlich, fast wie am Tage. Beschienen waren die schlafenden Menschen⁵, die Pferde, vom Futterbedürfniß wach gehalten, darunter viele weiße, die das Licht kräftig wiedergaben; weiße Wagenbedeckungen, selbst die zur

---

1. Der Menschengeist, et, si l'on se souvient d'un autre passage de Gœthe, l'esprit allemand; „er war am Ende doch ein Deutscher, dit-il d'un des personnages de son *Wilhelm Meister* (*Lehrjahre*, V, 6), und diese Nation gibt sich gern Rechen- schaft von dem, was sie thut."

2. L'allemand a conservé un assez grand nombre de datifs pluriels de subs- tantifs abstraits : zu Gnaden, zu Schanden, in Ehren, in Nöthen, in Treuen, in Züchten, von Statten.

3. Saint-Jean-sur-Tourbe (Marne), canton et arrondissement de Sainte-Mene- hould. 232 habitants.

4. Auffahren, ici, verbe neutre, arriver en montant; au sens actif, auffah- ren signifie « mettre en position ou en batterie ».

5. Rapprocher de ce tableau ces quelques mots de Gœthe qui décrivent à peu près la même scène : „Beim stillen nächtlichen Feuer, unter dem gestirnten Gewölbe des Himmels." (*Affin. élect.*, II, 12.) C'est un ancien soldat (Édouard) qui parle de ses dangers passés.

Nachtruhe gewidmeten weißen Garben, Alles verbreitete Helle und Heiterkeit über diese bedeutende Scene. Fürwahr, der größte Maler hätte sich glücklich geschätzt, einem solchen Bilde gewachsen zu sein!

Erst spät legt' ich mich ins Zelt und hoffte des tiefsten Schlafes zu genießen; aber die Natur hat manches Unbequeme zwischen ihre schönsten Gaben ausgestreut, und so gehört zu den ungeselligsten Unarten des Menschen, daß er schlafend, eben wenn er selbst am tiefsten ruht, den Gesellen durch unbändiges Schnarchen wach zu halten pflegt. Kopf an Kopf, ich innerhalb, er außerhalb des Zeltes, lag ich mit einem Manne, der mir durch ein gräßlich Stöhnen die so nöthige Ruhe unwiederbringlich verkümmerte. Ich löste den Strang vom Zeltpflock, um meinen Widersacher kennen zu lernen; es war ein braver, tüchtiger Mann von der Dienerschaft; er lag, vom Mond beschienen, in so tiefem Schlaf, als wenn er Endymion selbst gewesen wäre[1].

Die Unmöglichkeit, in solcher Nachbarschaft Ruhe zu erlangen, regte den schalkischen[2] Geist in mir auf; ich nahm eine Weizenähre und ließ die schwankende Last über Stirn und Nase des Schlafenden schweben. In seiner tiefen Ruhe gestört, fuhr er mit der Hand mehrmals übers Gesicht, und sobald er wieder in Schlaf versank,

---

1. Le tableau de Girodet, *le Sommeil d'Endymion*, fut justement exposé en 1792. Gœthe a parlé du sommeil d'Endymion dans la première de ses *Élégies* :

Hätte Luna gesäumt, den schönen Schläfer zu küssen,

O, so hätt' ihn geschwind, neidend, Aurora geweckt.

Et dans l'*Achilléide* (mais là avec ironie, c'est Junon qui parle) :

...Vielen

Frauen ist ein Weichling erwünscht, wie Anchises der blonde,

Oder Endymion gar, der nur als Schläfer geliebt ward.

2. Comp. *Zweite Epistel*, v. 3-4 :

Da weiß ich, beim Himmel!

Nicht, wie eben sich mir der Schalk im Busen bewegte.

Schalkisch ou schalkhaft, espiègle, malicieux, fripon. Der Schalk, fin matois, rusé compère, et, comme dit Gœthe dans les *Gute Weiber* : „eine Person, die mit Heiterkeit und Schadenfreude Jemand einen Possen spielt." Dans les *Lehrjahre*, Serlo s'exprime presque toujours mit schalkhaftem Ernst, et Philine est un véritable Schalk (V, 5 et 10). Schalk signifiait autrefois « esclave, valet »; comp. le nom propre Gottschalk, qui correspond à Théodule, et les mots Marschall et Seneschall : Marschall, maréchal, autrefois marschalk, marahscalc, valet des chevaux, de marah (aujourd'hui die Mähre), jument, et de scalc, valet; bas-latin *mariscalcus*; — Seneschall, bas-latin *senescalcus*, le plus vieux serviteur (gothique *sinista* le plus vieux). *Scalco* signifie encore en italien « maître d'hôtel ».

wiederholt' ich mein Spiel, ohne daß er hätte begreifen mögen, woher in dieser Jahrszeit eine Bremse¹ kommen könne. Endlich bracht' ich es dahin, daß er, völlig ermuntert², aufzustehen beschloß. Indessen war auch mir alle Schlaflust vergangen; ich trat vor das Zelt und bewunderte in dem wenig veränderten Bilde die unendliche Ruhe am Rande der größten, immer noch denkbaren Gefahr³; und wie in solchen Augenblicken Angst und Hoffnung, Kümmer= niß und Beruhigung wechselsweise auf und ab gaukeln⁴, so er= schrak ich wieder, bedenkend, daß, wenn der Feind uns in diesem Augenblick überfallen wollte, weder eine Radspeiche⁵ noch ein Menschengebein davonkommen würde.

Der anbrechende Tag wirkte sodann wieder zerstreuend; denn da zeigte sich manches Wunderliche. Zwei alte Marketenderinnen hatten mehrere seidene Weiberröcke buntscheckig um Hüfte und Brust über einander gebunden, den obersten aber um den Hals und oben

---

1. Die Bremse a deux sens : 1° morailles ou frein (d'une machine), de là Bremser, garde-frein, et Bremswagen, wagon-frein; 2° taon; dans ce dernier sens, on dit aussi Breme; le mot se rapporte au même radical que les verbes qui signifient « bourdonner », brummen (au moyen âge bremmen et bremen, latin fremere).

2. Ermuntert est ici synonyme de aufgeweckt; munter, d'où vient ermuntern, correspond d'ailleurs, dans tous les sens, à notre mot « éveillé »; comp. les vers de Nausicaa :

Spät
Noch wacht' ich; denn mich hielt das Sausen
Des ungeheuren Sturms nach Mitternacht
Noch munter.

3. Am Rande der größten Gefahr, et, comme il dit dans Hermann et Dorothée, IX :

Auf der traurigen Flucht und nah am verfolgenden Feinde.

Comp. encore ces vers que prononce la déesse de la guerre dans le Vorspiel de 1807 (ouverture du théâtre de Weimar) :

Durch dieser nachtbedeckten Felder still Gebreit
Mit unbemerkten Schritten stürm' ich rasch heran.

4. Auf und ab gaukeln, « nous font passer alternativement par l'illusion et la désillusion »; gaukeln signifie proprement « jongler », puis « faire illusion »; l'espérance, l'imagination est une Gauklerin; Wallenstein, caressant l'espoir de la royauté, „ergötzt sich an dem Gaukelbild der königlichen Hoffnung;" par suite, gaukeln signifie aussi « voltiger (par exemple, un feu follet), courir çà et là, folâtrer »; le chœur des esprits (Faust, I, v. 1135) parle des îles die sich auf Wellen gaukelnd bewegen.

5. Radspeiche, un rais, un rayon de roue (das Rad, la roue). Die Speiche signifie aussi « radius » (os externe de l'avant-bras) et « barrette » (rayon d'une roue de montre).

darüber noch ein Halbmäntelchen. In diesem Ornat stolzirten[1] sie gar komisch einher und behaupteten, durch Kauf und Tausch sich diese Maskerade gewonnen zu haben.

Laval et Wargemoulin; campement de l'armée; nouvelles alarmes.

Den 30. September.

So früh sich auch mit Tages Anbruch das sämmtliche Fuhrwerk in Bewegung setzte, so legten wir doch nur einen kurzen Weg zurück; denn schon um neun Uhr hielten wir zwischen Laval[2] und Wargemoulin[3]. Menschen und Thiere suchten sich zu erquicken; kein Lager ward aufgeschlagen. Nun kam auch die Armee heran und postirte sich auf einer Anhöhe; durchaus herrschte die größte Stille und Ordnung. Zwar konnte man an verschiedenen Vorsichtsmaßregeln gar wohl bemerken, daß noch nicht alle Gefahr überstanden sei; man rekognoszirte, man unterhielt sich heimlich mit unbekannten Personen, man rüstete sich zum abermaligen Aufbruch.

Les francs-tireurs de l'Argonne; Rouvroy; trois vœux de Gœthe; maigre pitance; un rêve agréable qui se réalise; un morceau de porc rôti.

Den 1. Oktober.

Der Herzog von Weimar führte die Avantgarde und deckte zugleich den Rückzug der Bagage. Ordnung und Stille herrschten diese Nacht, und man beruhigte sich in dieser Ruhe, als um zwölf

---

1. Stolziren; la terminaison iren (ou ieren) ne se trouve pas seulement dans les verbes étrangers (comme stubiren, parliren), mais dans des verbes formés d'un radical germanique : halbiren, partager en deux; schattiren, ombrer; grunbiren, imprimer (peinture), etc. — Der Ornat (du latin *ornatus*), grand costume (par exemple, de magistrat), habits sacerdotaux, ornements impériaux; Gœthe, se rappelant son grand-père, bourgmestre de Francfort, se le représente „im Ornat, als Schultheiß" (*Campagne de France*, 28 octobre). — De l'expression „in diesem Ornat stolzirten sie einher", rapprocher ces deux vers de Gœthe :

Doch indem ich so behaglich
Aufgeschmückt stolzirend wandle.   (*Magisches Netz.*)

2. Laval-sur-Tourbe (Marne), aujourd'hui arrondissement et canton de Sainte-Menehould. 205 habitants.

3. Wargemoulin (Marne), canton de Ville-sur-Tourbe, et arrondissement de Sainte-Menehould. 95 habitants.

Uhr aufzubrechen befohlen ward. Nun ging aber aus Allem hervor, daß dieser Marsch nicht ganz sicher sei wegen Streifpartien[1], welche vom Argonner Wald herunter zu befürchten waren. Denn wäre auch mit Dumouriez und den höchsten Gewalten Uebereinkunft getroffen gewesen, welches nicht einmal als ganz gewiß angenommen werden konnte, so gehorchte doch damals nicht leicht Jemand dem Andern, und die Mannschaft im Waldgebirge durfte sich nur für selbstständig erklären, einen Versuch machen zu unserm Verderben, welches Niemand damals hätte mißbilligen dürfen.

Auch der heutige Marsch ging nicht weit; es war die Absicht, Equipage und Armee zusammen sollten auch gleichen Schritt mit den Oestreichern und Emigrirten halten, die uns zur linken Seite parallel, gleichfalls auf dem Rückzug begriffen waren.

Gegen acht Uhr hielten wir schon, bald nachdem wir Rouvroy[2] hinter uns gelassen hatten; einige Zelte wurden aufgeschlagen; der Tag war schön und die Ruhe nicht gestört.

Und so will ich denn hier auch noch anführen, daß ich in diesem Elend das neckische Gelübde[3] gethan, man solle, wenn ich uns erlöst und mich wieder zu Hause sähe, von mir niemals wieder einen Klagelaut vernehmen über den meine freiere Zimmeraussicht beschränkenden Nachbargiebel[4], den ich vielmehr jetzt recht sehnlich zu erblicken wünsche; ferner wollt' ich mich über Mißbehagen und Langeweile im deutschen Theater nie wieder beklagen, wo man doch

---

1. Die Streifpartie ou das Streifcorps, corps de partisans; der Streifzug, die Streifung, die Streiferei, course, incursion; streifen, errer (comp. le beau vers de *H. u. D.*, V, sur les émigrés : „Streifen nicht herrliche Männer von hoher Geburt nun im Elend?"), courir le pays, battre l'estrade („wer streift von Bergen zu Bergen?" dit Kœrner dans la *Chasse de Lutzow*). — Partei est plus souvent employé que Partie; comp. Parteigänger, partisan, et Parteigängercorps. — Citons encore die Freischaar, corps franc, et der Freischärer, franc-tireur (le peuple dit souvent der Freischäler ou « franc-peleur »).

2. Rouvroy-sur-Dormoise (Marne), canton de Ville-sur-Tourbe et arrondissement de Sainte-Menehould. 175 habitants.

3. Das Gelübde, vœu, promesse solennelle; se rapporte à geloben. Dans son récit de la fête de Saint-Roch, à Bingen, Gœthe désigne ceux qui ont fait un vœu et qui vont en pèlerinage à la chapelle du saint, sous le nom de die Gelobenden.

4. M. Düntzer, le plus infatigable et le plus minutieux des Gôtheforscher, assure que ce pignon était le pignon de la maison Koppenfels, et il soupçonne même que le troisième vœu de Gœthe concernait également un de ses voisins, un tisserand, dont le métier faisait un bruit fort désagréable aux oreilles du poète.

immer Gott danken könne, unter Dach zu sein, was auch auf der
Bühne vorgehe[1]. Und so gelobt' ich noch ein Drittes, das mir aber
entfallen ist.

Es war noch immer genug, daß Jeder für sich selbst in dem
Grade sorgte und Roß und Wagen, Mann und Pferd nach ihren
Abtheilungen regelmäßig zusammenblieben, und so auch wir, sobald
stille gehalten oder ein Lager aufgeschlagen ward, immer wieder ge-
deckte Tafeln und Bänke und Stühle fanden. Doch wollte uns be-
dünken, daß wir gar zu schmal abgefunden[2] würden, ob wir uns gleich
bei dem bekannten allgemeinen Mangel bescheiden darein ergaben.

Indessen schenkte mir das Glück Gelegenheit, einem bessern
Gastmahl beizuwohnen. Es war zeitig Nacht geworden, Jedermann
hatte sich sogleich auf die zubereitete Streue[3] gelegt, auch ich war
eingeschlafen; doch weckte mich ein lebhafter, angenehmer Traum;
denn mir schien, als röch' ich, als genöss' ich die besten Bissen, und
als ich darüber aufwachte, mich aufrichtete, war mein Zelt voll des
herrlichsten Geruchs gebratenen und versengten Schweinefettes[4], der
mich sehr lüstern[5] machte. Unmittelbar an der Natur[6] mußte es uns
verziehen sein, den Schweinehirten für göttlich und Schweinebraten
für unschätzbar zu halten[7]. Ich stand auf und erblickte in ziemlicher

---

1. Et l'on sait combien Gœthe craignait de s'ennuyer au théâtre. Au théâtre,
disait-il, „man kann nicht fort und ist gezwungen, auch das Schlechte zu hören und
zu sehen. Beim Lesen ist das nicht so; da wirft man das Buch aus den Händen, wenn
es einem nicht gefällt, aber im Theater muß man aushalten." (Convers. avec Eckermann, I, p. 43.)

2. **Trop petitement traités;** abfinden, satisfaire, dédommager (d'où Abfindung,
transaction, arrangement). — Schmal (comp. knapp), étroit, mince; ein schmaler
Bissen, une maigre pitance; auf die schmale Kost gesetzt, réduit à la portion con-
grue.

3. **Die Streue,** plus souvent die Streu (également Streubettung), litière,
lit de paille.

4. **On se rappelle ces mots d'Achille à ses compagnons dans l'Achilléide :**
    Und am Abende soll der Geruch willkommenen Gleisches
    Euch entgegendampfen, das erst geschlachtet dahinfiel.
Et Werther, faisant cuire ses petits pois: „Da fühl' ich so lebhaft, wie die über-
müthigen Freier der Penelope Ochsen und Schweine schlachten, zerlegen und braten."
(21 juin.)

5. Qui m'affrianda, m'allécha, excita mon appétit; lüstern, mot à mot, « qui
convoite, qui a envie de » (comp. es lüstet ou lüstert mich nach...)

6. **Unmittelbar an der Natur;** comp. ce quo dit Nymphe dans la chau-
mière (Was wir bringen, 5): „Hier fühle ich mich ganz zunächst an der Natur."

7. **Souvenir d'un passage de l'Odyssée** (XV, v. 412); le pasteur Eumée était
d'origine royale. Frédéric Stolberg fait allusion à ce même passage dans une

Ferne ein Feuer, glücklicherweise ober dem Winde; von daher kam mir die Fülle des guten Dunstes. Unbedenklich ging ich dem Scheine nach und fand die sämmtliche Dienerschaft um ein großes, bald zu Kohlen verbranntes Feuer beschäftigt, den Rücken des Schweins schon beinahe gar, das Uebrige zerstückt, zum Einpacken bereit, einen Jeden aber thätig und handreichend, um die Würste bald zu vollenden. Unfern des Feuers lagen ein paar große Baumstämme; nach Begrüßung der Gesellschaft 'setzt' ich mich darauf, und ohne ein Wort zu sagen, sah ich einer solchen Thätigkeit mit Vergnügen zu.

Theils wollten mir die guten Leute wohl, theils konnten sie den unerwarteten Gast schicklicherweise nicht ausschließen, und wirklich, da es zum Austheilen kam, reichten sie mir ein kostbares Stück; auch war Brod zu haben und ein Schluck Branntwein dazu; es fehlte eben an keinem Guten. Nicht weniger war mir ein tüchtiges Stück Wurst gereicht, als wir uns noch bei Nacht und Nebel zu Pferde setzten; ich steckte es in meine Pistolenholfter[1], und so war mir die Begünstigung des Nachtwindes gut zu Statten gekommen.

Passage de l'Aisne; sentiments de l'armée prussienne; un plat de lentilles; soldats et généraux régalés par le cuisinier de Charles-Auguste; le roi de Prusse et le duc de Brunswick passent la rivière les derniers.

Den 2. Oktober.

Wenn man sich auch mit einigem Essen und Trinken gestärkt und den Geist durch sittliche Trostgründe beschwichtigt hatte, so wechselten doch immer Hoffnung und Sorge, Verdruß und Scham

---

lettre à Voss, et le déclare intraduisible (Menge, I, p. 79) : „Wie konnte man den Adel in den kleinen Dingen behalten? Wer möchte verlieren, wer könnte behalten den göttlichen Schweinhirten, die erdgelagerten Schweine...?" Mais, comme dit Goethe (Erste Epistel), Homère ennoblit et divinise tout :

　　Es sieht hier sich der Bettler sogar in seinen Lumpen veredelt.

1. In die Pistolenholfter, dans les fontes (du bas-latin funda, bourse; ce sont les deux fourreaux de cuir attachés à l'arçon de la selle et où l'on met ses pistolets). Le mot die Holfter (quelquefois Halfter) qui signifie aussi « fourreau, gaine » (Holstermacher, gainier), était autrefois Hulfter; il a été formé de die Hulft, qui n'est qu'une transformation de die Hulst (comme nunst est devenu nunft dans Vernunft). Die Hulst signifiait la couverture, l'enveloppe; comp. aujourd'hui die Hülse, gousse, cosse.

in der schwankenden Seele [1]; man freute sich, noch am Leben zu
sein; unter solchen Bedingungen zu leben, verwünschte man [2].
Nachts um zwei Uhr brachen wir auf, zogen mit Vorsicht an einem
Walde vorbei, kamen bei Vaux [3] über die Stelle unseres vor
Kurzem verlassenen Lagers und bald an die Aisne. Hier fanden wir
zwei Brücken geschlagen, die uns aufs rechte Ufer hinüberleiteten.
Da verweilten wir nun zwischen beiden, die wir zugleich übersehen
konnten, auf einem Sand= und Weidenwerder [4], das lebhafteste
Küchenfeuer sogleich besorgend. Die zartesten Linsen, die ich jemals
genossen, lange, rothe, schmackhafte Kartoffeln waren bald bereitet.
Als aber zuletzt jene von den östreichischen Fuhrleuten aufgebrach=
ten, bisher streng verheimlichten Schinken gar geworden, konnte
man sich genugsam wiederherstellen.

Die Equipage war schon herüber; aber bald eröffnete sich ein so
prächtiger als trauriger Anblick. Die Armee zog über die Brücken,

---

1. Comp. ce passage des *Affin. élect.* (II, 4) : „Es gibt Lagen, in denen Furcht
und Hoffnung Eins werden, sich an einander wechselseitig aufheben und in eine dunkle
Fühllosigkeit verlieren."

2. Plus loin (Trèves, 29 octobre), Gœthe entendra de nouveau ce qu'il appelle
„die Litanei und Verwünschung unseres Feldzugs."

3. Vaux-les-Mouron, où Gœthe avait déjà passé.

4. Sur une éminence de sable, ombragée de saules. Der Werder, formé de
Wert ou Werth. Ce mot Werth, usité au moyen âge, se trouve encore dans les
noms des îles situées au milieu du Rhin : Rolandswerth et Grafenwerth, séparées
par un bras du Rhin dont le courant rapide s'appelle Gottes Hülfe, en face de
Rolandseck; et Niederwerth, près de Coblentz (où était la maison de plaisance
des électeurs de Trèves, Schönbornslust, résidence des princes pendant l'émigration). Werth existe dans le dialecte bavarois sous la forme Wörth; comp. Do-
nauwörth au confluent du Danube et de la Wœrnitz (batailles du 2 juillet 1704
et du 6 octobre 1805), et le village de Wörth, sur la Sauer, en Alsace, où se livra,
le 6 août 1870, la bataille que nous appelons Reichshoffen ou Frœschwiller
(Fröschweiler). — Werder signifie : îlot; île située dans un fleuve; petite pres-
qu'île; digue ou chaussée qui sépare deux rivières; terrain sec, élevé, situé au
milieu de marais; ferme établie sur une élévation de terrain; en un mot, et
pour nous servir d'une expression de Gœthe, tout ce qui, auf Hügeln gelegen,
inselartig hervorschaut. On retrouve ce mot Werder dans les noms de villes allemandes comme Bischofswerder, dans la Prusse occidentale, sur l'Ossa; Boden-
werder, dans le Hanovre, sur la rive gauche du Weser; Marienwerder, sur la
Liebe et la petite Nogat. On nomme Werder les pays fertiles situés dans la
Prusse occidentale entre des rivières et des eaux stagnantes : le Danziger Werder,
entre la Vistule et la Mottlau; le Marienburger Werder, sur la Nogat; l'Elbinger
Werder entre la Nogat et la Vistule; comp. encore, dans le bassin de l'Elbe,
près de Hambourg, les Werder (ou encore Marschland, de die Marsch, marais),
comme Billwerder, Ochsenwerder, etc.

Fußvolk und Artillerie, die Reiterei durch eine Furt¹, alle Ge=
sichter düster, jeder Mund verschlossen, eine gräßliche Empfindung
mittheilend. Kamen Regimenter heran, unter denen man Bekannte,
Befreundete wußte, so eilte man hin, man umarmte, man besprach
sich; aber unter welchen Fragen, welchem Jammer, welcher Beschä=
mung², nicht ohne Thränen!

Indessen freuten wir uns, so marketenderhaft³ eingerichtet zu
sein, um Hohe wie Niedere erquicken zu können. Erst war die
Trommel eines allda postirten Pikets die Tafel; dann holte man
aus benachbarten Orten Stühle, Tische und machte sich's und den
verschiedenartigsten Gästen so bequem als möglich. Der Kronprinz⁴
und Prinz Louis ließen sich die Linsen⁵ schmecken, mancher Gene=
ral, der von weitem den Rauch sah, zog sich darnach. Freilich, wie
auch unser Vorrath sein mochte, was sollte das unter so Viele!
Man mußte zum zweiten und dritten Male ansetzen, und unsere
Reserve⁶ verminderte sich.

---

1. Die Furt ou Furth, gué; comp. l'anglais ford (Oxford, probablement
«gué des bœufs», Herford, «gué de l'armée», etc.); en allemand Erfurt (autrefois Erpesfurt, Erpo ou Erpes serait le nom du fondateur de la ville); Frankfurt,
gué des Francs; Klagenfurt, Ochsenfurt, Schweinfurt (Suevorum trajectus), Stein-
furt, etc.

2. Beschämung. C'est aussi le mot du temps. Déjà au lendemain de Valmy,
Gœthe a déclaré que la situation était beschämend, et parlé de la honte (Scham)
qui se mêle à la crainte et à l'espérance dans l'âme des Prussiens. « Je ne crois
pas, écrit Breteuil à Fersen, que le duc de Brunswick veuille rester sur la
honte de la campagne. » (Le comte de Fersen, II, p. 386.)

3. Marketenderhaft, établis comme des vivandiers, organisés en véritable
cantine. Gœthe aime ces adverbes en haft; c'est ainsi qu'il emploie le mot
zigeunerhaft, en bohémien; maschinenhaft, comme une machine; mumienhaft, à
la façon d'une momie; rekrutenhaft, comme un conscrit; gespensterhaft, comme
un revenant; schattenhaft, comme une ombre; Gœthe semble avoir une prédi-
lection pour les adjectifs terminés par haft; il a formé zweighaft, wimmelhaft et
même tüchtighaft (ces trois adjectifs dans le second Faust, v. 4929, 1233 et 3638).

4. Le prince royal n'a pas oublié ce plat de lentilles dans ses Réminiscences:
„En passant bekam ich auch einen Teller mit Linsen und Schweinefleisch."

5. Die Linse, lentille, viendrait du latin lens; a tous les sens de notre mot
lentille (Linsenglas, Linsenstein). Sûrement parmi les Allemands qui goûtèrent
de ces lentilles, plus d'un se souvint du fameux plat d'Esaü et des mots de la
Bible (tout Allemand est „bibelfest"): „...laß mich kosten das rothe Gericht, denn
ich bin müde... Da gab ihm Jakob Brod und das Linsengericht, und er aß und trank
und stand auf und ging davon. Also verachtete Esau seine Erstgeburt."

6. Ou unser Vorrath.

Wie nun unser Fürst gern Alles mittheilte, so hielten's[1] auch
seine Leute, und es wäre schwer, einzeln zu erzählen, wie viel der
unglücklichen vorbeiziehenden einzelnen Kranken durch Kämmerier
und Koch erquickt wurden[2].

So ging es nun den ganzen Tag, und so ward mir der Rückzug
nicht etwa nur durch Beispiel und Gleichniß, nein, in seiner
völligen Wirklichkeit dargestellt und der Schmerz durch jede neue
Uniform erneuert und vervielfältigt. Ein so grauenvolles Schauspiel sollte denn auch seiner würdig schließen; der König und sein
Generalstab ritt von weitem her, hielt an der Brücke eine Zeit
lang stille, als wenn er sich's noch einmal übersehen und überden-
ken wollte, zog dann aber am Ende den Weg aller der Seinen.
Ebenso erschien der Herzog von Braunschweig an der andern
Brücke, zauderte und ritt herüber[3].

Die Nacht brach ein, windig, aber trocken, und ward auf dem
traurigen Weidenkies meist schlaflos zugebracht.

Le château de Grandpré transformé en hôpital; malades abandonnés
à l'humanité des Français.

Den 3. Oktober.

Morgens um sechs Uhr verließen wir diesen Platz, zogen über
eine Anhöhe nach Grandpré zu und trafen daselbst die Armee
gelagert. Dort gab es neues Uebel und neue Sorgen; das Schloß
war zum Krankenhause[4] umgebildet und schon mit mehrern

1. So hielten's auch, ainsi en faisaient autant; es halten, agir, se conduire;
ich pflege es so zu halten, j'ai coutume d'en user ainsi.
2. C'est une véritable distribution gratuite, comme à la porte de nos bouillons.
Le grand-duc hält offene Tafel.
3. Tableau saisissant et presque tragique. Le duc de Brunswick n'est pas un
grand capitaine comme Annibal, ni même un héroïque soldat comme notre
Chanzy. Mais il est curieux d'étudier les sentiments qu'éprouve un général à
ce fatal instant où il commande la retraite et « lâche » une position, un pays
qu'il croyait tenir pour longtemps. Annibal quitte l'Italie *frendens gemensque
ac vix lacrymis temperans* (Tite-Live, XXX, 20); Chanzy abandonne le Mans en
« pleurant de rage », un des derniers, et, du haut d'un mamelon, suit d'un triste
regard les mouvements de son armée qui s'éloigne. (Voir son récit, pp. 354 et
suiv.)
4. Das Krankenhaus, das Hospital, das Spital, ou, comme Gœthe dit plus
loin, das Lazareth. — Comp. les *Mémoires de Damouriez*, I, p. 313 : « L'épidémie

hundert Unglücklichen belegt, denen man nicht helfen, sie nicht erquicken konnte. Man zog mit Scheu vorüber und mußte sie der Menschlichkeit des Feindes überlassen.

Hier überfiel uns abermals[1] ein grimmiger[2] Regen und lähmte jede Bewegung.

Chemins de plus en plus difficiles ; Gœthe dans un fourgon de cuisine ; il lit un dictionnaire de physique ; Pharaon dans la mer Rouge ; Gœthe remonte à cheval.

Den 4. Oktober.

Die Schwierigkeit, vom Platze zu kommen, wuchs mehr und mehr; um den unfahrbaren Hauptwegen zu entgehen, suchte man sich Bahn über Feld. Der Acker, von röthlicher Farbe, noch zäher[3] als der bisherige Kreideboden, hinderte jede Bewegung[4]. Die vier

était dans Grandpré, où les Prussiens avaient tenu leur hôpital. Les soldats français montrèrent beaucoup d'humanité. »

1. La pluie tombe toujours et, pour nous servir d'une expression de Gœthe et d'une de ses phrases légèrement modifiée : „Es regnet mit Gewalt... je tiefer der Herbst sich senkt, desto wilderes Wetter, desto unzugänglicher die Wege." (*Affinités électives*, II, 4-5.)

2. **Grimmig** (de der Grimm, fureur, courroux), est une expression familière à Gœthe. Il dit des hommes courageux qui luttent contre l'incendie : „Willens-starke Menschen widersetzten sich grimmig dem grimmigen Feinde." Le col de la Furka (*Voyage de Suisse*), la raillerie de Méphisto (*Faust*, I), la puissance terrible du Souci (*Faust*, II, v. 6814), le fer chaud qui brûle les yeux d'Arthur de Bretagne (*Euphrosyne*), le bruit de la bombe (siège de Verdun), la rage des paysans contre le maraudeur (*H. u. D.*, VI), le poignard qui sévit dans la maison de Tantale (*Iphigénie*), etc., tout cela est grimmig. Il emploie encore cet adjectif en parlant du temps : « une pluie furieuse », ein grimmiger Regen, et à Francfort, sur la glace du Mein, lorsque sa mère lui jette sa pelisse rouge, „es friert grimmig."

3. **Zähe**, tenace; nos soldats de la Loire ont en 1870 opposé, dit un historien allemand, „eine zähe Widerstandskraft"; mots qui peuvent s'appliquer à la patiente résistance de Dumouriez. Le peuple juif, écrit Gœthe, est le plus tenace de la terre, „das beharrlichste Volk der Erde, und an Zähheit sucht es seines-Gleichen" (*Wanderjahre*, II, 2); „Die zähe orientalische Natur," dit-il encore en parlant d'un juif (*D. u. W.*, XVI, p. 20). Dans son fameux monologue, Wallenstein parle de la puissance impériale,

Die an der Völker frommem Kinderglauben
Mit tausend zähen Wurzeln sich befestigt.

4. « Enfin, le 29, l'armée commença sa retraite, qui se fit dans le meilleur ordre possible, mais avec des difficultés inouïes. Les canons et les chariots restaient dans la terre grasse et calcaire de la Champagne, et il a fallu y mettre jusqu'à seize et vingt chevaux pour les en tirer. » (Lettre de Fersen au prince-régent de Suède, 7 novembre 1792. *Le comte de Fersen*, II, p. 390.)

kleinen Pferde konnten meine Halbchaise kaum erziehen[1]; ich dachte sie wenigstens um das Gewicht meiner Person zu erleichtern. Die Reitpferde waren nicht zu erblicken; der große Küchwagen, mit sechs tüchtigen bespannt, kam an mir vorbei. Ich bestieg ihn; von Viktualien war er nicht ganz leer, die Küchmagd aber staf sehr verdrießlich in der Ecke. Ich überließ mich meinen Studien. Den dritten Band von Gehlers[2] „Physikalischem Lexikon" hatte ich aus dem Koffer genommen; in solchen Fällen ist ein Wörterbuch die willkommenste Begleitung, wo jeden Augenblick eine Unterbrechung vorfällt, und dann gewährt es wieder die beste Zerstreuung, indem es uns von Einem zum Andern führt[3].

Man hatte sich auf den zähen, hie und da quelligen rothen Thonfeldern nothgedrungen unvorsichtig eingelassen; in einer solchen Falge[4] mußte zuletzt auch dem tüchtigen Küchengespann die Kraft ausgehen. Ich schien mir in meinem Wagen wie eine Parodie[5] von Pharao im Rothen Meere; denn auch um mich her wollten Reiter und Fußvolk in gleicher Farbe gleicherweise versinken. Sehnsüchtig schaut' ich nach allen umgebenden Hügelhöhen[6]; da erblickt' ich endlich die Reitpferde, darunter den mir bestimmten Schimmel; ich winkte sie mit Heftigkeit herbei, und nachdem ich meine Physik[7] der armen krankverdrießlichen Küchmagd übergeben

---

1. Erziehen a ici le sens très rare de traîner, arriver à traîner (comp. plus haut ersterben, arriver à mourir).

2. Gehler (Jean-Samuel-Traugott), né à Gœrlitz en Lusace le 1er novembre 1751, fit ses études à l'Université de Leipzig, devint docteur en droit (1777), sénateur de la ville (1783), et assesseur de la haute cour de justice (1786). Il mourut à Leipzig le 16 octobre 1795. Son principal ouvrage est le Physikalisches Wörterbuch (4 volumes avec un supplément, Leipzig, 1787-1795).

3. Larousse cite au mot Dictionnaire une phrase tirée du Moniteur qui résume assez bien la pensée de Gœthe : « Les dictionnaires donnent à l'esprit une nourriture abondante dans une forme dense et rapide. »

4. Die Falge et plus souvent Felge (en ancien allemand Felga). Grimm donne les sens suivants : 1o absis, curvatura rotæ; 2o occa (herse ou Egge); 3o das geeggte, gebrachte Land, terre hersée, labourée pour la deuxième ou la troisième fois; comp. l'anglais fallow (donner un premier labour).

5. Parodie; de même parobiren; un poème parodié, travesti, eine Travestie; travestir, travestiren.

6. Hügelhöhen; comp. l'allitération „auf Höhen und Hügeln" (Wanderjahre, II, 5).

7. Gœthe ne recouvra ce 3e volume du Dictionnaire de Gehler que plus tard, dans un couvent de Trèves transformé en hôpital. La pauvre servante avait gardé fidèlement le dépôt qu'on lui avait confié; Gœthe la trouva malade et

und ihrer Sorgfalt empfohlen, schwang ich mich aufs Pferd mit dem festen Vorsatz, mich sobald nicht wieder auf eine Fahrt einzulassen. Hier ging es nun freilich selbständiger, aber nicht besser noch schneller.

Grandpré, das nun als ein Ort der Pest und des Todes geschildert war[1], ließen wir gern hinter uns. Mehrere befreundete Kriegsgenossen trafen zusammen und traten im Kreise, hinter sich am Zügel die Pferde haltend, um ein Feuer. Sie sagen, dies sei das einzige Mal gewesen, wo ich ein verdrießlich Gesicht gemacht und sie weder durch Ernst gestärkt, noch durch Scherz erheitert habe.

Sivry près Buzancy; Gœthe en fourrageur; un jour de halte; une idylle d'Homère; intérieur d'un paysan champenois; le pot-au-feu; scène de famille; bonté de Gœthe envers ses hôtes; des petits Français qui disent bonsoir à leurs parents; maladie du fils du duc de Brunswick; apparition soudaine et sinistre d'un paysan; sa conversation avec l'hôte, son frère, et son brusque départ; scène de pillage; Gœthe s'interpose; il achète un porc; le hussard Liseur lui sert de truchement; une vieille vivandière qui s'entend aux réquisitions; une accouchée et son nouveau-né; immolation du porc et son dépècement; un hussard charcutier; un effet de nuit incomparable.

Den 4. und 5. Oktober.

Der Weg, den das Heer eingeschlagen hatte, führte gegen Buzancy[2], weil man oberhalb Dun[3] über die Maas gehen wollte.

----

couchée, incapable de parler, mais elle eut la force de prendre le volume qu'elle avait caché sous l'oreiller, et de le remettre à son propriétaire; „sie erkannte mich, konnte aber nicht reden, nahm den Band unter dem Haupte hervor und übergab mir ihn so reinlich und wohlerhalten als ich ihn überliefert hatte."

1. Comp. dans *Was wir bringen* les beaux vers d'Atropos :
    Wenn Heereszüge durch die Länder streifen
    Und von den wohlempfang'nen rauhen Gästen
    Die Seuchen still durch Stadt und Dörfer schleichen,
    Ihr wirthlich Dach mit gift'gem Hauch verpesten.

2. Buzancy (Ardennes), chef-lieu de canton, arrondissement de Vouziers. 821 habitants. Cette localité mérite de rester à jamais célèbre par le séjour qu'y fit, durant les dix dernières années de sa vie (de 1872 à 1882), le général Chanzy, le héros de Coulmiers, de Josnes, de Vendôme et du Mans. Buzancy élèvera prochainement une statue à ce grand homme de guerre.

3. Dun, ville sur la rive droite de la Meuse, chef-lieu de canton, arrondissement de Montmédy. 959 habitants.

Wir schlugen unser Lager unmittelbar bei Sivry[1], in dessen Umgegend wir noch nicht Alles verzehrt fanden. Der Soldat stürzte in
die ersten Gärten und verbarb, was Andere hätten genießen können.
Ich ermunterte unseren Koch und seine Leute zu einer strategischen
Fouragirung; wir zogen ums ganze Dorf und fanden noch völlig
unangetastete[2] Gärten und eine reiche, unbestrittene Ernte. Hier
war von Kohl und Zwiebeln[3], von Wurzeln und andern guten
Vegetabilien die Fülle; wir nahmen deshalb nicht mehr, als wir
brauchten, mit Bescheidenheit und Schonung. Der Garten war
nicht groß, aber sauber gehalten, und ehe wir zu dem Zaun wieder
hinauskrochen[4], stellt' ich Betrachtungen an, wie es zugehe, daß in
einem Hausgarten doch auch keine Spur von einer Thüre ins
anstoßende Gebäude zu entdecken sei.

Als wir, mit Küchenbeute wohl beschwert, wieder zurückkamen,
hörten wir großen Lärm vor dem Regimente. Einem Reiter war
sein vor zwanzig Tagen etwa in dieser Gegend requirirtes Pferd
davongelaufen; es hatte den Pfahl, an dem es gebunden gewesen,
mit fortgenommen; der Kavallerist wurde sehr übel angesehen,
bedroht und befehligt, das Pferd wieder zu schaffen.

Da es beschlossen war, den Fünften in der Gegend zu rasten[5],
so wurden wir in Sivry einquartiert und fanden nach so viel
Unbilden die Häuslichkeit gar erfreulich und konnten den fran-
zösisch-ländlichen, idyllisch-Homerischen Zustand zu unserer Unter-

---

1. Sivry-lez-Buzancy (Ardennes), village, canton de Buzancy, arrondissement
de Vouziers, 184 habitants.

2. Unangetastet, de antasten, qui vient de tasten. Ce tasten vient du roman;
français « tâter » (taster), italien tastare, du verbe itératif taxilare, formé de
taxare, qui signifie «toucher fortement et souvent ».

3. Die Zwiebel (et parfois der Zwiebel, Wallensteins Lager); au moyen âge
zibolle, qui, comme notre français ciboule, l'italien cipolla et l'espagnol cebolla,
vient du latin cœpula ou cœpulla, diminutif de cœpa. Mais dès le moyen âge
s'est introduit un w; Zibolle est devenu Zwibolle, par ce qu'on appelle une „Um-
deutschung"; le peuple a ainsi expliqué le mot: doppelte Bolle, et Bolle, qui
signifie « bulbe, tubercule », a, en effet, le sens d'« oignon » dans certains dia-
lectes.

4. Nous avons vu plus haut le mot sich verkriechen, se fourrer, se blottir („Alles
hatte sich verkrochen," s'était tapi sous la tente); ici, hinauskriechen signifie « se
glisser, se couler par la haie sur la route ».

5. Ce jour-là était un Rasttag, et l'armée devait le 5 octobre Rasttag halten,
prendre son Rastlager ou Rastquartier.

haltung und Zerstreuung abermals genauer bemerken. Man trat nicht unmittelbar von der Straße in das Haus, sondern fand sich erst in einem kleinen, offenen, viereckten¹ Raum, wie die Thüre selbst das Quadrat angab; von da gelangte man durch die eigent= liche Hausthüre in ein geräumiges, hohes, dem Familienleben bestimmtes Zimmer²; es war mit Ziegelsteinen gepflastert, links an der langen Wand ein Feuerherd, unmittelbar an Mauer und Erde; die Esse³, die den Rauch abzog, schwebte darüber. Nach Begrüßung der Wirthsleute zog man sich gern dahin, wo man eine entschieden bleibende Rangordnung für die Umsitzenden gewahrte. Rechts am Feuer stand ein hohes Klappkästchen⁴, das auch zum Stuhl diente; es enthielt das Salz, welches, in Vorrath angeschafft, an einem trocknen Platze verwahrt werden mußte. Hier war der Ehrensitz, der sogleich dem vornehmsten Fremden angewiesen wurde; auf mehrere hölzerne Stühle setzten sich die übrigen An= kömmlinge mit den Hausgenossen. Die landsittliche Kochvorrich= tung⁵, pot au feu, konnt' ich hier zum ersten Mal genau betrachten. Ein großer eiserner Kessel hing an einem Haken, den man durch Verzahnungen erhöhen und erniedrigen konnte, über dem Feuer; darin befand sich schon ein gutes Stück Rindfleisch, mit Wasser und Salz, zugleich aber auch mit weißen und gelben Rüben, Porree⁶, Kraut und andern vegetabilischen Ingredienzien.

---

1. Viereckt, synonyme de viereckig, carré, quadrangulaire.

2. Ce qu'il appelle ailleurs (*D. u. W.*, XVI, p. 14) „das eigentliche geräumige Wohnzimmer," la chambre où l'on demeure, où l'on se tient habituellement.

3. Die Esse (plus loin Feueresse), cheminée, foyer (d'une forge), forge.

4. Klappkästchen, un haut coffret à couvercle. Rud. Hildebrand ne cite pas d'autre exemple de ce mot (*Dict. de Grimm*, K, p. 979) et ajoute : „wohl Kasten mit einem Deckel zum Auf= und Zuklappen, wie die Salzmesten sind." — Klappen signifie « tomber, s'abattre, se fermer avec bruit » et de même que Klappkäst= chen, boîte qui se referme, on dit Klappbut, claque (de « claquer », comme Klapp= but de klappen); Klappstuhl, pliant; Klapptisch, table pliante ou à abattants. Comp. le joli passage sur le bruit que fait une paire de pantoufles qui s'approchent: klipp! klapp! (*Lehrjahre*, V, 5.)

5. Kochvorrichtung. Rud. Hildebrand (*Dict. de Grimm*) ne cite pas d'autre exemple de ce mot. Vorrichtung, préparation, arrangement. Ce mot revient plus loin dans la description de la forteresse de Luxembourg, où les ouvrages de dé= fense sont unis par des « aménagements », des « mécanismes » étranges, „durch wunderliche Verrichtungen." — Plus loin, der Haken, la crémaillère.

6. Der Porree, le poireau; on dit aussi Lauch ; soupe aux poireaux, Lauch= suppe.

8.

Indeſſen wir uns freundlich mit den guten Menſchen beſprachen, bemerkt' ich erſt, wie architektoniſch klug Anrichte[1], Goſſenſtein[2], Topf= und Tellerbretter angebracht ſeien. Dieſe nahmen ſämmtlich den länglichen Raum ein, den jenes Viereck des offenen Vorhauſes inwendig zur Seite ließ. Nett[3] und alles der Ordnung gemäß war das Geräthe zuſammengeſtellt; eine Magd oder Schweſter des Hauſes beſorgte Alles aufs zierlichſte. Die Hausfrau ſaß am Feuer, ein Knabe ſtand an ihren Knieen, zwei Töchterchen dräng= ten ſich an ſie heran. Der Tiſch war gedeckt, ein großer irdener Napf[4] aufgeſtellt, ſchönes weißes Brod in Scheibchen[5] hineinge= ſchnitten, die heiße Brühe[6] drüber gegoſſen und guter Appetit empfohlen. Hier hätten jene Knaben, die mein Kommißbrod ver= ſchmähten, mich auf das Muſter von bon pain und bonne soupe verweiſen können. Hierauf folgte das zu gleicher Zeit gar gewordene Zugemüſe ſowie das Fleiſch, und Jedermann hätte ſich an dieſer einfachen Kochkunſt begnügen können.

Wir fragten theilnehmend nach ihren Zuſtänden; ſie hatten ſchon das vorige Mal, als wir ſo lange bei Landres geſtanden, ſehr viel gelitten und fürchteten, kaum hergeſtellt, von einer feindlichen

---

1. Die Anrichte, „Tiſch oder Bank, worauf die Speiſen vor dem Auftragen an= gerichtet werden," ou „Platz in der Küche, wo man leicht zu Eßwaaren kommen und davon naſchen kann" (Dict. de Grimm, A, p. 426). Il faut prendre le premier sens et traduire par « dressoir ». Gœthe est le seul auteur moderne que Grimm cite à ce mot.

2. Der Goſſenſtein, l'évier (du vieux français éve, eau); c'est la large pierre (Stein) creusée en bassin et percée d'un trou à son extrémité, sur laquelle on lave la vaisselle. Le mot allemand signifie littéralement « pierre de rigole, de décharge » (die Goſſe, ordinairement « ruisseau de la rue »).

3. Nett, propre (et souvent, joli, charmant). Mlle de Klettenberg, dit Gœthe, était toujours „nett und reinlich"; Klinger „trug ſich nett", etc.

4. Der Napf, autrefois hnapf, de là notre mot hanap, « grande coupe à boire », et l'italien nappo, coupe. Traduire ici par « soupière (Suppenſchüſſel), terrine ». Mais ne pas oublier que le mot signifie « gamelle, écuelle ».

5. Scheibchen, petite tranche (on pourrait dire aussi Schnittchen), de die Scheibe, disque, rond, rondelle, tranche. Scheibe était autrefois Schibe, d'où notre mot cible, anciennement cibe (la cible, die Zielſcheibe; le tir à la cible, das Scheibenſchießen).

6. Die Brühe (ou die Fleiſchbrühe), le bouillon; on dit aussi die Bouillon. Comp. Kraftbrühe, consommé, et l'adjectif brühheiß, chaud comme bouillon, tout chaud, tout bouillant (se dit d'une nouvelle fraîchement arrivée, comme d'un thé brûlant). L'expression in der Brühe ſtecken a le même sens que in der Klemme ſein; comp. dans ce sens, boire un bouillon.

zurückziehenden Armee nunmehr den völligen Untergang[1]. Wir bezeigten uns theilnehmend und freundlich, trösteten sie, daß es nicht lange dauern werde, da wir außer der Arrieregarde die Letzten seien, und gaben ihnen Rath und Regel, wie sie sich gegen Nachzügler zu verhalten hätten.

Bei immer wechselnden Sturm und Regengüssen[2] brachten wir den Tag meist unter Dach und am Feuer zu, das Vergangene in Gedanken zurückrufend, das Nächstbevorstehende nicht ohne Sorge bedenkend. Seit Grandpré hatte ich weder Wagen noch Koffer noch Bedienten wiedergesehen, Hoffnung und Sorge wechselten deshalb augenblicklich ab. Die Nacht war herangekommen, die Kinder sollten zu Bette gehen; sie näherten sich Vater und Mutter ehrfurchtsvoll, verneigten sich, küßten ihnen die Hand und sagten: Bonsoir, papa, bonsoir, maman, mit wünschenswerther Anmuth[3]. Bald darauf erfuhren wir, daß der Prinz von Braunschweig in unserer Nachbarschaft gefährlich krank liege, und erkundigten uns nach ihm. Besuch lehnte man ab und versicherte zugleich, daß es mit ihm viel besser geworden, so daß er morgen früh unverzüglich aufzubrechen gedenke[4].

Kaum hatten wir uns vor dem schrecklichen Regen wieder ans Kamin geflüchtet, als ein junger Mann hereintrat, den wir als

---

1. Gœthe décrit dans *Hermann et Dorothée* (VI, v. 58-62), les malheurs et les ruines que sème sur son passage une armée en retraite ; elle est plus cruelle au retour qu'à l'aller :

> Aber der Flüchtige kennt kein Gesetz, denn er wehrt nur den Tod ab
> Und verzehret nur schnell und ohne Rücksicht die Güter.
> Dann ist sein Gemüth auch erhitzt und es kehrt die Verzweiflung
> Aus dem Herzen hervor das frevelhafte Beginnen.
> Nichts ist heilig ihm mehr ; er raubt es...

2. C'est par un temps aussi affreux que Dorothée, offensée par le père de Hermann, veut quitter l'auberge (IX, v. 176-177) :

> Und des Regens Guß, der draußen gewaltsam herabschlägt,
> Und der sausende Sturm.

3. Il faut citer encore un passage d'*Hermann et Dorothée*, où Gœthe a consacré ce souvenir (VIII, v. 42-47) :

> Unsere Nachbarn, die Franken, in ihren früheren Zeiten,
> Hielten auf Höflichkeit viel ; sie war dem Edlen und Bürger
> Wie den Bauern gemein, und Jeder empfahl sie den Seinen.
> Und so brachten bei uns auf deutscher Seite gewöhnlich
> Auch die Kinder des Morgens mit Händeküssen und Knixchen
> Segenswünsche den Eltern...

4. C'est le fils du général en chef.

den jüngeren Bruder unseres Wirths wegen entschiedener Aehn-
lichkeit erkennen mußten, und so erklärte sich's auch. In die Tracht
des französischen Landvolks gekleidet, einen starken Stab in der
Hand, trat er auf, ein schöner junger Mann. Sehr ernst, ja verdrießlich wild saß er bei uns am Feuer, ohne zu sprechen; doch
hatte er sich kaum erwärmt, als er mit seinem Bruder auf und ab,
sodann in das nächste Zimmer trat. Sie sprachen sehr lebhaft und
vertraulich zusammen. Er ging in den grimmigen Regen hinaus,
ohne daß ihn unsere Wirthsleute zu halten suchten.

Aber auch wir wurden durch ein Angst= und[1] Zetergeschrei in
die stürmische Nacht hinausgerufen. Unsere Soldaten hatten unter
dem Vorwand, Fourage auf den Böden zu suchen, zu plündern
angefangen, und zwar ganz ungeschickterweise, indem sie einem
Weber sein Werkzeug wegnahmen, eigentlich für sie ganz un-
brauchbar. Mit Ernst und einigen guten Worten brachten wir die
Sache wieder ins Gleiche; denn es waren nur Wenige, die sich
solcher That unterfingen. Wie leicht konnte das ansteckend werden
und Alles drunter und drüber gehn!

Da sich mehrere Personen zusammengefunden hatten, so trat
ein weimarischer Husar zu mir, seines Handwerks ein Fleischer,
und vertraute, daß er in einem benachbarten Haus ein gemästetes[2]
Schwein entdeckt habe, er feilsche darum, könne es aber von dem
Besitzer nicht erhalten, wir möchten mit Ernst dazuthun, denn es
würde in den nächsten Tagen an Allem fehlen. Es war wunderbar
genug, daß wir, die so eben der Plünderung Einhalt gethan, zu
einem ähnlichen Unternehmen aufgefordert werden sollten. Indessen,
da der Hunger kein Gesetz anerkennt[3], gingen wir mit dem Husar

1. Das Zetergeschrei, cri de détresse; de l'interjection Zeter! malheur!
au secours! au meurtre! Zeter schreien ou zetern, comme dit une fois Schiller
(*Les Brigands*, II, 2, es zetert), crier au secours; comp. encore, outre Zetergeschrei,
les composés Zeterjunge et Zetermädchen, petit diable, enfant terrible. Quelquefois, on augmente même la force de l'expression en ajoutant Mordio : Zeter
Mordio! à l'assassin! On tire ordinairement Zeter de zicht her, zither.

2. Mästen, engraisser; die Mast ou Eichelmast, glandée (ne pas confondre
avec mästen, munir de mâts, et der Mast, le mât).

3. Le témoin oculaire rappelle le proverbe : „Der hungrige Bauch hat keine
Ohren" (I, p. 116). Mais il y a encore d'autres locutions proverbiales, comme :
Hunger ist ein guter Koch ou der beste Koch; Hunger macht rothe Bohnen zu Man-
deln; der Hunger macht hart Brot zu Lebkuchen; der Hunger ist die beste Würze, ou,
comme dit Goethe plus loin, das beste Gewürz, etc.

in das bezeichnete Haus, fanden gleichfalls ein großes Kaminfeuer, begrüßten die Leute und setzten uns zu ihnen. Es hatte sich noch ein anderer weimarischer Husar, Namens Liseur, zu uns gefunden, dessen Gewandtheit wir die Sache vertrauten. Er begann in geläufigem Französisch[1] von den Tugenden regulirter Truppen zu sprechen und rühmte die Personen, welche nur für baares Geld die nothwendigsten Viktualien anzuschaffen verlangten; dahingegen schalt er die Nachzügler, Packknechte und Marketender, die mit Ungestüm und Gewalt auch die letzte Klaue[2] sich zuzueignen gewohnt seien. Er wolle daher einem Jeden den wohlmeinenden Rath geben, auf den Verkauf zu sinnen, weil Geld noch immer leichter zu verbergen sei als Thiere, die man wohl auswittere[3]. Seine Argumente jedoch schienen keinen großen Eindruck zu machen, als seine Unterhandlung seltsam genug unterbrochen wurde.

An der fest verschlossenen Hausthüre entstand auf einmal ein heftiges Pochen; man achtete nicht darauf, weil man keine Lust hatte, noch mehr Gäste einzulassen; es pochte fort, die kläglichste Stimme rief dazwischen, eine Weiberstimme, die auf gut Deutsch flehentlich um Eröffnung der Thüre bat. Endlich erweicht, schloß man auf; es drang eine alte Marketenderin herein, etwas in ein Tuch gewickelt auf den Armen tragend, hinter ihr eine junge Person, nicht häßlich, aber blaß und entkräftet; sie hielt sich kaum auf den Füßen. Mit wenigen, aber rüstigen Worten erklärte die

---

1. On verra plus loin que ce Liseur, adroit et délié comme un Français, prompt et souple, expedit, comme aurait dit Gœthe, était né à Luxembourg, où ses parents vivaient encore, et qu'il avait des cousins à Arlon; il porte d'ailleurs un nom français.

2. Auch die letzte Klaue, jusqu'à la dernière griffe, la dernière patte. Comp. dans le *Camp de Wallenstein* (Ier acte, 1re scène) :
   Weit herum ist in der ganzen Aue
   Keine Feder mehr und keine Klaue.

3. Auswittern, verbe actif. Nous avons déjà vu le verbe wittern, flairer. Les maraudeurs savent, à force de flair, trouver les animaux, si bien cachés qu'ils soient. Gœthe parlant des lutins et des gnomes qui découvrent les trésors (*Prologue* de mai 1821), dit :
   Und aus den Grüften hebt sich leis heran
   Das Gnomenvolk, und wittert Alles an,
   Und wittert Alles aus, und spürt den Platz
   Und forscht und gräbt, da glitzert mancher Schatz.

— Auswittern, verbe neutre, signifie « tomber en efflorescence » (ausblühen, effloreszíren); le salpêtre effleurit sur les murs, wittert aus.

Alte den Zustand, indem sie ein nacktes Kind vorwies[1], von dem
jene Frau auf der Flucht entbunden worden[2]. Dadurch versäumt,
waren sie, mißhandelt von Bauern, in dieser Nacht endlich an
unsere Pforte gekommen. Die Mutter hatte, weil ihr die Milch
verschwunden, dem Kinde, seitdem es Athem holte, noch keine
Nahrung reichen können. Jetzt forderte die Alte mit Ungestüm[3]
Mehl, Milch, Tiegel[4], auch Leinwand, das Kind hineinzuwickeln.
Da sie kein Französisch konnte, mußten wir in ihrem Namen
fordern; aber ihr herrisches Wesen, ihre Heftigkeit gab unsern
Reden genug pantomimisches Gewicht und Nachdruck; man konnte
das Verlangte nicht geschwind genug herbeischaffen, und das
Herbeigeschaffte war ihr nicht gut genug. Dagegen war auch
sehenswerth, wie behend[5] sie verfuhr. Uns hatte sie bald vom

---

1. Contraste éternel entre la vie et la mort; cet enfant naît au milieu de la
retraite, pendant que tant de soldats gisent morts dans les fossés de la route; on
se rappelle ces mots de Gœthe : „So unmittelbar Geburt und Tod, Sarg und
Wiegen neben einander zu sehen und zu denken, nicht blos mit der Einbildungskraft,
sondern mit den Augen diese ungeheuern Gegensätze zusammenzufassen, war für die
Umstehenden eine schwere Aufgabe, je überraschender sie vorgelegt wurde." (*Affinités
électives*, II, 8.)

2. Il y a aussi dans *Hermann et Dorothée* (II, v. 32-41) ce qu'on pourrait appeler « l'épisode de l'accouchée ». Dorothée, qui joue un peu le même rôle que
la vivandière, dit à Hermann :

...Hier auf dem Stroh
Liegt die erst entbundene Frau....
Spät nur kommen wir nach, und kaum das Leben erhielt sie.
Nun liegt neugeboren das Kind ihr nackend im Arme...
Wär' Euch irgend von Leinwand nur was Entbehrliches, wenn Ihr
Hier aus der Nachbarschaft seid, so spendet's gütig den Armen.

3. La vivandière est un „ungestümer Gast" (comp. dans la Nuit de Walpurgis,
Faust, I, v. 3582, ce que dit Méphisto à l'approche des sorcières : „Ich spüre schon
die ungestümen Gäste"). — Ungestüm est à la fois adjectif et substantif : adjectif,
il signifie « impétueux », et substantif, « impétuosité ». Le substantif a eu les
trois genres, au moyen âge le féminin, aujourd'hui le neutre et le masculin; il
faut, d'après Andresen, se décider pour le masculin; vient de l'inusité gestüm,
doux, tranquille, qui se rapporte à l'ancien stemen, arrêter (aujourd'hui stemmen,
usité, par exemple, dans l'expression „die Faust in die Seite stemmen", se mettre
sur ses hanches; comp. sich stemmen, résister, se raidir).

4. Der Tiegel, casserole de terre (et aussi, creuset); autrefois tigel ou tegel,
du latin *tegula*, qui a également donné naissance à Ziegel, tuile. Tiegel et Ziegel
sont deux formes d'un même mot.

5. Behend, un des mots favoris de Gœthe : prompt, leste, de l'ancienne
locution bi hende (bei der Hand); comp. être à la main. Hand a formé encore
d'autres adjectifs : abhanden (von den Händen), perdu, et vorhanden, présent, exis-
tant, sous la main.

Feuer verdrängt, der beste Sitz war sogleich für die Wöchnerin[1] eingenommen; sie aber machte sich auf ihrem Schemel[2] so breit, als wenn sie im Hause allein wäre[3]. In einem Nu war das Kind gereinigt und gewickelt, der Brei gekocht; sie fütterte das kleine Geschöpf, dann die Mutter; an sich selbst dachte sie kaum. Nun verlangte sie frische Kleider für die Wöchnerin, indeß die alten trockneten. Wir betrachteten sie mit Verwunderung; sie verstand sich aufs Requiriren[4].

Der Regen ließ nach, wir suchten unser voriges Quartier, und kurz darauf brachten die Husaren das Schwein. Wir zahlten ein Billiges; nun sollte es geschlachtet werden; es geschah, und als im Nebenzimmer am Tragebalken[5] ein Kloben eingeschraubt[6] zu sehen war, hing das Schwein sogleich dort, um kunstmäßig zerstückt und bereitet zu werden.

Daß unsere Hausleute bei dieser Gelegenheit sich nicht verdrieß= lich, vielmehr behülflich und zuthätig erwiesen, schien uns einiger= maßen wunderbar, da sie wohl Ursache gehabt hätten, unser Betragen roh und rücksichtslos zu finden. In demselbigen Zimmer, wo wir die Operation vornahmen, lagen die Kinder in reinlichen Betten, und aufgeweckt[7] durch unser Getöse, schauten sie artig= furchtsam unter den Decken hervor. Nahe an einem großen zwei=

---

1. Die Wöchnerin, l'accouchée (de die Wochen, les couches); on dit aussi die Kindbetterin (de das Kindbett); in die Wochen ou ins Kindbett kommen, accoucher.

2. Der Schemel, tabouret; autrefois stamal ou stamel, du latin *scamellum* (diminutif de *scamnum*) qu'on trouve aussi sous la forme *scabellum*; comp. notre mot *escabeau* et l'ancien mot *escabelle*. Gœthe emploie aussi le mot „das Ta- bouret".

3. Sie machte sich so breit, elle se carrait.

4. Elle s'entendait à réquisitionner et savait mettre les gens à contribution, les mener tambour battant.

5. Der Tragebalken (ou Tragbalken), sommier, travon. — Der Kloben, anneau de fer, crochet; Schiller parle, dans un de ses poèmes de l'anneau auquel Zeus a suspendu le monde:
   Der Kloben, woran Zeus den Ring der Welt
   Vorsichtig aufgehangen.

6. Eingeschraubt, fixé par des vis (die Schraube, vis).

7. Aufgeweckt, comme plus haut ermuntert. Ce mot ne mériterait pas une note, mais le témoin oculaire l'emploie pour caractériser les Français. Ils sont, écrit-il (I, p. 146), „aufgeweckt und helle im Durchschnitt mehr als die Deutschen." Il dit encore des émigrés : „Sie waren nach ihrer Landesart leichtsinnig und aufge- weckt." (I, p. 32.)

ſchläfrigen Ehebett, mit grünem Raſch¹ ſorgfältig umſchloſſen, hing das Schwein, ſo daß die Vorhänge einen maleriſchen Hintergrund zu dem erleuchteten Körper machten. Es war ein Nachtſtück² ohne Gleichen. Aber ſolchen Betrachtungen konnten ſich die Einwohner nicht hingeben; wir merkten vielmehr, daß ſie jenem Hauſe, dem man das Schwein abgewonnen, nicht ſonderlich befreundet ſeien und alſo eine gewiſſe Schadenfreude hierbei obwalte. Früher hatten wir auch gutmüthig Einiges von Fleiſch und Wurſt verſprochen; das Alles kam der Funktion³ zu Statten, die in wenig Stunden vollendet ſein ſollte. Unſer Huſar aber bewies ſich in ſeinem Fache ſo thätig und behend wie die Zigeunerin⁴ drüben in dem ihrigen, und wir freuten uns ſchon auf die guten Würſte und Braten, die uns von dieſer Halbbeute zu Theil werden ſollten. In Erwartung deſſen legten wir uns in der Schmiedewerkſtatt unſeres Wirthes auf die ſchönſten Weizengarben und ſchliefen geruhig bis an den Tag. Indeſſen hatte unſer Huſar ſein Geſchäft im Innern des Hauſes vollendet, ein Frühſtück fand ſich bereit, und das Uebrige war ſchon eingepackt, nachdem vorher den Wirthsleuten gleichfalls ihr Theil geſpendet worden, nicht ohne Verdruß unſerer Leute, welche behaupteten, bei dieſem Volk ſei Gutmüthigkeit übel angewendet; ſie hätten gewiß noch Fleiſch und andere gute Dinge verborgen, die wir auszuwittern noch nicht recht gelernt hätten.

Als ich mich in dem innern Zimmer umſah, fand ich zuletzt eine Thüre verriegelt, die ihrer Stellung nach in einen Garten gehen mußte. Durch ein kleines Fenſter an der Seite konnt' ich

1. Der Raſch, sorte d'étoffe croisée dont le poil ne paraît pas, ras ou rase, serge. Le mot vient du bas-latin *arrasium* ou *arracium*, au moyen âge allemand arraß ou arraſch (de la ville d'Arras où cette étoffe était fabriquée; comp. aujourd'hui tulle, valenciennes, etc.); on n'a conservé du mot que la dernière syllabe. En anglais, *arras* signifie aujourd'hui une tapisserie de haute lisse.

2. Ein Nachtſtück, un effet de nuit incomparable.

3. Die Funktion, l'opération; synonyme, die Verrichtung. C'est ainsi que Gœthe nomme la cérémonie qu'il dut subir lors de son admission dans la Société de l'Arcadie, de Rome.

4. Die Zigeunerin, la vivandière qui, par sa vie nomade, est une vraie Bohémienne, une Gitane. Le mot Zigeuner paraît au xvᵉ siècle, en même temps que les Tsiganes paraissent en Europe; comp. italien *Zingano*, hongrois *Tzigany*, turc *Tschingane*, persan *Zengi* (ou habitant du Zanguebar, pays de l'Afrique orientale, de la côte d'Ajan au cap Delgado).

bemerken, daß ich nicht irre geschlossen hatte; der Garten lag etwas
höher als das Haus, und ich erkannt' ihn ganz deutlich für denselben,
wo wir uns früh mit Küchenwaaren versehen hatten. Die Thüre
war verrammelt¹ und von außen so geschickt verschüttet² und
bedeckt, daß ich nun wohl begriff, warum ich sie heute früh verge=
bens gesucht hatte. Und so stand es in den Sternen geschrieben³,
daß wir ungeachtet aller Vorsicht doch in das Haus gelangen
sollten.

Un cheval réclamé par un hussard; douleur des paysans; le prince
　　royal de Prusse; la guerre plus puissante que les rois; adieux et
　　conseils de Gœthe à ses hôtes; les paysans attaquent l'avant-garde
　　des émigrés.

Den 6. Oktober früh.

Bei solchen Umgebungen darf man sich nicht einen Augenblick
Ruhe, nicht das kürzeste Verharren irgend eines Zustandes erwarten.
Mit Tagesanbruch war der ganze Ort auf einmal in großer
Bewegung; die Geschichte des entflohenen Pferdes kam wieder zur
Sprache. Der geängstigte Reiter, der es herbeischaffen oder Strafe
leiden und zu Fuße gehen sollte, war auf den nächsten Dörfern
herumgerannt, wo man ihm denn, um die Plackerei selbst los zu
werden, zuletzt versicherte, es müsse in Sivry stecken; dort habe

---

1. Verrammelt, barricadée, bâclée (fermée avec un bâton, baculus); de
rammeln, enfoncer le pavé avec une hie ou demoiselle (die Ramme), ou des
pieux, des pilotis avec un mouton (der Rammel, comp. notre mot bélier, sens
qu'ont également Ramm, Rammel, Ramler, Rammbock). — Dans une des plus
célèbres tirades des *Brigands*, Charles Moor s'écrie : „Sie verrammeln sich mit
Konventionen!" Dans *Faust* (II, v. 237), le trésorier se plaignant de la rareté de
l'or, dit : „Die Goldespforten sind verrammelt," et Gœtz de Berlichingen assiégé,
crie à George : „Seht nach dem Thor, verrammelt's mit Balken und Steinen!"
(IV, 8.)

2. Verschüttet und bedeckt, si bien cachée et couverte sous la terre
amoncelée. Verschütten, répandre, signifie aussi « couvrir, ensevelir sous un
amas de terres ou de décombres (der Schutt)». Dans le récit de l'incendie (*H. u.
D.*, II), Gœthe parle d'un cheval qui fut „in dem Stall verschüttet," et il ajoute :
„Die Balken lagen darüber und Schutt."

3. Comp. le même tour de phrase et les mêmes expressions dans le début de
la lettre où Gœthe annonce son arrivée à Venise : „So stand es denn im Buche
des Schicksals auf meinem Blatte geschrieben, daß ich...diese Biberrepublik betreten
und besuchen sollte." (28 septembre 1786.)

man vor so viel Wochen einen Rappen¹ ausgehoben², wie er ihn
beschreibe; unmittelbar vor Sivry habe nun das Pferd sich los-
gemacht, und was sonst noch die Wahrscheinlichkeit vermehren
mochte. Nun kam er, begleitet von einem ernsten Unteroffizier, der
durch Bedrohung des ganzen Ortes endlich die Auflösung des
Räthsels fand. Das Pferd war wirklich hinein nach Sivry zu
seinem vorigen Herrn gelaufen; die Freude, den vermißten Haus-
und Stallgenossen wiederzusehen, sagen sie, sei in der Familie
grenzenlos gewesen, allgemein die Theilnahme der Nachbarn.
Künstlich genug hatte man das Pferd auf einen Oberboden
gebracht und hinter Heu versteckt; Jedermann bewahrte das Geheimniß. Nun aber ward es unter Klagen und Jammern wieder
hervorgezogen, und Betrübniß ergriff die ganze Gemeinde, als
der Reiter sich darauf schwang und dem Wachtmeister folgte.
Niemand gedachte weder eigener Lasten noch des keineswegs auf-
geklärten allgemeinen Geschickes; das Pferd und der zum zweiten
Mal getäuschte Besitzer waren der Gegenstand der zusammenge-
laufenen Menge.

Eine augenblickliche Hoffnung that sich hervor; der Kronprinz
von Preußen kam geritten, und indem er sich erkundigen wollte, was
die Menge zusammengebracht, wendeten sich die guten Leute an ihn
mit Flehen, er möge ihnen das Pferd wieder zurückgeben. Es stand
nicht in seiner Macht, denn die Kriegsläufte sind mächtiger als die
Könige³; er ließ sie trostlos, indem er sich stillschweigend entfernte.

Nun besprachen wir wiederholt mit unsern guten Hausleuten
das Manöver⁴ gegen die Nachzügler; denn schon spukte⁵ das

---

1. Der Rappe ou Rapp (nom d'un général du premier Empire, Alsacien de
naissance), cheval moreau ou noir; se rapporte à der Rabe, le corbeau, comme
der Knappe, le page, à der Knabe, le garçon; comme trappen, marcher lourdement,
à traben, aller au trot.

2. Ausgehoben, mot à mot levé (comme en français, lever des impôts, des
recrues, un contingent), mis en réquisition. Comp. die Aushebung (synonyme,
die Konskription), le recrutement.

3. A la guerre, Gewalt geht vor Recht; ce mot, attribué à M. de Bismarck et
qu'il n'a jamais prononcé sous cette forme brutale, est déjà dans Goetz de Berlichingen (V, 3, révolte des paysans).

4. Das Manöver (prononcez le v comme un w), du français manœuvre; de
même, manövriren.

5. Spuken, faire du bruit, revenir, rôder; es spukt in diesem Hause, il y a des
revenants; es spukt in seinem Kopf ou es spukt ihm im Oberstübchen, il a, comme

Geschmeiß hin und wieder[1]. Wir rietßen, Mann und Frau, Magd und Geselle sollten in der Thüre innerhalb des kleinen Vorraums sich halten und allenfalls ein Stück Brod, einen Schluck Wein, wenn es gefordert würde, auswendig reichen, den eindringenden Ungestüm aber standhaft[2] abwehren. Mit Gewalt erstürmten dergleichen Leute nicht leicht ein Haus; einmal eingelassen aber, werde man ihrer nicht wieder Herr. Die guten Menschen baten uns, noch länger zu bleiben, allein wir hatten an uns selber zu denken; das Regiment des Herzogs war schon vorwärts und der Kronprinz abgeritten; dies war genug, unsern Abschied zu bestimmen.

Wie klüglich dies gewesen, wurde uns noch deutlicher, als wir, bei der Kolonne angelangt, zu hören hatten, daß der Vortrab der französischen Prinzen gestern, als er eben den Paß Le Chesne Populeux und die Aisne hinter sich gelassen, zwischen les Grandes[3]

---

on dit en argot, une araignée dans le plafond. Spufen (avec l'u long) vient du hollandais spoeken, qu'on prononce spúken, et signifie revenir, s'annoncer comme un spectre (gespenstig, selon un mot de Gœthe), du hollandais spook, spectre. Je sens déjà, dit Méphisto, la nuit de Walpurgis qui approche, „da spuft mir schon durch die Glieder die herrliche Walpurgisnacht.“ (Faust, I, v. 3308.) Comp. encore: „Wenn Geister spuken, geh' er seinen Gang.“ (Faust, II, v. 6837.)

1. Das Geschmeiß, la racaille, les oiseaux de proie, comme on les a nommés (comp. le Thénardier des Misérables). Dans Faust (II, v. 6200-6217), on voit Habebald et Eilebeute se précipiter dans la tente de l'anti-césar et piller ses trésors; les trabants du véritable empereur interviennent et Habebald leur dit:

    Wir holen unser Beutetheil.
    In Feindeszeiten ist's der Brauch,
    Und wir, Soldaten sind wir auch;

sur quoi les trabants répliquent:

    Das passet nicht in unsern Kreis:
    Zugleich Soldat und Diebsgeschmeiß.

Ce Geschmeiß est ce que Gœthe appelle encore, dans Hermann et Dorothée, ein Trupp verlaufnen Gesindels,“ et ailleurs (Wanderjahre, I, 2) „gefährliche Rotten von verlaufenem Gesindel, die hie und da manche Gewaltthätigkeit, manchen Muthwillen ausüben.“ Le mot Geschmeiß est, à proprement parler, synonyme de Unrath, et signifie excrément, fiente, œufs de mouches; comp. die Schmeißfliege, la mouche à viande (bleue ou vomisseuse), et schmeißen, fienter, par suite, jeter lancer, pousser dehors; herausschmeißen (pop.), chasser, mettre à la porte. „Warum schmeißen sie uns nicht aus dem Lande?“ dit, dans le Camp de Wallenstein, le maréchal des logis.

2. Standhaft, constant. Le soldat anglais, ou, comme dit Thiers, le soldat solide et lent de l'Angleterre, fait pour l'esprit peu étendu, mais sage et résolu de Wellington, est essentiellement standhaft. Le Prince constant de Calderon se traduit en allemand par der standhafte Prinz.

3. Les Grandes-Armoises (Ardennes), canton du Chesne-Populeux, arrondissement de Vouziers. 215 habitants.

und les Petites Armoises¹ von Bauern angegriffen worden; einem Offizier solle das Pferd unterm Leib getödtet, dem Bedienten des Kommandirenden eine Kugel durch den Hut gegangen sein. Nun fiel mir's aufs Herz, daß in vergangener Nacht, als der bärbeißige² Schwager ins Haus trat, ich einer solchen Ahnung mich nicht erwehren konnte.

————

Fourgons abandonnés; que sont devenus les manuscrits de Gœthe?

Zum 6. Oktober.

Aus der gefährlichsten Klemme waren wir nun heraus, unser Rückzug jedoch noch immer beschwerlich und bedenklich, der Transport unseres Haushaltes von Tag zu Tage lästiger; denn freilich führten wir ein komplettes Mobiliar³ mit uns, außer dem Küchengeräth noch Tisch und Bänke, Kisten, Kasten⁴ und Stühle, ja ein paar Blechöfen⁵. Wie wollte man die mehreren Wagen fortbringen, da der Pferde täglich weniger wurden! Einige fielen, die überbliebenen zeigten sich kraftlos. Es blieb nichts übrig, als einen Wagen stehen zu lassen, um die andern fortzubringen. Nun ward gerathschlagt, was wohl das Entbehrlichste sei, und so mußte man einen mit allerlei Geräth wohlbepackten Wagen im Stiche lassen⁶, um nicht Alles zu entbehren. Diese Operation wiederholte sich einigemal;

————

1. Les Petites-Armoises (Ardennes), canton du Chesne-Populeux, arrondissement de Vouziers. 252 habitants.

2. Bärbeißig, hargneux; qui aime à mordre, comme un ours.

3. Ein komplettes Mobiliar, expression toute française.

4. Kisten, Kasten. Ces deux mots que nous avons rencontrés souvent dans ce récit, sont fréquemment réunis pour former une allitération : Kisten und Kasten. Cette allitération existait déjà au moyen âge; elle est souvent employée par Gœthe et l'écrivain semble ne pas faire de différence entre Kiste et Kasten : le comte de Thorane expédie en France „Kisten und Kasten" (D. u. W., III, p. 105); dans le récit de la fuite de Dorothée et de ses compagnons, les deux mots sont tout à fait synonymes, „später stürzten die Kasten," et ces mêmes Kasten sont appelés Kisten à un vers de distance : „unter der Last der Kisten." Weigand définit ainsi les deux substantifs : 1º der Kasten : viereckiges Behältniß mit oder ohne Deckel; 2º die Kiste : trag- und verschließbarer Kasten zum Aufbewahren oder Versenden."

5. Der Blechofen, poêle en tôle (das Blech, tôle, fer-blanc).

6. Im Stiche lassen, comp. notre expression vulgaire « laisser en plan ».

unfer Zug ward um Vieles kompendiöſer, und doch wurden wir
aufs Neue an eine ſolche Reduktion[1] gemahnt, da wir uns an den
niedrigen Ufern der Maas mit größter Unbequemlichkeit fort=
ſchleppten.

Was mich aber in dieſen Stunden am meiſten drückte und
beſorgt machte, war, daß ich meinen Wagen ſchon einige Tage
vermißte. Nun konnt' ich mir's nicht anders denken, als mein ſonſt
ſo reſoluter[2] Diener ſei in Verlegenheit gerathen, habe ſeine
Pferde verloren und andere zu requiriren nicht vermocht. Da ſah
ich denn in trauriger Einbildungskraft meine werthe böhmiſche
Halbchaiſe, ein Geſchenk meines Fürſten, die mich ſchon ſo weit in
der Welt herumgetragen, im Koth verſunken, vielleicht auch über
Bord geworfen[3], und ſomit, wie ich da zu Pferde ſaß, trug ich
nun Alles bei mir. Der Koffer mit Kleidungsſtücken, Manuſkripten[4]
jeder Art und manches durch Gewohnheit ſonſt noch werthe
Beſitzthum, Alles ſchien mir verloren und ſchon in die Welt
zerſtreut.

Was war aus der Brieftaſche[5] mit Geld und bedeutenden
Papieren geworden, aus ſonſtigen Kleinigkeiten, die man an ſich
herumſteckt? Hatte ich das Alles nun recht umſtändlich und peinlich
durchgedacht, ſo ſtellte ſich der Geiſt aus dem unerträglichen Zu=
ſtande bald wieder her. Das Vertrauen auf meinen Diener fing
wieder an zu wachſen, und wie ich vorher umſtändlich den Verluſt
gedacht, ſo dacht' ich nunmehr Alles durch ſeine Thätigkeit erhalten
und freute mich deſſen, als läg' es mir ſchon vor Augen.

---

1. Reduktion ou Reducirung (synonyme, Verminderung); Gœthe emploie
aussi reduciren.

2. Reſolut. Ce mot ne nous semble pas inutile, il exprime quelque chose
de plus que entſchloſſen : plein de vigueur et de décision en toute circonstance.
Comp. Schiller, *Camp de Wallenstein* : „das reſoluteſte Korps im Lager" (scène 2),
et „der macht kurze Arbeit, iſt reſolut" (scène 11). Plus haut, Gœthe a dit des
jeunes filles qui servaient les officiers à table : „muntere reſolute Mädchen," c'est-
à-dire vives, aux mouvements prompts et assurés.

3. Ueber Bord geworfen, jeté par-dessus bord, c'est-à-dire dans le fossé
de la route (in den Graben geſtürzt).

4. On dit plus ordinairement Manuscripte (das Manuſcript).

5. Die Brieftaſche, ou, comme dit Gœthe plus loin, das Portefeuille. Taſche
a pénétré en français dans le mot *sabretache*.

Le duc de Brunswick vaincu par les éléments; le malheur le réconcilie
avec Gœthe.

Den 7. Oktober.

Als wir eben auf dem linken Ufer der Maas aufwärts zogen,
um an die Stelle zu gelangen, wo wir übersetzen und die gebahnte
Hauptstraße jenseits erreichen sollten, gerade auf dem sumpfigsten
Wiesenfleck, hieß es, der Herzog von Braunschweig komme hinter
uns her. Wir hielten an und begrüßten ihn ehrerbietig; er hielt
auch ganz nahe vor uns stille und sagte zu mir: „Es thut mir zwar
leid, daß ich Sie in dieser unangenehmen Lage sehe; jedoch darf es
mir in dem Sinne erwünscht sein, daß ich einen einsichtigen,
glaubwürdigen Mann mehr weiß, der bezeugen kann, daß wir
nicht vom Feinde, sondern von den Elementen überwunden
worden [1]."

Er hatte mich in dem Hauptquartier zu Hans vorbeigehend
gesehen und wußte überhaupt, daß ich bei dem ganzen traurigen
Zug gegenwärtig gewesen. Ich antwortete ihm etwas Schickliches
und bedauerte noch zuletzt, daß er, nach so viel Leiden und
Anstrengung, noch durch die Krankheit seines fürstlichen Sohnes
sei in Sorgen gesetzt worden, woran wir vorige Nacht in Sivry
großen Antheil empfunden. Er nahm es wohl auf, denn dieser
Prinz war sein Liebling, zeigte sodann auf ihn, der in der Nähe
hielt; wir verneigten uns auch vor ihm. Der Herzog wünschte uns
Allen Geduld und Ausdauer [2] und ich ihm dagegen eine ungestörte
Gesundheit, weil ihm sonst nichts abgehe, uns und die gute Sache
zu retten. Er hatte mich eigentlich niemals geliebt [3]; das mußte ich

---

1. C'est le mot qu'on prête à Philippe II recevant le duc de Medina Sidonia
après le désastre de l'Armada (le témoin oculaire compare l'insuccès de l'armée
prussienne à celui de l'Armada): „Ich habe Sie gegen Menschen, nicht gegen
Stürme und Klippen gesandt." Après la campagne de Russie, Napoléon disait
aussi qu'il était vaincu par les éléments. Dès le commencement de la campagne,
Lombard écrit à sa femme que les éléments semblaient combattre pour les Français.

2. Die Ausdauer, l'endurance, la persistance. C'est une des vertus les plus
allemandes, une des qualités les plus caractéristiques de nos voisins, et ce qu'il
faut le plus louer chez les savants d'outre-Vosges, c'est leur labeur persévérant,
leur Ausdauer.

3. Pourquoi n'aimait-il pas Gœthe? Schœll ne dit que ces mots: « Il n'était
pas favorable au jeune ministre de son neveu. » (Gœthe, p. 479.)

mir gefallen laſſen; er gab es zu erkennen, das konnt' ich ihm
verzeihen; nun aber war das Unglück eine milde Vermittlerin
geworden, die uns auf eine theilnehmende Weiſe zuſammenbrachte[1].

Passage de la Meuse; Consenvoye; Gœthe s'endort, épuisé de fatigue,
　　sur un sol boueux et glacial; il part en voiture avec Wagner et deux
　　malades; le hussard Lisour; fatalisme.

Den 7. und 8. Oktober.

Wir hatten über die Maas geſetzt[2] und den Weg eingeſchlagen,
der aus den Niederlanden nach Verdun führt; das Wetter war
furchtbarer als je, wir lagerten bei Conſenvoye[3]. Die Unbequem=
lichkeit, ja das Unheil ſtiegen aufs Höchſte, die Zelte durchnäßt,
ſonſt kein Schirm, kein Obdach; man wußte nicht, wohin man ſich
wenden ſollte; noch immer fehlte mein Wagen, und ich entbehrte
das Nothwendigſte. Konnte man ſich auch unter einem Zelte bergen,
ſo war doch an keine Ruheſtelle zu denken. Wie ſehnte man ſich nicht
nach Stroh, ja nach irgend einem Brettſtück, und zuletzt blieb doch
nichts übrig, als ſich auf den kalten feuchten Boden niederzulegen!

Nun hatte ich aber ſchon in vorigen gleichen Fällen mir ein
praktiſches Hilfsmittel erſonnen, wie ſolche Noth zu überdauern
ſei; ich ſtand nämlich ſo lange auf den Füßen, bis die Kniee
zuſammenbrachen, dann ſetzt' ich mich auf einen Feldſtuhl, wo ich
hartnäckig verweilte, bis ich niederzuſinken glaubte, da denn jede
Stelle, wo man ſich horizontal ausſtrecken konnte, höchſt will=
kommen war. Wie alſo Hunger das beſte Gewürz bleibt, ſo wird
Müdigkeit der herrlichſte Schlaftrunk ſein.

Zwei Tage und zwei Nächte hatten wir auf dieſe Weiſe verlebt,
als der traurige Zuſtand einiger Kranken auch Geſunden zu Gute
kommen ſollte. Des Herzogs Kammerdiener war von dem allge=

---

1. On s'attendrait plutôt à lire ein milder Vermittler; mais Gœthe pense sa:
doute à la divinité antique, à la mauvaise Fortune. Dans *Hermann et Doroth*-
(VI), le vieux juge dit qu'au milieu des désastres de la guerre, il vit les ennem,
se réconcilier: „Ich ſah ſich Feinde verſöhnen."

2. L'armée prussienne passa la Meuse, disent les *Réminiscences* du prince
royal, à Vilosnes.

3. Consenvoye (Meuse), canton de Montfaucon, arrondissement de Montmédy
46 habitants.

meinen Uebel befallen; einen Junker[1] vom Regiment hatte der Fürst aus dem Lazareth von Grandpré gerettet; nun beschloß er, die Beiden in das etwa zwei Meilen entfernte Verdun zu schicken. Kämmerier Wagner wurde ihnen zur Pflege mitgegeben, und ich säumte nicht, auf gnädigste vorsorgliche[2] Anmahnung den vierten Platz einzunehmen. Mit Empfehlungsschreiben an den Kommandanten wurden wir entlassen, und als beim Einsitzen der Pudel nicht zurückbleiben durfte, so ward aus dem sonst so beliebten Schlafwagen ein halbes Lazareth[3] und etwas Menagerieartiges.

Zur Escorte, zum Quartier= und Proviantmeister[4] erhielten wir jenen Husaren, der, Namens Liseur, aus Luxemburg gebürtig, der Gegend kundig, Geschick, Gewandtheit und Kühnheit eines Freibeuters[5] vereinigte; mit Behagen ritt er voraus und machte dem mit sechs starken Schimmeln bespannten Wagen und sich selbst ein gutes Ansehen.

Zwischen ansteckende Kranke gepackt, mußt' ich von keiner Apprehension[6]. Der Mensch, wenn er sich getreu bleibt, findet zu jedem Zustande eine hülfreiche Maxime; mir stellte sich, sobald die

---

1. Der Junker (autrefois junc herre), jeune gentilhomme, cadet (comp. Fahnenjunker); iron. gentillâtre, hobereau.

2. Vorsorglich, adjectif et adverbe, provisoirement, par précaution, auf vorsorgliche Anmahnung, sur la prévoyante exhortation du prince; comp. *Affin. élect.*, I, 4; „diese vorsorglichen Anstalten,“ ces mesures de précaution. „Vorsorgliche Hausfrau“, femme prévoyante (*Gœtz*, II, S).— Gœthe écrivait aussi fürsorglich: „eine fürsorgliche Einhüllung“ (*Wanderjahre*, II, 11).— Le mot Anmahnung signifie quelque chose de plus qu'exhortation; c'est une sommation amicale.

3. Das Lazareth, hôpital militaire. On peut distinguer deux Lazarethe: le festes Lazareth, l'hôpital, et le fliegendes Lazareth, l'ambulance (die Ambulanz). —En français, *lazaret* signifie un établissement isolé, destiné à recevoir des malades, des équipages, des marchandises suspects de contagion; le mot vient du bas-latin *lazarus*, ladre, lépreux.

4. Die Escorte, et plus haut, eskortirt; synonyme, das Geleit. —Der Quartiermeister, quartier-maître. — Der Proviantmeister, aujourd'hui encore l'officier comptable chargé du service des subsistances. Traduire simplement «à la fois comme escorte et comme fourrier» (le *fourrier* veillant en même temps et au logement des soldats et à la répartition des vivres).

5. Freibeuter, pirate, et aussi, partisan, soldat d'un corps franc. C'est à Freibeuter que se rapporte notre mot *flibustier*, autrefois *fribustier;* comp. l'anglais *freebooter*, et le hollandais *vrijbuiter*. Le sens de Freibeuter dans ce passage est évidemment «partisan, enfant perdu»; autrement Gœthe eût mis flibustier; il a employé le mot dans ses Mémoires (*D. u. W.*, XV, p. 191).

6. Von keiner Apprehension wissen; tel est, en effet, le grand remède et le premier „Rezept“ des médecins, en temps d'épidémie.

Gefahr groß ward, der blindeste Fatalismus zur Hand, und ich habe bemerkt, daß Menschen, die ein durchaus gefährlich Metier treiben, sich durch denselben Glauben gestählt und gestärkt fühlen¹. Die mahomedanische Religion giebt hievon den besten Beweis.

Tristesses de la retraite; scène de reconnaissance; rentrée à Verdun; le hussard Liseur installe les voyageurs de vive force dans la maison d'un chevalier de Saint-Louis.

Den 9. Oktober.

Unsere traurige Lazarethfahrt zog nun langsam dahin und gab zu ernsten Betrachtungen Anlaß², da wir in dieselbe Heerstraße fielen, auf der wir mit so viel Muth und Hoffnung ins Land eingetreten waren. Hier berührten wir nun wieder dieselbe Gegend, wo der erste Schuß aus den Weinbergen fiel, denselben Hochweg, wo uns die hübsche Frau in die Hände lief und zurückgeführt worden, kamen an dem Mäuerchen vorbei, von wo sie uns mit den Ihrigen freundlich und zur Hoffnung aufgeregt begrüßte. Wie sah das Alles jetzt anders aus, und wie doppelt unerfreulich erschienen die Folgen eines fruchtlosen Feldzugs durch den trüben Schleier eines anhaltenden³ Regenwetters!

Doch mitten in diesen Trübnissen sollte mir gerade das Erwünschteste begegnen. Wir holten ein Fuhrwerk ein, das mit vier kleinen unansehnlichen Pferden vor uns herzog; hier aber gab es einen Lust= und Erkennungsauftritt; denn es war mein Wagen, mein Diener. — „Paul," rief ich aus, „Teufelsjunge, bist Du's!

---

1. « L'homme, disait Gœthe à Eckermann (III, p. 172), est soumis à une puissance que j'appellerais das Dämonische; elle fait de lui ce qui lui plaît, et il s'abandonne à elle inconsciemment, tout en croyant qu'il agit par sa propre impulsion. » Comp. encore ce que dit Gœthe de la destinée dans les *Affinités électives* (II, 14): „Es sind gewisse Dinge, die sich das Schicksal hartnäckig vornimmt. Vergebens daß Vernunft und Tugend, Pflicht und alles Heilige sich ihm in den Weg stellen; es soll etwas geschehen, was ihm recht ist, was uns nicht recht scheint; und so greift es zuletzt durch, wir mögen uns geberden wie wir wollen." En un mot, Gœthe est fataliste, tout comme Napoléon, « le grand fataliste », ainsi que l'a nommé un poète contemporain.

2. Plus haut (6 septembre) même expression: „gab zu wunderlichen Betrachtungen Anlaß."

3. Une pluie continue, incessante; anhaltend est le mot consacré. „Aber, dit Gœthe plus loin (novembre), sonderbar verwickelte Zustände werden durch anhaltendes Regenwetter herbeigeführt."

9.

Wie kommst Du hieher?" — Der Koffer stand geruhig aufgepackt an seiner alten Stelle; welch erfreulicher Anblick! Und als ich mich nach Portefeuille und Anderem hastig erkundigte, sprangen zwei Freunde aus dem Wagen, geheimer Sekretär Weyland und Hauptmann Vent[1]. Das war eine gar frohe Scene des Wiederfindens, und ich erfuhr nun, wie es bisher zugegangen.

Seit der Flucht jener Bauernknaben hatte mein Diener die vier Pferde durchzubringen gewußt und sich nicht allein von Hans bis Grandpré, sondern auch von da, als er mir aus den Augen gekommen, über die Aisne geschleppt und immer so fort verlangt, begehrt, fouragirt, requirirt, bis wir zuletzt glücklich wieder zusammentrafen und nun Alle vereint und höchst vergnügt nach Verdun zogen, wo wir genugsame Ruhe und Erquickung zu finden hofften.

Hiezu hatte denn auch der Husar weislich und klüglich die besten Voranstalten getroffen; er war voraus in die Stadt geritten und hatte sich bei der Fülle des Dranges gar bald überzeugt, daß hier ordnungsgemäß durch Wirksamkeit und guten Willen eines Quartieramts nichts zu hoffen sei; glücklicherweise aber sah er in dem Hof eines schönen Hauses Anstalten zu einer herannahenden Abreise; er sprengte zurück, bedeutete uns, wie wir fahren sollten, und eilte nun, sobald jene Partei heraus war, das Hofthor zu besetzen, dessen Schließen zu verhindern und uns gar erwünscht zu empfangen. Wir fuhren ein, wir stiegen aus, unter Protestation[2] einer alten Haushälterin, welche, so eben von einer Einquartierung befreit, keine neue, besonders ohne Billet[3], aufzunehmen Lust empfand. Indessen waren die Pferde schon ausgespannt und im Stalle, wir aber hatten uns in die oberen Zimmer getheilt; der

---

1. Weyland (Philippe-Christian) était le frère de ce Weyland que Gœthe avait connu à Strasbourg et qui introduisit le jeune poète dans la famille du pasteur Brion, à Sessenheim. Weyland devint président du Landschaftscollegium et conseiller secret.— Le capitaine Christophe-Gottlob Vent reparaît dans la relation du *Siége de Mayence.*

2. Protestation; le mot est ancien, puisqu'il a donné naissance à celui de *protestants.* On dit aussi en allemand der Protest, der Einspruch ou die Einsprache, die Verwahrung. On trouve tous ces mots dans la phrase suivante sur la fondation du protestantisme : „Gegen diesen Reichstagsabschied legten viele Fürsten und Reichsstädte Protestation ein; davon erhielten sie den Namen Protestanten. Der Kaiser aber nahm die ihm überbrachte Einsprache und Verwahrung nicht an." (Weber, *Allgemeine Geschichte,* p. 222.)

3. Ohne Billet ou Quartierzettel.

Hausherr, ältlich, Edelmann, Ludwigsritter, ließ es geschehen; weder er noch seine Familie wollten von Gästen weiter wissen, am wenigsten diesmal von Preußen auf dem Rückzuge [1].

Un pâtissier désolé; une belle jeune fille qui doit mourir sur l'échafaud; le général de Courbière; ordre de quitter Verdun sur-le-champ; les diplomates et les directeurs de théâtre; le baron de Breteuil; l'affaire du collier; un cahier de l'assemblée des notables.

Den 10. Oktober.

Ein Knabe, der uns in der verwilderten [2] Stadt herumführte, fragte mit Bedeutung, ob wir denn von den unvergleichlichen Verduner Pastetchen [3] noch nicht gekostet hätten. Er führte uns darauf zu dem berühmtesten Meister dieser Art. Wir traten in einen weiten Hausraum, in welchem große und kleine Oefen ringsherum angebracht waren, zugleich auch in der Mitte Tisch und Bänke zum frischen Genuß des augenblicklich Gebackenen. Der Künstler trat vor, sprach aber seine Verzweiflung höchst lebhaft aus, daß es ihm nicht möglich sei, uns zu bedienen, da es ganz und gar an Butter fehle. Er zeigte die schönsten Vorräthe des feinsten Weizenmehls; aber wozu nützten ihm diese ohne Milch und Butter! Er rühmte sein Talent, den Beifall der Einwohner, der Durchreisenden, und bejammerte nur, daß er gerade jetzt, wo er sich vor solchen Fremden zu zeigen und seinen Ruf auszubreiten Gelegenheit finde, gerade des Nothwendigsten ermangeln müßte. Er beschwor uns daher, Butter herbeizuschaffen, und gab zu verstehen, wenn wir nur ein wenig Ernst zeigen wollten, so sollte sich dergleichen schon irgendwo finden. Doch ließ er sich für den Augenblick zufrieden stellen, als wir versprachen, bei längerem Aufenthalt von Jardin Fontaine dergleichen herbeizuholen.

---

1. L'occupation de cette maison a quelque chose de husarenmäßig; elle est, en effet, dirigée par un hussard. Le propriétaire est un chevalier de Saint-Louis, émigré, qui n'est rentré en France que pour repartir presque aussitôt; de là sa morne résignation et son antipathie contre les Prussiens, dont l'insuccès le condamne à un second exil.

2. Verwildert. Elle porte encore les traces du bombardement et elle est pleine de gens inquiets et affairés.

3. Das Pastetchen, diminutif de die Pastete, du bas-latin pastáta; comp. pâté, pâtée.

Unsern jungen Führer, der uns weiter durch die Stadt begleitete und sich ebensowohl auf hübsche Kinder als auf Pastetchen zu verstehen schien, befragten wir nach einem wunderschönen Frauenzimmer[1], das sich eben aus dem Fenster eines wohlgebauten Hauses herausbog. „Ja," rief er, nachdem er ihren Namen genannt, „das hübsche Köpfchen mag sich fest auf den Schultern halten! Es ist auch eine von denen, die dem König von Preußen Blumen und Früchte überreicht haben. Ihr Haus und Familie dachten schon, sie wären wieder obendrauf[2]; das Blatt aber hat sich gewendet[3]; jetzt tausch' ich nicht mit ihr." Er sprach hierüber mit besonderer Gelassenheit, als wäre es ganz naturgemäß und könne und werde nicht anders sein[4].

---

1. Cette jeune fille était peut-être Suzanne Henry, dont la beauté merveilleuse avait si vivement frappé le roi de Prusse (voir p. 50, note).

2. Sie wären wieder oben drauf, qu'ils avaient repris le dessus.

3. Das Blatt hat sich gewendet (on dit aussi umgewendet ou umgewandt). S'agit-il dans cette expression de la feuille d'un arbre ou de la feuille d'un livre? Grimm penche pour cette dernière opinion, et cite deux expressions analogues: wir wollen einmal umschlagen, nous voulons voir ce que dira le verso ; et das steht auf einem andern Blatte. On peut comparer l'expression française « de quoi il retourne ».

4. On sait que les dames et les demoiselles de Verdun, accusées d'avoir porté des dragées et des fleurs au roi de Prusse, furent, après la reprise de Verdun, envoyées devant le tribunal révolutionnaire. Elles étaient au nombre de quatorze ; parmi elles, sept femmes mariées, Mmes Brigand, La Girouzière, Tabouillot (femme d'un ex-procureur du bailliage), Bestel, de La Lance (baronne et femme d'émigré), Masson et Croûte, et sept jeunes filles, les trois sœurs Suzanne, Gabrielle et Barbe Henry (filles d'un président du bailliage), les trois sœurs Anne, Henriette et Hélène Watrin (filles d'un ancien militaire), et Claire Tabouillot. Elles moururent toutes sur l'échafaud (25 avril 1794), excepté Claire Tabouillot et Barbe Henry, qui furent, à cause de leur jeune âge, condamnées à vingt ans de réclusion et à six heures d'exposition sur l'échafaud (elles furent délivrées après le 9 thermidor). Barbe Henry, devenue la femme de M. Meslier, colonel-inspecteur aux revues, et plus tard adjoint à la mairie de la ville de Metz, a écrit un récit de ce tragique événement, récit dont M. Cuvillier-Fleury a publié quelques extraits dans ses *Portraits politiques et révolutionnaires*. Les *Vierges de Verdun* ont été célébrées par les poètes, par Delille (*Malheur et pitié*, chant III) et par Victor Hugo (*Odes et Ballades*, I, 3). Les vers de Delille sont insipides; les seuls qui méritent d'être cités, parce qu'ils sont vrais et confirmés par le récit de Barbe Henry, sont ceux-ci :

Vous eûtes la beauté, vous eûtes le courage,
Vous vîtes sans effroi le sanglant tribunal,
Vos fronts n'ont point pâli sous le couteau fatal.

Parmi les vers de Victor Hugo, nous citerons les suivants :

Frédéric sur Verdun dirigeait ses guerriers.

Verdun, premier rempart de la France opprimée.

Mein Diener war von Jarbin Fontaine zurückgekommen, wohin er, unsern alten Wirth zu begrüßen, und den Brief an die Schwester zu Paris wiederzubringen, gegangen war. Der neckische Mann empfing ihn gutmüthig genug, bewirthete ihn aufs beste und lud die Herrschaft ein, die er gleichfalls zu traktiren versprach.

So wohl sollt' es uns aber nicht werden; denn kaum hatten wir den Kessel [1] übers Feuer gehängt, mit herkömmlichen Ingredienzien und Ceremonien, als eine Ordonnanz [2] hereintrat und im Namen des Kommandanten, Herrn von Courbière [3], freundlich andeutete, wir möchten uns einrichten, morgen früh um acht Uhr aus Verdun zu fahren. Höchst betroffen, daß wir Dach, Fach und Herd, ohne uns nur einigermaßen herstellen zu können, eiligst verlassen und uns wieder in die wüste schmutzige Welt hinausgestoßen sehen sollten, beriefen wir uns auf die Krankheit des Junkers und Kammerdieners, worauf er denn meinte, wir sollten diese bald möglichst fortzubringen suchen, weil in der Nacht die Lazarethe geleert und

---

> D'un roi libérateur crut saluer l'armée.
>   En vain tonnaient d'horribles lois;
> Verdun se revêtit de sa robe de fête,
> Et, libre de ses fers, vint offrir sa conquête
>   Au monarque vengeur des rois.
> Alors, vierges, vos mains (ce fut là votre crime!)
> Des festons de la joie ornèrent les vainqueurs.
>   Ah! pareilles à la victime,
> La hache à vos regards se cachait sous des fleurs

1. Der Kessel. Rud. Hildebrand dit, à ce mot, dans le *Dictionnaire de Grimm* (K, p. 620) : „Im Hauswesen meint Kessel schlechthin den Kochkessel, der im Hause einst eine Bedeutung hatte, die uns heutigen Städtern sehr fern getreten ist."

2. Die Ordonnanz ou Ordonanz, ou quelquefois encore Ordinanz, ordonnance; on dit aussi en allemand der Planton; être de planton, Ordonnanz haben; service de planton, Ordonnanzdienst.

3. Guillaume-René, baron de l'Homme de Courbière, né le 23 février 1733 à Maestricht, en Hollande, d'une famille de protestants dauphinois. Il entra au service de la Prusse (1756) et se distingua pendant la guerre de Sept ans, à la tête d'un bataillon de volontaires, le seul qui subsista après la paix de Hubertsbourg. Major-général (1780), lieutenant-général (1785), commandant de la garde prussienne en 1792 et gouverneur de Verdun, il décida l'année suivante (1793) la victoire de Pirmasens et devint en 1797 général d'infanterie et en 1798 gouverneur de la place forte de Graudenz (sur la rive droite de la Vistule, province de Prusse). Le principal fait d'armes de Courbière est la défense de cette place de Graudenz, où il tint contre les Français jusqu'à la fin de la guerre. Après la paix de Tilsit, il fut nommé feldmaréchal et gouverneur de la Prusse occidentale. Il mourut à Graudenz le 25 juillet 1811; on lui a élevé un monument sur le glacis de la citadelle.

nur die völlig intransportabeln Kranken zurückgelassen würden.
Uns überfiel Schrecken und Entsetzen; denn bisher zweifelte Niemand, daß von Seiten der Alliirten man Verdun und Longwy
erhalten, wo nicht gar noch einige Festungen erobern und sichere
Winterquartiere bereiten müsse. Von diesen Hoffnungen konnten
wir nicht auf einmal Abschied nehmen; daher schien es uns, man
wolle nur die Festung von den unzähligen Kranken und dem un-
glaublichen Troß befreien, um sie alsdann mit der nothwendigen
Garnison besetzen zu können. Kämmerier Wagner jedoch, der das
Schreiben des Herzogs dem Kommandanten überbracht hatte, glaubte
das Allerbedenklichste in diesen Maßregeln zu sehen. Was es aber
auch im Ganzen für einen Ausgang nähme, mußten wir uns diesmal in unser Schicksal ergeben und speisten geruhig [1] den einfachen
Topf in verschiedenen Absätzen und Trachten [2], als eine andere
Ordonnanz abermals hereintrat und uns beschied [3], wir möchten
ja ohne Zaudern und Aufenthalt morgen früh um drei Uhr aus
Verdun zu kommen suchen. Kämmerier Wagner, der den Inhalt
jenes Briefes an den Kommandanten zu wissen glaubte, sah hierin
ein entschiedenes Bekenntniß, daß die Festung den Franzosen sogleich
wieder würde übergeben werden [4]. Dabei gedachten wir der Dro-
hung des Knaben, gedachten der schönen geputzten Frauenzimmer,
der Früchte und Blumen, und betrübten uns zum ersten Mal recht
herzlich und gründlich über eine so entschieden mißlungene große
Unternehmung.

Ob ich schon unter dem diplomatischen Corps ächte und ver-
ehrungswürdige Freunde gefunden, so konnt' ich doch, so oft ich)

---

1. Geruhig, avec calme et lenteur; mot assez rare, déjà employé par Gœthe
p. 154, dans *Werther* (19 juin) et dans *Faust*, I, v. 1015:
Geruhig bleibt am Ende Meer und Land.
Le mot, usité déjà au moyen âge, est un de ces termes de Franconie, du pays
qu'on appelait le „Reich", et que Gœthe emploie volontiers. Rodolphe Boie,
louant la langue originale de *Werther*, y trouvait déjà „einige reichsländische
Wörter und Wendungen, die ihm besonders gefielen." (*Im neuen Reich*, 1875, n° 8,
p. 291.)

2. In verschiedenen Absätzen und Trachten, à divers intervalles et en
plusieurs services (sous forme de soupe, de viande et de légumes).

3. Bescheiden, ici, donner avis, informer, instruire.

4. « Il y eut, dit Jomini, des pourparlers entre les généraux prussiens, Kellermann et les députés de la Convention; les premiers ayant proposé de remettre Verdun et Longwy, si on n'inquiétait pas trop vivement leur retraite, on
y consentit pour éviter le siège de ces deux places. » (II, pp. 141-142.)

sie mitten unter diesen großen Bewegungen fand [1], mich gewisser neckischer Einfälle nicht enthalten; sie kamen mir vor wie Schauspieldirektoren, welche die Stücke wählen, Rollen austheilen und in unscheinbarer Gestalt einhergehen, indessen die Truppe, so gut sie kann, aufs Beste herausgestutzt, das Resultat ihrer Bemühungen, dem Glück und der Laune des Publikums überlassen muß [2].

Baron Breteuil [3] wohnte gegen uns über; seit der Halsbandgeschichte war er mir nicht aus den Gedanken gekommen. Sein Haß gegen den Kardinal von Rohan verleitete ihn zu der furchtbarsten Uebereilung; die durch jenen Prozeß entstandene Erschütte-

---

1. « Au milieu de ces grands mouvements » ; ailleurs Gœthe, parlant de l'activité des hommes, dit que les diplomates changent sans cesse de demeure et ne se reposent jamais, même en temps de guerre ; „im Kriege, dem siegenden Heere nachziehend, dem flüchtigen die Wege bahnend." (*Wanderjahre*, III, 9.)

2. Ces paroles de Gœthe sur les diplomates qui restent dans la coulisse, tandis que d'autres, poussés par eux, agissent sur la scène, rappellent le beau mot de Guez de Balzac : « Dieu est le poète (c'est-à-dire l'inventeur, le créateur), et les hommes ne sont que des acteurs. Ces grandes pièces qui se jouent sur la terre, ont été composées dans le ciel, et c'est souvent un faquin qui doit en être l'Atrée ou l'Agamemnon. » Le diplomate est le poète et les soldats ne sont que les acteurs. — Il est assez naturel que Gœthe, qui fut lui-même Schauspieldirektor, tire ses comparaisons du monde du théâtre.

3. Le baron de Breteuil (Louis-Auguste Le Tonnelier), que l'on regardait, a dit Gouvion Saint-Cyr (*Mémoires*, introduction, p. LIX), comme le ministre de Louis XVI à l'extérieur, était né à Preuilly en Touraine (1733). Ministre plénipotentiaire (1758) près l'électeur de Cologne, initié au *secret du roi*, puis envoyé en Russie (1760), en Hollande (1769), à Naples (1771), à Vienne (1775), représentant de la France au congrès de Teschen (1778), ministre d'État (1783) et, après la démission d'Amelot, appelé au département de la maison du roi et de Paris, il quitta le ministère en 1787, mais y rentra après le renvoi de Necker. Lorsque ce dernier fut rappelé, Breteuil se retira à Soleure, où il reçut en 1790 un pouvoir écrit de la main du roi, pour « traiter avec les cours étrangères et proposer en son nom toutes les mesures qui pourraient tendre à rétablir l'autorité royale et la tranquillité intérieure du royaume ». Il suivit l'armée prussienne en 1792 ; « le roi de Prusse, lui écrivait le vicomte de Caraman, désire que vous le suiviez le plus près possible ; à mesure que son armée avancera, vous serez logé dans les petites villes les plus proches, parce qu'il veut vous épargner les fatigues et les incommodités inséparables d'un camp, mais vous avoir à portée de vous voir souvent » (*Le comte de Fersen*, lettre du 23 août). Breteuil se rendit à Verdun, et « fit sentir au duc de Brunswick la nécessité d'une grande sévérité » ; il pria le roi de Prusse de « châtier Varennes » ; il « fit rétablir à Verdun l'évêque, les chanoines, les moines », et il se vantait de n'avoir pas laissé dans la ville « un intrus » (lettre du 17 septembre). Il quitta Verdun presque en même temps que Gœthe. Son rôle était terminé. Il vécut quelque temps à Londres, puis se retira à Hambourg ; en 1802, il revint à Paris et se rallia à Napoléon Ier, qui lui fit une pension ; il mourut à Paris le 2 novembre 1807.

rung ergriff die Grundfesten des Staates, vernichtete die Achtung gegen die Königin und gegen die obern Stände überhaupt; denn leider Alles, was zur Sprache kam, machte nur das gräuliche Verderben deutlich, worin der Hof und die Vornehmeren befangen lagen[1].

Diesmal glaubte man, er habe den auffallenden Vergleich[2] gestiftet, der uns zum Rückzug verpflichtete[3], zu dessen Entschuldigung man höchst günstige Bedingungen voraussetzte; man versicherte, König, Königin und Familie sollten freigegeben und sonst noch manches Wünschenswerthe erfüllt werden. Die Frage aber, wie diese großen diplomatischen Vortheile mit allem Uebrigen, was uns doch auch bekannt war, übereinstimmen sollten, ließ einen Zweifel nach dem andern auffeimen.

Die Zimmer, die wir bewohnten, waren anständig möblirt; mir fiel ein Wandschrank auf, durch dessen Glasthüren ich viele regel-

1. L'affaire du collier est trop connue pour être rappelée ici; elle fournit à Gœthe le sujet de sa comédie du *Grand Cophte*. « Un cardinal de Rohan, crédule et vaniteux, espérant recouvrer sa faveur perdue en offrant à Marie-Antoinette une riche parure, que Louis XV avait fait faire pour Mme du Barry, et qui était restée entre les mains des bijoutiers; une comtesse de La Motte, promettant de lui servir d'intermédiaire auprès de la reine, et convertissant le collier en argent comptant; une demoiselle, complice de la comtesse, faisant de fausses signatures au nom de Marie-Antoinette, pour garantir le marché; et, au milieu de ces personnages, un aventurier qui les sert et les trompe tour à tour, le comte de Cagliostro, fondateur de la Loge égyptienne, qu'il préside sous le nom de Grand Cophte : on pouvait trouver là les éléments d'une vraie comédie d'intrigue. » (Bossert, *Gœthe et Schiller*, pp. 233-236.)— Gœthe attachait une extrême importance à l'affaire du collier; cet événement, écrit-il à la fin de la *Campagne de France*, m'effraya comme la tête de Méduse, „durch dieses unerhört frevelhafte Beginnen sah ich die Würde der Majestät untergraben, schon im Voraus vernichtet, et il disait à Eckermann (II, p. 184) : „Das Faktum geht der französischen Revolution unmittelbar voran und ist davon gewissermaßen das Fundament. Die Königin, der fatalen Halsbandgeschichte so nahe verflochten, verlor ihre Würde, ja ihre Achtung, und so hatte sie denn in der Meinung des Volks den Standpunkt verloren, um unantastbar zu sein." — Le témoin oculaire parle aussi de l'affaire du collier et de l'influence de cet événement sur la Révolution; il conclut : „So viel vermag ein Minimum!" (I, p. 158-159.)

2. Der Vergleich, accord, accommodement; comp. le mot Ausgleich, qui a le même sens et qui est désormais historique (« accord » de l'Autriche avec la Hongrie, établissant le *dualisme*).

3. Ce bruit était faux, puisque Breteuil croyait le 3 octobre que Brunswick entreprendrait une nouvelle campagne au printemps prochain et comptait pendant l'hiver « lier la partie entre toutes les puissances de l'Europe » afin d'écraser en 1793 les nouveaux prédicants et leur dogme. » (*Le comte de Fersen*, II, pp. 380-336.)

mäßig beschnittene gleiche Hefte in Quart[1] erblickte. Zu meiner
Verwunderung ersah ich daraus, daß unser Wirth als einer der
Notablen[2] im Jahr 1787 zu Paris gewesen; in diesen Heften war
seine Instruktion abgedruckt. Die Mäßigkeit der damaligen For=
derungen, die Bescheidenheit, womit sie abgefaßt, kontrastirten völlig
mit den gegenwärtigen Zuständen von Gewaltsamkeit, Uebermuth
und Verzweiflung. Ich las diese Blätter mit wahrhafter Rührung
und nahm einige Exemplare zu mir.

Départ de Verdun; embarras de voitures; un émigré; Étain; la place
du marché; le comte de Haugwitz.

Den 11. Oktober.

Ohne die Nacht geschlafen zu haben, waren wir früh um drei
Uhr eben im Begriff, unsern gegen das Hofthor gerichteten Wagen
zu besteigen, als wir ein unüberwindliches Hinderniß gewahr wur=
den; denn es zog schon eine ununterbrochene Kolonne Kranken=
wagen zwischen den zur Seite aufgehäuften Pflastersteinen durch
die zum Sumpf gefahrene Stadt[3]. Als wir nun so standen, abzu=
warten, waß erreicht werden könnte, drängte sich unser Wirth, der
Ludwigsritter, ohne zu grüßen, an uns vorbei. Unsere Verwun=
derung über sein frühes und unfreundliches Erscheinen ward aber
bald in Mitleid verkehrt; denn sein Bedienter, hinter ihm drein,
trug ein Bündelchen auf dem Stocke, und so ward es nur allzu
deutlich, daß er, nachdem er vier Wochen vorher Haus und Hof
wiedergesehen hatte, es nun abermals, wie wir unsere Eroberungen,
verlassen mußte.

Sodann ward aber meine Aufmerksamkeit auf die bessern Pferde

---

1. In Quart (das Quart), in-quarto; ein Quartband ou Quartant, un in_
quarto. Comp. Foliant, in-folio.

2. Die Notablen; il s'agit de l'assemblée des notables, ouverte le 22 février
1787, et composée, dit Thiers, de grands prix dans la noblesse, le clergé et la
magistrature, d'une foule de maîtres des requêtes et de quelques magistrats des
provinces.

3. Die zum Sumpf gefahrene Stadt, la ville réduite en marais par le
passage de tant de voitures. Der Sumpf, marais au fond bourbeux, où l'eau
croupit sans jamais se dessécher. — « Le dépavement de la ville, dit le général
Money dans ses Souvenirs, avait changé les rues en véritables rivières de boue.»

vor meiner Chaise gelenkt; da gestand denn die liebe Dienerschaft,
daß sie die bisherigen schwachen, unbrauchbaren gegen Zucker und
Kaffee vertauscht, sogleich aber in Requisition anderer glücklich
gewesen sei. Die Thätigkeit des gewandten Liseur war hiebei nicht
zu verkennen; auch durch ihn kamen wir diesmal vom Flecke[1], denn
er sprengte in eine Lücke der Wagenreihe und hielt das folgende
Gespann so lange zurück, bis wir sechs= und vierspännig eingeschaltet
waren; da ich mich denn frischer Luft in meinem leichten Wägelchen
abermals erfreuen konnte.

Nun bewegten wir uns mit Leichenschritt[2], aber bewegten uns
doch; der Tag brach an, wir befanden uns vor der Stadt in dem
größtmöglichen Gewirr und Gewimmel[3]. Alle Arten von Wagen,
wenig Reiter, unzählige Fußgänger durchkreuzten sich auf dem
großen Platze vor dem Thor. Wir zogen mit unserer Kolonne rechts
gegen Etain[4] auf einem beschränkten Fahrweg mit Gräben zu beiden
Seiten. Die Selbsterhaltung in einem so ungeheuren Drange kannte
schon kein Mitleiden, keine Rücksicht mehr; nicht weit vor uns fiel
ein Pferd vor einem Rüstwagen, man schnitt die Stränge entzwei
und ließ es liegen. Als nun aber die drei übrigen die Last nicht
weiter bringen konnten, schnitt man auch sie los, warf das schwer=
bepackte Fuhrwerk in den Graben, und mit dem geringsten Auf=
halte fuhren wir weiter und zugleich über das Pferd weg, das sich
eben erholen wollte, und ich sah ganz deutlich, wie dessen Gebeine
unter den Rädern knirschten[5] und schlotterten.

---

1. Vom Flecke kommen, bouger de place.

2. Mit Leichenschritt; c'est en effet un défilé lugubre et comme un convoi
funèbre.

3. Voilà le désarroi de la déroute, ce que Goethe a nommé dans ce récit „das
schreckliche Kriegs- und Fluchtwesen," et le poète se voit entraîné, comme il dit
dans *H. u. D.*, IV :
   In der Verwirrung des Kriegs und im traurigen Hin- und Herziehn.

4. Étain (Meuse), chef-lieu de canton, arrondissement de Verdun. 2,646 habitants. Jolie petite ville sur la rive gauche de l'Orne. — C'est par cette route,
encore libre, d'Étain à Verdun, que Napoléon III, escorté par la brigade de
chasseurs d'Afrique du général Margueritte, partit le 16 août 1870 de Gravelotte,
pendant que derrière lui l'ennemi enfermait l'armée de Bazaine et la ville de
Metz dans un cercle de fer.

5. Knirschen, grincer (surtout, grincer des dents: „der Neid, dit Lessing,
sah es und knirschte"). Rud. Hildebrand cite cette phrase au mot knirschen, et dit
justement : „man bemerke das sah;" ici, en effet, knirschen signifie non seulement

Reiter und Fußgänger suchten sich von der schmalen, unwegsamen Fahrstraße auf die Wiesen zu retten; aber auch diese waren zu Grunde gerieguet, von ausgetretenen Gräben überschwemmt, die Verbindung der Fußpfade überall unterbrochen. Vier ansehnliche, schöne, sauber gekleidete französische Soldaten wateten[1] eine Zeit lang neben unsern Wagen her, durchaus nett und reinlich, und wußten so gut hin und her zu treten, daß ihr Fußwerk[2] nur bis an die Knorren[3] von der schmutzigen Wallfahrt zeugte, welche die guten Leute bestanden.

Daß man unter solchen Umständen in Gräben, auf Wiesen, Feldern und Angern[4] todte Pferde genug erblickte, war natürliche Folge des Zustands; bald aber fand man sie auch abgedeckt[5], die fleischigen Theile sogar ausgeschnitten — trauriges Zeichen des allgemeinen Mangels!

So zogen wir fort, jeden Augenblick in Gefahr, bei der geringsten eigenen Stockung selbst über Bord geworfen zu werden, unter welchen Umständen freilich die Sorgfalt unseres Geleitsmanns nicht genug zu rühmen und zu preisen war. Dieselbe bestätigte sich denn auch zu Etain, wo wir gegen Mittag anlangten und in dem schönen, wohlgebauten Städtchen durch Straßen und auf Plätzen ein sinne=verwirrendes[6] Gewimmel um und neben uns erblickten; die Masse

---

grincer, mais se briser en grinçant. — Schlottern, trembloter, vaciller, pendil-ler; comp. *Faust*, II, v. 6899 :
Ihr schlotternde Lemuren,
Aus Bändern, Sehnen und Gebein
Geflickte Halbnaturen.

1. **Waten**, non pas ici « passer au gué » (die Wat ou die Furt, le gué), mais « marcher dans l'eau, patauger ». Comp. „durch Schlamm und Sumpf herange-watet" (*Wanderjahre*, II, 5).

2. **Das Fußwerk**, ce qu'ils portent aux pieds, chaussures, jambières.

3. **Der Knorren**, nœud du bois (comp. knorrig, noueux), et ici, talon : „der Knöchel über dem Fuß, der Enkel, *talus*" (Rud. Hildebrand, *Dict. de Grimm*, K, p. 1488). Gœthe, qui a, comme on sait, traduit le *Neveu de Rameau* de Diderot, rend ainsi la phrase, « je me rappelais un tas de coquins qui ne m'allaient pas à la cheville » : „Ich erinnerte mich eines Haufens Schelme, die mir nicht an den Knorren reichten."

4. **Der Anger**, place couverte d'herbe et de gazon, pelouse, *viridarium*, dit Grimm, ou grasbewachsenes Land. Comp. le vers de *H. u. D.* (V):
War mit Rasen bedeckt ein weiter grünender Anger.

5. **Abgedeckt**, écorché; l'équarrisseur, der Abdecker (synonymes, der Schinder et der Kafiller, ce dernier mot venant de das Fell, peau).

6. **Ein sinneverwirrendes Gewimmel**; plus loin encore (Trèves, 27 octobre): „ein sinneverwirrendes Schauspiel"; et (Trèves, 28 octobre) „die Noth war groß und sinneverwirrend."

wogte hin und her, und indem Alles vorwärts drang, ward Jeder dem Andern hinderlich. Unvermuthet ließ unser Führer die Wagen vor einem wohlgebauten Hause des Marktes halten; wir traten ein, Hausherr und =Frau begrüßten uns in ehrerbietiger Entfernung.

Man führte uns in ein getäfeltes¹ Zimmer auf gleicher Erde, wo im schwarzmarmornen Kamin behagliches² Feuer brannte. In dem großen Spiegel darüber beschauten wir uns ungern; denn ich hatte noch immer nicht die Entschließung gefaßt, meine langen Haare kurz schneiden zu lassen, die jetzt wie ein verworrener Hanf= rocken³ umherquollen; der Bart, strauchig⁴, vermehrte das wilde Ansehen unserer Gegenwart.

Nun aber konnten wir, aus den niedrigen Fenstern den ganzen Markt überschauend, unmittelbar das grenzenlose Getümmel bei= nahe mit Händen greifen. Aller Art Fußgänger, uniformirte Ma= rode, gesunde, aber trauernde Bürgerliche, Weiber und Kinder drängten und quetschten⁵ sich zwischen Fuhrwerk aller Gestalt; Rüst= und Leiterwagen⁶, Ein= und Mehrspänner, hunderterlei eige= nes und requirirtes Gepferde, weichend, anstoßend, hinderte sich rechts und links. Auch Hornvieh zog damit weg, wahrscheinlich

1. Getäfelt, lambrissé (das Getäfel ou Tafelwerk, lambris; die Tafel, pan- neau de lambris).

2. Behäglich, souvent employé par Goethe (comp. *Wanderjahre*, II, 5), en même temps que behaglich.

3. Ein Hanfrocken, une quenouille de chanvre, de der Hanf, chanvre (comp. der Häufling, linotte ou linot, de *lin*, cet oiseau se trouvant souvent dans les linières), et de der Rocken, quenouille (on dit aussi die Kunkel : tomber en quenouille, an die Kunkel fallen).

4. Der Bart, strauchig, la barbe, inculte, touffue, hérissée comme un buisson (der Strauch). Comp. struppig et das Gesträpp.

5. Quetschen, froisser violemment, meurtrir, écraser. On retrouve ce mot expressif dans la description de la marche des émigrants (*H. u. D.*) :
    Da entstand ein Geschrei der gequetschten Weiber und Kinder.
Tous les autres traits de cette description se rencontrent dans notre récit :
    Und so zog...der drängende Zug fort,
    Ordnungslos und verwirrt; mit schwächeren Thieren der eine
    Wünschte langsam zu fahren, ein anderer emsig zu eilen.
    ...Und ein Blöken des Viehes...
A propos de quetschen, on peut citer encore le mot Quetschung, employé par Goethe pour signifier les heurts, les froissements de la vie : „nach manchen Quetschungen des Lebens" (*Wanderjahre*, I, 8).

6. Der Rüstwagen, fourgon aux bagages, chariot d'artillerie; der Leiter- wagen, chariot à ridelles, charrette de paysan avec de longues échelles ou « ri- delles » (die Leiter) placées de chaque côté pour empêcher la charge de tomber

geforderte, weggenommene Heerden [1]. Reiter fah man wenig, auf=
fallend aber waren die eleganten Wagen der Emigrirten, vielfarbig
lackirt [2], verguldet und versilbert, die ich wohl schon in Greven=
machern mochte bewundert haben. Die größte Noth entstand aber
da, wo die den Markt füllende Menge in eine zwar gerade und
wohlgebaute, doch verhältnißmäßig viel zu enge Straße ihren Weg
einschlagen sollte. Ich habe in meinem Leben nichts Aehnliches ge=
sehen; vergleichen aber ließ sich der Anblick mit einem erst über
Wiesen und Anger ausgetretenen Strome, der sich nun wieder
durch enge Brückenbogen durchdrängen und im beschränkten Bette
weiter fließen soll [3].

Die lange, aus unsern Fenstern übersehbare Straße hinab schwoll
unaufhaltsam die seltsamste Woge; ein hoher zweisitziger Reise=
wagen ragte über der Fluth empor. Er ließ uns an die schönen
Französinnen denken; sie waren es aber nicht, sondern Graf Haug=
witz [4], den ich mit einiger Schadenfreude Schritt vor Schritt dahin=
wackeln [5] fah.

---

1. Le témoin oculaire raconte que les Prussiens emmenèrent avec eux un
grand nombre de chèvres et de vaches.

2. Lackirt, vernissé, de der Lack, laque, vernis.

3. Cette comparaison en rappelle une autre, bien connue, qu'on trouve dans
Werther : Gœthe parle du génie, qui se précipite comme un torrent, „der Strom
bricht aus und braust in hohen Fluthen herein;" mais les bourgeois sur les deux
rives craignent pour leurs jardinets et savent „mit Dämmen und Ableiten der
künftig drohenden Gefahr abzuwehren."

4. Haugwitz. Gœthe ressent une joie maligne (Schadenfreude) à voir dans
l'embarras un des auteurs de cette fatale entreprise, et, selon le mot de Larochefoucauld, il trouve dans l'adversité de Haugwitz quelque chose qui ne lui
déplaît pas. Où était le temps où Haugwitz, cet „himmlischer Junge", tout frais
émoulu de l'Université de Gœttingue et venant de Paris, arrivait à Francfort
avec les deux Stolberg et se jetait dans les bras de Gœthe; où les quatre amis
faisaient mille excentricités, revêtaient l'uniforme de *Werther*, habit bleu et
gilet jaune, et faisaient ensemble le voyage de Suisse (1775)? Depuis, Gœthe
s'était peu à peu éloigné de Haugwitz.— Christian-Henri-Charles de Haugwitz,
né le 11 juin 1752 à Pauke, près d'Œls en Silésie, avait connu dans un voyage
en Suisse et en Italie l'archiduc Léopold. Lorsqu'il devint empereur, Léopold
obtint de Frédéric-Guillaume II la nomination de Haugwitz comme ambassadeur de Prusse à Vienne. Ministre en 1792, Haugwitz signa la paix de Bâle et
donna sa démission en 1803. Rappelé pour arrêter Napoléon avant Austerlitz,
puis pour remplacer Hardenberg, il se retira dans ses terres après la malheureuse guerre de 1806; il devint en 1811 curateur de la nouvelle Université de
Breslau. Depuis 1820, il résida en Italie, et c'est là qu'il mourut, près d'Este, le
19 février 1832.

5. Dahinwackeln, de wackeln, vaciller, branler.

Une tragédie de famille; Liseur fait passer Gœthe pour le beau-frère du roi de Prusse; Spincourt; les grenadiers français.

Zum 11. Oktober.

Ein gutes Essen war uns bereitet, die köstlichste Schöpfenkeule besonders willkommen; an gutem Wein und Brod fehlte es nicht, und so waren wir neben dem größten Getümmel in der schönsten Beruhigung, wie man auch wohl der stürmenden See, am Fuße eines Leuchtthurms auf dem Steindamm sitzend, der wilden Wellenbewegung zusieht, und dort und da ein Schiff ihrer Willkür preisgegeben[1]. Aber uns erwartete in diesem gastlichen Hause eine wahrhaft herzergreifende Familienscene.

Der Sohn, ein schöner junger Mann, hatte schon einige Zeit, hingerissen von den allgemeinen Gesinnungen[2], in Paris unter den Nationaltruppen gedient und sich dort hervorgethan. Als nun aber die Preußen eingedrungen, die Emigrirten mit der stolzen Hoffnung eines gewissen Sieges herangelangt waren, verlangten die nun auch zuversichtlichen Eltern, dringend und wieder dringend, der Sohn solle seine dortige Lage, die er nunmehr verabscheuen müsse, eiligst aufgeben, zurückkehren und diesseits für die gute Sache fechten. Der Sohn, wider Willen, aus Pietät, kommt zurück, eben in dem Moment, da Preußen, Oestreicher und Emigrirte retiriren[3]; er eilt verzweiflungsvoll durch das Gedränge zu seinem Vaterhause. Was soll er nun anfangen, und wie sollen sie ihn empfangen? Freude, ihn wiederzusehen; Schmerz, ihn in dem Augenblick wieder zu verlieren; Verwirrung, ob Haus und Hof in diesem Sturm werde zu erhalten sein. Als junger Mann dem neuen Systeme günstig, kehrt er genöthigt zu einer Partei zurück, die er verabscheut, und eben als er sich in dies Schicksal ergibt, sieht er diese

---

1. On se rappellera les vers de Lucrèce :
      Suave mari magno, turbantibus æquora ventis,
      E terra magnum alterius spectare laborem.
2. Comme le premier fiancé de Dorothée (*H. u. D.*, IX) :
          ...Als ihn die Liebe der Freiheit,
      Als ihn die Lust, im neuen veränderten Wesen zu wirken,
      Trieb nach Paris zu gehen...
3. Retiriren (et sich retiriren), battre en retraite (et, en escrime, rompre la mesure); on dit aussi — et Gœthe a employé le mot — Retirade, dans le sens de « retraite » (der Rückzug); mais ce terme est plus souvent synonyme de Abtritt.

Partei zu Grunde gehen. Aus Paris entwichen, weiß er sich schon
in das Sünden= und Todesregister geschrieben, und nun im Augen=
blick soll er aus seinem Vaterlande verbannt, aus seines Vaters
Hause gestoßen werden. Die Eltern, die sich gern an ihm letzen[1]
möchten, müssen ihn selbst wegtreiben, und er, in Schmerzenswonne[2]
des Wiedersehens, weiß nicht, wie er sich losreißen soll; die Um=
armungen sind Vorwürfe, und das Scheiden, das vor unsern Augen
geschieht, schrecklich.

Unmittelbar vor unserer Stubenthüre ereignete sich das Alles
auf der Hausflur[3]. Kaum war es still geworden, und die Eltern
hatten sich weinend entfernt, als eine Scene, fast noch wunderbarer,
auffallender uns selbst ansprach, ja in Verlegenheit setzte und, ob=
gleich herzergreifend genug, uns doch zuletzt ein Lächeln abnöthigte.
Einige Bauersleute, Männer, Frauen und Kinder, drangen in
unsere Zimmer und warfen sich heulend und schreiend mir zu
Füßen. Mit der vollen Beredsamkeit des Schmerzens und des
Jammers klagten sie, daß man ihr schönes Rindvieh wegtreibe —
sie schienen Pächter[4] eines ansehnlichen Gutes —; ich solle nur zum
Fenster hinaussehen; eben treibe man sie vorbei; es hätten Preußen
sich derselben bemächtigt; ich solle befehlen, solle Hülfe schaffen.
Hierauf trat ich, um mich zu besinnen, ans Fenster; der leichtfertige
Husar stellte sich hinter mich und sagte: „Verzeihen Sie! Ich habe
Sie für den Schwager des Königs von Preußen ausgegeben, um
gute Aufnahme und Bewirthung zu finden. Die Bauern hätten
freilich nicht hereinkommen sollen; aber mit einem guten Worte
weisen Sie die Leute an mich und scheinen überzeugt von meinen
Vorschlägen.“

----

1. Letzen, sich letzen, réjouir, se réjouir; de die Letze, qui signifiait réjouis-
sance, repas d'adieu, et qu'on retrouve dans l'expression zu guter Letzt, finalement, pour la clôture (mise pour zu guter Letze). Gœthe emploie plus loin le verbe
letzen; après une traversée orageuse, il arrive à Trarbach, où il se sèche et se
réconforte, „kaum hatten wir uns getrocknet und geletzt.“

2. Die Schmerzenswonne, joli mot qui rappelle l'allitération familière à
Gœthe, à Herder et aux écrivains de la « période d'orage » : Wonne und Wehmuth.

3. Flur, autrefois masculin, a désormais deux genres : die Flur ou Feldflur,
prairie; der Flur ou Hausflur, vestibule (synonyme Verhaus), ou aire à battre le
blé (synonyme die Tenne).

4. Pächter, fermier, qui prend à bail par contrat ou Pacht (pactum).

Was war zu thun? Ueberrascht und unwillig nahm ich mich zusammen und schien über die Umstände nachzudenken. Wird doch, sagt' ich zu mir selbst, List und Verschlagenheit im Kriege gerühmt! Wer sich durch Schelme bedienen läßt, kommt in Gefahr, von ihnen irre geführt zu werden. Ein Skandal, unnütz und beschämend, ist hier zu vermeiden. Und wie der Arzt in verzweifelten Fällen wohl noch ein Hoffnungsrezept [1] verschreibt, entließ ich die guten Menschen mehr pantomimisch als mit Worten; dann sagt' ich mir zu meiner Beruhigung, hatte doch bei Sivry der ächte Thronfolger den bedrängten Leuten ihr Pferd nicht zusprechen können, so dürfte sich der untergeschobene [2] Schwager des Königs wohl verzeihen, wenn er die Hülfsbedürftigen mit irgend einer klugen eingeflüsterten Wendung abzulehnen suchte [3].

Wir aber gelangten in finstrer Nacht nach Spincourt [4]; alle Fenster waren helle, zum Zeichen, daß alle Zimmer besetzt seien. An jeder Hausthüre [5] ward protestirt, von den Einwohnern, die keine neuen Gäste, von den Einquartierten, die keine Genossen auf-

---

1. Das Rezept ou Recept; c'est notre mot *recette*. On a vu plus haut le mot Küchenrecept, recette de cuisine; ici, ordonnance du médecin.

2. Untergeschoben, supposé, substitué; de unter et schieben; c'est tout à fait notre mot « interpoler ». Gœthe emploie souvent ce mot : le verre d'Édouard a été brisé et on l'a remplacé par un autre tout à fait semblable, „ein gleiches ist untergeschoben worden" (*Affin. élect.*, II, 18); on s'occupe, dit-il, d'un document avec amour, et voici que vient un critique qui déclare le tout interpolé, „wie wohl geschieht, wenn ich mich lange und liebevoll mit einem Pergament abgegeben habe, daß ein scharfer Kritikus kommt und mir versichert, daß Alles sei untergeschoben" (*Wanderjahre*, I, 4); en rendant compte de la *Guzla* de Mérimée, ce recueil de poésies illyriennes que l'auteur prétendait avoir recueillies de la bouche d'un chanteur du pays, il admirait les Français qui „sogar unter der Maske fremder Nationen auftreten und uns in geistreichem Scherze durch untergeschobene Werke auf die angenehmste Weise zum Besten haben (*Compte rendu* de 1828).

3. Gœthe aimait assez à mystifier les gens, à se faire passer pour ce qu'il n'était pas, à se déguiser sous un nom et une profession d'emprunt. Il ne lui a pas déplu de jouer ce personnage. Ne s'est-il pas présenté comme peintre de paysage, chez l'hypocondre Plessing qui désirait connaître l'auteur de *Werther*? Ne s'est-il pas donné dans la famille de Cagliostro pour un ami de l'aventurier? Il a parlé dans ses Mémoires de ces Mystificationen und Attrapen, et il ajoute : „Mein Alter ist ganz frei von einem solchen Kitzel" (*D. u. W.*, V, p. 155).

4. Spincourt (dans les éditions précédentes, sauf Strehlke, *Sebincourt*, forme du nom qui existait au XVIIIᵉ siècle), sur l'Othain, chef-lieu de canton, arrondissement de Montmédy. 479 habitants.

5. Toutes les portes étaient sans doute marquées à la craie, comme dans la guerre de 1870, et, pour employer une phrase de Gœthe (*Voyage sur le Rhin*, 1814), „die Einquartirungskreide an den Hausthüren war noch nicht ausgelöscht."

nehmen wollten[1]. Ohne viel Umstände aber drang unser Husar
ins Haus, und als er einige französische Soldaten in der Halle[2]
am Feuer fand, ersuchte er sie zubringlich[3], vornehmen Herren, die
er geleite, einen Platz am Kamin einzuräumen. Wir traten zugleich
herein, sie waren freundlich und rückten zusammen, setzten sich aber
bald wieder in die wunderliche Positur, ihre aufgehobenen Füße
gegen das Feuer zu strecken. Sie liefen auch wohl einmal im Saale
hin und wieder und kehrten bald in ihre vorige Lage zurück, und
nun konnt' ich bemerken, daß es ihr eigentliches Geschäft sei, den
untern Theil ihrer Gamaschen[4] zu trocknen.

Gar bald aber erschienen sie mir als bekannt; es waren eben
dieselbigen, die heute früh neben unserm Wagen im Schlamme so
zierlich einhertraten. Nun früher als wir angelangt, hatten sie
schon am Brunnen die untersten Theile gewaschen und gebürstet,
trockneten sie nunmehr, um morgen früh neuem Schmutz und Unrath galant[5] entgegenzugehen. Ein musterhaftes Betragen, an das
man sich in manchen Fällen des Lebens wohl wieder zu erinnern
hat! Auch dacht' ich dabei meiner lieben Kriegskameraden, die
den Befehl zur Reinlichkeit murrend aufgenommen hatten.

Doch uns dergestalt untergebracht zu haben, war dem klugen,
dienstfertigen Liseur nicht genug; die Fiction des Mittags, die sich
so glücklich erwiesen hatte, ward kühnlich wiederholt; die hohe

---

1. Comp. *Camp de Wallenstein:*
   Wo wir erschienen und pochten an,
   Ward nicht gegrüßt noch aufgethan.
   Wir mußten uns drücken von Ort zu Ort.
2. In der Halle, dans la grande salle.
3. Zubringlich, non pas « avec importanité » ou « par obsessions indiscrè-
tes », mais « avec instance, d'une façon très pressante ». Dans les *Affin. élect.*
(II, 5), Gœthe emploie zubringlich dans le même sens, en parlant des soins em-
pressés de Lucienne auprès d'un jeune homme qui a perdu le bras droit à la
guerre : „durch zubringliche Dienstfertigkeit mußte sie ihm seinen Verlust werth zu
machen."
4. Die Gamasche ou Kamasche, guêtre, plus souvent usité au pluriel qu'au
singulier; de l'ancien français gamache, formé lui-même de l'adjectif féminin
latin gambacea (bas-latin gamba, jambe). On a appelé et on appelle encore Ka-
maschendienst et simplement Kamasche, le pédantisme des militaires minutieux,
excessivement attentifs aux moindres détails du service; ein Kamaschenheld ou
Kamaschenknopf est un militaire vétilleux et à l'esprit étroit, une « culotte de
peau ».
5. Galant; c'est le mot dont se sert le trompette dans le *Camp de Wallenstein*, pour saluer les chasseurs au linge fin et au beau plumet : „Ihr seid galant."

Generalsperson, der Schwager des Königs, wirkte mächtig und vertrieb eine ganze Masse guter Emigrirten aus einem Zimmer mit zwei Betten. Zwei Offiziere von Köhler¹ nahmen wir dagegen in demselben Raum auf; ich aber begab mich vor die Hausthüre zu dem alten erprobten Schlafwagen, dessen Deichsel², diesmal nach Deutschland gekehrt, mir ganz eigene Gedanken hervorrief, die jedoch durch ein schnelles Einschlummern gar bald abgeschnitten wurden.

D'Étain à Longuyon; scènes de pillage; les jeux de cartes des émigrés; chevaux abattus et dépouillés; les malheurs de la guerre.

Den 12. Oktober.

Der heutige Weg erschien noch trauriger als der gestrige; ermattete Pferde waren öfter gefallen und lagen mit umgestürzten Wagen häufiger neben der Hochstraße auf den Wiesen. Aus den geborstenen Decken der Rüstwagen fielen gar niedliche Mantelsäcke, einem Emigrirtenkorps gehörig, hervor; das bunte, zierliche Ansehn dieses herrenlosen aufgegebenen Gutes lockte die Besitzlust der Vorbeiwandernden³, und Mancher bepackte sich mit einer Last, die er zunächst auch wieder abwerfen sollte⁴. Daraus mag denn wohl die Rede entstanden sein, auf dem Rückzuge seien Emigrirte von Preußen geplündert worden.

Von ähnlichen Vorfällen erzählte man auch manches Scherzhafte; ein schwer beladener Emigrantenwagen war ebenermaßen an einer Anhöhe stecken geblieben und verlassen worden. Nachfolgende Truppen untersuchen den Inhalt, finden Kästchen von mäßiger Größe, auffallend schwer, belästigen sich gemeinschaftlich damit und schleppen sie mit unsäglicher Mühe auf die nächste Höhe. Hier wollen sie nun in die Beute und in die Last sich theilen; aber welch

1. Köhler, régiment de hussards, créé en 1740; il tenait garnison à Bernstadt, en Silésie.

2. Die Deichsel, le timon.

3. Ils se disaient comme Blinzkopf dans *Goetz von Berlichingen* (III, 14): „Auf der Retirade noch ein glücklicher Fang!"

4. Paul Goetze, le domestique de Goethe, ramassa un portemanteau et le conserva; ce portemanteau figura même à la représentation du *Bürgergeneral*: „Wie denn das gehaltreiche Mantelsäckchen ein wirklich französisches war, das Paul auf jener Flucht eilig aufgerafft hatte."

ein Anblick! Aus jedem zerschlagenen Kasten fällt eine Unzahl
Kartenspiele hervor, und die Goldlustigen trösten sich im wechsel=
seitigen Spott durch Lachen und Possen.

Wir aber zogen durch Longuyon¹ nach Longwy; und hier muß
man, indem die Bilder bedeutender Freudenscenen aus dem Ge=
dächtniß verschwinden, sich glücklich schätzen, daß auch widerwärtige
Gräuelbilder sich vor der Einbildungskraft abstumpfen. Was soll
ich also wiederholen, daß die Wege nicht besser wurden, daß man
nach wie vor zwischen umgestürzten Wagen abgedeckte und frisch
ausgeschnittene Pferde aber und abermals rechts und links verab=
scheute! Von Büschen schlecht bedeckte, geplünderte und ausgezogene
Menschen konnte man oft genug bemerken, und endlich lagen auch
die vor dem offenen Blick neben der Straße².

Uns sollte jedoch auf einem Seitenwege abermals Erquickung
und Erholung werden, dagegen aber auch traurige Betrachtungen
über den Zustand des wohlhabenden gutmüthigen Bürgers in
schrecklichem, dießmal ganz unerwartetem Kriegsunheil.

Arlon; la famille de Liseur; les faux assignats; la petite ville.

Den 13. Oktober.

Unser Führer wollte nicht freventlich seine braven, wohlhabenden
Verwandten in dieser Gegend gerühmt haben; er ließ uns deshalb
einen Umweg machen über Arlon³, wo wir in einem schönen
Städtchen bei ansehnlichen und wackern Leuten in einem wohlge=
bauten und gut eingerichteten Hause, von ihm angemeldet, gar

---

1. Longuyon (Meurthe-et-Moselle), chef-lieu de canton, arrondissement de
Briey. 1,880 habitants.

2. Chateaubriand était parmi les émigrés qui battaient en retraite : « Nous
quittâmes Verdun, dit-il dans ses *Mémoires*; les pluies avaient défoncé les chemins; on rencontrait partout caissons, affûts, canons embourbés, chariots renversés, vivandières avec leurs enfants sur leur dos, soldats expirants ou expirés
dans la boue. En traversant une terre labourée, je restai enfoncé jusqu'aux
genoux; Ferron et un autre de mes camarades m'en arrachèrent malgré moi;
je les priais de me laisser là, je préférais mourir. »

3. Arlon, ville de Belgique, chef-lieu de la province de Luxembourg, sur la
Semoy. 5,550 habitants. Jourdan y battit les Autrichiens le 19 avril 1793 et le
19 avril 1794.

freundlich aufgenommen wurden. Die guten Perſonen freuten ſich
ſelbſt ihres Vettern, glaubten gewiſſe Beſſerung und nächſte Beförderung ſchon in dem Auftrage zu ſehn, daß er uns mit zwei Wagen,
ſo viel Pferden und, wie er ihnen glauben gemacht hatte, mit
vielem Gold und Koſtbarkeiten aus dem gefährlichſten Gewirre
herauszuführen beehrt worden. Auch wir konnten ſeiner bisherigen
Leitung das beſte Zeugniß geben[1], und ob wir gleich an die Be-
kehrung dieſes verlornen Sohnes[2] nicht ſonderlich glauben konnten,
ſo waren wir ihm doch diesmal ſo viel ſchuldig geworden, daß wir
auch ſeinem künftigen Betragen einiges Zutrauen nicht ganz verweigern durften. Der Schelm verfehlte nicht, mit ſchmeichelhaftem
Weſen das Seinige zu thun, und erhielt wirklich in der Stille von
den braven Leuten ein artiges Geſchenk in Gold. Wir erquickten
uns dagegen an gutem kaltem Frühſtück und dem trefflichſten
Wein und beantworteten die Fragen der freilich auch ſehr erſtaunten
wackern Leute wegen der wahrſcheinlichen nächſten Zukunft ſo
ſchonend als möglich.

Vor dem Hauſe hatten wir ein paar ſonderbare Wagen bemerkt,
länger und theilweiſe höher als gewöhnliche Rüſtwagen, auch an
der Seite mit wunderlichen Anſätzen[3] geformt; mit rege gewordener
Neugier fragte ich nach dieſem ſeltſamen Fuhrwerke; man antwortete mir zutraulich, aber mit Vorſicht, es ſei darin die Aſſignaten-
fabrik der Emigrirten enthalten, und bemerkte dabei, was für ein
grenzenloſes Unglück dadurch über die Gegend gebracht worden.
Denn da man ſich ſeit einiger Zeit der ächten Aſſignaten kaum
erwehren könne, ſo habe man nun auch ſeit dem Einmarſch der
Alliirten dieſe falſchen in Umlauf gezwungen. Aufmerkſame
Handelsleute hätten dagegen ſogleich, ihrer Sicherheit willen, dieſe
verdächtige Papierwaare nach Paris zu ſenden und ſich von

---

1. Gœthe fait quelque part l'éloge d'un guide : „Er gehörte zu jenen beweglichen, thätig gewandten, welche, mehrere Herrſchaften geleitend, dieſelben Routen oft
zurücklegen, mit Bequemlichkeiten und Unbequemlichkeiten genau bekannt, die einen
zu vermeiden, die andern zu benutzen, und, ohne Hintanſetzung eignen Vortheils, ihre
Patrone doch immer wohlfeiler und vergnüglicher durchs Land zu führen verſtehen,
als dieſen auf eigene Hand würde gelungen ſein." (Wanderjahre, II, 7.) Liseur a
tous les traits de ce guide actif et habile.

2. L'enfant prodigue, en allemand, le fils perdu, der verlorene Sohn, ou le fils
qui a mal tourné, mal réussi, der ungerathene Sohn.

3. Der Anſatz, pièce ajoutée, rallonge.

dorther offizielle Erklärung ihrer Falſchheit zu verſchaffen gewußt; dies verwirre aber Handel und Wandel[1] ins Unendliche; denn da man bei den ächten Aſſignaten ſich nur zum Theil gefährdet finde, bei den falſchen aber gewiß gleich um das Ganze betrogen ſei, auch beim erſten Anblick Niemand ſie zu unterſcheiden vermöge, ſo wiſſe kein Menſch mehr, was er geben und was er empfangen ſolle; dies verbreite ſchon bis Luxemburg und Trier ſolche Ungewißheit, Mißtrauen und Bangigkeit, daß nunmehr von allen Seiten das Elend nicht größer werden könne.

Bei allen ſolchen ſchon erlittenen und noch zu fürchtenden Unbilden zeigten ſich dieſe Perſonen in bürgerlicher Würde, Freundlichkeit und gutem Benehmen zu unſerer Verwunderung, wovon uns in den franzöſiſchen ernſten Dramen alter und neuer Zeit ein Abglanz herübergekommen iſt. Von einem ſolchen Zuſtande können wir uns in eigner vaterländiſcher Wirklichkeit und ihrer Nachbildung keinen Begriff machen. Die petite ville mag lächerlich ſein, die deutſchen Kleinſtädter ſind dagegen abſurd[2].

---

1. Handel und Wandel; c'est la même expression que Kauf und Tauſch, que nous avons vue plus haut; Wandel a le même sens que Tauſch ou que Tauſchverkehr; « commerce et échange ».

2. Éloge de la bourgeoisie française. Plus haut, à propos de l'affaire du collier, Gœthe a parlé de la corruption de la cour et des grands; ici, il se plaît à relever les mœurs douces et fortes qu'avaient conservées les classes bourgeoises. Il fait allusion aux pièces de Sedaine, aux pères de Marivaux, « toujours aimables et bons, parfois débonnaires » (Larroumet, *Marivaux*, p. 240); aux personnages de Diderot qui expriment, il est vrai, avec une emphatique niaiserie, de beaux sentiments; peut-être aux scènes bourgeoises de Grenze (*D. u. W.*, XX, p. 98). Le *Père de famille* de Diderot, dit-il dans ses Mémoires (*D. u. W.*, XIII, p. 114), l'*Honnête Criminel* de Falbaire, le *Vinaigrier* de Mercier, le *Philosophe sans le savoir* de Sedaine, l'*Eugénie* de Beaumarchais, „und mehr dergleichen Werke waren dem ehrbaren Bürger- und Familienſinn gemäß, der immer mehr obzuwalten anfing." Il lui semble que le bourgeois français, si ridicule qu'il soit, est moins sot que le bourgeois allemand; c'est aussi un « philistin », mais sa Philiſterhaftigkeit a quelque chose de plus sain et de plus riant. Il oppose la pièce de Picard, *la Petite Ville* (1803), aux „Deutſche Kleinſtädter" de Kotzebue. On pourrait néanmoins le combattre par ses propres armes et opposer Gœthe à Gœthe lui-même; un de ses personnages fait ainsi l'éloge de la bourgeoisie allemande : „Sie werden die einfache treue Rechtlichkeit deutſcher Zuſtände nicht verſchmähen; ich finde kein anmuthigeres Bild, als wie ſie uns der deutſche Mittelſtand in ſeinen reinen Häuslichkeiten ſehen läßt." (*Wanderjahre*, I, 7.)

10.

Luxembourg; ıa chambre de Gœthe.

Den 14. Oktober.

Sehr angenehm überrascht fuhren wir von Arlon nach Luxem=
burg auf der besten Kunststraße und wurden in diese sonst so
wichtige und wohlverwahrte Festung eingelassen, wie in jedes Dorf,
in jeden Flecken. Ohne irgend angehalten oder befragt zu werden,
sahen wir uns nach und nach innerhalb der Außenwerke, der
Wälle, Gräben, Zugbrücken¹, Mauern und Thore, unserm Führer,
der Mutter und Vater hier zu finden vorgab, das Weitere ver=
trauend. Ueberdrängt² war die Stadt von Blessirten und Kranken,
von thätigen Menschen, die sich selbst, Pferde und Fuhrwerk
wiederherzustellen trachteten³.

Unsere Gesellschaft, die sich bisher zusammengehalten hatte,
mußte sich trennen; mir verschaffte der gewandte Quartiermeister
ein hübsches Zimmer, das aus dem engsten Höschen wie aus einer
Feueresse, doch bei sehr hohen Fenstern genugsames Licht erhielt.
Hier wußte er mich mit meinem Gepäck und sonst gar wohl ein=
richten und für alle Bedürfnisse zu sorgen; er gab mir den Begruß
von den Haus= und Miethleuten des Gebäudes und versicherte,
daß ich gegen eine kleine Gabe so bald nicht ausgetrieben und
wohl behandelt werden sollte.

Hier konnt' ich nun zum ersten Mal den Koffer wieder auf=
schließen und mich meiner Reisehabseligkeiten, des Geldes, der
Manuskripte wieder versichern. Das Convolut⁴ zur Farbenlehre
bracht' ich zuerst in Ordnung, immer meine früheste Maxime vor
Augen — die Erfahrung zu erweitern und die Methode zu reinigen.
Ein Kriegs= und Reisetagebuch mocht' ich gar nicht anrühren.
Der unglückliche Verlauf der Unternehmung, der noch Schlimmeres

---

1. Zugbrücke, pont-levis; on dit aussi Fallbrücke et Schlagbrücke.
2. Ueberdrängt, encombré, où il y a presse (Drang). Gœthe emploie également ce mot dans le sens de « accablé » (de soucis, d'affaires): „Er war ge-
schäftiger und überdrängter als nie." (*Wanderjahre*, I, 11.)
3. Comme Gœthe dit plus loin (Weimar, décembre): „Kriegesflucht stürmt ihm
nach."
4. Das Convolut, liasse, rouleau de papiers.

befürchten ließ, gab immer neuen Anlaß zum Wiederkäuen[1] des Verdrusses und zu neuem Aufregen der Sorge. Meine stille, von jedem Geräusch abgeschlossene Wohnung gewährte mir wie eine Klosterzelle[2] vollkommenen Raum zu den ruhigsten Betrachtungen, dagegen ich mich, sobald ich nur den Fuß vor die Hausthüre hinaussetzte, in dem lebendigsten Kriegsgetümmel befand und nach Lust das wunderlichste Lokal durchwandeln konnte, das vielleicht in der Welt zu finden ist.

La forteresse de Luxembourg; un tableau du Poussin;
le jardin du Pfaffenthal.

Den 15. Oktober.

Wer Luxemburg nicht gesehen hat, wird sich keine Vorstellung von diesem an und übereinander gefügten Kriegsgebäude machen. Die Einbildungskraft verwirrt sich, wenn man die seltsame Mannigfaltigkeit wieder hervorrufen will, mit der sich das Auge des hin und her gehenden Wanderers kaum befreunden konnte. Plan und Grundriß vor sich zu nehmen, wird nöthig sein, Nachstehendes nur einigermaßen verständlich zu finden.

Ein Bach, Petrus genannt, erst allein, dann verbunden mit dem entgegenkommenden Fluß, die Elze[3], schlingt sich mäanderartig

---

1. Wiederkäuen (ou kauen), remâcher, ruminer; « l'homme, dit Charron, le disciple de Montaigne, se plaît en la misère, il s'opiniâtre à *remâcher* et remettre continuellement en mémoire les maux passés. » Ce mot wiederkäuen revient encore plus loin (Trèves, 27 octobre) : „Wenn uns ein Unheil, das wir selbst aus dem Sinne schlagen möchten, immer wiederkäuend vorgetragen wird." Gœthe emploie le simple kauen (ou käuen), mâcher, dans le même sens : „Ich wollte die Zähne zusammenbeißen und an meinem Grimm kauen." (*Gœtz*, IV, 20.)

2. Il se cloître, en effet; c'est le moine du moyen âge dans sa cellule, *in angulo cum libello*, tandis que la guerre gronde au dehors. „Man durfte aber, dit-il plus loin (Trèves, 26 octobre), aus solchen ruhigen Umgebungen nicht heraustreten, ohne sich wie im Mittelalter zu finden, wo Klostermauern und der tollste, unregelmäßigste Kriegszustand mit einander immerfort contrastirten." C'est ainsi qu'à Breslau, deux ans auparavant, il s'était fait « ermite » : „In Breslau, wo man die schönsten Regimenter ununterbrochen marschiren und manövriren sah, beschäftigte mich die vergleichende Anatomie, weßhalb mitten in der bewegtesten Welt ich als Einsiedler in mir selbst abgeschlossen lebte." (*Annalen*, 1790.)

3. Die Elze, l'Alzette.

zwischen Felsen durch und um sie herum, bald im natürlichen
Lauf, bald durch Kunst genöthigt. Auf dem linken Ufer liegt
hoch und flach die alte Stadt; sie, mit ihren Festungswerken
nach dem offenen Lande zu, ist andern befestigten Städten ähnlich.
Als man nun für die Sicherheit derselben nach Westen Sorge
getragen, sah man wohl ein, daß man sich auch gegen die Tiefe,
wo das Wasser fließt, zu verwahren habe; bei zunehmender Kriegs-
kunst war auch das nicht hinreichend; man mußte auf dem rechten
Ufer des Gewässers nach Süden, Osten und Norden auf ein- und
ausspringenden Winkeln unregelmäßiger Felspartien neue Schan-
zen vorschieben, nöthig immer eine zur Beschützung der andern.
Hieraus entstand nun eine Verkettung unübersehbarer Bastionen,
Redouten[1], halber Monde, und solches Zangen-[2] und Krakelwerk[3],
als nur die Vertheidigungskunst im seltsamsten Falle zu leisten
vermochte.

Nichts kann deßhalb einen wunderlichern Anblick gewähren als
das mitten durch dies Alles am Flusse sich hinabziehende enge Thal,
dessen wenige Flächen, dessen sanft oder steil aufsteigende Höhen zu
Gärten angelegt, in Terrassen abgestuft und mit Lusthäusern belebt
sind, von wo aus man auf die steilsten Felsen, auf hochgethürmte
Mauern rechts und links hinaufschaut. Hier findet sich so viel
Größe mit Anmuth, so viel Ernst mit Lieblichkeit verbunden, daß
wohl zu wünschen wäre, Poussin[4] hätte sein herrliches Talent in
solchen Räumen bethätigt.

---

1. Die Redoute, de notre mot français, qui vient du latin *reductus*, endroit
de retraite; Redoute a, comme on sait, deux sens : 1° Schanze; 2° Maskenball.

2. Das Zangenwerk, ouvrage à tenaille ou tout simplement tenaille :
ouvrage servant à couvrir la courtine et composé de deux faces qui présentent
un angle rentrant.

3. Das Krakelwerk signifie ordinairement, comme Krakelei ou Kritzelei,
un griffonnage ou une croûte, un mauvais tableau. Ici, dit Rud. Hildebrand
(*Dict. de Grimm*, K, p. 1979), c'est ein wunderlich wirrer Bau; darin scheint unmittelbar Krakel „sperriges Geäste" enthalten. Si l'on traduit Krakel ou sperriges
Geäste par « branchage encombrant », on pourra rendre Krakelwerk par « ouvrage
aux mille branches ».

4. C'était eine Landschaft in Poussin's Manier... das landschaftliche Lokal war
ganz in Poussin'schem Stil (expressions de Gœthe à propos de Poussin, *Convers.
avec Eckermann*, I, pp. 78-79; II, p. 206). Gœthe aimait beaucoup les paysages
de Poussin, et il conseillait à Frédéric Preller de les étudier pour apprendre à
reproduire „das Ernste, Großartige, vielleicht auch das Wilde"; il ajoutait que, si

Nun besaßen die Eltern unseres lockeren Führers in dem Pfaffenthal einen artigen abhängigen Garten, dessen Genuß sie mir gern und freundlich überließen. Kirche und Kloster, nicht weit entfernt, rechtfertigte den Namen dieses Elysiums, und in dieser geistlichen Nachbarschaft schien auch den weltlichen Bewohnern Ruh' und Friede verheißen[1], ob sie gleich mit jedem Blick in die Höhe an Krieg, Gewalt und Verderben erinnert wurden.

Jetzt nun aber aus der Stadt, wo das unselige Kriegsnachspiel[2] mit Lazarethen, abgerissenen[3] Soldaten, zerstückten Waffen, herzustellenden Achsen[4], Rädern und Laffetten, zugleich mit sonstigen Trümmern aller Art aufgeführt wurde, in eine solche Stille[5] zu flüchten, war höchst wohlthätig; aus den Straßen zu entweichen, wo Wagner, Schmiede und andre Gewerke[6] ihr Wesen öffentlich unermüdet und geräuschvoll treiben, und sich in das Gärtchen im

---

Preller voulait réussir „im Heitern, Anmuthigen und Lieblichen", il devait plutôt s'attacher à Claude le Lorrain (*Convers. avec Eckermann*, III, p. 78). — Nicolas Poussin, « à la fois grand peintre d'histoire et grand paysagiste », est né aux Andelys en 1594 et mort à Rome le 19 novembre 1665.

1. Comp. les vers de Fontanes dans la *Chartreuse* :
   L'imagination, vers les murs élancée,
   Cherche leur saint repos, leur long recueillement.

2. Das Kriegsnachspiel, c'est la petite pièce qui se joue après la grande, ou si l'on veut, l'épilogue de la guerre. M. Hüffer (*Goethe-Jahrbuch*, IV, p. 109) dit de l'épisode des « Vierges de Verdun » jugées et condamnées après la campagne „das traurige Nachspiel". Comp. plus haut (p. 10) le mot Vorspiel appliqué au combat de Fontoy.

3. Abgerissen, ici même sens que zerlumpt (die zerlumpten Ohnehosen, dit Goethe dans le *Siège de Mayence*, et der zerlumpte Rhapsode, *Erste Epistel*) ou que zersetzt : déguenillé, en haillons. Abgerissen est déjà employé dans le même sens par Gryphius.

4. Die Achse, l'essieu; comp. le latin *axis* et le français *axe*; *essieu*, qu'on écrivait autrefois *aixieu* et *aissieu*, vient du reste du latin *axiculus*. — Die Laffette ou Lafette, autrefois Lafete, Lafet, affût de canon (on dit aussi der Affût et das Schießgerüst), n'est autre que le mot français, auquel l'article est resté en quelque sorte soudé; on a dit Lafette au lieu de Afete, comme on dit en français *lendemain* (pour le endemain), *loriot* (pour l'oriot), *luette* (pour l'uette), *lierre* (pour l'ierre), *lors* (pour l'ors), etc.

5. Goethe ne dit-il pas ailleurs que „die allgemeine Stille ist das Element, worin das Schreiben recht gut gedeiht"? (*Voyage de Suisse*, 11 novembre 1779.)

6. Das Gewerk ou der Gewerkstand, corps de métier (comp. die Zunft); les associations ouvrières, die Gewerksvereine.

geiſtlichen Thale zu verbergen, war höchſt behaglich. Hier fand ein
Ruhe= und Sammlungsbedürftiger¹ das willkommenſte Aſyl².

Nouvelle description de la forteresse.

Den 16. Oktober.

Die allen Begriff überſteigende Mannigfaltigkeit der auf und
an einander gethürmten, gefügten Kriegsgebäude, die bei jedem
Schritt vor= oder rückwärts, auf= oder abwärts ein anderes Bild
zeigten, riefen die Luſt hervor, wenigſtens etwas davon aufs Papier
zu bringen³. Freilich mußte dieſe Neigung auch wieder einmal ſich
regen, da ſeit ſo viel Wochen mir kaum ein Gegenſtand vor die
Augen gekommen, der ſie geweckt hätte. Unter Andern fiel es
ſonderbar auf, daß ſo manche gegen einander überſtehende Felſen,
Mauern und Vertheidigungswerke in der Höhe durch Zugbrücken,
Galerien und gewiſſe wunderliche Vorrichtungen verbunden waren.
Irgend Jemand vom Metier hätte dieſes Alles mit Kunſtaugen
angeſehen und ſich mit Soldatenblick der ſichern Einrichtung
erfreut; ich aber konnte nur den maleriſchen Effekt ihr abgewinnen
und hätte gar zu gern, wäre nicht alles Zeichnen an und in den

---

1. Sammlungsbedürftig, qui a besoin de recueillement (Sammlung); se
recueillir, ſich ſammeln; l'image est la même qu'en français. Gœthe parlant
d'une chapelle et de ses pieux tableaux, dit quelque part : „Indem ihr ſtilles
frommes Weſen das Gemüth zur Sammlung berief." (*Affin. élect.*, II, 3.) „Die
Poeſie, écrit-il encore, verlangt, ja gebietet Sammlung... ich fühle recht gut, daß
meine Natur nur nach Sammlung und Stimmung ſtrebt und an Allem keinen Genuß hat, was dieſe hindert." (Lettres à Meyer, 8 et 15 août 1797.)

2. Das Aſyl ou die Freiſtätte (ou Freiſtatt) ou der Zufluchtsort; l'Aſyl est en
effet, dans son sens primitif, un lieu saint, un temple, un autel, un bois consacré, et ce nom convient bien au Pfaffenthal, à ce val tout religieux (geiſtlich).

3. Gœthe a de tous temps aimé le dessin; l'œil, disait-il, est l'organe principal avec lequel j'embrassais le monde; dès mon enfance, j'avais vécu parmi les
peintres et m'étais habitué à considérer toute chose au point de vue de l'art. A
Leipzig, il fut l'élève d'Œser, grava des paysages sous la direction de Stock, et
dessina avec Hermann « plus d'une oseraie de la Pleisse et quelques replis
agréables de ces eaux tranquilles ». A Francfort, il faisait le portrait de ses
amis ou représentait, comme il dit, „allerlei Stadtgeſchichten". A Wetzlar, il
s'appliquait également „Naturgegenſtände mit Griffel und Pinſel ohne eigentliche
Technik nachzuahmen." Sur les bords du Rhin, il dessinait „die tauſendfältige Ab-
wechſelung jener herrlichen Ufer". On croyait même qu'il voulait devenir peintre;
toute sa vie, il a fréquenté des peintres, des sculpteurs, et aimé les beaux-arts.

Festungen höchlich verpönt¹, meine Nachbildungskräfte hier in
Uebung gesetzt.

Gœthe note ses impressions.

Den 19. Oktober.

Nachdem ich nun also mehrere Tage in diesen Labyrinthen, wo
Naturfels und Kriegsgebäu wetteifernd seltsam steile Schluchten
gegen einander aufgethürmt und daneben Pflanzenwachsthum,
Baumzucht und Lustgebüsch nicht ausgeschlossen, mich sinnend und
denkend einsam genug herumgewunden hatte, fing ich an, nach
Hause kommend, die Bilder, wie sie sich der Einbildungskraft nach
und nach einprägten, aufs Papier zu bringen, unvollkommen zwar,
doch hinreichend, das Andenken eines höchst seltsamen Zustandes
einigermaßen festzuhalten.

Reddition des forteresses de Verdun et de Longwy; colère et fureur
de l'armée prussienne.

Den 20. Oktober.

Ich hatte Zeit gewonnen, das kurz Vergangene zu überbenken;
aber je mehr man dachte, je verworrener und unsicherer ward
Alles vor dem Blicke. Auch sah ich, daß wohl das Nothwendigste
sein möchte, sich auf das unmittelbar Bevorstehende zu bereiten.
Die wenigen Meilen bis Trier mußten zurückgelegt werden; aber
was mochte dort zu finden sein, da nun die Herren² selbst mit
andern Flüchtlingen sich nachdrängten?

---

1. Verpönen, autrefois verpönen, de pönen, punir (pön, pöne, du latin *pœna*,
aujourd'hui Pein). Gœthe emploie ce mot dans *Poésie et Vérité*, en parlant du
duel du comte de Thorane : „eine verpönte Handlung" (III, p. 102). — On se
rappelle son aventure à Malsesine en Italie, et comment il fut pris pour espion
par la population de l'endroit, parce qu'il dessinait une vieille tour (lettre du
14 septembre 1786).

2. Die Herren; le roi, le duc de Brunswick et l'état-major, ceux qu'il a
déjà nommés die Oberen, die oberen ou höchsten Gewalten, die obersten Behörden,
die hohen Militärpersonen, ceux qu'il nomme encore die Obern und Vorgesetzten
(D. u. W., II, p. 149), et plus loin die oberste Leitung.

Als das Schmerzlichste jedoch, was einen Jeden, mehr oder weniger resignirt[1], wie er war, mit einer Art von Furienwuth ergriff, empfand man die Kunde, die sich nicht verbergen ließ, daß unsere höchsten Heerführer mit den vermaledeiten[2], durch das Manifest dem Untergang gewidmeten, durch die schrecklichsten Thaten abscheulich dargestellten Aufrührern[3] doch übereinkommen, ihnen die Festungen übergeben mußten, um nur sich und den Ihrigen eine mögliche Rückkehr zu gewinnen. Ich habe von den Unsrigen gesehen, für welche der Wahnsinn zu fürchten war[4].

---

1. Resignirt, synonyme, gefaßt. Il y a vraiment trop de mots étrangers dans ce récit, et, en somme, Klopstock avait raison de dire, dès l'apparition de *Goetz*, qu'il faudrait moins de mots étrangers, „weniger ausländische Wörter", dans la langue de Goethe. (*Lettres de Voss*, I, p. 160.)

2. Vermaledeit (comp. verdammt, verwünscht, verflucht), participe passé de vermaledeien, au moyen âge maledien, italien *maledire*, latin *maledicere*; le contraire est benedeien (participe passé gebenedeit), bénir, glorifier (au moyen âge, benedien, latin *benedicere*.

3. Aufrührer, révolté (der Aufruhr, révolte; rühren, émouvoir). C'est peut-être une allusion aux commissaires de la Convention et à Westermann, un des chefs du 10 août, qui fut mêlé aux négociations. Plus loin, Goethe dit encore : „Von den Franzosen, die man haßte, aus dem Lande gedrängt zu sein, genöthigt, mit ihnen zu unterhandeln, mit den Männern des 10. August sich zu befreunden, das alles war für Geist und Gemüth so hart, als bisher die körperliche Duldung gewesen." (27 octobre.)

4. Ces sentiments font honneur à l'armée prussienne. Ce Wahnsinn, ce noble délire, cette folle douleur s'est emparée de quelques-uns des nôtres en 1871. Lorsque la garnison de Montrouge quitta le fort pour rentrer dans Paris, un marin exaspéré se précipita sur le général bavarois Hartmann, en montrant le poing et en disant : « Ne riez pas au moins. — Mon ami, répondit le général, nous n'avons nulle envie de rire de braves gens comme vous qui ont si bien fait leur devoir. » — Rendons le même hommage à ces braves soldats prussiens qui repassent notre frontière ; une armée, capable, dans la défaite, de ce furieux désespoir, a droit d'espérer sa revanche. N'est-ce pas Goethe qui a dit : „Die Vorsehung hat tausend Mittel, die Gefallenen zu erheben und die Niedergebeugten zu errichten?" (*Wanderjahre*, 1, 12.)

CORBEIL. Imprimerie CRÉTÉ.